बाज़ार के बीच : बाज़ार के खिलाफ

भूमंडलीकरण और स्त्री के प्रश्न

बाज़ार के बीच : बाज़ार के ख़िलाफ़

भूमण्डलीकरण और स्त्री के प्रश्न

प्रभा खेतान

वाणी प्रकाशन

वाणी प्रकाशन

4695, 21-ए, दरियागंज, नयी दिल्ली 110 002

फ़ोन : +91 11 23273167 फ़ैक्स : +91 11 23275710

शाखाएँ

अशोक राजपथ, पटना 800 004, बिहार

कॉफ़ी हाउस कैम्पस, महात्मा गांधी मार्ग, इलाहाबाद 211 001, उत्तर प्रदेश

महात्मा गांधी अन्तरराष्ट्रीय हिन्दी विश्वविद्यालय, वर्धा 442 001, महाराष्ट्र

सुल्तानिया रोड, मोतिया पार्क, भोपाल 462 001, मध्य प्रदेश

www.vaniprakashan.com
marketing@vaniprakashan.in
sales@vaniprakashan.in

BAZAR KE BEECH : BAZAR KE KHILAPH
by Prabha Khetan

ISBN : 978-81-8143-175-2
Globlisation/Feminism

संस्करण 2004, 2007, 2010
चौथा संस्करण 2021

मूल्य : ₹ 495

शिव शक्ति प्रेस, दिल्ली-110 095 में मुद्रित

वाणी प्रकाशन का लोगो मक़बूल फ़िदा हुसेन की कूची से

प्रभा खेतान : एक परिचय

जन्म : १ नवंबर, १९४२
शिक्षा : एम.ए., पीएच.डी. (दर्शनशास्त्र)
संपर्क : ४-बी, लिटिल रसेल स्ट्रीट, कोलकाता-७१

उपन्यास : आओ पेपे घर चलें!, छिन्नमस्ता, पीली आँधी, अग्निसंभवा, तालाबंदी, अपने-अपने चेहरे

कविता : अपरिचित उजाले, सीढ़ियाँ चढ़ती हुई मैं, एक और आकाश की खोज में, कृष्ण धर्मा मैं, हुस्न बानो और अन्य कवितायें, अहिल्या

चिंतन : सार्त्र का अस्तित्ववाद शब्दों का मसीहा : सार्त्र, अल्बेयर कामू : वह पहला आदमी, उपनिवेश में स्त्री / मुक्ति कामना की दस वार्ताएँ

अनुवाद : साँकलों में कैद कुछ क्षितिज (कुछ दक्षिण अफ्रीकी कविताएँ), स्त्री : उपेक्षिता (सीमोन द बोउवार की विश्व प्रसिद्ध कृति 'सेकंड सेक्स')

संपादन : एक और पहचान, 'हंस' का स्त्री विशेषांक 'भूमंडलीकरण : पितृसत्ता के नये रूप'

अनुक्रम

१

एक प्रश्नवाची समय

इस पुस्तक में मैंने भूमंडलीकरण और उसके आर्थिक पहलुओं के स्त्री जीवन पर पड़ने वाले प्रभावों की चर्चा की है। ये प्रभाव बहुमुखी, लेकिन विरोधाभासी हैं। भूमंडलीकरण का विश्लेषण करते हुए मैंने दो नजरियों को पकड़ा है, पहला शास्त्रीय तथा दूसरा उत्तर-आधुनिक। पुस्तक के उपसंहार तक मैंने दोनों नजरियों के तुलनात्मक विश्लेषण के साथ अपना निष्कर्ष निकालने की कोशिश की है।

जाहिर है कि इस तरह के अध्ययन में हमारा रवैया किसी द्वित्व पर आधारित नहीं हो सकता। यानी हमारे पास राष्ट्र बनाम भूमंडलीकरण या फिर बाज़ार बनाम समाज जैसे आसान विभाजनों की सुविधा नहीं है। कुछ विश्लेषकों का काम इस तरह के हथकंडों से चल जाता है। वे बड़े आराम से अंतर्राष्ट्रीयकरण के जमाने को सफेद और भूमंडलीकरण के जमाने को काला करार देकर अपने तर्क बुन सकते हैं। लेकिन, स्त्री की आजादी के पैरोकार ऐसा नहीं कर सकते, क्योंकि अंतर्राष्ट्रीयकरण के जमाने में स्त्री को केवल तुलनात्मक लाभ ही हुआ था। अगर वह जमाना पितृसत्ता का था, तो यह जमाना भी पितृसत्ता का ही है। वैसे भी किसी भी किस्म के सरलीकरण पर सवार होकर स्त्री अपने मुकाम तक नहीं पहुँच सकती। साथ ही, यह भी एक तथ्य है कि उत्तर-औपनिवेशिक परिवर्तन और भूमंडलीय प्रक्रियाएँ इतने स्पष्ट रूप से दृष्टिगोचर नहीं हुआ करतीं, और न ही उनका स्त्री जीवन पर केवल निषेधक प्रभाव ही पड़ता है। इसीलिए भूमंडलीकरण के खिलाफ

एकतरफा फैसला देना जल्दबाजी का शिकार होना होगा।

पूँजीवाद की ओर अग्रसर होते हुए तीसरी दुनिया के भूमंडलीय आर्थिक प्रणाली वाले देशों में स्त्री की जो पहचान उभरती है, वह पश्चिमी नकल भर नहीं है। आधुनिक विमर्श में हिस्सेदारी कर रही स्त्री को एक सीमा तक अपना आलोचनात्मक रवैया बनाने में सफलता मिली है। परिणामस्वरूप स्त्री जीवन की नई भूमिकाएँ और इन भूमिकाओं से जनित स्त्री-शक्ति के बावजूद व्यापक स्तर पर स्त्री को नई असमानता और असुरक्षा का सामना करना पड़ा है। हालाँकि स्त्री समूह में वर्ग और जाति जैसी भिन्नताएँ हैं और भूमंडलीकरण का उस पर बड़ा जटिल और विरोधाभासी प्रभाव पड़ा है। कुछ का कहना है कि विश्व आर्थिक व्यवस्था की उन्नति से स्त्री भी लाभान्वित हुई है, तो कुछ के अनुसार भूमंडलीकरण का स्त्री पर निषेधक प्रभाव पड़ा है। मगर समान रूप से सभी स्वीकारते हैं कि भूमंडलीय संघटन को प्रभावित करने वाली ताकतों ने कई तरह से स्त्री पर असर डाला है। इसलिए, कुछ के लिए यदि यह परिवर्तन वरदान के रूप में है, तो बहुतेरों के लिए हानिकारक साबित हुआ है। भूमंडलीकरण से हम पूँजी के स्वतंत्र प्रवाह की गारंटी करते हुए राष्ट्रों के बीच व्यापार की बाधाएँ दूर करने का प्रयास करते हैं। पूँजी की स्वतंत्र आवाजाही से न केवल व्यापार उन्नत होता है, बल्कि इस विनिमय से सांस्कृतिक रूपांतरण भी संभव होता है। हालाँकि दोनों के अलग-अलग संदर्भ हैं, किंतु बाज़ार और पूँजी संस्कृति के भूमंडलीकरण को प्रेरित करते हैं। वहीं दूसरी ओर स्थानीय संस्कृति भूमंडलीकरण का विरोध करती हुई भी नजर आती है।

यही कारण है कि भूमंडलीकरण की गति इतनी अनिर्धारित है। भूमंडलीकरण उत्पादन प्रक्रिया में परिवर्तन करता रहता है, परिणामस्वरूप कोई भी यथास्थिति बन नहीं पाती। जो कुछ भी स्थायी और स्थिर है, उसे भूमंडलीकरण बहा ले जाता है। इसकी तेज गति के सामने कोई ठहर नहीं पाता। डेढ़ सौ साल पहले भूमंडलीकरण का जिक्र मार्क्स के कम्युनिस्ट घोषणापत्र में भी किया गया था। यह १८२० का साल था जब विकासमान इंग्लैंड इटली के कर्ज को नहीं चुका पा रहा था। शीतयुद्ध के खत्म होने के बाद पिछले १० सालों में परिवर्तन की आँधी दुनिया के हर देश से गुजर रही है। सोवियत संघ का ध्वंस वास्तव में स्वतंत्र बाज़ार के वर्चस्व वाले जनतंत्र की उपलब्धि है। अब वास्तविक अर्थव्यवस्था वित्तीय बाज़ार का संचालन

नहीं करती, बल्कि यह तो वित्तीय बाज़ार है जो वास्तविक अर्थव्यवस्था का संचालन करता है। पिछले १० सालों में पूँजी के जिस बहाव को हम या आप देखते हैं, वैसा पहले कभी इतिहास में घटा नहीं।

I

भूमंडलीकरण का संक्षिप्त इतिहास : न्यू डील से नवउदारतावाद तक

बीसवीं शताब्दी का इतिहास यदि लिखा जाए तो सभी प्रमुख घटनाओं में सर्वोपरि है—भूमंडलीकरण की घटना। आने वाली पीढ़ी इतिहास की किसी और घटना को याद रखे या न रखे, मगर यह तो याद रखेगी कि कैसे बाज़ार आधारित भूमंडलीय व्यवस्था प्रकट हुई, कैसे इसकी ओर करोड़ों लोग खिंचते चले गए और कैसे कुछ लोगों की आय में बेइंतहा इजाफा हुआ। बिल गेट्स से लेकर अजीम प्रेमजी तक बाज़ार की बड़ी-बड़ी हस्तियाँ भूमंडलीकरण का ही परिणाम हैं। भूमंडलीकरण ने बड़े नाटकीय तरीके से विश्व भर की आय में इजाफा किया है। मगर उतने ही नाटकीय तरीके से अमीर-गरीब का आपसी भेद भी बढ़ा है। पिछले पाँच दशकों में दुनिया भर की आय 7 गुना बढ़ी है। १९६० से १९९१ के दौरान भूमंडलीय जनसंख्या में २० प्रतिशत लोगों की आय ७० से ८५ प्रतिशत बढ़ी है।

इस ज्वार में सभी नावें ऊपर उठीं, मगर इसमें कुछ नावों में सूराख था जिसके कारण वे डूब गई। कुछ छोटी नावें लहरों के बहाव में उलट गई और कुछ नावें जो सतह पर तैरती हुई नजर आती हैं उनमें कितने आदमी बचे और कितने मरे इसका हिसाब मालूम करना मुश्किल है, क्योंकि आर्थिक दुनिया में आज अस्पष्टता और जोखिम का बोलबाला है। भूमंडलीकरण से बाज़ार का उतार-चढ़ाव और परस्पर निर्भरशीलता तो बढ़ी है, मगर अब भी स्त्री जीवन से सम्बन्धित आँकड़ों का अभाव है। इसी कारण से स्त्री पर किये गए शोधकार्य में काफी असुविधा का सामना करना पड़ता है।

आर्थिक प्रणाली के अंतर्विरोध और सांस्कृतिक नवपश्चिमीकरण

उदारीकरण के दौर ने छोटे-छोटे देशों की अर्थव्यवस्थाओं के दरवाजे खुलवा दिये हैं। उनके नियामकों ने स्वतंत्र बाज़ार की आवश्यकता स्वीकार कर ली है। सभी देश पूँजी की नियंत्रणकारी अंतःसंरचना से तालमेल बैठाने की

कोशिश कर रहे हैं। दूसरी ओर, आए दिन घोटाले, नौकरशाही का भ्रष्टाचार, राजनेताओं की लूट देखने को मिल रही है। पैसे के गलत हाथों में पड़ने से जो परिणाम होता है वही आज घट रहा है। १९९६ में थाई कानून मंत्री ने अपनी ही कैबिनेट के दूसरे मंत्री पर यह आरोप लगाया कि बैंक लाइसेंस के लिए उन्होंने ९ करोड़ डॉलर की घूस ली है। भारत में तेलगी स्टाम्प घोटाला कांड में करीब ५० हजार करोड़ रुपए की गड़बड़ी का अंदाज लगाया जा रहा है। यदि यह घोटाला सच हो तो पूरा देश दिवालिया होने के अंदेशे से ग्रस्त लगता है। दक्षिण-पूर्वी एशिया से लेकर पूर्वी यूरोप और लैटिन अमेरिका के हजारों-करोड़ों लोग भूमंडलीकरण का सही-गलत प्रभाव झेलने के लिए मजबूर हैं। अमेरिकी के पूर्व राष्ट्रपति बिल क्लिंटन ने अपने भाषण में कहा है कि पिछले ५० वर्षों में दुनिया ने जितने आर्थिक परिवर्तन का सामना किया है, वैसा इतिहास में कभी घटा नहीं। कुछ के लिए स्वतंत्र बाज़ार एक नियामत है, तो कुछ के लिए यह भारी कीमत है। पहले से परिधिकृत लोग और अधिक परिधिकृत हो गए हैं। यहाँ तक कि आज अमेरिकी आर्थिक सिद्धांतकारों ने भी स्वतंत्र बाज़ार का प्रलाप कम कर दिया है। अनियंत्रित पूँजी के बहाव की अमेरिकी समाजशास्त्री भी निंदा कर रहे हैं। पिछले वर्ष नाफ्टा के अंतर्गत मैक्सिको की अर्थव्यवस्था ४.८ प्रतिशत की दर से बढ़ी। इससे १ लाख नई नियुक्तियाँ हुई, मगर १९९७ के बाद से मैक्सिको में २ डॉलर प्रतिदिन कमाने वाले लोगों की संख्या बढ़कर ४० लाख हो गई। बहुतों को गरीब बनाकर यदि कुछ लोग अमीर हो भी जाएँ तो उस देश की औसत आय में इजाफा दिखाई पड़ सकता है, पर इसे वास्तविक उन्नति नहीं कहा जा सकता।

भूमंडलीकरण ने पूँजी के प्रवाह को ही उन्मुक्त नहीं किया, बल्कि सांस्कृतिक सीमाओं को भी छिन्न-भिन्न कर दिया है। स्वतंत्र बाज़ार ने विज्ञापन द्वारा प्रत्येक देश की संस्कृति को प्रभावित किया है। विज्ञापनों की हवा पर सवार हो कर उपभोक्तावाद दूर-दूर तक यात्रा करता है। हर कहीं विशिष्ट वर्ग पश्चिमी सुख-साधन का सामान आयात कर रहा है। यदि इस पर रोक लगाई जाती है तो मानव अधिकार और मानव स्वतंत्रता का हवाला दिया जाता है। सैटेलाइट और साइबर स्पेस पर आधारित सूचना की बाढ़ को रोकने में कोई भी बाँध समर्थ नहीं है। पश्चिमी संस्कृति सर्वव्यापक जरूर है, पर हर देश में इसका स्वागत नहीं होता। इसके खिलाफ प्रतिक्रियाएँ स्वाभाविक हैं। न केवल इसका विरोध मुस्लिम रूढ़िवादी कर रहे हैं, बल्कि स्वयं अमेरिका के भीतर

भी इसका विरोध हो रहा है। आज से १५ साल पहले फ्रैडरिक जैमेसन ने कहा था कि वस्तुओं के बृहद उत्पादन के ऊपर आज छवियों का बृहद उत्पादन हो रहा है। दुनिया के हर कोने में अमेरिकी सोप ऑपेरा से लेकर मैक्डोनॉल्ड की छायाएँ हैं। दुनिया की हर संस्कृति अपने बचाव में भूमंडलीकरण पर सवाल उठाती है, इसे चुनौती देती है, मगर अन्ततः भूमंडलीकरण से प्रभावित होती है। पश्चिम सारी दुनिया को प्रभावित करना चाहता है। शायद इसीलिए भूमंडलीकरण को पश्चिमी संस्कृति के दिग्विजय का माध्यम माना जाता है।

भूमंडलीकरण गैर-पश्चिमी संस्कृतियों के लिए मारक साबित हो रहा है। जो समाज बहुसांस्कृतिकता से संपन्न थे, वे एकायामी होते जा रहे हैं। यह कहना उचित नहीं जान पड़ता कि पश्चिम और गैर-पश्चिम में बिना किसी बाधा के विचारों का आदान-प्रदान हो रहा है। यह भी उचित नहीं जान पड़ता कि संस्कृति और परंपरा का संश्लेषण इसी पर आधारित होगा। फिलहाल जो भी घट रहा है वह पश्चिम से तीसरी दुनिया पर ही आरोपित होते हुए देखा जा सकता है। चाहे जितनी दूर तक नजर दौड़ा लीजिये, हमारा परिचय किसी भारतीय मेडोना से नहीं होता। हम किसी चीनी माइकेल जैक्सन को नहीं जानते। कोई मोरोक्कन जूलिया राबर्ट्स या फिलिपीनी न्यू किड्स भी टीवी के चैनलों में उपस्थित नहीं हैं। ब्राजीलियाई शेक्सपीयर की चर्चा नहीं की जाती, उसके नाटक नहीं खेले जाते। भारतीय टीवी चैनल सहारा मनोरंजन पर अंग्रेज लेखिका बार्बरा कार्टलैंड मुकदमा दायर करती है,मगर भारत का कोई लेखक उनके लिखे पर आरोप नहीं लगा पाता। भूमंडलीय स्टेज पर न तो चीनी ओपेरा देखने को मिलता है और न ही अमेरिकी समाज लता मंगेशकर को सुनना चाहता है। यदि उर्दू-हिंदी की कविता का पाठ सुनने को मिलता है तो वह भी आप्रवासी भारतवासियों के बीच। वास्तव में भूमंडलीय मंच अपने-आप में एक पश्चिमी मंच है। यह पश्चिमी सत्ता और नियंत्रण का सांस्कृतिक वैयक्तिकरण है। यदि यहाँ किसी गैर-पश्चिम व्यक्ति को यदा-कदा कुछ कहने-बोलने के लिए चुन भी लिया जाता है तो इसलिए कि वह पश्चिम के करीब है या पश्चिमी आदर्शों को बढ़ावा दे रहा होता है। या फिर उनकी अच्छी नकल कर सकता है। जितनी भी गैर-पश्चिमी निर्मितियाँ और कलाकृतियाँ हैं, वे तभी स्वीकारी जाती हैं जब उनमें पश्चिमी मानस को गुदगुदाने की संभावना हो। अतः भूमंडलीकरण के नाम पर यह नव-

पश्चिमीकरण ही है जिसके रंग में हर देश को रँगा जा रहा है। चूँकि पश्चिम को अपनी संस्कृति और अपने सार्विक मूल्यों पर विश्वास है। अतः वह पूरे आत्मविश्वास के साथ अपने जनतांत्रिक मूल्यों को बाकी दुनिया पर आरोपित करने का हौसला रखता है।

संस्कृति के भूमंडलीकरण का प्रभाव जटिल है और स्त्रियों पर यह प्रभाव तो जटिल से जटिलतर है, क्योंकि भूमंडलीय संस्कृति स्थानीय संस्कृति को उच्छेदित करती है। मगर कैसे भूमंडलीकरण स्थानीय संस्कृति का उच्छेदन करती है और इस उच्छेदन प्रक्रिया से कैसे स्त्री प्रभावित होती है इस पर जरा गौर से सोचना होगा। क्या स्त्री की जरूरतों को स्थानीय संस्कृति पूरी करने में समर्थ है? थॉमस फ्रीडमैन की प्रसिद्ध पुस्तक 'द लॅक्सेस एंड द ऑलिव ट्री' जैसी पुस्तकों ने भविष्य के अंतर्विरोधों की तरफ इशारा जरूर किया था, हालाँकि फ्रीडमैन स्त्री-समस्या की उपेक्षा करते हैं। भूमंडलीकरण को स्पष्ट करने हेतु फ्रीडमैन लॅक्सेस यानी एक कीमती मोटरगाड़ी और ऑलिव ट्री यानी परंपरा और उसके मूल्यों को एक-दूसरे के पास-पास रखते हैं। उनके अनुसार भूमंडलीकरण इसलिए अनिवार्य है क्योंकि प्रत्येक व्यक्ति पश्चिमी समृद्धि से मिलने वाला दैहिक आराम चाहता है। सबको लॅक्सेस गाड़ी, घर में बिजली, नल में पानी, साफ-सुथरा बाथरूम और रेफ्रीजरेटर चाहिए। केवल अमेरिका की ही नहीं, बल्कि गरीब देशों की जनता की भी यही कामना है। नये बाज़ार आधारभूत रूप से अमेरिका के लिए लाभदायी जरूर हैं, मगर लाभ के साथ जिम्मेदारी भी लेनी पड़ती है और अमेरिका इस जिम्मेदारी को भली-भाँति निभा भी रहा है। कमजोर राष्ट्रों को वह संरक्षण और समय-समय पर आर्थिक और सैनिक सहायता भी देता है।

फ्रीडमैन के अनुसार नये रास्ते बनाने के लिए ऑलिव ट्री यानी परंपरा की जड़ों को काटना पड़ता है। यहाँ किसी पूरी संस्कृति और परंपरा को नहीं नकारा जा रहा है। मगर नई राह बनाने के लिए जितना आवश्यक है उतनी काट-छाँट तो की ही जानी चाहिए। इस प्रक्रिया के साथ चलने की क्षमता यानी ज्ञान पर आधारित उच्च तकनीक वाले उपभोक्ता समाज में स्थान बना पाने की क्षमता कुछ लोगों में है। इन लोगों को सुरक्षा कवच दिया जाना चाहिए। नव-उदारतावादियों के लिए लॅक्सेस और ऑलिव ट्री एक बाध्यकारी प्रतीक है। यदि गाड़ी चाहिए तो उसके लिए रास्ता बनाना होगा। विकासशील देशों में रास्तों की कमी है। स्त्री के लिए परंपरा आड़े आती है और उसे गाड़ी

चलाने से मना किया जाता है। यदि मना न भी किया जाए तो कितनी ऐसी औरतें हैं जो गाड़ी का खर्चा वहन कर सकें? एक वर्ग विशेष है सारी दुनिया में जिसके पास लॅक्सेस गाड़ी है, पेट्रोल है और परंपरा की चौड़ी सड़कें हैं। बाकी सबको दो विकल्पों में एक का चुनाव करना जरूरी है। स्त्री की स्वतंत्रता में परंपरा बाधक है। स्त्री इस बाधा से निजात पा भी जाए तो क्या लॅक्सेस गाड़ी उसे उपलब्ध होगी? क्या स्त्री भी उतनी ही समृद्ध होगी जितना कि एक पुरुष हो सकता है?

संस्कृति पर भूमंडलीय प्रभाव को आँकने के लिए इन्टरकान्टिनेंटल होटल एक ज्यादा सही रूपक है। विशेषकर स्त्री के संदर्भ में। सासकिया सासेन एक नये अंतर्राष्ट्रीय समाज के प्रकटीकरण का वर्णन करती हैं। एक ऐसा भूमंडलीय समाज का जहाँ धन बहता है, ऐसे समाज में स्त्री की भूमिका क्या होनी चाहिए वे इस पर सवाल उठाती हैं। ऐसे समाज दुनिया के कई देशों में स्थित हैं, विशेषकर बड़े शहर मुंबई, दिल्ली, बैंकाक, हांगकांग, ताईपेई आदि जिन्हें वित्तीय राजधानी कहा जाता है। इन नये क्षेत्रों में पूँजी का तेज बहाव देखने को मिलता है और यही वह साइट है जहाँ भूमंडलीय समाज के सदस्य स्थानीय लोगों से टकराते हैं। इस टकराहट का लाभकारी पक्ष है कि पर्यटन और व्यापार को बढ़ावा मिलता है, मगर खराब पक्ष है कि इससे समाज में यौन-पर्यटन, भ्रष्टाचार तथा अन्य बुराइयाँ फैलती हैं। सासेन का कहना है कि इन यात्रियों को आराम के लिए तीसरी दुनिया में समय बिताने के लिए श्रमिकों की स्थानीय सहायता जरूरी है। इस तरह के श्रमिकों की विशाल वाहिनी का नियंत्रण बहुराष्ट्रीय कंपनियों की होटल श्रृंखला करती है। नारीवादी अर्थशास्त्री ग्रासिया क्लार्क इस सारी व्यवस्था की तुलना एक अंतर्राष्ट्रीय होटल से करती है। इन होटलों के विज्ञापन सभी अंतर्राष्ट्रीय पत्रिकाओं में भरे रहते हैं। पश्चिमी यात्रियों से ये होटल वायदा करते हैं कि उन्हें घर जैसा आराम मिलेगा, मगर साथ ही नये-नये स्थानीय अनुभव भी होंगे। यहाँ विकासशील देशों की स्त्रियों की एक महत्त्वपूर्ण भूमिका शुरू होती है। इन औरतों की नियुक्ति सेवा-उद्योग में की जाती है। वे पर्यटकों को घर जैसा आराम देने में समर्थ हैं। पाँच सितारा होटलों की यह संस्कृति कमो-बेश हर बड़े शहर में फैली हुई है। इसके व्यापारी को घर की याद नहीं सताती, वह एक निष्पक्ष टैक्नोक्रेट के रूप में इन देशों में आता है मगर स्वयं को संदर्भ से काटकर स्थानीय स्तर पर पूरी तरह घुलना-मिलना उसके लिए संभव नहीं।

इन्हीं क्षेत्रों के नागरिक, इस पर्यटक का जो कि स्थानीय समाज में बाहरी व्यक्ति है, एक अन्य है, उसका जीवन आरामदायक बनाते हैं। झाड़ू-पोंछा लगाने से लेकर निजी सचिव, सुरक्षा गार्ड, होटल के बैरे, रसोईया आदि सभी कुछ को वे एक आभासी यथार्थ बनाते हैं। स्थानीय संस्कृति की प्रामाणिक छवि नहीं पेश की जाती, बल्कि ऐसी छवि पेश की जाती है जो इन पर्यटकों को लुभाए और जिसमें वे लीन हो पाएँ। अरुंधती राय अपने उपन्यास 'द गॉड ऑफ स्माल थिंग्स' में बड़ा अद्‌भुत उदाहरण देती हैं। केरल के एक ऐतिहासिक घर को अंतर्राष्ट्रीय होटल की शृंखला के रूप में खरीदा जाता है। हालाँकि इस ऐतिहासिक घर को एक अंग्रेज अफसर ने बनाया था जो बाद में देशज हो गया था। अफवाह यह थी कि यहाँ वह अपनी काम-वासना की संतुष्टि किया करता था। स्थानीय लोग इसलिए इसे ऐतिहासिक घर कहते थे क्योंकि इसी घर में न केवल स्थानीय लड़कों को मारा-पीटा गया बल्कि इसमें एक अछूत कम्युनिस्ट का खून भी हुआ था। स्थानीय संस्कृति कितनी जटिल है, कितनी प्राचीन और समृद्ध इन सबको दिखाते हुए अरुंधती उत्तर-औपनिवेशिक संघर्ष, जो आज जाति व्यवस्था के रूप में मौजूद है और जिसके खिलाफ लोग युद्धरत हैं, उस पर प्रकाश डालती है। इस आंदोलन को कैसे सरकार और पार्टी भुनाना चाहती है इसे भी वे स्पष्ट करती हैं। १९९० के बाद इस घर की सारी ऐतिहासिकता पर इन्टरकॉन्टिनेंटल होटल की रमणीयता आरोपित हो जाती है।

सवाल उठता है कि क्या इस तरह इतिहास का खोना किसी के लिए महत्त्वपूर्ण है? अरुंधती दिखाती हैं कि कैसे जनता के इतिहास को मिटा कर, विशेषकर उनकी वेदना और दमन के इतिहास को भुलाकर सत्ता उन्हें अपने अतीत के प्रति विस्मृति के गर्त में धकेलती जाती है। अतीत के प्रति उनमें लगाव नहीं होता विशेषकर भूमंडलीकरण के इस दौर में, जब फुकुयामा जैसे लेखक इतिहास के अंत की घोषणा कर रहे हों तो अतीत का कोई संदर्भ ही नहीं बचता। नाफ्टा समझौते में निवेश के अध्याय के तहत सांस्कृतिक मूर्तियों की बिक्री और अन्य दूसरे पण्य की बिक्री में कोई फर्क नहीं किया गया है। उनके लिए सबकुछ बिकाऊ है, वह चाहे हमारी कला हो, संस्कृति हो, मूर्ति या फिर अन्य कोई भी सामान।

भारत, स्वीडन, थाइलैंड, कीनिया की संस्कृति और अर्थव्यवस्था सभी में आपसी भिन्नता है पर इनसे अपेक्षा यह की जा रही है कि वे इन आपसी

भिन्नताओं को एकरूपीकृत व्यवस्था में ढालते चले जाएँगे क्योंकि अंततः इन्हें कुछेक भूमंडलीय निगमों के अंतर्गत ही रहना है। आखिर फास्ट फूड रेस्टोरेंट की शृंखला, होटल शृंखला, वाल-मार्ट जैसी दुकानों की शृंखला सभी को एक जैसा ही सामान बेचना है। प्रत्येक उपभोक्ता को जींस और जूते पहनना है, देशज संस्कृति की प्रतीक, उसे न धोती पहननी और न साड़ी। एक सी गाड़ी है, टीवी चैनलों पर एक जैसे प्रोग्राम दिखाए जाएँगे। एक जैसे सिनेमाघर रहेंगे, वहीं विशालकाय बड़े शहर होंगे और भूमंडलीय नागरिक के व्यक्तिगत, सांस्कृतिक और आध्यात्मिक मूल्य भी एक तरह के होने चाहिए। इसे ही भूमंडलीय एकल संस्कृति 'मोनो कल्चर' के नाम से पुकारा जा रहा है। आज यह प्रवृत्ति सब जगह दिखलाई पड़ती है। ऐसे मोनोकल्चर एवं एकरूपीकरण की आवश्यकता बहुराष्ट्रीय कंपनियों को है। इससे उनकी कार्य-कुशलता बढ़ती है और वे भूमंडलीय स्तर पर ज्यादा मुनाफा कमा सकते हैं। उनके लिए उत्पादन और बिक्री के तौर-तरीकों को आसानी से एकरूप में एकसाथ अलग-अलग देशों पर लागू करना संभव होता है। कुल-मिलाकर विराट स्तर के इस कारोबार में कहीं कोई रुकावट स्वीकृत नहीं। बहुराष्ट्रीय निगमों की सक्रियता प्रत्येक देश में समान रूप से प्रवाहित होनी चाहिए। साथ ही कॉरपोरेट भूमंडलीकरण का एक उद्देश्य है कि प्रत्येक देश की राष्ट्रीय उत्पादन व्यवस्था निर्यात की ओर उन्मुख हो। इससे भूमंडलीय स्तर पर कॉरपोरेट को पूँजी के प्रबंधन में सुविधा होती है तथा सट्टे में लगा हुआ धन तेजी से एक देश से दूसरे देश में ले जाया जा सकता है। उत्पादन की सुविधा के लिए स्थानीय मालिकाना हक के ऊपर विदेशी मालिकाना हावी होने से वित्तीय सट्टा में सुविधा मिलती है।

ये सारे फायदे भूमंडलीय निगमों के लिए है। स्त्री की इसमें कहीं चर्चा नहीं, अपनी आजीविका के लिए स्त्री निर्भरशील है उन अदृश्य मालिकों पर जो या तो वाशिंगटन में बैठा है या जर्मनी या जापान में। स्थानीय स्त्री इन अदृश्य मालिकों से न बात करने की स्थिति में है न अपने श्रम के लिए मोल-भाव करने में सक्षम। गरीबी के दिनों में कॉरपोरेट दुनिया से इन्हें कोई अनुदान मिलने से रहा। माना कि अब तक स्थानीय स्त्री के श्रम का शोषण मालिक वर्ग करता आया है पर स्थानीय मालिकों के मन में अपने किये के प्रति अपराधबोध रहता था पर इन अदृश्य मालिकों के मन में ऐसा कोई अपराधबोध नहीं है क्योंकि वह राष्ट्रीय सीमाओं से बँधा हुआ नहीं है।

न्यू डील से विश्व व्यापार संगठन तक

२०वीं सदी के पश्चात यह नयी दुनिया एक वर्चस्वी अंतर्राष्ट्रीय व्यवस्था के रूप में उभरी है। इसने पूरी शीतयुद्धीन व्यवस्था को सुपरसीड कर दिया है। अस्सी के दशक तक उस पुरानी दुनिया में दो खेमे थे। दुनिया का भूगोल दो भागों में बँटा था। एक भाग पूँजीवादी था, तो दूसरा समाजवादी। राष्ट्रीय सरकारों की अपनी आर्थिक परियोजनाएँ थीं तथा विकासशील देश या तो मास्को या फिर वाशिंगटन पर निर्भरशील थे। छुटभैये राष्ट्रों ने अपनी सीमा के भीतर आधुनिकीकरण को स्वीकारा जरूर था, लेकिन वे मुक्त बाज़ार की विचारधारा के मातहत नहीं थे।

सोवियत यूनियन के विघटन के बाद उत्तर-शीतयुद्ध अंतर्राष्ट्रीय व्यवस्था प्रकट हुई जो भोगवादी संस्कृति और राज्य के संदर्भ में पूँजी के उन्मुक्त प्रवाह और बाज़ार की ताकतों को सर्वोपरि बनाने की विचारधारा के प्रति समर्पित थी। इसकी स्थिरता एवं संतुलन के लिए सबसे अधिक जरूरत थी बाज़ार एवं राष्ट्रों के आपसी संतुलन की। कोई भी देश यह दावा करने में असमर्थ हो गया कि वह अपने-आप को इस बदलते हुए परिवेश से अलग-थलग रखेगा। ऐसा संभव था भी नहीं। यह तो ताश के पत्तों की फेंट थी। एक पत्ते में जरा से परिवर्तन से सभी पर दूरगामी प्रभाव पड़ना लाजिमी था। अतः राष्ट्र-राज्य चाहे कोई भी घरेलू आर्थिक नीति क्यों न अपनाएँ, बाज़ार का अनुशासन मानने को बाध्य थे।

व्यवस्था अचानक कैसे बदल गई? आखिर राष्ट्रीय सरकारों ने पूँजी के नियंत्रण से अपना हाथ अचानक क्यों हटा लिया? क्या केवल इसलिए कि सूचना एवं संवाद के प्रवाह को वे राष्ट्रीय सीमाओं पर रोकने में असमर्थ थे? इसे सोवितय संघ भी नहीं रोक पाया था। मिखाइल गोर्बाचेव पेरोस्त्राईका अपनाने को बाध्य हुए थे। समकालीन भूमंडलीकरण वास्तव में कोई नयी घटना नहीं है। इसकी प्रक्रिया उसी समय शुरू हो चुकी थी जब फ्रेंकलिन डिलानो रूजवेल्ट अमेरिका में न्यू डील की स्थापना कर रहे थे।

न्यू डील की स्थापना के पीछे पश्चिमी देशों में १९२९ का विराट आर्थिक संकट था। इस संकट का कारण पूँजीवादी अति-निवेशीकरण और सर्वहारा द्वारा कमतर उपभोग दोनों ही थे। ब्लैक फ्राइडे वॉल स्ट्रीट में घटा तो शासकों को पूँजीवादी व्यवस्था की साधारण समस्या का निदान खोजना जरूरी लगा। पूँजीवाद में आमूल बदलाव की जरूरत थी। ब्रिटेन और फ्रांस में सुधार

की यदि चेष्टा भी की गई तो यह सुधार प्रतिक्रियावादी ताकतों में समा गया। इटली और जर्मनी में पूँजीवाद में सुधार की चेष्टा के कारण नात्सीवाद और फासीवाद बढ़ा। जापान में पूँजीवादी समृद्धि के परिणामस्वरूप साम्राज्यवाद और सैन्यवाद पनप उठा। केवल अमेरिका में ही पूँजीवादी सुधार को जनतांत्रिक न्यू डील के रूप में प्रस्तुत किया जा सका था। यह न्यू डील पहले के आर्थिक विकास के बुर्जुआ नियमन के तरीके से बिल्कुल ही हटकर नये रूप में थी। और इसी न्यू डील के साथ ही साम्राज्यवाद को लाँघ जाने की कवायद शुरू हो गई थी।

न्यू डील ने सबसे अधिक अनुशासित सरकारी व्यवस्था का ढाँचा खड़ा किया। हम जब अनुशासनकारी सरकार की चर्चा कर रहे होते हैं तो हम केवल राजनीतिक और न्यायिक व्यवस्था की ओर इंगित नहीं कर रहे होते, बल्कि एक पूरा समाज जो क्रमशः पूँजीवादी उत्पादन व्यवस्था के आधार पर नियमित होता है, उसकी भी चर्चा कर रहे होते हैं। एक अनुशासित समाज वास्तव में फैक्ट्री की भाँति चलाया जाता है। सरकार एवं उत्पादन दोनों को ही अनुशासित होना जरूरी है।

अमेरिकी राजनीति का पहला प्रारूप इसी न्यू डील में मिलता है। अमेरिका ने इसे घरेलू संकट हल करने के लिए बनाया था मगर बाद में इसी झंडे के नीचे द्वितीय महायुद्ध जीतने अमेरिकी सेना निकलती है। विश्व बाज़ार के नये विभाजन के अंतर्राष्ट्रीय संघर्ष का सामना युद्ध द्वारा ही करना संभव था। न्यू डील को एक वैकल्पिक व्यवस्था के रूप में वैश्विक मंच पर प्रस्तुत किया गया। द्वितीय महायुद्ध के पश्चात बहुतों के लिए यही आदर्श बना। अमेरिकी वर्चस्व के अधीन बहुतेरे देशों ने न्यू डील की नीतियों को ही अपनाना चाहा।

और बहुतों के अनुसार विश्व शांति में न्यू डील की ही नीतियाँ कारगर साबित होंगी तथा तीसरे महायुद्ध को टालना संभव हो सकेगा। अमेरिका ने स्वयं को उदाहरण के रूप में प्रस्तुत किया। अमेरिका के वर्चस्व को बढ़ावा मिलने से डॉलर दुनिया का सिरमौर बन गया। तथा अमेरिकी फौजी सत्ता संप्रभुता को निर्धारित करनेवाली एकमात्र सत्ता बनी। प्रभावी देश एवं कमजोर देश दोनों ही इसके वर्चस्व को स्वीकारने को बाध्य थे। १९६० तक न्यू डील का ही उदाहरण फलता-फूलता गया। १९६० तक विश्व मंच पर पूँजी के सुधार का यह स्वर्ण युग था।

भूमंडलीकरण के तीन चरण

भूमंडलीकरण के तीन चरण रहे हैं। पहला दौर अंतर्राष्ट्रीयकरण का था जो १८७० से १९१४ के बीच का समय घेरता है। इस दौरान रेलवे, टेलीग्राफ व्यवस्था तथा अंतर्राष्ट्रीय वित्तीय व्यवस्था और देशांतरण के लिए नये तौर-तरीकों एवं यांत्रिक साधनों का अन्वेषण और उपयोग हुआ। उत्पादन का कुटीर उद्योग तथा हस्तशिल्प के स्तर से फैक्ट्रियों तक पहुँचना वैज्ञानिक प्रबंधन का द्योतक समझा गया। घरेलू स्तर पर सम्पूर्ण उत्पादन क्षमता को केंद्रीकृत किया गया और उसके संरक्षण के लिए राष्ट्रीय-राज्यों ने सेना तक से सहायता ली। इस दौरान इन देशों के जीवन स्तर में सुधार आया, रोजगार के नये मौके बने तथा पहली बार कर्म क्षेत्र में ट्रेड-यूनियन का प्रभाव बढ़ा जिससे राष्ट्रीय एसेम्बली में श्रमिकों की माँगें पेश करने के हालात बने।

१९५० से १९६० तक का दूसरा दौर बहुराष्ट्रीयकरण का रहा है। इससे पहले महामंदी का दौर आया और दो-दो विश्वयुद्ध हुए। विश्वयुद्ध का नतीजा था कि उन्नत देशों को फिर से अपने-अपने राष्ट्रों के पुनःनिर्माण की आवश्यकता पड़ी और शायद इसी कारण पश्चिमी देशों में अकथनीय आर्थिक प्रगति और समृद्धि आई। राष्ट्र से बाहर यदि अमेरिका ने पूँजी का निवेश किया तो इसकी वजह नये संसाधनों की खोज थी। विदेशों में दफ्तर बनाये गए और फैक्ट्रियाँ खोली गई। मुख्यालय अमेरिका में ही रखा गया ताकि अपने लाभांश के लिए शाखाओं पर पूरी निगरानी रखी जा सके। मगर ये सारी कंपनियाँ विशालकाय थीं और फोर्डवादी उत्पादन व्यवस्था में विश्वास रखती थीं। विदेशों में की जाने वाली व्यापारिक गतिविधियों के केंद्र में मूल कंपनी के स्वार्थ का ध्यान रखा जाता था। सत्तर के दशक के मध्य में फोर्डवादी कंपनियाँ अपनी फैक्ट्रियों को देश से बाहर अन्य देशों में स्थापित करने लगीं क्योंकि वहाँ मजदूरी कम थी और श्रमिकों को सामाजिक सुरक्षा देने की बाध्यता भी नहीं थी। विश्व बैंक, अंतर्राष्ट्रीय मुद्रा कोष और अन्य क्षेत्रीय विकाशसील बैंकों द्वारा बहुराष्ट्रीय निगमों को संरक्षण दिया गया। उद्योगीकृत देशों में अर्थव्यवस्थाजन्य सुविधाओं से एक नया मध्यम वर्ग उभर कर आया जिसने इन निगमों के मूल्यों को ही अपनाया जिससे कॉरपोरेट कल्चर बहुराष्ट्रीय कंपनियों के दायरे से निकल कर सामाजिक स्तर तक पहुँचा।

हम आज भूमंडलीकरण के तीसरे चरण में हैं। औद्योगिक व्यवस्था के संदर्भ में प्रत्येक चरण नये दृष्टिकोण और नयी तकनीक से लैस रहता है, और

व्यापार और पूँजी के निवेश में नयी राष्ट्रीय उर्जा को संलग्न होते हुए देखा जा सकता है। लेकिन, समकालीन दौर गुणात्मक रूप से भूमंडलीकरण के पिछले दो चरणों से अलग है। आज समकालीन व्यवस्थाएँ ज्यादा लचीली और गतिशील हैं, क्योंकि औद्योगिक व्यवस्था में सूचना तकनीक की महती भूमिका है। आज अर्थव्यवस्था ज्ञान पर आधारित है—विशेषकर समृद्ध देशों का सकल घरेलू उत्पाद का अधिकतम हिस्सा तकनीकी ज्ञान के कारण संभव हुआ है। भूमंडलीकरण का एक परिणाम यह भी है कि भूमंडलीय स्तर पर सक्रिय कंपनियों को राष्ट्रीय सरकारें नियंत्रित करने में असमर्थ साबित हो रही हैं। हालाँकि भूमंडलीकरण की कीमत और उससे होने वाले लाभ का सभी देशों में समान वितरण नहीं हुआ है, फिर भी यह दावा तो किया जा रहा है कि बढ़ते हुए भूमंडलीकरण से स्त्रियों और वंचितों को ज्यादा लाभ होगा। ऐसे तथ्य दिये जा रहे हैं कि अब तक जो क्षेत्र पुरुषों द्वारा अधिकृत थे, वे स्त्रियों को उपलब्ध हो रहे हैं। तर्क यह है कि जमीन और पारंपरिक पूँजी का पुनर्वितरण उतना आसान नहीं, मगर ज्ञान के वितरण में तो कोई बाधा नहीं आनी चाहिए। स्त्री के पास यदि बाहरी जगत की पर्याप्त सूचना हो, उसको यथार्थ का ज्ञान हो तो उसे सत्ता से सीधी बातचीत और मोल-भाव की सुविधा मिलती है। कुछ ऐसी मध्यस्थकारी संस्थाएँ विकसित हुई हैं जो मानवीय विकास और अर्थव्यवस्था के पर्यावरण पर ध्यान देती हैं। वे राष्ट्रीय तथा अंतर्राष्ट्रीय स्तर पर लिए गए निर्णयों के प्रति समर्थन या विरोध भी जताती हैं।

बहुराष्ट्रीय निगम भूमंडलीकरण की प्रक्रिया के जरिये वित्तीय पूँजी के निवेश तथा उत्पादन और बाज़ार का राष्ट्रीय सीमा से परे निरंतर अपना प्रसार करते रहते हैं। इनका निर्णय क्षेत्र सारी दुनिया है और इसके पैरोकार अपनी मुद्रा के पोर्टफोलियो को लगातार बार-बार समायोजित करते रहते हैं। किसी भी कंपनी की फैक्ट्रियाँ, आफिस और उसके कर्मचारी अधिक लाभ कमाने के लिए राष्ट्रीय सीमा के बाहर कहीं भी जाने को तैयार हैं। इन भूमंडलीय निगमों के अभिनेताओं ने तकनीकी क्षमता के आधार पर नये अंतर्राष्ट्रीय सम्बन्धों का निर्माण किया, जिससे उत्पादन एवं उपभोग की क्षमता बढ़ी है। पूँजी और सूचना का राष्ट्रीय सीमाओं के आरपार सहजता से आना-जाना संभव होने से जो नये नेटवर्क बने उन्होंने पूँजी, सेवा और वस्तु की अंतर्राष्ट्रीयता को बढ़ावा दिया है। किंतु भूमंडलीकरण से एक ओर नयी सुविधाएँ मिलीं, तो दूसरी ओर नये जोखिम भी बढ़े हैं।

भूमंडलीकरण के कारण कंपनियों के मुख्य कार्यकारी अधिकारी (सीईओ) रोजमर्रा के आर्थिक निर्णयों को प्रभावित करने में असमर्थ हो गए हैं। दुनिया के बाज़ार एक-दूसरे से इतनी तेज गति से टकराते हैं कि न तो उनके बारे में कोई भविष्यवाणी की जा सकती है और न ही उनकी गति को नियंत्रित करना संभव रह गया है। राष्ट्रीय सीमाओं के भीतर पूँजी को कैद नहीं किया जा सकता, क्योंकि आज बटन दबाते ही करोड़ों डॉलर एक राष्ट्र से दूसरे राष्ट्र की ओर फिसल जाते हैं। लेकिन इसका यह अर्थ नहीं कि राष्ट्रीय सीमाओं का विलयन हो गया है। प्रत्येक राष्ट्र की भिन्न-भिन्न भूमिकाएँ हैं और इससे उनकी आर्थिक सफलता या असफलता का परिचय मिलता है। राष्ट्र यदि भूमंडलीय अर्थव्यवस्था में अपनी भागीदारी रखना चाहे और अपने स्थानीय बाज़ार में अंतर्राष्ट्रीय निवेशकों का ध्यान आकर्षित करना चाहे तो उस राष्ट्र का काम होगा कि पूँजी के निवेशकों को बहलाने-फुसलाने का रास्ता निकाले। इसके लिए उसे एक सुनहरे ढाँचे की तैयारी करनी पड़ती है, जिसके अंतर्गत उद्योगों का निजीकरण, संतुलित बजट, आयात शुल्क को कम करना, विदेशी निवेश पर नियंत्रण और राज्य द्वारा सरकारी अनुदान को खत्म करना शामिल है।

अतः भूमंडलीकरण का फायदा बाज़ार की दक्षता पर निर्भरशील है जिसके लिए राष्ट्र को अन्य सहयोगी संस्थाओं की आवश्यकता पड़ती है। अंतर्राष्ट्रीय स्तर की एकाउन्टिंग और ऑडिटिंग व्यवस्था, सुदृढ़ वित्तीय बाज़ार का रेगुलेशन, शेयरधारकों के अधिकार और लालफीताशाही के बदले पारदर्शिता को लागू करना पड़ता है ताकि दूर बैठा व्यापारी भी राष्ट्रीय सीमा के भीतर होने वाले हलचलों का पूरा जायजा लेने में समर्थ हो सके। भूमंडलीकरण को बिना पूरी तरह लागू किये आर्थिक प्रगति संभव नहीं। मगर इसके लिए राष्ट्रीय सरकारों और समाज को रोशनी कौन दिखाएगा? माना जाता है कि इंटरनेट वह एजेंट है जो बाज़ार आधारित समाज को विकेंद्रित, जनतांत्रिक और पारदर्शी बनाने का सामर्थ्य रखता है। माना कि केन्टकी फ्रॉयड चिकन के लिए बंगलूर में बड़ी हाय-तौबा मची या फिर किसी और ग्लोबल ब्रांड के खाद्यों के लिए कहीं कोई अलग प्रतिक्रिया हुई, कहीं फैशन की नग्नता के खिलाफ आंदोलन हुआ, तो कहीं भोगवादी संस्कृति पर समाज को आमूल रूप से असंतुलित करने का आरोप लगा, मगर इन सबके खिलाफ दरवाजा बंद करने में हर देश की सरकार इसलिए असमर्थ नजर आ रही है

क्योंकि सीमा के पार आवाजाही पर रोक लगाने से भी कुछ हासिल नहीं हो सकता। कोई भी व्यक्ति इंटरनेट के माध्यम से बाहरी दुनिया से संवाद स्थापित करने में समर्थ है। जो दरवाजे से नहीं घुस पाता, वह कम्प्यूटर के विंडो पर तुरंत उपस्थित होने में समर्थ है। आधुनिक सूचना तकनीक से प्रभावित राष्ट्रीय सरकारें भूमंडलीय बाज़ार व्यवस्था को अपनाने को इसलिए भी बाध्य है क्योंकि उत्पादनकर्ता बेरोक-टोक हर कहीं आ-जा सकता है और वह ऐसा ही करना चाहेगा।

प्रत्येक देश अमेरिकी मॉडल स्वीकार रहा है और इस मॉडल में राष्ट्रीय जोड़-घटाव का स्कोप बहुत कम है। बाज़ार आधारित अर्थव्यवस्था में नयी तकनीक के लिए पूँजी का निवेश किया जाता है और बहुराष्ट्रीय निगमों में प्रमुख कार्यकारी अधिकारियों को कंपनी के लाभ में भागीदारी मिलती है। फिर भी कम विकसित और विकासशील देशों को बाज़ार व्यवस्था की संस्थागत जरूरतों को प्रस्तुत करने में काफी समय लग सकता है। हर देश में इंटरनेट से संचालित संस्थाएँ इतनी जल्दी जड़ नहीं पकड़तीं। प्रत्येक समाज अपनी संस्थाओं का विकास अपनी तरह करना चाहेगा। इस तरह से ये संस्थाएँ सत्ता और जनता के बीच बिचौलिए की भूमिका निभाती हैं। पर इस भूमिका के लिए सरकार की सही प्रबंधन क्षमता भी होनी चाहिए। आज तक जो संस्थाएँ क्रमशः विकसित हुई, तथा जिन्हें राष्ट्रीय राज्यों का पूरा संरक्षण मिला था, उन्हें ही अंतर्राष्ट्रीय बाज़ार का सामना करना पड़ रहा है। सवाल उठता है, क्या अपनी मध्यस्थकारी भूमिका में ये संस्थाएँ स्त्रियों एवं वंचितों को भूमंडलीकरण से होने वाले लाभ दिलाने में समर्थ हैं?

भूमंडलीकरण साफ तौर पर मिशेल जॉर्डन एवं पॉल क्रुगमैना जैसे बाज़ारवादी अभिजनों के हित में है। इंटरनेट एवं दूरदर्शन के सैटेलाइट से ऐसे ही लोग भूमंडलीय बाज़ार में अपनी सेवाएँ बेच पाते हैं। मगर बहुतों के लिए यह व्यवस्था हितकारी नहीं है। इससे न केवल सामाजिक एकता और लगाव का ह्रास होता है, बल्कि विजेता समाज को बेशर्मी से सबकुछ बटोरने का दुस्साहस भी देता है। दुनिया में आज जैसी असमानता पहले कभी नहीं थी। यदि देश के पास धन है तो व्यक्ति की शिक्षा पर अधिक खर्च करना संभव होगा और वह व्यक्ति एक कुशल श्रमिक बन सकेगा। मगर बहुतेरे देशों की आर्थिक क्षमता इतनी सीमित है कि वे अपनी जनता को तकनीकी शिक्षा मुहैया कराने में असमर्थ हैं। अमेरिकी अर्थशास्त्री फ्रीडमैन की भविष्यवाणी है कि

२१वीं सदी में भूमंडलीकरण की पक्षधर एवं विपक्षी ताकतों में गृहयुद्ध होगा जिसका कारण उन देशों की स्थानीय संस्कृति होगी। इन बातों से लगता है कि भूमंडलीकरण का केवल आर्थिक पक्ष ही नहीं बल्कि विकासशील देश स्वयं से विकसित देशों के वर्चस्व की तुलना में कैसे खुद को बचाए और कैसे मध्यम मार्ग पर चलें, इस पर भी चर्चा जरूरी है। भूमंडलीकरण तो वह बिजली है जिससे आपका घर रौशन भी हो सकता है और आपके घर में आग भी लग सकती है।

द्वितीय विश्वयुद्ध के बाद आर्थिक भूमंडलीकरण के मुख्य प्रणेता सौ-दो सौ भूमंडलीय निगम और बैंक रहे हैं जिन्होंने संस्कृति, वित्त एवं उत्पादन को राष्ट्रीय सीमाओं से परे ले जाना चाहा और जिसमें ये सफल भी हुए। हम जो कुछ भी खाते-पीते या जिस शैली में जीते हैं कमोबेश आज वह इन्हीं भूमंडलीय निगमों का उत्पादन कहलाएगा। इन निगमों ने पिछले पचास वर्षों में एक भूमंडलीय नौकरशाही को भी तैयार किया जो निरंतर इन्हीं की आर्थिक और राजनीतिक सत्ता को संवर्धित करने में लगी हुई है। आर्थिक भूमंडलीकरण के समर्थकों का कहना है कि उद्योगीकरण का विकास पिछले तीन सौ साल का ऐतिहासिक परिणाम है जिसे नियंत्रित करना संभव नहीं। जिस प्रकार हम प्रकृति को वश में नहीं कर पाते उसी तरह भूमंडलीकरण की उद्दाम शक्ति को भी पलटना संभव नहीं। शायद इसीलिए आज प्रत्येक देश की सरकार और वहाँ के अर्थशास्त्रियों तथा मुख्यधारा की मीडिया ने भूमंडलीकरण को स्वीकार लिया है। सवाल उठता है, क्या सच में इसका प्रतिरोध इतना असंभव है? क्या दोहा, सिएटल, कानकुन में किया गया विरोध प्रदर्शन महज कुछ सिरफिरों की सनक थी? विभिन्न यूरोपीय राजधानी, भारत, जापान तथा ब्राजील आदि देशों में हमने अबतक जिन विरोध प्रदर्शनों को देखा है वह केवल विरोध का दिखावा भर है? क्या हम यह समझें कि आधुनिक भूमंडलीकरण औद्योगिक विकास की अभिव्यक्ति नहीं बल्कि आदमी ने इसे अपने कुछ विशेष स्वार्थों के निमित्त ईजाद किया है। बात यह नहीं है। ऐसा नहीं है कि भूमंडलीकरण की वर्तमान प्रक्रिया मानवीय मूल्यों से रहित है। इसने ब्रेटनवुड के न्यू हैमशायर में सन् १९४४ में जन्म लिया था। इन दिनों द्वितीय विश्वयुद्ध के विनाश के कारण नवनिर्माण की एक बड़ी समस्या दुनिया के सामने खड़ी हुई थी। बहुराष्ट्रीय निगमों , अर्थशास्त्रियों और राजनीतिज्ञों और बैंकरों के सामने प्रमुख समस्या थी कि भविष्य की दुनिया को और

अधिक बड़े आर्थिक खतरे से कैसे बचाया जाए ताकि फिर किसी महामंदी के दौर का सामना न करना पड़े। अत: निश्चय किया गया कि ऐसी केंद्रीय आर्थिक व्यवस्था को प्रोत्साहित किया जाना चहिए जो दुनिया के पुनर्निर्माण में सहायक हो और गरीबी को दूर कर सके।

निस्संदेह ब्रेटनवुड के सभासद उदार विचार रखते थे। उन्होंने निश्चय किया कि एक ऐसे भूमंडलीय निजाम की रचना की जाए जिसकी नयी नौकरशाही स्वतंत्र बाज़ार के नये नियमों को संचालित करे। और इसी का परिणाम है, विश्व बैंक (जिसे पहले विकास और पुननिर्माण के अंतर्राष्ट्रीय बैंक के रूप में जाना जाता था) और अंतर्राष्ट्रीय मुद्रा कोष तथा विश्व व्यापार संगठन जिसने गैट के गर्भ से जन्म लिया। यह त्रिमूर्ति यानी विश्व बैंक, अंतर्राष्ट्रीय मुद्रा कोष और विश्व व्यापार संगठन वास्तव में आर्थिक भूमंडलीकरण की नौकरशाही है। इसी भाँति नौकरशाही की कुछ अन्य अभिव्यक्तियाँ भी हैं, मसलन नाफ्टा (उत्तरी अमेरिका मुक्त व्यापार समझौता), यूरोपीय महासंघ का मास्ट्रीस समझौता तथा अमेरिका का स्वतंत्र व्यापार का क्षेत्र जिसे एफटीएए कहा जाता है। द्वितीय विश्वयुद्ध के पश्चात ये संस्थाएँ धरती पर पुन: एक सामाजिक, आर्थिक और राजनीतिक व्यवस्था को प्रस्थापित करने में प्रयासरत हैं। बड़ी तेजी से ये संस्थाएँ राष्ट्रीय सरकारों की राजनीतिक ताकत को अपने हाथों में लेती जा रही हैं जिससे राष्ट्रीय सरकारें और देशज समूह की सत्ता एवं प्रबंधन, भूमंडलीय निगमों, बैंकरों आदि के हाथों केंद्रित होती जा रही है। सत्ता का यह केंद्रीकरण वास्तव में प्राकृतिक दुनिया की जैविक भिन्नता, जनतांत्रिक समाज, सामूहिक नियंत्रण और राष्ट्रीय संप्रभुता की कीमत पर ही घट रहा है। आर्थिक भूमंडलीकरण की कुछ आर्थिक विशेषताएँ निम्नलिखित हैं—

१. पर्यावरण का अनियंत्रित शोषण और अति-उत्पादन को दिया जाने वाला प्रोत्साहन ताकि जल्दी से जल्दी और अधिक से अधिक आर्थिक लाभ हो।

२. सार्वजनिक सेवाओं का वस्तुकरण एवं निजीकरण तथा सामुदायिक उपलब्धियों का भूमंडलीकरण।

३. उपभोक्तावाद को अत्यधिक प्रोत्साहन, आर्थिक एकरूपीकरण तथा सांस्कृतिक भिन्नता पर एकल भूमंडलीय संस्कृति स्थापित करना।

४. राष्ट्रीय अर्थव्यवस्था जिसमें पर्यावरण से जुड़ी हुई स्वावलंबी

संस्थाओं में बदलाव लाना तथा भूमंडलीय व्यवस्था में उन्हें शामिल करने का प्रयास तथा स्थानीय उद्योग के बदले निर्यात उद्योग को प्रोत्साहित करना।

५. सीमा के आरपार अनियंत्रित परिवहन एवं गतिविधि।

६. बड़ी तेजी से निगम केंद्रित मूल्यों को ही प्रमुखता देना।

७. समाज और पर्यावरण सम्बन्धी योजनाओं को तथा सार्वजनिक स्वास्थ्य को छिन्न-भिन्न करना।

८. जनतांत्रिक राष्ट्र-राज्य की सत्ता और स्थानीय समुदाय की पारंपरिक सत्ता को स्थानांतरित कर उसे भूमंडलीय निगम पर आधारित नौकरशाही से जोड़ना।

भूमंडलीकरण की नौकरशाही के एक प्रमुख सदस्य अंतर्राष्ट्रीय मुद्रा कोष के सदस्य राष्ट्र अंतर्राष्ट्रीय वित्तीय व्यवस्था में संतुलन और भुगतान संतुलन के निर्वाह में मदद की आवश्यकता पर जोर देते रहे हैं। अस्सी के दशक में इस संस्था ने दूसरा रूख अख्तियार किया। अब तक कोष का उद्देश्य था कि सरकार को किसी भी प्रकार की मुद्रा संकट से बचाया जाए, किंतु अब वह सरकार पर दबाव डालता है कि व्यापार और मुद्रा के प्रवाह को अनियंत्रित और किसी भी प्रकार के राष्ट्रीय हस्तक्षेप से स्वतंत्र रखा जाए। अंतर्राष्ट्रीय मुद्रा कोष समर्थित नीतियाँ विदेशी पूँजी को नये बाज़ार में आमंत्रित करती हैं। यह पूँजी ऋण के रूप में तो आती ही है, शेयर बाज़ार में भी इसका अल्पकालीन निवेश होता है। नब्बे के दशक में एक बार जब यह सच्चाई सामने आई कि कैसे यह अल्पकालीन निवेश देश पर कहर ढा सकता है तो दुनिया के अर्थशास्त्री चौंक उठे। करोड़ों की संख्या में डॉलर रातो-रात एशिया, मैक्सिको, ब्राजील की सरहद पार वापस सुरक्षित ठिकानों पर भेज दिए गए। परिणामस्वरूप मुद्रा और शेयर बाज़ार को ध्वस्त होना ही था। करोड़ों लोग दिवालिया हुए, उन्हें बचाने के लिए अंतर्राष्ट्रीय मुद्रा कोष ने पुनः नयी उधारी दी यानी कर्ज में डूबे हुए देशों ने और नया कर्ज लिया। और इसका भुगतान भविष्य की पीढ़ी पर छोड़ दिया। भावी संतति को यों गिरवी रखना किसी को अखरा नहीं, बहुतेरी जगह तो अंतर्राष्ट्रीय मुद्रा कोष के दबाव से जो व्यक्तिगत ऋण थे, उन्हें भी सार्वजनिक ऋण में बदल दिया गया। पिछले दो दशकों से विश्व बैंक और अंतर्राष्ट्रीय मुद्रा कोष ने ९० विकासशील देशों पर ढाँचागत समायोजन लागू किया है। जिसका उद्देश्य है ऋण की अदायगी और अल्पकालीन वृहद स्तरीय आर्थिक संतुलन। वे चाहते हैं कि

ऋणी कंपनियों और दिवालिया कंपनी को कम से कम सरकारी संरक्षण मिले। इनके अनुसार सरकारी सहायता पर आधारित पूँजीवाद ही विकास में सबसे बड़ा बाधक तत्त्व है। अत: एक बार यदि आर्थिक मामलों में सरकार हस्तक्षेप करना बंद कर दे तो स्थानीय बैंकों तथा निर्माता कंपनियों को अपनी असली ताकत का पता चलेगा। संरक्षण का अर्थ ही हुआ कि वह कंपनी अभी कच्ची है, उसे संरक्षण की आवश्यकता है। जो वयस्क है उसे किसी की आवश्यकता नहीं। अंतर्राष्ट्रीय मुद्रा कोष का कहना है :

१. गरीबी कम करने के लिए वित्तीय खर्चों पर नियंत्रण होना चाहिए। सरकार को बजट का अंदाजा होना चाहिए, विशेषकर कल्याकारी कार्यों पर कितना खर्च किया जाए। सरकार यदि गरीब है तो उसे जनता पर खर्च करने का हक नहीं और यदि खर्च करती है तो आय के अनुकूल ही खर्च करना उचित है।

२. सरकारी नीति में पारदर्शिता होनी चाहिए ताकि वित्तीय खर्चों पर गुणात्मक नियंत्रण रहे और उसका सर्वेक्षण करना संभव हो।

भूमंडलीकरण की नौकरशाही

इतिहास गवाह है कि विश्व बैंक और अंतर्राष्ट्रीय मुद्रा कोष जिस मकसद से बनाए गए थे, वह कभी का खत्म हो चुका है। इससे इंकार नहीं किया जा सकता कि जिन महती योजनाओं के लिए ऋण दिए गए थे, वे सभी असफल हुई। दशकों से कई ऐसे देश हैं जो ढाँचागत समायोजन की चेष्टा में और कमजोर हो गए। सफलता की कहानियाँ विरल हैं। ढाँचागत समायोजन के नाम पर अर्थव्यवस्था जिस गड्ढे में गिरती है, वहाँ सब कुछ सड़ने लगता है। स्थानीय निवेश में कमी, सामाजिक खर्चों में कटौती, चीजों की खरीददारी में कमी तथा कम उत्पादन के मूल में एक ऐसी अवरुद्धता आती है जिससे आय और व्यापार दिन पर दिन कम होता चला जाता है और कम व्यापार पुन: और अधिक अवरुद्धता एवं मंदी लाता है। यह एक ऐसा दुष्चक्र है जिससे किसी भी देश के लिए निकलना आसान नहीं। जबकि होना चाहिए था कि नये निवेश से जनित रोजगार और उस रोजगार से होने वाली आय में बढ़ोतरी ताकि उससे उपभोक्ता बाज़ार में तेजी आती। लोग ज्यादा सामान खरीदते। आखिर विश्च बैंक ने भी यही चाहा था, मगर हुआ इसका उलटा। बल्कि आज तो स्थिति यह है कि स्वयं पश्चिमी देश भी मंदी के शिकंजे में जकड़ते

जा रहे हैं। थाईलैंड, इंडोनेशिया, कोरिया ने जब घुटने टेक दिए तो दुनिया चौंक उठी। उदारीकरण तथा निजीकरण का दुष्परिणाम दुनिया के सामने था। मगर अपनी आर्थिक नीति पर शक करने के बजाय विश्व बैंक ने असफलता का दोष इन देशों के सर पर मढ़ा और कहा गया कि ढाँचागत कमजोरी का कारण पूँजी के सही उपयोग का अभाव निकला है। ढाँचागत समायोजन की सुविधा के लिए दीर्घकालीन नीति की आवश्यकता पड़ती है। इन दिवालिया देशों को पुनः आर्थिक अनुदान दिया गया ताकि इनके निजीकृत क्षेत्रों द्वारा भारी मात्रा में लिए गए ऋण का शोध हो सके। समस्या तब हुई जब अनुदान के बावजूद इन देशों के निजी क्षेत्र और शिथिल हो गए। कारण यह था कि किसी भी देश में एक बार जब मंदी की तेज आँधी चलने लगती है तो व्यापारी आर्थिक नुकसान के कारण हिम्मत गँवा बैठते हैं। मुझे मशहूर अर्थशास्त्री डॉक्टर भवतोष गुप्ता के शब्द याद आते हैं—अर्थशास्त्री चाहे जितनी भविष्यवाणियाँ करें, पर आदमी की मति-गति के बारे में कुछ भी कहना असंभव है।

आज तीसरी दुनिया के देशों के बैंकों के पास रुपया है पर इस रुपये को व्यापार में लगाना और इससे लाभ कमाना साधारण आदमियों के वश में नहीं। कारण यह है कि छोटे व्यवसायियों को बहुराष्ट्रीय कंपनियों से होड़ करनी पड़ती है जिसमें वे सफल नहीं हो पाते। १९९८-९९ के दौरान विश्व बैंक की जमकर आलोचना हुई। जी-७ ने ४० गरीब देशों को ऋण से मुक्त किया। इन देशों का कहना था कि गरीब देशों की समस्या के लिए आईएमएफ जिम्मेदार है। अतः आईएमएफ का उन्मूलन हो जाना चाहिए। इनके अनुसार आईएमएफ ही सबका शत्रु है। अतः यह निर्णय लिया गया कि आईएमएफ में राष्ट्रीय नीति निर्धारकों एवं नागरिक समाज के सक्रिय कार्यकर्ताओं को भी शामिल किया जाना चाहिए।

क्या सच में अंतर्राष्ट्रीय मुद्रा कोष द्वारा निर्धारित ढाँचागत समायोजन की नीति असफल हो गई है? क्या ब्रेटनवुड की संस्थाएँ पंगु हो गई हैं? असलियत यह है कि इन संस्थाओं से दुनिया को अभी तक निजात नहीं मिली है। जोसेफ स्टिग्लिट्ज विकास के सामाजिक पक्ष को वृहद स्तरीय आर्थिक ताकतों से जोड़ने की चर्चा करते हैं। विश्व बैंक अपनी उधारी का सिर्फ २५ प्रशित ही स्वास्थ्य, भोजन, शिक्षा और सामाजिक सुरक्षा पर खर्च कर सकता है। एशिया डेवलपमेंट बैंक जिसे एडीबी के नाम से जाना जाता है आज अर्थव्यवस्था के

मानवीय पक्ष की ज्यादा चर्चा करने लगा है।

अंतर्राष्ट्रीय मुद्रा कोष और विश्व बैंक के साथ-साथ विश्व व्यापार संगठन ब्रेटनवुड की व्यवस्था की तीसरी टाँग है। द्वितीय विश्वयुद्ध के बाद बहस के केंद्र में था पूँजी का निवेशीकरण, साथ ही दुनिया के श्रमिकों के अधिकारों की सुरक्षा। विकासशील देशों के व्यापार को भूमंडलीय उत्पादकों के गिरोह और दलबंदी से भी बचाना था ताकि ये निगम किसी एक क्षेत्र में अत्यधिक सत्ता संपन्न न हो जाएँ। अमेरिका ने हवाना चार्टर के अंतर्राष्ट्रीय व्यापार संगठन की प्रस्तावना को खारिज किया और इसके बदले जनरल एंग्रीमेंट ऑन टेरिफ एंड ट्रेड (गैट) की स्थापना की। इसका सीमित उद्देश्य था व्यापक व्यापारिक सिद्धांत पर आधारित सेवा और पण्य के शुल्क में कमी को संभावित करना। द्वितीय विश्वयुद्ध के बाद, वह भी गैट की नीति के अनुसार विश्व व्यपार में अभुतपूर्व उन्नति हुई।

इसी दौरान गैट एक संस्था के रूप में विकसित होता है जो मानवीय अधिकारों एवं अन्य सामाजिक तथा पर्यावरण सम्बन्धी प्राथमिकताओं के ऊपर निगमों के अधिकार को प्रोत्साहित करता है। इसके अंतर्गत कोई भी सरकार एक सीमा तक ही पर्यावरण, भोजन और उत्पादन के मानकीकरण पर कानून बना सकती है। गैट का उद्देश्य था कॉरपोरेट बौद्धिक संपदा को नये रूप से संरक्षित करना। इससे अमीर देशों को एकाधिकार की सुविधा मिली। विकासशील तथा अविकसित देशों के ऊपर गैट के नियम लागू हुए। गैट के उरुग्वे राउंड में इस समझौते को लागू किया गया जिससे अमेरिका से समर्थित भूमंडलीय निगम और उनके दूसरे लग्गू-भग्गू यूरोपीय और जापानी बहुराष्ट्रीय निगम क्रमशः शक्तिशाली होते गए। १९९४ में उरुग्वे ने पुराने गैट के व्यापारिक समझौते को एक नयी संस्था में परिवर्तित किया जिसका नाम था—विश्व व्यापार संगठन। यह पहले की तुलना में और अधिक शक्तिशाली था। इसकी अपनी नौकरशाही थी। इसका काम था यदि किसी देश की नीति इन बहुराष्ट्रीय निगमों के स्वार्थों से टकराती हो तो उस पर प्रतिबंध लगाना। उद्देश्य था कि जब विदेशी जमीन पर ये निगम काम करते हैं तब इनकी कार्यवाही में राष्ट्रीय सरकारें हस्तक्षेप न कर सकें। यानी विश्व व्यापार संगठन की माँग ही सर्वोपरि थी और इसके विरोधियों को तमाम तरह के व्यापारिक प्रतिबंधों का सामना करना पड़ता था।

आपसी होड़ और प्रतियोगिता का चरम जब व्यापारिक युद्ध का रूप ले

ले तब यह संगठन गरीब देशों का हितरक्षक होने का दावा करता है। मगर वास्तविक स्थिति ऐसी नहीं है। भारत से कहा गया कि उसे अपना राष्ट्रीय संविधान बदलना चाहिए ताकि जीवनरक्षक दवाइयों का भी दाम बढ़ाना संभव हो और इन विदेशी औषधि कंपनियों को घाटा न उठाना पड़े। गरीबों का रक्षक होने का दावा भी एक झूठा सच है। १९९९ में कैरिबियन द्वीपों के केले की खेती से किसानों को जिस त्रासदी का सामना करना पड़ा उससे हम सभी परिचित हैं। यूरोप से कहा गया कि वह कैरिबयन द्वीप से केले का आयात नहीं कर सकता क्योंकि यह कृषि व्यापार से सम्बन्धित चिकीटा एवं डोले जैसे दो बड़े अमेरिकी निगमों के हित में नहीं था कि यूरोप इन देशों से केले का आयात करता। चूँकि ये दोनों कॉरपोरेट मध्य अमेरिका में केले की खेती करते हैं और दुनिया के आधे से अधिक केले के व्यापार पर इनका नियंत्रण है, अत: इनकी तुलना में कैरेबियन द्वीप के दो लाख गरीब किसान कहाँ ठहरते? अत: स्पष्ट है कि विश्व व्यापार संगठन को गरीब किसानों से मतलब नहीं, वह तो सिर्फ अमेरिका का ही हित साधन करने पर लगा हुआ है।

सेवा उद्योग को भी विश्व व्यापार संगठन में शामिल करना अमेरिका की ही पहल थी। इसी से बौद्धिक संपदा के अधिकार का झमेला भी शुरू हुआ। व्यापार से सम्बन्धित निवेशीकरण के तरीके यानी ट्रेड रिलेटेड इन्वेस्टमेंट मेजर्स (ट्रिम्स) और ट्रेड रिलेटेड इंटलेक्चुअल प्रापर्टी राइट (ट्रिप्स) विश्व व्यापार संगठन के अलग-अलग पहलू हैं। यानी विदेशी निवेश की नीति में कोई भी राष्ट्रीय सरकार हस्तक्षेप करने में असमर्थ है। यानी कॉरपोरेट पूँजी की राष्ट्रीय सीमा पार की आवाजाही पर कोई राष्ट्रीय सरकार रोक लगाना चाहती है तो ये निगम उसे मानने को बाध्य नहीं हैं।

१९९५ में विश्व व्यापार संगठन को जन्म देने के पीछे कोई भूमंडलीय आनिवार्यता नहीं थी। बल्कि यह अमेरिकी सरकार की निजी जरूरत थी। अमेरिका समझ रहा था कि गैट की ढीली-ढाली नीतियाँ उसके विशालकाय निगमों के हित संरक्षण में असमर्थ हैं। १९९० तक यह जी-७ राष्ट्रों का बीज मंत्र बन गया। यानी सातों अमीर देश मिलकर दुनिया के व्यापार पर नियंत्रण करने लगे। लेकिन क्या विकासशील देशों को भी विश्व व्यापार संगठन की जरूरत है? ये देश समझते हैं कि व्यापार विकास के मुद्दे पर सत्तर और अस्सी के दशक तक आते-आते संयुक्त राष्ट्र संघ धीरे-धीरे परिधिकृत होता गया और कमजोर देशों पर जी-७ की पकड़ मजबूत होती गई। विश्व व्यापार

संगठन की नीति में परिवर्तन के लिए किसी भी देश को करोड़ों डॉलर खर्च करना होता है। विकासमान देश अब तक यह समझ चुके हैं कि गैट के ढाँचे में तो फिर भी उनके लिए थोड़ी जगह बची थी मगर विश्व व्यापार संगठन वास्तव में विकास विरोधी है और इसकी नीतियों का फायदा बड़े अंतर्राष्ट्रीय उद्योगों को तो होता है मगर स्थानीय उद्योग की इसे कोई चिंता नहीं। जिस नये रास्तों का सुझाव विश्व व्यापार संगठन देता है वह वास्तव में विकसित देशों का ही स्वार्थ साधता है, और किसी भी हालत में ये विकासमान देश अपने स्थानीय उद्यमकर्ताओं को भूमंडलीय होड़ और प्रतियोगिता से बचाने में असमर्थ हैं। विदेशी निवेशकर्ता की तुलना में एक देशी निवेशक तथा विदेशी आपूर्तिकर्ता की तुलना में देशी आपूर्तिकर्ता की कोई आर्थिक हैसियत ही नहीं रही। दुनिया के बाज़ार में वह अकेला खड़ा है, न उसे सरकारी संरक्षण प्राप्त है और न ही अंतर्राष्ट्रीय स्तर पर उसकी कोई सुनवाई होती है।

आर्थिक भूमंडलीकरण के नाम पर विकास की यह प्रक्रिया सुरसा की तरह प्रत्येक नये संसाधन, सस्ते श्रम को और नये बाज़ार को निगलती जा रही है। उत्पादन और अधिक उत्पादन ही इसका उद्देश्य है। शायद इसी कारण चीन में इतनी बड़ी मात्रा में विदेशी पूँजी का निवेश किया गया है। चीन से ये बहुराष्ट्रीय निगम इसलिए इतने अधिक आबद्ध नजर आते हैं, क्योंकि चीन में सस्ता श्रम और संसाधन प्रचुर परिणाम में उपलब्ध है। विशाल जनसंख्या के कारण नये बाज़ार की स्थापना भी वहाँ संभव है। अतीत में भारत में इन बहुराष्ट्रीय निगमों का बेरोक-टोक प्रवेश वर्जित था। भारत की लालफीताशाही से केवल नुकसान ही नहीं हुआ इसने अपने देश को बचाया भी। अत्यधिक उत्पादन के लिए निगमों को स्वतंत्र बाज़ार की पूरी सुविधा मुहैया कराना ही राष्ट्रीय सरकारों का एकमात्र काम है। इस कारण पहले से स्थापित जितने भी कानून हैं विशेषकर वे जो इन निगमों की गतिविधि में अड़चन पैदा करते हैं, मसलन पर्यावरण सम्बन्धी कानून, सरकारी स्वास्थ्य सेवा कानून, खाद्य सुरक्षा कानून, श्रमिकों के अधिकार और अवसर से सम्बन्धित कानून, उनमें या तो सुधार किया जाना है या उन्हें खारिज करना है। भूमंडलीकरण के पैरोकारों का कहना है कि जब तक सुविधा नहीं मिलेगी और ये कानूनी अड़चनें रहेंगी तो उत्पादन कैसे संभव होगा? और जब तक विराट स्तर पर उत्पादन नहीं होगा, विशेषकर सस्ता उत्पादन, तब तक गरीबी कैसे दूर होगी? सवाल उठता है कि उन्नत राष्ट्रों का यह दावा किस हद तक

सच है?

भूमंडलीकरण की दूसरी विशेषता है कि यह जीवन के हर कोने, अस्तित्व के हर रूप का वस्तुकरण करता है। बाज़ार में उसकी कीमत निर्धारित करता है तथा दुनिया के बाज़ार में उसकी खरीद-बिक्री करता है। कल तक जो प्राकृतिक संसाधन, गरीब से गरीब व्यक्ति को उपलब्ध थे, मसलन—खुली हवा में वह साँस ले पाता था, नदी, झरने और सरोवर के स्वच्छ पानी से वह अपनी प्यास बुझाता था, हजारों साल से जिस बीज की वजह से वह खेतों में अन्न उगाता था आज उसी प्राकृतिक संपदा का भूमंडलीकरण के नाम पर निजीकरण होता जा रहा है। स्वच्छ जल पर निगमों का अधिकार हो रहा है। अब वे इसकी शुद्धता की देखरेख करेंगे और बोतल में बंद कर बेचेंगे। जिसके पास पैसा नहीं होगा वह उस शुद्ध जल से वंचित होगा। जिसके पास पैसा नहीं होगा वह साफ हवा का अधिकारी नहीं होगा। उसे प्रदूषित इलाके में रहना होगा। बौद्धिक संपदा के अंतर्गत ये बीज, उद्भिज यहाँ तक कि आदमी की नस्ल का भी ये कीमत लगा रहे हैं और उसे बाज़ार में खरीद-बेच का सामान बनाते जा रहे हैं। तथा पेटेंट कानून के अंतर्गत उस पर एकाधिकार स्थापित कर रहे हैं। स्वाभाविक है कि किसान इसका विरोध करेगा। एक ओर एड्स की महामारी से दुनिया आक्रांत है दूसरी ओर इसे रोकने-थामने की दवा को खरीदना गरीब अफ्रीकी देशों के सामर्थ्य के बाहर है। वस्तुकरण का यह प्रसास बड़ा ही डरावना है। यदि हवा-पानी-जंगल का निजीकरण हो जाए तो बचेगा क्या? यदि प्रकृति की हर चीज पर नियंत्रण हो और हर चीज की कीमत आँकी जाए, मानवीय अधिकारों का हनन हो तो क्या इसे भूमंडलीकरण कहकर स्वीकारा जाना चाहिए?

सार्वजनिक सेवाओं के क्षेत्र में भी निजीकरण का बोल-बाला बढ़ता जा रहा है। कल तक जो सरकारी सुविधाएँ थी और जिसे पाने का एक आम नागरिक अधिकार रखता था, आज वह स्थानांतरित होकर बेहतर सेवा के नाम पर सरकार के हाथों से निकलकर निगमों के हाथों केंद्रित होता जा रहा है। निगमों की माँग है कि यदि सरकार अक्षम हो तो उस राष्ट्रीय सरकार को बदला जाना चाहिए। किंतु यों किसी भी सरकारी सत्ता को कमजोर कर भूमंडलीय संस्थाओं को मजबूत करना नागरिक हित में नहीं जाएगा। नव-उदारतावादियों का कहना है कि सरकार के लिए संभव नहीं कि वह अपने सार्वजनिक स्थलों की सुरक्षा और सफाई पर ध्यान दे और साफ पेय जल

अपने नागरिकों तक पहुँचाए। अतः इसे निजीकृत कर देना ही अच्छा है। इससे लाभ किसे होगा? साधारण जनता को तो नहीं। सुविधा जरूर अच्छी मिलेगी पर क्या इस सुविधा की कीमत वे दे पाएँगे? सार्वजनिक शिक्षा, स्वास्थ्य, कल्याकारी योजनाएँ, सुरक्षा और जेल एक-एककर सभी को बहुराष्ट्रीय कंपनियों को सौंपा जा रहा है। तब राष्ट्रीय सरकारों की भूमिका क्या बचेगी? बड़ी जल्दी सरकार का भी निजीकरण होगा। विदेशी पूँजी का निवेश होगा और आम जनता को उनके निर्देशनों का पालन करना होगा और सबसे बड़ी बात है कि इसमें नियोजित पूँजी की कीमत आम आदमी को चुकानी होगी। सवाल उठता है कि जनता ने अब तक टैक्स के रूप में प्रत्यक्ष या अप्रत्यक्ष रूप से सरकार को जो कुछ भी दिया, जितनी भी संपत्ति दी, क्या वह सारा पैसा धूल हो गया? सब कुछ क्या इतना बेकार हो गया कि उन संस्थाओं को बनाने और चलाने के लिए इन निगमों की आवश्यकता पड़ रही है? तब क्या अबतक हमने राष्ट्रीय संपत्ति के नाम पर कुछ भी संचय नहीं किया? क्या हमारा यही अंत होगा कि एक दिन सामाजिक सुरक्षा का भार मित्सुबिशी के ऊपर डाल दिया जाएगा, गंगा के पानी का नियंत्रण पेप्सी और कोकाकोला वाले करेंगे, डॉस बैंक हमारे जेलों की सलाखों को मजबूत करेगी? और सीएनएन या स्टार टीवी वाले राष्ट्रीय प्रसारण करेंगे? वैसे यह केवल हमारे देश का भविष्य नहीं अन्य कई देशों में भी यही घटेगा। दुनिया का हर देश इससे पीड़ित और आतंकित है।

भूमंडलीकरण की एक और विशेषता है, निर्यात केंद्रित उत्पादन। सैद्धांतिक स्तर पर यह तुलनात्मक सुविधा का पक्षधर है। इस सिद्धांत के अनुसार प्रत्येक देश को केवल वही उत्पादन करना चाहिए जिसमें वह सबसे अधिक सक्षम हो। यानी यदि कोई देश कॉफी उत्पादन में विशेष योग्यता रखता है तो उसे गेहूँ नहीं उगाना चाहिए। उस देश को पंजाब से गेहूँ ले जाकर दिया जा सकता है। अब तक यह आदान-प्रदान राष्ट्रीय स्तर पर चलता था मगर अब यह अंतर्राष्ट्रीय स्तर पर घट सके ऐसी व्यवस्था की जा रही है। अपनी जरूरतों के अनुसार अंतर्राष्ट्रीय बाज़ार में खरीदारी करने के लिए राष्ट्रीय सरकार के पास निर्यात से मिलने वाला धन है। भूमंडलीकरण के सिद्धांत का सबसे महत्त्वपूर्ण पक्ष है तुलनात्मक लाभ। यह भूमंडलीकरण का एक महत्त्वपूर्ण अंश है, इससे स्थानीय आर्थिक व्यवस्था की कमी को प्रतिस्थापित करना एवं बदलना संभव होता है। यानी कॉफी उगाने वाला देश

यदि गेहूँ न भी उगाए तो चलेगा। कॉफी से मिलने वाले धन से वह दुनिया के बाज़ार से गेहूँ खरीद सकता है।

अब तक राष्ट्रीय स्तर पर वृहद उद्योग, लघु उद्योग, छोटे काम करने वाले जैसे बढ़ई, राजमिस्त्री, कलाकार आधारित उद्योग व्यवस्था प्रचलित थी जो स्थानीय श्रम और संसाधनों की सहायता से क्षेत्रीय उपयोग के लिए उत्पादन करती थी, बहुत हुआ तो बंगाल में पैदा किया हुआ आलू, पंजाब की मंडियों में बिकता था मगर भूमंडलीकरण का उद्देश्य है कि इनके बदले वृहद स्तर पर एकल सांस्कृतिक निर्यात व्यवस्था को प्रोत्साहित किया जाए। २०वीं शताब्दी के मध्य तक बहुतेरे देशों ने सक्रिय रूप से वृहद स्तर पर उत्पादन के लिए प्रयास किया। औपनिवेशिक काल में वास्तव में विराट एकल सांस्कृतिक व्यवस्था प्रचलित थी जिसके तहत अनानस, कॉफी, केले की खेती अलग-अलग देशों में की जाती थी मगर औपनिवेशिक युग के अवसान के बाद इन्हीं देशों की सरकार ने इन आरोपित विशिष्टीकरण से इसलिए मुक्ति पाई क्योंकि एक ही तरह के उत्पादन के कारण निर्यात पर निर्भरता बढ़ने से इनकी घरेलू स्थिति जब चाहे तब डाँवाडोल हो सकती थी। चूँकि निर्यात की जाने वाली वस्तु का खरीददार बाहर बैठा हुआ था और उन्हें बाज़ार तथा पण्य के मूल्य निर्धारण की व्यवस्था की सनक पर निर्भर करना पड़ता था। बहुधा अर्थ के अभाव में ये देश आधारभूत मौलिक औद्योगिक जरूरतों, खाद्य एवं उर्जा को खरीद नहीं पाते थे। स्वाभाविक है कि ये देश आत्मनिर्भर होना चाहे और इन्होंने ऐसा किया भी, इसे ही उन्होंने राष्ट्रीय आत्मनिर्भरता या फिर आयात-पूरक व्यवस्था का नाम दिया ताकि घरेलू अर्थव्यवस्था पर नियंत्रण और उसे संतुलित करना संभव हो सके।

ब्रेटनवुड समझौते के पश्चात, विशेषकर अस्सी के दशक में विश्व बैंक और अंतर्राष्ट्रीय मुद्रा कोष ने आत्मनिर्भरता के सिद्धांत को अनदेखा किया। ऐसे प्रयासों को अलगाववाद और संरक्षणवाद कह कर संबोधित किया गया। इन देशों से निजीकृत निवेश के लिए सीमा खोलने की माँग की गई ताकि बड़े पैमाने पर पूँजी का निवेशीकरण संभव हो। दूसरे निर्यात के उद्देश्य से वृहद स्तर पर उत्पादन भी संभव हो। उत्पादन तो सभी देश चाहते थे। वे निर्यात भी करना चाहते थे और इसके लिए पूँजी की माँग भी थी। मगर अंतर्राष्ट्रीय मुद्रा कोष और विश्व बैंक से वित्तीय सहायता की पहली शर्त थी कि इन देशों में ढाँचागत समायोजन की नीति बनाई जाए। दूसरे शब्दों में, अपनी घरेलू

व्यवस्था को ये पुनर्गठित करें ताकि निर्यात संभव हो। इस दबाव का फल यह हुआ कि इन देशों ने अपने यहाँ ढाँचागत समायोजन की नीति को लागू किया, मगर निर्यात केंद्रित उद्योग व्यवस्था के बावजूद इन देशों ने पाया कि उनकी निर्भरता आयात करने वाले पश्चिमी राष्ट्रों पर बढ़ गई है। कारण ढाँचागत समायोजन नीति के परिणामस्वरूप इन्हें अपनी घरेलू नीति को काफी बदलना पड़ा। जिसके कारण इनकी घरेलू व्यापार व्यवस्था चौपट हुई और निर्यात उद्योग को प्राथमिकता तो मिली पर देश में समृद्धि नहीं आई।

सवाल उठता है कि विश्व बैंक और अंतर्राष्ट्रीय मुद्रा कोष ने ढाँचागत समायोजन नीति को क्यों लागू करना चाहा था? इसका प्रमुख कारण है, यदि स्थानीय उत्पादन से स्थानीय समुदाय की जरूरत पूरी हो जाती है और जिसे लघु स्तर पर पूरा करना संभव है तो इन देशों में बहुराष्ट्रीय कंपनियों की क्या भूमिका बचेगी? इन्हें कौन चाहेगा? भूमंडलीकरण के नाम पर आर्थिक सक्रियता का अर्थ ही हुआ समन्दर पार की आवाजाही, आयात-निर्यात के द्वारा की जाने वाली निरंतर सौदेबाजी। इससे जितना व्यापार विनिमय बढ़ता है, उतना ही बहुराष्ट्रीय निगमों को फायदा पहुँचता है। न जाने कितने जहाज बंदरगाहों पर लंगर डाले खड़े रहते हैं। माल को ले जाना, फिर किसी नये बंदरगाह पर उसे डालना और वहाँ से कुछ और माल को लाद कर फिर नये गन्तव्य की ओर प्रस्थान करना। आखिर इसे ही तो व्यापार कहते हैं। यह आदान-प्रदान जरूरी है और जितना यह आदान-प्रदान बढ़ेगा उतना ही भूमंडलीय आर्थिक समृद्धि बढ़ेगी तथा भूमंडलीय निगमीय व्यवस्था सुदृढ़ होगी। मगर विडम्बना तो यह है कि भूमंडलीय निगमों के सशक्त होते ही राष्ट्रीय सरकारें उन बाहरी ताकतों पर निर्भर करने लगती हैं तथा उन नियमों के अधीन हो जाती हैं जो उन्होंने नहीं बनाए। तात्कालिक स्वार्थों के लिए पर्यावरण का नुकसान होता है। देशज संस्कृति दूषित होती है, स्वतंत्र बाज़ार के सिद्धान्तवेत्ता अपने बचाव में एडम स्मिथ और रिकार्डो के सिद्धांत की चर्चा करते हैं मगर एडम स्मिथ तो खुद ही स्पष्ट रूप से लघु एवं स्थानीय उद्योग-धंधों को चाहते थे। जिस तुलनात्मक सुविधा की रिकार्डो चर्चा करते हैं वह पूँजी स्थिर एवं राष्ट्रीय सीमा के अंदर सीमित थी जबकि आज पूँजी की घुमंतु प्रवृत्ति से हर राष्ट्र परेशान है।

अत: हो सकता है इस परिवर्तन से भूमंडलीय निगमों को तो फायदा हो मगर वर्तमान समय में देश, समाज और व्यक्ति तीनों ही दिन-पर-दिन

संवेदनशील होते जा रहे हैं। कृषि क्षेत्र निर्यात केंद्रित विकास मॉडल की पर्यावरण सम्बन्धी समस्याओं का सबसे प्रमुख उदाहरण है। कम्प्यूटर युग में भी दुनिया की आधी जनसंख्या खेती पर निर्भर है। ये किसान अपने बीज को संरक्षित करते हैं, ऋतु के अनुसार खेती करते हैं। जल तथा श्रमिक और बीज का साँझा है। शताब्दियों से यही करते आ रहे हैं अतः भूमंडलीय निगमों की दृष्टि में ये स्थानीय व्यवस्थाएँ बिल्कुल अजूबा हैं। आज कारगिल (एक अमरीकी बहुराष्ट्रीय कंपनी), आर्चर मिडलैंड जैसी कंपनियों ने करोड़ों डॉलर यह साबित करने में खर्च किया कि छोटे किसान न तो अच्छे उत्पादक हैं और न भूखी दुनिया में सबके लिए भोजन जुटाने में समर्थ। विश्व व्यापार संगठन और इन बैंकों की निवेशीकरण की नीतियाँ सशक्त रूप से इन भूमंडलीय निगमों की पक्षधर हैं और उनके अनुसार आत्मनिर्भरता के नाम पर अपने ही राष्ट्रीय सीमा में सीमित होने के बदले धरती के एक हिस्से को दूसरे हिस्से पर निर्भर करना आना चाहिए। भूगोल की इन आड़ी-तिरछी रेखाओं को आखिर आदमी ने ही तो बनाया है और क्यों नहीं आज आदमी अपनी सुविधा के लिए इसे मिटा देता? अतः कभी जहाँ छोटे-छोटे खेत में हजारों किसान अपने कबीले और गाँव के लिए भोजन उगाते थे वहीं भूमंडलीय योजना के अंतर्गत इन खेतों को खरीदकर एक विशालकाय आरामदायक खेत में परिणत किया जा रहा है। जहाँ धान के बदले गुलाब के फूल उगाए जाते हैं और उनका निर्यात होता है। पश्चिम के डिजाइनर होटलों, कहवाघरों और घरों की सजावट के उपयोग में आने वाले वाले इन फूलों का अंतिम उपभोक्ता कौन है? इसका किसी को पता नहीं। इन विशालकाय खेतों के जमींदारों के बारे में किसान को पता नहीं। मालिक अदृश्य है यहाँ। और न ही मालिक को पता है कि स्थानीय किसान कहाँ किस हाल में रहते हैं। हमें तो सिर्फ इन निगमों का नाम मालूम है, साथ ही ये कंपनियाँ स्थानीय लोगों के लिए अन्न नहीं उगाती बल्कि अधिक कीमत वाले और अधिक लाभ वाले फूल, विशेष उद्‌भिज, गाय का मांस, कपास, कॉफी आदि जिनका निर्यात मूल्य अधिक होता है उन्हें उगाया जाता है। वह भी सस्ते से सस्ते कीमत पर। वैसे ये पश्चिमी देश पहले से ही इन चीजों से अघाए हुए हैं। किसान के पास पैसा जरूर आया है और इस पैसे से वह मंडी में जाकर अनाज भी खरीद सकता है। इस अनाज को भी पैकेट में, लेबल चिपकाकर कंपनियाँ बेचेंगी। अतः १४ रुपये किलो का चावल १८ रुपये किलो बिकेगा, बीच का ४ रुपये पुनः

निगम का लाभ होगा। किसान की निर्भरता दोनों ओर बढ़ रही है। खेत में गुलाब उगाना इसलिए जरूरी है क्योंकि पैसा चाहिए। एक बार उसकी निर्भरता बढ़ जाती है तो किसान आयातकर्ता के सनक पर निर्भर करने लगता है। उसकी उगाई हुई वस्तु का दाम पराये देश में बैठा व्यापारी करेगा। दूसरी ओर बाज़ार में यदि कल चावल न मिले या और अधिक दाम में मिले तो इसे खरीदने पर भी वह मजबूर होगा। अत: तीसरी दुनिया का किसान समृद्ध होने के बदले और अधिक गरीब हो रहा है, मगर इस ओर ध्यान देगा कौन? कल तक खेतों में लगे हुए मजदूर आज बेकार हो रहे हैं क्योंकि बड़े खेतों को बँधुआ मजदूर की जरूरत नहीं। जहाँ भी ज्यादा श्रम की आवश्यकता है उस श्रम को यंत्र करेगा और अन्तत: एक गाँव के दो-चार बड़े किसानों को छोड़कर छोटे किसान और दिहाड़ी मजदूर, भूमिहीन, घर-विहीन, बाज़ार पर निर्भरशील भूखे-नंगे होते चले जाएँगे।

सस्ते श्रम पर आधारित, सस्ते से सस्ते निर्यात ने इन देशों की पूरी समाज व्यवस्था पर कहर ढा दिया है। १९८० में विकासशील देशों पर ६०९ अरब डॉलर का ऋण था, बीस साल में यानी २००१ में यह ऋण बढ़कर २.४ खरब डॉलर हो गया। अफ्रीका आज ऋण अदायगी में जितना खर्च करता है उसका एक चौथाई धन भी यदि अपनी मौलिक जरूरतों पर, उदाहरणार्थ स्वास्थ्य-शिक्षा आदि, खर्च कर पाता तो अच्छा होता। समकालीन वर्षों में विश्व बैंक ने अत्यंत कम ब्याज दर पर भूमंडलीय निगमों को विशाल मात्रा में पूँजी इसलिए दी है ताकि वे गरीब देशों के प्राकृतिक संसाधन और बाज़ार पर नियंत्रण रख सके। प्राय: सड़क, बिजली आदि के निर्माण के लिए विश्व बैंक बड़ी मात्रा में उधार देता है। इस प्रकार विश्व बैंक उन्हीं योजनाओं को समर्थन देती है जिनसे भूमंडलीय निगमों को काम करने में आसानी हो।

निर्यात उद्योग में जैविक भिन्नता की उपेक्षा अंतर्निहित है क्योंकि नियति के लिए एक ही तरह के फसल उगाए जा रहे हैं। हो सकता है उस फसल को खानेवाले कुछ ही जीव-जंतु, चिड़ियाँ हैं, उनके बारे में कोई नहीं सोच रहा। आखिर सभी चिड़ियाँ तो गुलाब का फूल नहीं खाना चाहेंगे। कभी फिलीपींस में हजारों किस्म के चावल उगाए जाते थे। आज ये खतम हो रहे हैं। मैक्सिको में ७५ फीसदी भुट्टे की प्रजाति खतम हो गई। खाद्य एवं कृषि संगठन के अनुसार अन्न की अधिकतम प्रजातियों का नुकसान हुआ है क्योंकि कृषि उद्योग का भूमंडलीकरण हो रहा है। औद्योगिक कृषि की एक बाहरी

कीमत भी है, यह एक ऐसी प्रवीणता की अपेक्षा करता है जिससे हवा, पानी दूषित होती है। अत्यधिक कीटनाशक से जमीन बंजर और अन्य प्राणियों के लिए नुकसानदेह साबित हो रहा है। मेड-कॉउ की बीमारी हो या फूड एंड माउथ बीमारी, अंत में कीमत आदमी को चुकानी पड़ रही है। उन मजदूरों को जो अपनी जीविका के लिए छोटी-छोटी खेती पर निर्भरशील थे उन्हें यह व्यवस्था कैसे अच्छी लगेगी? शायद इसीलिए किसान आंदोलन दिन पर दिन और सशक्त होता जा रहा है। जापान, थाईलैंड और फिलीपींस के किसानों ने व्यापक स्तर पर विरोध प्रदर्शन किया। भारत में कारगिल, कैन्टुकी और मोन्सैटो का तगड़ा विरोध हुआ। इसके विरूद्ध लाखों लोग सड़कों पर उतर आए।

तब आर्थिक भूमंडलीकरण से किसे लाभ हो रहा है? इस व्यवस्था को प्रोत्साहित करने वाले शायद यह विश्वास करते हैं कि जो व्यापक स्तर पर समृद्धि आएगी उससे गरीब को फायदा होगा। उनका कहना है कि आती हुई लहर सारी नाव को एकबार तो डाँवाडोल करेगी। विकास के लिए आखिर कुछ लोगों को कीमत चुकानी होगी। कुछ को परेशानी होगी, यह न केवल विश्व व्यापार संगठन के पैरोकारों का कहना है, बल्कि हमारे आका जार्ज बुश का भी कहना है।

असीमित उत्पादन का मिथक

समस्या तो यह है कि भूमंडलीकरण के पैरोकार यह मानकर चलते हैं कि असीमित उत्पादन संभव है, जबकि यह धरती अपने संसाधनों के साथ सीमित हैं। इसका वर्गफल, इसकी माप, सूरज की इस पर पड़ने वाली रोशनी, उगने वाले जंगल सभी एक निश्चित दायरे में ही घूम रहे हैं। इसके गर्भ में छिपा हुआ कोयला, पेट्रोल या खनिज द्रव्य बढ़ नहीं रहा, अत: इस अति विस्तार के बोझ को संभालने की हिम्मत पृथ्वी में है या नहीं इसपर गौर तो करना होगा, धरती की थकान से हम परिचित होते जा रहे हैं। आखिर कितनी गाड़ियाँ बनाई जाएँगी? कितने एयरकंडीशन, मशीनें, रेफ्रिजरेटर? जंगलों को काट-काटकर और कितनी सड़कों का निर्माण होगा? समन्दर को खंगाल कर कितनी मछलियों को आदमी अपने पेट में डालेगा? इस दूषित पर्यावरण में क्या हम जी पाएँगे। और फिर धरती तो गर्म होती जा रही है। जहरीली गैस हवाओं में घुलती जा रही है। ओजोन का स्तर छिन्न-भिन्न हो रहा है। एक

और सवाल? आखिर इस व्यवस्था से लाभ किसका हो रहा है? उन गरीब किसानों का लाभ होने से रहा जो धान के बदले गुलाब उगा रहे हैं। उस शहरी मजदूर का भी लाभ होने से रहा जो काम की खोज में भीड़ का हिस्सा हो गया है। उस मध्यमवर्गीय क्लर्क का भी नहीं जिसका वेतन दर दिन पर दिन कम होता जा रहा है। अत: लाभ हो रहा है महज कुछ आर्थिक निगमों को। नब्बे के दशक में अमेरिका में जब व्यापक स्तर पर भूमंडलीकरण हो रहा था तब इनकी नौकरशाही को अधिक से अधिक पगार मिले, मगर वहाँ के मजदूरों को नहीं। एक अमेरिकी प्रमुख कार्यकारी अधिकारी का वेतन १९९१ में जहाँ उत्पादक श्रमिक की तुलना में १०४ गुना ज्यादा था वहीं २००० साल में ४५८ गुना ज्यादा तनखा मिल रही है। पिछले २५ वर्ष में प्रतिघंटा की वास्तविक मजदूरी अमेरिका में भी घटी है। जहाँ तक कम्प्यूटर उद्योग का सवाल है जिसमें कुछ सितारों को अरबो-खरबों मिलता है, वहीं इनके उत्पादन श्रमिक, कल-पुर्जों को जोड़ने वाले श्रमिक जिनकी संख्या ८० प्रतिशत है, केवल ८ डॉलर प्रतिघंटा मिलता है, न इन्हें कोई सुविधा मिलती है और न ये श्रमिक संगठन के सदस्य के रूप में जाने जाते हैं।

१९९१ के मानव विकास रिपोर्ट के अनुसार गरीब-अमीर के बीच की दूरी लगातार बढ़ती जा रही है। और इस दूरी को बढ़ाने में भूमंडलीय व्यापार व्यवस्था जिम्मेदार है बल्कि सीआईए का कहना है कि २०१५ तक हारने-जीतने वाले की दूरी बहुत अधिक बढ़ जाएगी तथा मानव सभ्यता का विकास बेहद अस्थिर और डाँवाडोल रहेगा। आज भी दुनिया के ४७५ खरबपतियों की कुल आय के बराबर आधी मानवता की आय है। भूमंडलीय निगमों की आर्थिक दलबंदी दिल दहलाने वाली है। इन्स्टीट्यूट फॉर पालिसी स्टडी के शोधकर्ता एंडर्सन जोन कवानाग के अनुसार १९८३ से १९९९ के बीच अन्य समूची कंपनियों की तुलना में २०० आर्थिक निगम शिखर पर हैं। सारी दुनिया की सकल घरेलू उत्पाद का ३० प्रतिशत आय इनके पास है। इतनी विशाल संपत्ति के बावजूद भूमंडलीय श्रम के एक प्रतिशत श्रमिकों को ही ये लोग नियुक्त करते हैं। और इस एक प्रतिशत श्रमिक की नियुक्ति में करीब ६० प्रतिशत नियुक्ति स्त्रियों की हुई है। इस नियुक्ति का कारण है स्त्री का सस्ता श्रम। जिसकी चर्चा मैं बाद के अध्यायों में करूँगी। आदमी के बदले मशीन की अधिक नियुक्ति हो रही है और एकाधिकार को बनाए रखने के लिए प्रतियोगी को जिबह करने में यानी खरीदने में पीछे नहीं हैं।

आज बड़ी-बड़ी कंपनियों का आपस में चाहे जितना भी विलयन होता है उससे ज्यादा नौकरियाँ उपलब्ध नहीं होती। मशीनीकरण के आधिक्य की विचारधारा ने करोड़ों लोगों की आजीविका को नष्ट किया है। यह सच है कि तीसरी दुनिया में उन्नति भी हुई है और इस उन्नति का बिगुल बजाना ब्रेटनवुड की संस्थाएँ कभी नहीं भूलती। लेकिन ये अल्पकालीन फायदे हैं और जो भी अतिरिक्त लाभ हुआ उसे तीसरी दुनिया के विशिष्ट वर्ग ने ही चबाया है। जनता पहले से ज्यादा गरीब हुई है। पाँचों एशियाई बाघ का उदाहरण लीजिए, जापान, ताईवान, सिंगापुर, इंडोनेशिया और दक्षिणी कोरिया। इन देशों की प्रगति ब्रेटनवुड की संस्थाओं की नीतियों के कारण नहीं हुई बल्कि इन्होंने अपने अनुसार ही नीति बनाई, अपनी आर्थिक नीति के अनुसार इन्होंने तमाम सीमा शुल्क पर कटौती नहीं की और न ही स्वतंत्र रूप से सबकी आवाजाही रखी बल्कि ये देश अपनी आधारभूत जरूरतों में पहले स्वाबलंबी हुए। निर्यात के बाज़ार पर इन्होंने अपनी निर्भरता ज्यादा नहीं रखी किंतु समय के साथ इन्हें भी समझ में आया कि खुशहाली के दिन बीत गए हैं। बहुतेरे देश आज ये समझ चुके हैं कि भूमंडलीकरण के ये झूठे वायदे उनकी सुविधा के लिए नहीं बने बल्कि अमीर देशों की सुविधा के लिए ही बने हैं। हर देश समझ रहा है कि भूमंडलीकरण जिन नियमों पर आधारित है उन्हें बदला जा सकता है। संस्थाओं को अपना स्वार्थ छोड़ना होगा और अमीर देशों को गरीब देशों का ख्याल रखना होगा। आर्थिक भूमंडलीकरण वास्तव में एक प्रयोग है जिसका उद्देश्य है लोगों को फायदा पहुँचाना। बिना किसी हठधर्मिता के यदि यह स्वीकारा जाए कि आम जनता को लाभ नहीं पहुँच रहा तो यह समझना होगा कि हमें नये विकल्पों की आवश्यकता है। समस्या पर नये सिरे से विचारना जरूरी है।

मीडिया की भूमिका

दुःख की बात तो यह है कि भूमंडलीकृत प्रयोगों के द्वारा उत्पन्न असंतुलन और पक्षधरता से होने वाले नुकसान की पूरी रिपोर्टिंग मीडिया नहीं करता या फिर बड़े निगमों के दबाव में मुख्यधारा की मीडिया ऐसा कर नहीं पाता। कुछेक उदाहरणों से बात स्पष्ट होगी। पर्यावरण की समस्या से हम सभी परिचित हैं। कौन नहीं जानता कि भूमंडलीय जलवायु बदलती जा रही है। इसके दोनों ध्रुवों की बर्फिली टोपियाँ पिघल रही है। ओजोन का स्तर छिन्न-

भिन्न हो रहा है। समुद्री जल और दूषित हो रहा है और बड़ी जल्दी हम यह भी सुनेंगे कि पानी की त्राहि-त्राहि मची है। समस्या तो यह है कि इस विनाश को भूमंडलीय आर्थिक विकास के साथ जोड़ा जा रहा है।

१९९७ और ९८ के बीच एशिया के वित्तीय संकट और २००१ में अर्जेंटीना की आर्थिक संक्रांति का कारण इन देशों की असमर्थता, अक्षमता, भ्रष्टाचार तथा भाई-भतीजावाद को बताया गया। माना कि, एशिया को अंतर्राष्ट्रीय मुद्रा कोष से सहायता भी मिली मगर सवाल उठता है कि क्या यह धन इन देशों के नागरिकों को मिल कर उन देशों के बैंकरों को दिया गया जिन्होंने पहले गलत उधारी से बेशुमार दौलत को लुटाया था और अपना खजाना खाली किया था। अंतर्राष्ट्रीय मुद्रा कोष ने आर्थिक संक्रांति के दौरान इन बैंकों के खजाने की भरपाई की। एशिया की संक्रांति में वित्तीय मुद्रा की हेरफेरी का कितना बड़ा हाथ था, मीडिया में इसकी रिपोर्टिंग ही नहीं की गई। पूँजी की आवाजाही यदि बटन दबाने पर निर्भर होगा तो देश में आर्थिक असंतुलन तो होना ही है। क्या इसे जुए या सट्टे की अर्थव्यवस्था का नाम दिया जाए? और असहाय होकर जब सरकार हस्तक्षेप करती है जैसा कि मलेशिया, चिली और चीन की सरकारों ने किया तो उनपर आत्मकेंद्रीयता का इल्जाम लगाया गया।

मीडिया की मुख्यधारा हालाँकि देशान्तरण के खिलाफ चर्चा करती है। या फिर देशान्तरण का समर्थन करती है किंतु विदेशियों की दुर्दशा की चर्चा से वे कतराते हैं। भारत, अफ्रीका और लैटिन अमेरिका जैसे देशों में, नर्मदा बचाओ आंदोलन, सरदार सरोवर, चिपको जैसे अनेक आंदोलन हैं। विकास के नाम पर छोटे किसानों के विस्थापन से सभी परिचित हैं, विस्थापित तथा वंचित लोगों की संख्या बढ़ती जा रही है। अमेरिका में आए दिन नयी-नयी बीमारियाँ मसलन, इबोला, इकोलाई संक्रमण, बेस्ट नील वॉयरस, सार्स फैल रही हैं, मगर इन महामारियों का कारण भूमंडलीय यातायात है और इस मुद्दे पर सभी खामोश हैं। एनरॉन कॉरपोरेशन का दिवाला निकला है। करोड़ों डॉलर की कंपनी ने अपने शीर्षस्थ कर्मचारियों को तो बोनस दिया मगर श्रमिकों को नहीं दिया, मीडिया इस पर क्यों खामोश रह गई? आखिर एनरॉन को तो विश्व बैंक जैसी संस्थाओं के भूमंडलीय नौकरशाही से सीधा फायदा हुआ था। गरीब देशों को उधारी देते हुए विश्व बैंक की शर्त थी कि उनके प्राथमिक घरेलू ढाँचें को बनाने में एनरॉन कंपनी को नियुक्त किया जाए।

एनरॉन का यह आचरण नया नहीं। अधिकतर भूमंडलीय निगमों की विश्व बैंक से साँठगाँठ रहती है। लेकिन इसका खुलासा करने की हिम्मत आखिर मीडिया जुटा क्यों नहीं पाती, किसका दबाव है उन पर?

फिलीपींस, बोर्नियो, अमेजन के देशज आदिवासी पर अब भी आक्रमण जारी है। इसका मूल कारण है कि इन इलाकों के जंगल और पानी पर ये कंपनियाँ कब्जा करना चाहती हैं तथा यहाँ के आदिवासियों को उपभोक्ता संस्कृति के घेरे में डालना चाहती हैं। मीडिया की नजर में आदिवासियों पर अत्याचार तथा बहुराष्ट्रीय निगमों द्वारा यहाँ शोध-कार्यों के अभियान में कोई आपसी सम्बन्ध नहीं है। ऐसे दर्जनों प्रमुख मुद्दे हैं मीडिया जिनकी रिपोर्टिंग से कतराती है। उदाहरणार्थ—भीड़ भरे शहर, मौसम में अजीबो-गरीब बदलाव, सूखा-बाढ़, भूमंडलीय असमानता, नयी बीमारियाँ, श्रमिकों की कम मजदूरी और प्रमुख अधिकारियों (सीईओ) की बढ़ती हुई तनख्वाह, सेवा उद्योग का पूरी तरह निजीकरण, पर्यावरण का विनाश आदि जो इस आर्थिक भूमंडलीय प्रक्रिया का अंश है और जिसके बारे में रिपोर्ट करने में मुख्यधारा की मीडिया अपना वक्त बर्बाद नहीं करना चाहती।

विरोधाभासी प्रतिमान

जाहिर है कि ब्रेटनवुड संस्थाओं ने आर्थिक प्रगति और व्यापारिक सम्बन्धों का एक घिनौना चेहरा प्रस्तुत किया है। जिसे वे गर्व से एक उदाहरण के रूप में पेश करते हैं। वास्तव में ये संस्थाएँ मानव विरोधी हैं। इनकी विचारधारा बेतुकी है। आदमी के जीवन को उन्नत करने के बदले ये महज कुछ कॉरपोरेट इलीट के हाथों सत्ता और धन को केंद्रित करते हैं। भ्रम है कि इससे समृद्धि होगी बल्कि भूमंडलीय अर्थव्यवस्था में इनकी नीतियों के कारण गंभीर असंतुलन पैदा हुआ है। इसके विकल्प में घरेलू उत्पादन और घरेलू बाज़ार टिक नहीं सकता। वास्तविक आय में कमी के कारण बाज़ार में उपभोक्ता वस्तुओं का ढेर है मगर उसे कोई खरीद नहीं पा रहा। हर कहीं उत्पादन अतिरिक्त है। इस अतिरिक्त उत्पादन को जनता तभी पचा सकती है जब उसकी वास्तविक क्रय शक्ति बढ़े। क्रय शक्ति के लिए स्थानीय स्तर पर उद्योग की जरूरत है। और यदि उद्योग व्यवस्था में कुछ सामयिक कमजोरियाँ उत्पन्न हों, तो उसे सरकार की सहायता उपलब्ध होनी चाहिए। क्योंकि जरूरी नहीं कि बाज़ार का मौसम सदा एक सा रहे। पिछले दो दशकों से अमेरिका

अपनी जरूरत से अधिक सामान खरीद रहा है। इसका नतीजा है कि आज अमेरिका की वित्तीय स्थिति से एशिया, रूस और ब्राजील जैसी हो रही है। कब इसका बुलबुला फूटेगा इसे कोई नहीं कह सकता है मगर इतना हम जानते हैं कि हर देश केवल निर्यात करना चाहता है उसकी अपनी ही बनाई चीजों की खपत उसके घरेलू बाज़ार में नहीं। व्यापार का सिद्धांत है कि निर्यात और आयात में संतुलन रहे। ब्रेटनवुड व्यवस्था के प्रमुख सिद्धांतकार जॉन मेनार्ड कींस ने इस विचार को गंभीरता से लिया था और १९४२ में कहा था कि हमें ऐसी व्यवस्था की जरूरत है जिसकी अपनी आंतरिक संतुलनकारी मेकेनिज्म हो जिससे किसी देश पर दबाव डाला जा सके।

विडम्बना यह है कि अंतर्राष्ट्रीय मुद्रा कोष की जिम्मेदारी थी भुगतान संतुलन का हिसाब रखने की। जबकि विश्व बैंक, आईएमएफ और डब्लटीओ आज इसकी परवाह नहीं करते बल्कि भुगतान के असंतुलन और वित्तीय अस्थिरता को प्रोत्साहित कर रहे हैं।

एक नागरिक की हैसियत से हमें दो विरोधाभासी प्रतिमानों का सामना करना पड़ता है जबकि इन दो में से किसी एक का चुनाव अत्यन्त कठिन है। पहले उदाहरण का संदर्भ भूमंडलीकरण की वह व्यवस्था है जिसमें हम रहते हैं। व्यवस्था के भीतर जो कुछ भी घट रह है उसे झेलते हुए हमें चुनाव करना है। सवाल उठता है क्या भूमंडलीकरण का यह सारा खेल और इस खेल के नियम सही आदर्शों पर आधारित हैं? यहाँ खेलने वालों में एक साथी बड़ा मजबूत है तो दूसरा कमजोर यानी अमीर और गरीब देशों के बीच जो अमीर देश हैं। वे ही खेल के नियमों को स्थापित करते हैं, पूरे खेल का संचालन करते हैं और निर्देश देते हैं। उनका छुपा हुआ स्वार्थ जग-जाहिर है। यदि व्यवस्था के नियमों में सुधार की चर्चा भी की जाए और इसे न्यायोचित बनाने की कमजोर राष्ट्र माँग भी करें तो उनकी कोई सुनवाई नहीं। यानी कमजोर राष्ट्र कुछ कहने की स्थिति में नहीं। उनके सामने कोई चुनाव नहीं। किंतु जो आदर्श उनके सामने परोसा जा रहा है, जिस व्यवस्था को निर्मित किया जा रहा है, वह व्यवस्था अपने-आप में क्या सच में मजबूत है? यदि विरोध न भी किया जाए और आँख बंद कर इनकी शर्तों को स्वीकार लिया जाए तब भी इस औद्योगिक व्यवस्था की अपनी सीमा है, पर्यावरण की समस्या है। चाहने से ही समृद्धि नहीं बढ़ेगी। इस पर बहस की जा सकती है कि सूत मिलें लंदन में न लगा कर बांग्लादेश में लगाई जाए, क्योंकि लंदन के श्रमिकों की

मजूरी अधिक है, वहाँ पर्यावरण के कानून ज्यादा सख्त हैं, जबकि बांग्लादेश में किये गए उत्पादन पर श्रम की लागत कम है। हो सकता है कि बांग्लादेश में बाल श्रम का शोषण हो रहा हो, मगर इस शोषण का भी औचित्य यह कह कर स्थापित किया जा सकता है कि आप यदि इन्हें भोजन नहीं दे सकते और बैठा कर नहीं खिला सकते, इन्हें मुफ्त शिक्षा की सुविधा नहीं दे सकते तो कम से कम इन्हें काम तो करने दीजिए ताकि ये भूखे न मरे। और यह तर्क भी सही है कि यदि इनका श्रम सस्ता न होकर इंग्लैंड के श्रमिकों की श्रम के कीमत के बराबर हो तो बांग्लादेश में सूत मिल लगाने की जरूरत नहीं। फिर इंग्लैंड ही क्या बुरा है? अत: मुद्दा यह नहीं कि फैक्ट्री लंदन में लगाई जाए या बांग्लादेश में, मुद्दा तो यह है कि इस दुनिया में लंबे समय के लिए इस प्रकार की औद्योगिक व्यवस्था पर्यावरण के अनुकूल साबित नहीं होंगी।

दूसरा प्रतिमान कि उत्तरी ध्रुव और दक्षिणी ध्रुव के बीच एक बढ़ती हुई दूरी है, फिलहाल इस तर्क को स्थगित ही रखना होगा कारण आने वाले बीस-तीस वर्षों में पूरी व्यवस्था ही विस्फोटक हो जाएगी। अत: ३०० सालों की औद्योगिक व्यवस्था में जो कमजोरी घुन की तरह लग गई है अगले २०-३० सालों में वह कहर ढायेगी ही। सवाल उठता है तब कैसी औद्योगिक व्यवस्था होनी चाहिए? कुछ विचारक गाँधीवादी उद्योग व्यवस्था की चर्चा करते हैं जो स्थानीय समुदाय से सम्बन्धित हो तथा परिवार को स्वाबलंबी बनाए। तथा एक छोटे समूह के भीतर सीमित हो। तब क्या परा-राष्ट्रीय निगमों की हमें आवश्यकता ही नहीं है? और क्या हमेशा के लिए इनसे निजात पा लिया जाए। गाँधी के अनुसार स्थानीय उत्पादन को लघु स्तर पर ही किया जाना चाहिए और उसका वितरण भी स्थानीय स्तर पर ही होना चाहिए। लेकिन इस अतीत राग को कितने लोग सुनना चाहेंगे? आज जिस न्यायोचित निष्पक्ष व्यापार और सुसंगत अर्थव्यवस्था की चर्चा की जा रही है, उसे बहुराष्ट्रीय निगमों की सहायता से हासिल करना संभव नहीं। समस्या तो यह है कि गाँधी जैसे विचारकों के शब्दों को चुराकर बहुराष्ट्रीय निगम आज मानवीय मुखौटा लगाकर सारी मानवता को समृद्ध करने का नित नया प्रवचन दे रहे हैं। उनके घोषित मूल्यों और छुपी मंशा में भारी अंतर है। आम आदमी उनकी छुपी मंशा को तभी समझता है जब परिणाम सामने आता है। वास्तविक दुनिया तो आज इनके अनुसार ही विकसित हो रही है। हम समझते हैं कि असमानता है, व्यापार में दोहरे माप-दंड हैं, आर्थिक विनिमय की दर निष्पक्ष नहीं है और

भावनात्मक रूप से हम सभी व्यथित हैं, अतः व्यापार करते हुए यह भी समझना होगा कि इस व्यापार की शर्त क्या है? किन प्रस्थापनाओं पर यह आधारित है? बहुराष्ट्रीय निगमों का स्वार्थ साधन और स्थानीय उद्योगों का भी ख्याल रखना एक प्रकार का यूटोपिया है। अतः ऐसे में एक नयी व्यवस्था को निर्मित करना पड़ेगा जो पर्यावरण पर आधारित सामाजिक समानता का ध्यान रखे। वृहदकाय निगमों के सामने सबसे बड़ी चुनौती है कि अपनी विकास यात्रा में ये छोटे व्यापारिक संस्थानों के स्वार्थ का ध्यान रखें और उन्हें साथ लेकर चलें।

निर्यात उद्योग की पहली शर्त है कि कम से कम समय में बंदरगाहों तक माल को आसानी से ले जाया जा सके। और इसके लिए सड़कों का निर्माण जरूरी है। ब्रेटनवुड समझौते के करीब ५० वर्ष बाद आज हम पाते हैं कि भूमंडलीय परिवहन में २५ गुना बढ़ोतरी हुई है। इसका लाभ विशालकाय निर्माण कंपनियों को मिला है जो विकासशील देशों में नये एयरपोर्ट, बंदरगाह, तेल के लिए पाइपलाइन, रेल लाइन और हाई वे बनाती हैं। ये निर्माण कार्य उन इलाकों में होते हैं जहाँ पहले जंगल थे। तरह-तरह की जैविक भिन्नताएँ थीं, तरह-तरह के खनिज पदार्थों के पहाड़ थे या वन्य जातियाँ रहती थीं। इन जंगली इलाकों में सभ्यता की पहुँच से लाभ के बदले नुकसान अधिक हुआ है। कोलंबिया और पानामा के देशज वासियों ने इसका विरोध भी बहुत किया। ऐसा नहीं कि विकसित देशों में इसका विरोध नहीं हुआ। कुछ वर्षों पहले इंग्लैंड में एक नये हाइवे के निर्माण का इसलिए विरोध किया गया क्योंकि इससे भूमंडलीय व्यापार व्यवस्था को भले ही सुविधा मिले, किंतु स्थानीय नजारा बिगड़ा जा रहा था। भूमंडलीय व्यापार जितना अधिक फैलता है, उतनी ही अधिक उर्जा की खपत से कार्बन डाई आक्साइड बढ़ती है और धरती गर्म होती जाती है। केंद्रीय मुद्दा है भूमंडलीय व्यापार पर आधारित व्यवस्था से जनित पर्यावरण सम्बन्धी समस्याओं के भी निदान पर ध्यान देना चाहिए था।

अमीर-गरीब देशों में बढ़ती हुई दूरी

भूमंडलीय अर्थव्यवस्था का सबसे भयानक परिणाम है अमीर और गरीब देशों में बढ़ती हुई दूरी। सबसे पहले तो यह आँकना चाहिए कि प्रगति के नाम पर किसके पास ज्यादा धन जमा हो रहा है। दूसरे, पूँजी के निवेशीकरण का दावा

कितना सही है? अस्सी के दशक के बाद दुनिया के उत्तरी और दक्षिणी हिस्से के बीच नाटकीय रूप से दूरी बढ़ी है। ऋण संकट ने तीसरी दुनिया की रही-सही आर्थिक ताकत को भी अमीर बैंकों के खजाने में डाल दिया। १९८५ से १९९२ के बीच दक्षिणी राष्ट्रों ने करीब २८० अरब डॉलर के ऋण की भरपाई की। इसकी तुलना में उन्हें मिलने वाली नयी उधारी की रकम काफी कम थी। दक्षिण में एक प्रतिशत का सकल घरेलू उत्पादन था, जबकि उत्तर में २.३ प्रतिशत सकल घरेलू उत्पाद था। संयुक्त राष्ट्र विकास योजना के अनुसार शताब्दी के अंत में अफ्रीका के लोगों की आय साठ के दशक की तुलना बढ़ने के बजाय और घट गई। केवल पूर्वी एशिया के कुछ राष्ट्र इन उत्तरी राष्ट्रों की बराबरी कर पा रहे हैं। तीसरी दुनिया के ऋण का परिणाम प्रत्येक वर्ष बढ़ता जा रहा है। कुछ विश्लेषकों के अनुसार ऋण संकट कोई समस्या नहीं, क्योंकि जितना ऋण चुकाया जाता है उससे अधिक की विदेशी पूँजी का निवेशीकरण उनके देश में होता है। मगर विश्व बैंक के अनुसार पूँजी का निवेश तीसरी दुनिया के कुल १०-१२ देशों में ही होता है। लाभ के ये नये केंद्र हैं। यानी भारत की तुलना में, या बांग्लादेश की तुलना में चीन में पूँजी का निवेश अधिक हुआ है। अतः हो सकता है निकट भविष्य में भारत, चीन, मलेशिया, थाईलैंड देश उन्नतशील हों, मगर कुल-मिलाकर इन देशों की उन्नति इस सच को स्थापित नहीं कर सकती कि दक्षिणी गोलार्ध और उत्तरी गोलार्ध के देशों में समानता बढ़ी है। दो दर्जन अमीर देश और उनके करीब खड़े होने लायक एक दर्जन अन्य और नव-धनाढ्य राष्ट्र के पीछे १४० गरीब राष्ट्रों की कतार खड़ी हो क्या हम इसे उन्नति कहें? आर्थिक प्रगति कहें? भूमंडलीकरण का प्रसाद समझें? अमेरिकी कंपनियाँ स्थानीय से राष्ट्रीय और राष्ट्र से पिछले ५० सालों में भूमंडलीय बाज़ार में प्रवेश कर चुकी है। इसका नतीजा है कि भारत जैसे देश में भी आज इस खेल में हारने और जीतने वालों के बीच एक चौड़ी खाई नजर आ रही है। भारत के भी कुछ लोग यों कहें कि ५ प्रतिशत जनता अमेरिकी जनता के बगल में खड़ी होने की सामर्थ्य रखती है। उनकी जीवनशैली भी एक समृद्ध अमेरिकी जैसी है। किंतु बाकी के लोग? वे तो वहीं के वहीं है, जहाँ से स्वतंत्रता के बाद से उन्होंने जीवन-यात्रा शुरू की थी। वाल-मार्ट अपने डैने दुनिया के हर कोने में फैला रहा है। हर बड़े शहर को छू रहा है। लेकिन इसमें खरीददारी करने में आखिर कौन लोग समर्थ होंगे? क्या दिल्ली का हर नागरिक वाल-मार्ट जाने में समर्थ होगा यह एक अहम

सवाल है। बड़ी-बड़ी गाड़ियों के शो-रूम हैं। इन पर कितने प्रतिशत लोग सवार हो सकेंगे?

भारत में भूमंडलीकरण

भारतीय अर्थव्यवस्था पर नेहरू के समाजवाद के असर को दरकिनार नहीं किया जा सकता। नेहरू न केवल कार्ल मार्क्स के लेखन से प्रभावित थे, बल्कि समकालीन यूगोस्लाविया के नेता मार्शल टीटो और सोवियत संघ से भी प्रभावित थे। 'हिन्दी-चीनी भाई-भाई' का नारा नेहरू ने ही दिया था। नेहरू के अनुसार सामंतवादी पृष्ठभूमि में जकड़े हुए भारत को मुक्त करने के लिए पंच वर्षीय योजनाओं की जरूरत थी। वे मानते थे कि जब तक राज्य में नियंत्रित अर्थव्यवस्था लागू नहीं होगी तब तक आम आदमी के लिए समृद्धि संभव नहीं होगी। स्वतंत्रता के पाँच दशक बाद नेहरू की समाजवादी संरचना में दरार पड़ी और भारतीय अर्थव्यवस्था पर बाज़ारवाद का प्रभाव बढ़ा। उत्तर-औपनिवेशिक भारत क्रमशः पूँजी की ताकत को स्वीकारने के लिए मजबूर हुआ।

इससे पहले होता यह था कि एक ओर भारतीय नागरिक समाज का एक बड़ा हिस्सा भूमंडलीय स्तर पर संवाद करता रहता था, तो दूसरी ओर इसकी जनसंख्या का अधिकतम हिस्सा अविकसित रूप से अपने स्थानीय और घरेलू मामलों में उलझा रहता था। भारत के उदारतावादी अभिजन समाज स्वतंत्र व्यापार और सम्मिलित भूमंडलीय बाज़ार के प्रबल समर्थक रहे हैं। उनके अनुसार बाज़ार और जनतंत्र के विस्तार से देश में ज्यादा समृद्धि, राजनीतिक स्वतंत्रता एवं जन-जीवन को सुरक्षा एवं समानता मिलेगी। इन नव-उदारतावादियों के दो पहलू हैं। नवउदारवादियों के अनुसार, बाज़ार की ताकत राज्य नियंत्रित अर्थव्यवस्था को परिवर्तित करती है जिससे नागरिक समाज के उदारतावादी नैतिक और सामाजिक मूल्यों का विकास होता है। कुल मिला कर पूँजीवाद और जनतंत्र साथ-साथ चलते हैं।

उन्हें अलग करना कठिन है। नवउदारतावादियों का कहना है कि देश में नियंत्रित और नियोजित अर्थव्यवस्था तो थी, मगर इससे आम जनता की वैसी उन्नति नहीं हुई जैसी कि होनी चाहिए थी। भारत स्वयं को विश्वबाज़ार में सही रूप से सही तरीके से प्रस्तुत नहीं कर पाया। अंतर्राष्ट्रीय पूँजी के निवेशीकरण के अभाव से उत्पादन का ह्रास हुआ। विदेशी कर्ज, मुद्रा स्फीति

के दबाव और सेवा तथा वस्तुओं की खराब गुणवत्ता के कारण विश्व बाज़ार में भारत को जो पैठ मिलनी चाहिए वह नहीं मिली। इसलिए मुख्य उद्देश्य है सरकारी नियंत्रण को हटा, सुधारवादी योजनाओं को लागू कर बाज़ार व्यवस्था की ओर अग्रसर होना।

इसमें भारत अकेला नहीं है। कमोबेश एशिया, लैटिन अमेरिका और पूर्वी यूरोप के सभी देशों का यही हाल है। १९९० में वैक्लाव क्लास चेकोस्लोवाकिया अर्थव्यवस्था की क्रमशः उदारीकरण की नीति के बदले आमूल सुधारवादी योजनाओं के संदर्भ में लिखते है—इन नव-उदारतावादी अर्थशास्त्रियों का तर्क है कि सफलता का प्रमुख कारण पूँजी है। हम जितनी जल्दी और जितनी सफलता से इन योजनाओं को अपने देश में लागू करें उतनी ही हमारी उन्नति होगी। पर राज्य के हाथों से इस नियंत्रण को लेकर सुधारवादियों के हाथों दे देना होगा। सार्वजनिक के बदले निजीकृत उद्योग ही ज्यादा प्रगतिशील साबित होंगे।

चूँकि सफलता का मुख्य कारण पूँजी है अतः निवेशीकरण के लिए अनुकूल माहौल होना चाहिए। संस्थाओं की ऐसी तैयारी होनी चाहिए जो बाज़ार की जरूरत को समझे। इस प्रयास में राज्य का नियंत्रण का अधिकार लेकर बाज़ार के सुधारवादियों को दे दिया जाना चाहिए। भारतीय उदारीकरण के दौरान भी यही घटा, परिणामस्वरूप विदेशी पूँजी का निवेश एवं बाज़ारवादी अर्थव्यवस्था को अपनाने के लिए भारत क्रमशः विश्व बाज़ार में शामिल हुआ, जिससे बहुसंख्यक जन के सामाजिक और आर्थिक जीवन स्तर पर प्रभाव पड़ा। एक ऐसा मध्यम वर्ग उभरा है जो कम से कम बाज़ार के सुधार और खुलेपन को बनाए रखता है।

विस्तार और फैलाव, यानी आंतरिक रूप से पूँजी का सम्बन्ध व्यापक प्रसार के साथ सम्बन्धित है, क्योंकि पूँजी कभी सीमा के अंदर स्थायी रूप से बँध कर नहीं रह सकती। नये स्पेस का संधान करना पूँजी का स्वभाव है।

व्यापक क्षेत्र में सक्रिय होना ही इसका अभीष्ट है और इस अनिवार्यता से कोई बच नहीं सकता। पूँजी की साम्राज्यवादी संरचना भी यही है। लाभ तथा और अधिक लाभ की इच्छा ही निरंतर नये से नये बाज़ार की खोज को प्रेरित करती है। हालाँकि यह भी एक प्रकार का उभयभावी और अपूर्ण परिवर्तन ही कहलाएगा क्योंकि सामाजिक और आर्थिक असमानता पहले की तुलना में बढ़ी है घटी नहीं। भारतीय समाज में आज असमान आय में इजाफा

हुआ है। साथ ही बाज़ार के सुधारवादी प्रयासों के कारण बढ़ती हुई बेकारी और गरीबी है। एक ओर यदि कुछ लोग विजेता की मुद्रा में हैं तो दूसरी ओर उत्तर-स्वातंत्र्य काल के खामोश पराजय झेलते हुए लोग भी हैं।

व्यवस्थात्मक परिवर्तन के सामाजिक और ऐतिहासिक आयाम को समझने के लिए संस्थाओं के प्रति स्थापित दृष्टिकोण का भी जायजा लिया जाना चाहिए। नवउदारतावाद और नवमार्क्सवाद के महत्त्वपूर्ण सिद्धांतों से थोड़ा अलग हट कर संस्थावादियों के अनुसार समाजीकृत, आर्थिक, सांस्कृतिक परिवर्तन की बहुस्तरीय विकास की समझ के लिए संस्थाओं का वैज्ञानिक अध्ययन जरूरी है।

संस्थाएँ कोई कोरा कागज तो नहीं, जिस पर जैसा मन चाहे वैसी नीति को लिखना संभव है। संस्थाओं का अपना इतिहास और अपना वजूद है, अतः ये संस्थाएँ प्रतिरोध की क्षमता रखती हैं। सबसे पहले तो सामाजिक संस्थाएँ अपने अतीत से अनुकूलित हैं और इनमें परिवर्तन बहुत धीमी गति से होता है। उदाहरण के लिए, लैंगिक रिश्तों में पाए जाने वाले दृष्टिकोण और विचारों पर पारंपरिक समाज के नेटवर्क तथा परिवार व्यवस्था का अच्छा खासा दबदबा रहता है। भारतीय समाज व्यवस्था भी इसका अपवाद नहीं। अतः भूमंडलीकरण की प्रक्रिया के प्रति इनका रुख इनके अपने स्थापित ढाँचें से प्रभावित रहा है।

सुधार ऊपर से नीचे छनता हुआ बहुधा स्पष्ट नहीं हो पाया। बहुधा इन संस्थाओं के अपने पूर्वाग्रहों ने, किये जानेवाले सुधारों को तोड़ा-मरोड़ा है। परिणामस्वरूप एक निषेधक परिणाम ही उभर कर सामने आया है। विचारक न केवल व्यवस्थात्मक परिवर्तन के प्रबल आलोचक हुए बल्कि विभिन्न सामाजिक समूहों के समायोजन में भी उनका हस्तक्षेप रहा। उनके अनुसार राज्य की नीति और संस्थाओं में सुधार के बदले भूमंडलीय प्रतियोगिता के परिणामस्वरूप स्थानीय समाज में बिखराव ज्यादा आया है। भविष्य की सामाजिक शक्ति और समृद्धि जो कि राज्य की क्षमता के स्थानीय एडाप्टेशन, प्रबंधन के नेटवर्क एवं परिवार के सामाजिक पूँजीवादी पक्ष पर निर्भर करता है, कुंद हो गई है। एक प्रकार से उपउदारतावादियों के स्थानीय समाज को ये संस्थाएँ ही बचाकर रख सकती हैं।

II
भूमंडलीकरण का संक्षिप्त इतिहास : न्यू डील से नवउदारतावाद तक

भूमंडलीय अर्थव्यवस्था में आर्थिक रूप से पुरुष की तुलना में स्त्री को ज्यादा नुकसान हुआ है। क्या भूमंडलीकरण से स्त्री की स्थिति में आर्थिक सुधार हुआ है या पहले की अपेक्षा में वह और कमजोर हुई है? इसका उत्तर निर्भर करता है हमारे अपने सवाल पर। आखिर हम किस औरत की चर्चा कर रहे हैं? भारत जैसे देश में जहाँ ६० प्रतिशत स्त्री गरीबी की सीमारेखा से नीचे है वहाँ केवल ५-१० प्रतिशत स्त्रियों के सबलीकृत होने से आखिर कितना फर्क पड़ेगा? इस पर जरा गौर किया जाना चाहिए। १९९५ में स्त्रियों पर आयोजित पेइचिंग कान्फ्रेंस में यूनीफेम की निदेशक नॉलिन हॉइजर ने कहा कि दुनिया के १.३ अरब लोग नितांत गरीब हैं। इसमें स्त्रियों की संख्या ७० प्रतिशत है। जबकि स्त्री दुनिया के कामकाज के घंटों में दो-तिहाई समय काम करती है। लेकिन दुनिया की आय से उसे केवल एक बटे दसवाँ भाग ही मिलता है। दुनिया की सारी संपत्ति के एक बटे दसवें भाग की ही वह मालकिन है।

नोबेल पुरस्कार प्राप्त अर्थशास्त्री अमर्त्य सेन के अनुसार ये सारे आँकड़े स्त्री की अधीनस्थ स्थिति को यदि बढ़ा-चढ़ा कर प्रस्तुत कर रहे हैं तो दूसरी ओर एक प्रकार से ये आँकड़े उसकी गरीबी को कम महत्त्व दे रहे हैं। कम महत्त्व का कारण इन आँकड़ों में समस्त स्त्री समाज की उपस्थिति दर्ज नहीं है। अमर्त्य सेन के अनुसार दुनिया में वास्तव में करीब १० करोड़ स्त्रियाँ अनुपस्थित हैं यानी ये स्त्रियाँ भूख, गरीबी और दैन्य से केवल आँकड़ों में तो मौजूद हैं मगर यथार्थ में तिरोहित हो गई हैं। इस अनुपस्थिति में शामिल हैं चीन की खेतों में फेंक दी गई शिशु कन्याएँ, भारत में जल कर मरी हुई लड़कियाँ, अफ्रीका की वह मुमुर्ष शिशु कन्या जिसे जल्दी से कोई अस्पताल नहीं ले जाना चाहता, और हिंदी पट्टी में भ्रूण हत्या की शिकार वे संभावित लड़कियाँ जो जन्म न ले सकीं, जन्म से पहले जिनका दुनिया के संसाधनों पर हक छीन लिया गया। हॉइजर हमसे आय और पण्य पर ध्यान देने के लिए कहती हैं जबकि अमर्त्य सेन के अनुसार क्षमता और कार्य पर ध्यान केंद्रित किया जाना चाहिए। चीन, श्रीलंका और कोस्टारिका में जब स्त्री की कार्य क्षमता को बढ़ाने के लिए सहायता दी गई तो एक बेहतर छवि प्रस्तुत हुई। केरल का उदाहरण लें तो पाएँगे कि एक गरीब राज्य होते हुए भी वहाँ शिशु

कन्या की मृत्यु की दर कम है। इसका कारण राज्य द्वारा स्त्रियों की शिक्षा और स्वास्थ्य की जिम्मेदारी को पूरा करना है।

बदली हुई दुनिया में स्त्री

सत्तर के दशक की दुनिया अब बदल चुकी है। चीन, रूस और भारत भूमंडलीकृत बाज़ार में प्रवेश कर चुके हैं। इन देशों में दुनिया भर के श्रम का आधा हिस्सा है। बहुराष्ट्रीय निगमों ने १९८५ से १९९२ के बीच विकासमान देशों में अस्सी लाख नौकरियाँ मुहैया कराई। विकासमान देशों की बहुराष्ट्रीय कंपनियों में एक करोड़ बीस लाख लोगों को नौकरी मिली और तब से यह संख्या बढ़त पर है। वे विकासशील देशों में श्रम प्रधान उत्पादन को ले गईं। ऐसा इसलिए भी संभव हुआ क्योंकि इन देशों की जनसंख्या का काफी बड़ा हिस्सा गरीबी की सीमारेखा से नीचे था। बहुराष्ट्रीय कंपनियों की निवेशीकरण की नीति के कारण इनके जीवन-स्तर में इजाफा हुआ और क्रमशः गरीबी की दर में कमी आई। आज ये देश अपने सस्ते श्रम और उच्च तकनीक से सम्बन्धित उत्पादन क्षमता के कारण विकासमान देशों से होड़ करने में समर्थ हैं। केवल सैनफ्रांसिस्को ही नहीं, बल्कि भारत में भी बंगलूर की सिलीकॉन वैली विकसित होती जा रही है।

विकसित समाजों में हुए महत्त्वपूर्ण परिवर्तनों का प्रमुख कारण नारीवादी आंदोलन भी रहा है। अपने-आप में यह परिघटना बड़ी नाटकीय रही है। १९४० में अमेरिका की कुल स्त्री जनसंख्या का १४ प्रतिशत ही बाह्य जगत में कार्यरत था जबकि १९८० में यह दुगना हो गया। हालाँकि श्रम के बाज़ार में स्त्रियों की भागीदारी कोई नयी बात नहीं थी। १९वीं शताब्दी के अंत से ही स्त्रियाँ सेवा क्षेत्र, दुकान और आफिसों में सक्रिय हो चुकी थीं। जैसे-जैसे जनसंख्या शहरों की ओर अग्रसर होती जा रही थी, वैसे-वैसे उद्योगों में स्त्रियों की भागीदारी बढ़ती ही गई। स्त्रियों के सस्ते श्रम की आवश्यकता दिन-प्रतिदिन बढ़ती गई। साथ ही फोर्डवादी उद्योग व्यवस्था के कारण औद्योगिक क्षेत्रों में भी बड़ी संख्या में स्त्रियों को समेटना संभव हुआ। बल्कि मॉरिशस जैसे छोटे देश में कपड़ा उद्योग के कारण यह प्रक्रिया १९७० में २० प्रतिशत से बढ़ कर १९८० में साठ प्रतिशत हो गई। मगर दोनों ही क्षेत्रों में स्त्री निचली गहराइयों में ही रही। पश्चिमी स्त्रियों ने उच्च शिक्षा भी प्राप्त की। द्वितीय विश्वयुद्ध के बाद विश्वविद्यालय शिक्षा में स्त्रियों की संख्या बढ़ती गई।

पश्चिम में श्रम के बाज़ार में विवाहित स्त्रियों की भागीदारी कम नहीं थी। उन्हें उच्च शिक्षा मिली और इसी कारण साठ के दशक में नारीवादी आंदोलन के द्वितीय दौर की भूमिका आरंभ होती है।

अब तक स्त्रियाँ फासीवाद विरोधी विजय यात्रा और पूर्वी यूरोप एवं पूर्वी एशिया की क्रांति से होने वाले परिवर्तनों में पूरी भागीदारी नहीं पा सकीं थीं, मगर साठ के दशक तक कुछेक इस्लामी राज्यों को छोड़कर सारी दुनिया की स्त्रियों को वोट का अधिकार मिल चुका था। मगर स्त्रियों को ये अधिकार नारीवादी आंदोलन के कारण मिले थे, स्त्रियाँ अब एक प्रमुख राजनीतिक ताकत के रूप में उभर रही थीं। अपने प्रति वे सजग और सचेत थीं तथा चर्च की व्यवस्था को चुनौती दे रही थीं। इटली में १९७४ में तलाक के पक्ष में स्त्री समाज द्वारा खुलकर बोलने, १९८१ में गर्भपात का कानून पास कराने जैसी घटनाएँ नब्बे के दशक तक आते-आते नयी चेतना के रूप में विश्व मंच पर स्थापित हो गईं। कुल-मिलाकर स्त्रियों की सामाजिक भूमिका में आये बदलाव पर सत्ता ध्यान देने के लिए मजबूर हुई।

रूस और भारत जैसे देशों में स्त्रियों को घर-बाहर दोहरी भूमिका निभानी पड़ती है जिससे सेवा कार्य एवं पुनरुत्पादन के क्षेत्र में उनके श्रम का शोषण होता है। लेकिन, यह भी एक हकीकत है कि मालिक-कारखानेदार वर्ग द्वारा पुरुषों के बदले स्त्री श्रमिकों को रखना स्त्री आंदोलन के हक में जाता है। एक और महत्त्वपूर्ण घटना है, विकासशील देशों में भी बड़ी संख्या में पुरुष बेहतर काम की खोज में शहरों की ओर चले आए। पीछे छूटे परिवार और खेतों की जिम्मेदारी स्त्रियों पर आ पड़ी, जिसे उन्होंने निभाया भी और इन जिम्मेदारियों को निभाते हुए स्त्री की अपनी आत्मछवि भी बदलती गई। उसकी राजनीतिक भागीदारी भी बढ़ी। भारत में इंदिरा गाँधी, पाकिस्तान में बेनजीर भुट्टो, श्रीलंका में सिरीमावो भंडारनायके, फिलीपीन में कोराजोन अक्वीनो, अर्जेण्टीना में इजिबेला पेरों, बांग्लादेश में शेख हसीना और खालिदा जिया और इंडोनेशिया में मेगावती सुकर्णपुत्री ने अपनी नेतृत्व क्षमताओं से राजनीतिक दायरे में जबर्दस्त हस्तक्षेप किया।

ऐसा नहीं कि इतिहास में स्त्रियाँ राज सत्ता में आसीन नहीं हुई हों। मगर अब तक वह जनता का चुनाव नहीं था। यह दूसरी बात है कि लोकतांत्रिक प्रक्रिया के जरिये नेतृत्व में आने के बावजूद ये महत्त्वपूर्ण महिलाएँ तीसरी दुनिया में स्त्री को वंचित और सामाजिक जीवन में पूरी तरह परिधिकृत की

स्थिति से मुक्ति नहीं दिला पायीं। जाहिर है कि कुछेक विशिष्ट स्त्रियों के कारण सामाजिक पृष्ठभूमि को बदला हुआ मानना गलत होगा। सार्वजनिक क्षेत्र में जिन विशिष्ट स्त्रियों का परिचय मिलता है उनके लिए सार्वजनिक स्पेस पहले से मौजूद था क्योंकि ये स्त्रियाँ किसी की बेटी, किसी की पत्नी, किसी की माँ थीं। वे पुरुषों की राजनीति से सम्बन्धित थीं। अत: तीसरी दुनिया की इन स्त्रियों ने अपनी पश्चिमी बहनों की तुलना में कम संघर्ष किया था। पश्चिम के मध्यमवर्गीय स्त्री समाज में जो खुलापन आया था वह तीसरी दुनिया के इन समाजों में प्राय: अनुपस्थित था। समाजवादी देशों में इस संदर्भ में बड़ा विरोधाभास मिलता है। हालाँकि पूर्वी यूरोप में नब्बे प्रतिशत स्त्रियों को नियमित पगार मिलती है और साम्यवाद सिद्धांतत: स्त्री समाज का पूरा हिमायती होता है, मगर यहाँ भी आम स्त्री और खास स्त्री का विभेद बड़ा स्पष्ट है। स्त्रियाँ साम्यवादी राज्यों की प्रथम पंक्ति में नहीं थीं। कुल-मिलाकर उनकी सार्वजनिक स्थिति अपनी पश्चिमी बहनों जैसी ही थी। प्रत्येक समाज में अपनी स्त्रियों के प्रति भेदभाव वाला रुख ही प्रचलित था।

नयी दुनिया में स्त्री-मुक्ति का प्रयास निरुद्देश्य नहीं था। स्त्रियाँ समान कानूनी और राजनीतिक अधिकारों के साथ न केवल बेहतर शिक्षा की माँग कर रही थीं बल्कि पुरुषों के बराबर जिम्मेदारी उठाने को भी तैयार थीं। वे सार्वजनिक स्थलों पर बराबर का हक माँग रही थी। समाजवादी देशों में स्त्रियाँ चाहे जिस स्थिति में रही हों, मगर स्त्री आंदोलन को समाजवादी देशों ने प्रेरित नहीं किया। चूँकि स्त्री आंदोलन पर पश्चिम की मध्यमवर्गीय स्त्रियाँ हावी थीं, इसलिए पश्चिम में १९८१ तक सफेदपोश पेशों में पुरुषों की उपस्थिति कम हो गई। रियल स्टेट एंजेट और दलाली के काम में पचास प्रतिशत स्त्रियाँ, और बैंकों में चालीस प्रतिशत और वित्तीय प्रबंधक की हैसियत से दस प्रतिशत स्त्रियाँ तथा शिक्षण संस्थाओं में ३५ प्रतिशत थीं, कम्प्यूटर विशेषज्ञ के रूप में २२ प्रतिशत, १४ प्रतिशत स्त्रियाँ डॉक्टर और वकील थीं। बड़े संघर्ष के बाद इन क्षेत्रों में स्त्रियाँ स्वयं को स्थापित कर पाई थीं। जिसका प्रभाव श्रम और पर्यावरण सम्बन्धी आंदोलनों पर भी पड़ा।

जाहिर है कि इस तरह की पृष्ठभूमि के साथ अस्सी के दशक में प्रवेश करते हुए विश्व मंच पर स्त्री मुक्ति का संग्राम एक नया रूप ले चुका था। जो मुद्दे उठाये जा रहे थे, उससे सारी दुनिया की स्त्रियाँ सहमत थीं। फलस्वरूप सामाजिक और व्यक्तिगत आचरण में एक बड़ा नाटकीय परिवर्तन

दृष्टिगोचर हो रहा था। सामाजिक-सांस्कृतिक बदलाव से परिवार की पम्परा प्रवाहित हो रही थी। बच्चे परिवार से दूर जा रहे थे और स्त्रियाँ इस सारे परिवर्तन में महती भूमिका निभा रही थीं। इस जमाने में कुल-मिलाकर एक सांस्कृतिक क्रांति का दृश्य विश्व मंच पर परिलक्षित होता है। और इस सांस्कृतिक क्रांति को स्त्रियों ने संभव किया था क्योंकि परिवार के केंद्र में स्त्री थी। पुरुषों के पारंपरिक वर्चस्व को चुनौती देने वाली स्त्री ही थी। स्त्री-पुरुष के बदलते हुए सम्बन्धों की प्रमुख रूप-रेखा स्त्री ही तैयार कर रही थी। मानवता का एक विशालतम हिस्सा कुछ ऐसे महत्त्वपूर्ण मुद्दों को उठा रहा था जिसका उत्तर पितृसत्ता को देना था। ये मुद्दे थे : पति के वर्चस्व पर सवालिया निशान, यौनिकता का चुनाव, विवाहेतर सम्बन्धों का दावा, तलाक की बढ़ती हुई संख्या और बड़ी संख्या में स्त्रियों का अकेले जीवनयापन करना। अंत में यह भी पूछा जा रहा था कि क्या बच्चे माँ-बाप की संपत्ति हैं? छोटे परिवार का औचित्य क्या है?

परिवार की संस्था में हुए परिवर्तनों से स्त्री-पुरुष के नैतिक आचरण में भारी बदलाव आता है। परिवार नियंत्रण को प्रोत्साहित करने से माँ की भूमिका पर सवालिया निशान लगा। स्त्रियों को मिलने वाला यह सबसे बड़ा अवसर था। भूमंडल का यह आधुनिकीकरण सब देशों में एक साथ नहीं घटा किंतु कमोबेश इन बातों ने हर देश की स्थानीय परंपरा को प्रभावित जरूर किया। इसी के साथ युवा वर्ग की स्वतंत्रता के साथ जो संस्कृति उभर रही थी, उसमें पितृसत्ता की भूमिका में क्रमशः कमी आती गई। युवा संस्कृति में जिस सांस्कृतिक क्रांति का मैट्रिक्स बना, वही युवा वर्ग जीवन के महत्त्वपूर्ण क्षेत्रों में निर्णय लेने लगा तथा किसी भी प्रकार के दबाव और बंधन को चुनौती मिलने लगी। परिणामस्वरूप सामाजिक बुनावट और मूल्य-व्यवस्था चरमराने लगी। अस्सी के दशक में इसी उभरती हुई संस्कृति पर बाज़ार व्यवस्था ने मोहर लगाई और पूँजीवादी अर्थव्यवस्था की सांस्कृतिक अभिव्यक्तियों का जयघोष हुआ।

हालाँकि नारीवादी मुद्दा पहले-पहल पश्चिमी देशों में उठाया गया, मगर दुनिया की अधिकतम स्त्रियाँ इससे प्रभावित हुई, और इसने उनके व्यक्तिगत और सामाजिक आचरण को आमूल रूप से प्रभावित किया। जिन सांस्कृतिक क्रांतियों की बाद में चर्चा की जाएगी उसमें नारीवाद की स्पष्ट भूमिका इसलिए भी दृष्टिगोचर है क्योंकि समाज का केंद्रीय आधार परिवार है और

नारीवाद ने परिवार के क्षेत्र में स्त्री-पुरुषों के सम्बन्धों के संदर्भ में कुछ बुनियादी सवाल उठाये हैं।

इन औचक परिवर्तनों का बहुतेरे समाजों में विरोध हुआ है। परस्पर भिन्नताओं के बावजूद समाजों में कुछ परस्पर विशेषताएँ होती हैं—जैसे, विवाह, पुरुष का वर्चस्व, पुरानी पीढ़ी का वर्चस्व आदि। इस विरोध के कारण इन समाजों में अब तक के नैतिक और धार्मिक रूप से वर्जित मुद्दों पर फिर से बहस छिड़ी। अस्सी के दशक से पहले तक तो विवाह संस्था में एक तरह का संतुलन था, मगर अकेले माता-पिता (अभिवावक), नाजायज जन्म और तलाक के साथ की परिघटना के साथ-साथ एक नयी शक्तिशाली युवा पीढ़ी उभरी जिसने स्वयं को व्यक्ति के रूप में स्थापित करना शुरू किया। अल्पवयस्क किशोर लड़के-लड़कियों ने एक ओर जहाँ अपने अधिकार माँगे, वहीं तीस वर्ष से ऊपर के स्त्री-पुरुषों को वृद्ध कह कर परिधिकृत करना भी शुरू किया।

पश्चिमी मीडिया में अक्सर यह कहा जाता है कि लौह दीवार के पिघलने से समाज के जनतंत्रीकरण में विशेष सुविधा हुई। एक ओर यदि यह घटा तो दूसरी ओर भारत जैसे जनतंत्र के पैरोकार देशों में राज्य द्वारा नियंत्रित अर्थव्यवस्था की पकड़ ढीली हुई एवं उदारीकरण का एक नया दौर शुरू हुआ। दुनिया में इस बदलते परिदृश्यों का सबसे अधिक प्रभाव पड़ा उत्तर-औपनिवेशिक देशों में तथा पूर्वी यूरोप के उत्तर-समाजवादी देशों में। हालाँकि इसे जनतंत्र के जयघोष के रूप में अभिव्यक्त किया गया, किंतु यह सवाल भी उठता है कि वहाँ की स्थानीय जनता ने इन प्रभावों को किस रूप में स्वीकारा तथा इसकी कैसे व्याख्या की। विशेषकर १९८९ के पश्चात भूमंडलीकरण और उदारीकरण की प्रक्रिया ने स्त्री जीवन को किस रूप में प्रभावित किया। क्या स्त्री इन प्रक्रियाओं से उत्पीड़ित हुई या इन प्रक्रियाओं को लागू करने में उत्पादक एवं उपभोक्ता के रूप में वह सहायक हुई।। सामाजिक सम्बन्धों में तेजी से घटने वाले इन परिवर्तनों के प्रति ये उत्तर-औपनिवेशिक देश एक टेलीस्कोपिक दृष्टिकोण पेश करते हैं।

हम देख सकते हैं कि स्वतंत्रता के चार दशक के बाद भी भारत जैसे देश में स्त्री को पूरी संवैधानिक सुरक्षा तो मिली हुई थी लेकिन पितृसत्तात्मक समाज के सामंतवादी रवैये में बहुत कम परिवर्तन मिलता है। संवैधानिक स्तर पर स्त्री पुरुष के समकक्ष थी, मगर रोजमर्रा की जिंदगी में वह पुरुष के सामंती

रवैये को झेलने को बाध्य थी। यहीं सवाल उठता है कि जनतांत्रिक संस्थाओं में होने वाले परिवर्तनों का स्त्रियों पर कौन सा प्रभाव पड़ा। क्या बहुत बड़े पैमाने पर होने वाले इन सामाजिक और आर्थिक परिवर्तनों की सहायता से स्त्री-समाज स्थानीय जटिलता एवं दमन की समस्या का समाधान कर पाया? यानी स्त्री के संदर्भ में बृहद स्तर पर हुए परिवर्तन ने क्या स्थानीय स्तर पर होने वाले परिवर्तनों को प्रभावित किया? माना कि परिवर्तन को मापने का फिलहाल हमारे पास ऐसा कोई वैज्ञानिक उपकरण मौजूद नहीं। लेकिन, परिवर्तन को एक हद तक नापने के दो तरीके जरूर हैं—एक तो सामाजिक शोधकार्य तथा दूसरे व्यक्तिगत स्तर पर स्त्री समाज द्वारा निजी जीवन में इन परिवर्तनों के आकलन को समझना।

हमें उत्तर-औपनिवेशिक समाज से निकलकर भूमंडलीकृत समाज को समझने के लिए लैंगिक संदर्भ को अपनाना होगा ताकि राजनीतिक जनतंत्र और पूँजीवादी बाज़ार के भूमंडलीकृत फैलाव से स्त्रियों की स्थानीय संस्थाओं के संवाद और समझौते के बारे में पता चल सके। इससे यह भी पता चलेगा कि भूमंडलीय प्रभाव से स्त्री कैसे एक साथ शोषित और सबलीकृत होती है। शोषण एवं सबलीकरण को एक को दूसरे से अलग करने के लिए उन समाजवादी सिद्धांतों को भी समझना होगा जिन्होंने स्थानीय जीवन का नजदीकी विश्लेषण किया है। मेरे अनुसार उत्तर-औपनिवेशिक स्त्री का विकास भूमंडलीकृत आदर्शों के अलावा स्थानीय आदर्शों की मध्यस्थता से और अधिक तीव्र हुआ है। यह स्थानीय आदर्श अपने-आप में अतीत के राजनीतिक और सामाजिक बदलाव का ही परिणाम है।

भारत का भूमंडलीकरण और स्त्री

नियंत्रित अर्थव्यवस्था से पूँजीवाद की ओर अग्रसर होते हुए अपनी पंचवर्षीय योजनाओं के संदर्भ में बाज़ारवाद के प्रति भारत का एक अलग दृष्टिकोण रहा है जो कि एशिया के अन्य देशों से भिन्न है। भारत के नीति निर्धारकों को भी भूमंडलीकरण का दृष्टिकोण अपनाना पड़ा एवं घरेलू तथा विदेश नीति दोनों के लिए भूमंडलीकरण से होनेवाला लाभ-हानि एक साथ झेलना पड़ रहा है। भारत जैसे विकासशील देशों के सामने कुछ मुद्दे उभर कर सामने आये हैं। इस संदर्भ में गरीब स्त्रियों की परिस्थिति पर ध्यान देना, उनके साथ संवाद स्थापित करना और विकास प्रक्रिया में हस्तक्षेप करना आवश्यक हो गया है।

भारतीय अर्थव्यवस्था पर नेहरू के समाजवाद का असर कम नहीं किया जा सकता। नेहरू न केवल कार्ल मार्क्स के लेखन से प्रभावित थे, बल्कि समकालीन यूगोस्लाविया के नेता मार्शल टीटो और सोवियत संघ से भी प्रभावित थे। 'हिन्दी-चीनी भाई-भाई' का नारा नेहरू ने ही दिया था। नेहरू के अनुसार सामंतवादी पृष्ठभूमि में जकड़े हुए भारत को मुक्त करने के लिए पंचवर्षीय योजनाओं की जरूरत थी! वे मानते थे कि जब तक राज्य में नियंत्रित अर्थव्यवस्था लागू नहीं होगी तब तक आम आदमी के लिए समृद्धि संभव नहीं होगी। स्वतंत्रता के पाँच दशक बाद नेहरू की समाजवादी संरचना में दरार पड़ी और भारतीय अर्थव्यवस्था पर बाज़ारवाद का प्रभाव बढ़ा। उत्तर-औपनिवेशिक भारत क्रमशः पूँजी की ताकत को स्वीकारने के लिए मजबूर हुआ।

इससे पहले होता यह था कि एक ओर भारतीय नागरिक समाज का एक बड़ा हिस्सा भूमंडलीय स्तर पर संवाद करता रहता था, तो दूसरी ओर इसकी जनसंख्या का अधिकतम हिस्सा अविकसित ही था। भारत के उदारतावादी अभिजन स्वतंत्र व्यापार और सम्मिलित भूमंडलीय बाज़ार के प्रबल समर्थक रहे हैं। उनके अनुसार बाज़ार और जनतंत्र के विस्तार से देश में ज्यादा समृद्धि, राजनीतिक स्वतंत्रता एवं जन-जीवन को सुरक्षा एवं समानता मिलेगी। नव-उदारतावादियों के दो पहलू हैं। एक आर्थिक और दूसरा राजनीतिक। आर्थिक नवउदारतावाद के अनुसार बाज़ार की मौलिक शक्ति राज्य नियंत्रित अर्थव्यवस्था को परिवर्तित करती है। नागरिक समाज का विकास और उदारतावादी नैतिक एवं सामाजिक मूल्यों का विकास संभव होता है। कुल-मिलाकर पूँजीवाद और जनतंत्र साथ-साथ चलते हैं उन्हें अलग करना कठिन है। आर्थिक नवउदारतावाद के अनुसार नियोजित अर्थव्यवस्था के दौरान भारत की उन्नति वैसी नहीं हुई जैसी कि होनी चाहिए थी। विश्वबाज़ार में देश खुद को सही रूप से सही तरीके से प्रस्तुत नहीं कर पाया। फलस्वरूप अंतर्राष्ट्रीय पूँजी के निवेशीकरण के अभाव से न केवल उत्पादन का ह्रास हुआ, बल्कि विदेशी कर्ज, मुद्रा स्फीति के दबाव और सेवा तथा वस्तुओं की खराब गुणवत्ता के कारण विश्व बाज़ार में भारत को जो पैठ मिलनी चाहिए वह नहीं मिली। इसलिए जैसे ही सरकारी नियंत्रण हटा, जिन सुधारवादी योजनाओं को लागू किया गया उनका मुख्य उद्देश्य था बाज़ार व्यवस्था की ओर अग्रसर होना।

इसमें भारत अकेला नहीं था। कमोबेश एशिया और पूर्वी यूरोप के सभी

देशों का यही हाल था। भारतीय उदारीकरण के दौरान यही घटा जिसके परिणामस्वरूप विदेशी पूँजी का निवेश एवं बाज़ारवादी अर्थव्यवस्था क्रमशः विश्व बाज़ार में सम्मिलित हुई। बहुसंख्यक जन के सामाजिक और आर्थिक जीवन-स्तर पर प्रभाव पड़ा। एक ऐसा मध्यम वर्ग उभरा है जो कम से कम बाज़ार के सुधार और खुलेपन को बनाए रखता है।

विस्तार और फैलाव, यानी आंतरिक रूप से पूँजी का सम्बन्ध व्यापक प्रसार के साथ सम्बन्धित है, क्योंकि पूँजी कभी सीमा के अंदर स्थायी रूप से बँध कर नहीं रह सकती। नये स्पेस का संधान करना पूँजी का स्वभाव है। पूँजी किसी भी सीमा को स्वीकार नहीं करना चाहती। अतः निरंतर परिवर्तन अवश्यम्भावी है। पर इससे पूँजी का विध्वंस नहीं होता, बल्कि यह तो पूँजी के काम करने का तरीका है। उत्पादन के मूल में पूँजी है, और उत्पादित वस्तु को बेचने के लिए बाज़ार चाहिए। सीमित बाज़ार में पूँजी की लागत बढ़ जाती है अतः और व्यापक क्षेत्र में सक्रिय होना ही इसका अभीष्ट है और इस अनिवार्यता से कोई बच नहीं सकता। पूँजी की साम्राज्यवादी संरचना भी यही है। लाभ तथा और अधिक लाभ की इच्छा ही निरंतर नये से नये बाज़ार की खोज को प्रेरित करती है। हालाँकि यह भी एक प्रकार का उभयभावी और अपूर्ण परिवर्तन ही कहलाएगा क्योंकि सामाजिक और आर्थिक असमानता पहले की तुलना में बढ़ी है घटी नहीं। भारतीय समाज में आज असमान आय में इजाफा हुआ है। साथ ही बाज़ार के सुधारवादी प्रयासों के कारण बढ़ती हुई बेकारी और गरीबी में एक ओर यदि कुछ लोग विजेता की मुद्रा में हैं तो दूसरी ओर उत्तर-स्वातंत्र्य काल के खामोश पराजय झेल रहे लोग भी हैं।

व्यवस्थात्मक परिवर्तन के सामाजिक और ऐतिहासिक आयाम को समझने के लिए संस्थाओं के प्रति स्थापित दृष्टिकोण का भी जायजा लिया जाना चाहिए। नवउदारतावाद और नवमार्क्सवाद के महत्त्वपूर्ण सिद्धांतों से थोड़ा अलग हटकर संस्थावादियों के अनुसार समाजीकृत, आर्थिक, सांस्कृतिक परिवर्तन की बहुस्तरीय विकास की समझ के लिए संस्थाओं का वैज्ञानिक अध्ययन जरूरी है। संस्थाएँ कोई कोरा कागज तो नहीं, जिस पर जैसा मन चाहे वैसी नीति को लिखना संभव है। संस्थाओं का अपना इतिहास और अपना वजूद है, अतः वे प्रतिरोध की क्षमता रखती हैं। सबसे पहले तो सामाजिक संस्थाएँ अपने अतीत से अनुकूलित हैं और इनमें परिवर्तन बहुत धीमी गति से होता है। उदाहरण के लिए, लैंगिक रिश्तों में पाए जाने वाले

दृष्टिकोण और विचारों पर पारंपरिक समाज के [illegible]र्क तथा परिवार व्यवस्था का अच्छा खासा दबदबा रहता है। भारतीय व्यवस्था भी इसका अपवाद नहीं। अत: भूमंडलीकरण की प्रक्रिया के प्रति इनका रुख इनके अपने स्थापित ढाँचें से प्रभावित रहा है। सुधार ऊपर से नीचे छनता हुआ बहुधा स्पष्ट नहीं हो पाया। बहुधा इन संस्थाओं के अपने पूर्वाग्रहों ने, किये जानेवाले सुधारों को तोड़ा-मरोड़ा है। परिणामस्वरूप एक निषेधक परिणाम ही उभर कर सामने आया। विचारक न केवल व्यवस्थात्मक परिवर्तन के प्रबल आलोचक हुए बल्कि विभिन्न सामाजिक समूहों के समायोजन में भी उनका हस्तक्षेप रहा। उनके अनुसार राज्य की नीति और संस्थाओं में सुधार के बदले भूमंडलीय प्रतियोगिता से स्थानीय समाज में बिखराव ज्यादा आया। भविष्य की सामाजिक शक्ति और समृद्धि जो कि राज्य की क्षमता के स्थानीय एडाप्टेशन, प्रबंधन के नेटवर्क एवं परिवार के सामाजिक पूँजीवादी पक्ष पर निर्भर करता है उसे कुंद किया गया। एक प्रकार से नवउदारतावादियों के स्थानीय समाज को ये संस्थाएँ ही बचाकर रख सकती हैं।

सुधारों के करीब एक दशक बाद भी पूँजीवाद द्वारा, भूमंडलीकृत पूँजीवाद द्वारा समाज को दिए गए वायदे पूरे नहीं हुए हैं। मसलन विश्व व्यापार संगठन की नकाब उलट गई है। वह कितना अमीरपरस्त है इसे सारी दुनिया जान गई है। उरुग्वे दौर में तर्क दिया जाता था कि उदारीकरण से हर साल दुनिया के देशों को २१३ से ५१० अरब डॉलर की आमदनी होगी जिसका फायदा हर देश को होगा। जिसमें विकासशील देशों को ८६ अरब से १२२ अरब डॉलर की भागीदारी मिलेगी। हुआ ठीक उलटा, अमीर देशों ने अपने कारोबार को बचाया और गरीबों के बाज़ार पर अपनी गिद्ध दृष्टि लगा दी। प्रणव मुखर्जी ने अपने मंत्रित्व काल में संसद से बाहर बार-बार कहा था कि उदारीकरण से हमारे किसानों को अमीर देशों का बाज़ार उपलब्ध होगा। हुआ बिल्कुल उलटा। किसानों को बाज़ार तो मिला नहीं बल्कि वे अमीरों के बाज़ार में लुट जाने का खतरा झेल रहे हैं। समकालीन भारतीय समाज में आज भी पूँजीवाद को शक की नजर से देखा जा रहा है और शायद इसीलिए सत्ता अपनी नीतियों पर मानवीयता का मुखौटा लगाने को बाध्य हो रही है।

मर्दवादी भूमंडलीकरण

समाजवाद से पूँजीवाद की ओर अग्रसर होते हुए भारत में निजीकृत संपत्ति

और स्त्री-पुरुष के बीच [illegible]कृत व्यवस्था को जायज ठहरा दिया गया है जिसमें हरावल दस्ते के [illegible]रत की रेडिकल पार्टियाँ प्रमुख हैं। इस संदर्भ में पुरुषवादी संस्कृति [illegible] दमनकारी ताकतें निरंकुश हो उठती हैं। (समय-समय पर होने [illegible]गे-फसादों में यह काफी स्पष्ट है।) साथ ही स्त्री-पुरुष का असमान वेतन, स्त्रियों के लिए रोजगार योजनाओं में भेदभाव, कार्य-जगत में यौन उत्पीड़न, यौनवादी विज्ञापन, घरेलू हिंसा, बलात्कार और यौन उत्पीड़न तथा गरीब होती हुई स्त्री की संख्या में वृद्धि, पुनरुत्पादन में चुनाव का अभाव आदि-आदि प्रमुख हैं। स्त्री दमन के ये विभिन्न पहलू पहले भी थे मगर अदृश्य थे। पश्चिम के लिए दरवाजे खुलने पर यह समस्याएँ ज्यादा प्रकट हुई और मानवाधिकार के नाम पर इनका विरोध भी मुखर हुआ।

बहुतेरी नारीवादी चिंतकों का कहना है कि आर्थिक परिवर्तन का खमियाजा स्त्री वर्ग को भोगना पड़ा है। श्रमिक वर्ग के रूप में स्त्रियाँ बेकार हुई। देश के प्रायः सभी भागों में पुरुषों की तुलना में निजीकरण और पुनः संरचना का प्रभाव स्त्रियों को अधिक झेलना पड़ा, क्योंकि अब तक राज्य की कल्याणकारी भूमिका के अंतर्गत स्त्री को जो थोड़ी-बहुत सुरक्षा और सुविधा मिलती आई थी स्त्रियाँ उससे वंचित होने लगी। विशेषकर विभाजन के दौरान एक अकेली औरत और विधवा को आर्थिक रूप से आर्थिक मुख्यधारा में शामिल करने का जो प्रयास किया जा रहा था, वर्तमान समाज को इन स्त्री समस्याओं से कोई लेना-देना नहीं। इन सबके बदले व्यक्तिवादी पुरुष आदर्शों पर आधारित एक नये वर्ग की पहचान उभर कर आई है जिसमें स्त्री-पुरुष को समान होना है एवं समान स्तर पर भूमंडल का सामना करना है। सवाल उठता है कि क्या स्त्री इसके लिए तैयार है? क्या उसकी और पुरुष की स्थिति समान है? क्या परंपरा का बोझ और संस्थाओं का प्रतिरोध स्त्री को अधिक नहीं झेलना पड़ता है?

नारीवादी चिंतकों के अनुसार भारत का जनतंत्र घरेलूपन के कल्ट में विलीन होता हुआ दिखाई देता है, जहाँ परिवार और गृहस्थी के निजी जगत को धर्म और संस्कृति के नाम पर तरजीह दी जा रही है। साथ ही इस नव पूँजीवाद ने स्त्री के यौन वस्तुकरण को बढ़ावा दिया है जिससे बाज़ार में होड़ एवं प्रतियोगिता के साथ पश्चिमी पुरुष के मूल्यों का वर्चस्व बढ़ा है। पश्चिमी पुरुषों ने भारत को एक सेक्सी बाज़ार के रूप में प्रकट होते हुए पाया। ये नये प्रबंधक, निवेशक हैं जो अपने मर्दवादी एप्रोच के कारण यह सोचते हैं कि

इस अछूते बाज़ार का शीलहरण कैसे किया जाए? 'प्लेबॉय' पत्रिका के वर्णन से साफ हो जाता है कि बाज़ार का उतार-चढ़ाव, उसका वर्णन, निवेशीकरण के खेल की तुलना कामक्रीड़ा से की जाने लगी है और कहा जाने लगा कि यह वर्जिन टेरीटारी, यानी कुँवारी जमीन है, जहाँ पश्चिमी पुरुष को अपना वर्चस्व एवं अपनी मेस्क्यूलिन पहचान पुनर्स्थापित करनी है।

इसी बीच पश्चिमी पुरुष ने अपने पौरुष की एक सुधारवादी-उदारतावादी और भरोसेमंद साहूकार तथा संभावित दोस्त के रूप में पेशबंदी की। उसी से प्रभावित भारत में राष्ट्रीय संस्कृतिवाद का नया दौर शुरू हुआ जो जन समाज से वापस अपनी संस्कृति, अपने मंदिर, अपने आँगन में लौटने की अपील करने लगा। लेकिन सवाल उठता है कि इस सारी उठा-पटक में स्त्री आखिर कहाँ थी? क्या उससे भी इस बारे में राय ली गई? क्या होने वाले परिवर्तनों से वह वाकिफ थी? आखिर सत्ता ने अलग से स्त्री पर ध्यान देने की जरूरत क्यों नहीं समझी? भारत के विशिष्ट वर्ग ने पूर्वानुमानित रूप से यह क्यों स्वीकार लिया था कि स्त्री, खासकर ऊँची जाति की इलीट स्त्रियाँ उनके साथ हैं। समाजवाद के क्षीणकाय अनुभवों के बाद पुरुषत्व को स्थापित करने के लिए सार्वजनिक और निजीकरण की नयी लैंगिकीकृत परिभाषाएँ अभिव्यक्त होने लगीं।

भारत में नवउदारतावादी अर्थशास्त्रियों के गठजोड़ ने जिस पूँजीवाद को स्थापित करना चाहा वह राजनीति से अर्थव्यवस्था को अलग करता हुआ नजर आया ताकि पारिवारिक और निजी जीवन से अलग स्वतंत्र एवं नैतिक और सार्वजनिक क्षेत्र को स्थापित किया जा सके। भारतीय राजनीतिक अभिजन ने बिना किसी आलोचना के सहज ही पश्चिमी विशेषज्ञता और मॉडल को स्वीकार लिया। इसके विपरीत बहुतेरे गैरसरकारी नारीवादी संगठन और समूहों ने पश्चिमी नारीवादी विचार और संघर्ष को थोक भाव में स्वीकारे जाने का विरोध किया और यह उचित भी था। किंतु नारीवाद के लिए समस्या तब पैदा होती है जब इस विरोध का स्वर दक्षिणपंथी खेमे के यानी पूँजीपति के स्वर से मेल खाने लगता है। नारीवाद के लिए एक ओर पूर्व-पश्चिम मिलाप से एक बेहतर भूमंडलीय समझ उत्पन्न हो रही थी तो दूसरी ओर इस आपसी सहयोग से स्त्रियों को अधिक से अधिक नवउदारतावादी सार्वजनिक स्पेस उपलब्ध हो रहा था। मगर उन्हें अपनी स्वतंत्र वैचारिक जमीन नहीं मिल रही थी। विडम्बना तो यह है कि स्त्रियों का यह नेटवर्क क्रमशः पश्चिमी

साम्राज्यवाद और भारत की अभिजन विचारधारा का सम्पोषक बन कर रह जाता है।

विदेशी निवेश, व्यापार, अमेरिकी संवैधानिक विशेषज्ञता और धनी पर्यटकों की आवाजाही ने सांस्कृतिक साम्राज्यवाद को बढ़ावा दिया है। नवउदारतावाद की तरह नवमार्क्सवादी संस्थाओं ने भी लैंगिक भिन्नता से जनित अनुभवों का अनदेखा किया है। इनकी आलोचना का आधार सार्वजनिक क्षेत्र की राजनीतिक और आर्थिक संस्थाएँ तथा उत्पादन का वह क्षेत्र रहा है जहाँ पुरुषों का वर्चस्व है। उभरते हुए भारतीय नारीवाद को समझने में ये लोग नाकाम रहे हैं तथा उपभोक्तावादी अर्थव्यवस्था और परिवार एवं गृहस्थी के क्षेत्र में स्त्रियों की बढ़ती हुई भागीदारी से, जो राजनीतिक अर्थव्यवस्था का ही क्षेत्र है, ये वाकिफ नहीं निकले। ढाँचागत परिवर्तनों को समझने में तथा समकालीन भारत में भूमंडलीकरण के आकलन में ये सर्वथा असमर्थ रहे। राज्य ने कल्याणकारी भूमिका से हाथ खींच लिया, स्त्री और बच्चों पर होने वाले खर्चों पर कटौती की मगर स्त्री नये क्षेत्रों में कैसे राज्य की स्थापित भूमिका को तथा राज्य की पूँजीवादी ताकतों से निर्मित गठबंधनों को चुनौती दे रही है, इसका आकलन नहीं किया गया।

निषेधक प्रभाव और स्त्री के हक

जब नारीवाद भूमंडलीकृत बाज़ार में स्त्री के उत्पीड़न की चर्चा करता है तो वह प्राय: भूमंडलीकरण के प्रतिगामी प्रभाव का ही विवरण देता है। स्त्री के लिए सार्वजनिक स्पेस का संकुचित होना उसके जनतांत्रिक अधिकारों का दमन कहलाएगा। अधिकतर नारीवादी विचारकों के अनुसार उत्तर-समाजवादी परिवर्तन के दौर में स्त्री नुकसान में रही है। स्त्री जीवन में परिवर्तन का निषेधक प्रभाव रहा है और ऐसा करते हुए स्त्री वंचित एवं उत्पीड़ित कोटि के रूप में राष्ट्रीय पृष्ठभूमि में प्रकट हुई है। चंद्रा मोहंती ने इसे ही तीसरी दुनिया की स्त्री के रूप में संबोधित किया और ऐसा करते हुए पश्चिमी नारीवादी विचारकों की आलोचना की। कारण यह कि पश्चिमी नारीवाद ने भूमंडलीकरण के दौरान स्थानीय समझौतों के पक्षधर के रूप में स्त्री की एजेंसी की अवहेलना की। मार्क्सवादियों की भाँति पश्चिमी नारीवाद ने भी पितृसत्ता और पूँजीवाद के भूमंडलीय ढाँचे की ताकत को बढ़ा-चढ़ा कर आँका, फलस्वरूप तीसरी दुनिया की मुक्तिकारी संभावनाओं पर विचार ही

नहीं किया गया।

मेरे अनुसार उत्तर समाजवादी संदर्भ में भूमंडलीय ताकत और स्थानीय व्यवहार की द्वंद्वात्मकता को हम समझ ही नहीं पाए हैं। नवउदारतावादी और समकालीन मार्क्सवादियों के अनुसार यह भूमंडलीय आर्थिक ताकतें विश्व बाज़ार की प्रमुख संचालक हैं। मगर यह अकेले ही परिवर्तन नहीं ला रही हैं। परिवर्तन घट रहा है स्थानीय प्रतिक्रियाओं के आधार पर। अपने-आप में इसकी द्वंद्वात्मक प्रक्रिया काफी सबल है। स्त्री-पुरुष के लैंगिक सम्बन्धों को ध्यान से देखने पर इस अध्ययन में हमारी यात्रा विशिष्ट से सामान्य की ओर है तथा भूमंडलीकरण और उत्तर समाजवादी परिवर्तन के आपसी सम्बन्ध के स्पेस पर हमें ध्यान केंद्रित करना है। नवग्राम्शीवादी सिद्धांत नागरिक समाज की निचली गहराइयों के परिवर्तन पर प्रकाश डालता है। अतः उसी आधार पर समाज पर भूमंडलीकरण के प्रभाव का भी आकलन संभव होता है।

यहाँ पर मैं नारीवाद और मार्क्सवाद के सम्बन्धों पर कुछ कहना चाहूँगी।

स्वतंत्र भारत में पितृसत्ता का शासन न केवल नौकरशाही और दफ्तरी नीतियों से निर्धारित हुआ बल्कि सांस्कृतिक स्तर पर पहले से चले आए विभाजनों का भी इस पर असर पड़ा। वामपंथी पार्टियों का दावा था कि सामाजिक क्रांति के कारण ही स्त्री-मुक्ति की अवधारणा स्पष्ट हुई है। वहीं दक्षिणपंथियों का कहना था कि चूँकि संविधान में समान अधिकार मिलने की वजह से आर्थिक, राजनीतिक और पारिवारिक क्षेत्र में मिले हुए अधिकारों का प्रयोग स्त्री ने अपने बाहरी जीवन में किया इससे स्त्री समस्याएँ सतह पर उजागर हुई। एंगेल्स और मार्क्स का कहना है कि स्त्री दमन का मुख्य कारण स्त्री का बुर्जुआ के निजी क्षेत्र के भीतर ही उत्पादन और पुनरुत्पादन में सीमित होकर रह जाना है। स्त्री को तभी मुक्ति मिल सकती है, जब वह उत्पादन के विकसित औद्योगिक क्षेत्रों में अपनी पहचान बनाए। मगर भारत ही क्यों समाजवादी देशों में भी स्त्री अपनी यह पहचान नहीं बना पाती। कार्यक्षेत्र में उससे भेदभाव किया गया, परिवार में पुरुष वर्चस्व बना रहा। अतः नारीवाद को समाजवाद से निराशा ही हाथ लगी उनके अनुसार समाजवाद भी एक प्रकार से पुरुष मूल्यों से आक्रांत वर्गीय परियोजना ही है।

पूँजीवाद में यदि पुरुष उच्च वर्ग का है तो समाजवाद का पुरुष श्रमिक वर्ग का है। दोनों ही वर्गों में स्त्री के स्पेस और उसकी पहचान तथा उसके श्रम को हड़पने की प्रवृत्ति से नारीवाद परिचित हैं ऐसा नहीं कि पूँजीवादी

समाज में स्त्री एक भोग की वस्तु बन कर रह गई, बल्कि समाजवादी देशों में भी स्त्री के श्रम का शोषण हुआ। समाजवादी देशों की आधी से अधिक श्रमशक्ति स्त्री के रूप में रही है। जहाँ पुरुषों की भाँति स्त्री को भी फुलटाइम श्रमिक के रूप में रहना पड़ा। उसे उच्च शिक्षा भी मिली। वह विशिष्ट, पेशेवर, विशेषज्ञ और तकनीकी श्रमिक के रूप में पश्चिम की स्त्रियों की तुलना में ज्यादा स्थापित है। जबकि समाजवादी देशों के सेवा क्षेत्र में स्त्री का विशेष दखल रहा। सेवा क्षेत्र को औद्योगिक क्षेत्र के अधीन किया गया, उन्हें हल्के उद्योग तथा सेवा क्षेत्र में नियुक्त किया गया। पुरुषों का वर्चस्व उत्पादन क्षेत्र में बना रहा। राष्ट्र निर्माण में उन्हीं की जरूरत थी। ह्वाईट कॉलर शिक्षित स्त्री की तुलना में ब्ल्यू कॉलर को ज्यादा तनखा ज्यादा मिली। एक ही क्षेत्र में भी स्त्री-पुरुष में भेद-भाव किया गया। स्त्रियों को कम्युनिस्ट पार्टी के पोलित ब्यूरो में नहीं के बराबर स्थान था।

प्रचलित साम्यवादी प्रतिष्ठान के इस रवैये के मुकाबले नवग्राम्शीवादी सिद्धांत पर भी कुछ नजर डालना जरूरी है। समकालीन मार्क्सवाद की एक किस्म है नवग्राम्शियन एप्रोच जो विश्व में पूँजीवादी विचार और संस्कृति के प्रभाव की चर्चा करती है। नव ग्राम्शियन दृष्टिकोण के अनुसार जहाँ भी अनछुए संसाधनों और उनके उपयोग की संभावना होगी पूँजी का निवेश वहीं होगा। यानी पूँजीवाद की वह सबसे उर्वर जमीन होगी। पूँजीवाद विश्व अर्थव्यवस्था के असमान टुकड़ों का लाभ उठाता है और हर प्रकार की स्थापित एवं राजनीतिक भिन्नताओं का अपने हित में उपयोग करता है। यह भिन्नता चाहे जाति की हो या वर्ग या लिंग की या फिर धर्म की हो।

नवग्राम्शीवाद सहमतिजन्य सामाजिक अभिरुचियों का तथा नागरिक समाज और राज्य के भीतर एवं बाहर की पूँजीवादी बाध्यकारी ताकतों का विश्लेषण करता है। राज्य के नैतिक नेतृत्व, विचार एवं पहचान जो पूँजीवाद सामाजिक सम्बन्धों का समर्थन करती हैं, पर ध्यान केन्द्रित करता है। इस दृष्टिकोण से साम्यवाद के खिलाफ पूर्वी और मध्य यूरोपीय मखमली क्रांति के मूल में छद्मवेशी राष्ट्रेतर नेटवर्कों, उदार विचारधारा और सांस्कृतिक आदर्शों का छुपा हुआ प्रयास रहा है। इन विचारधारा और आदर्शों ने पूँजीवाद की ओर स्थानीय समाज को ढकेला, उनके पक्ष में जनसमर्थन पैदा किया, राज्य सत्ता के बेतुकेपन को छुपाया, बढ़ती हुई सामाजिक और आर्थिक असमानता पर पर्दा डाला। यहाँ राज्य और निजीकृत पूँजीवादी विचारधारा दोनों हाथ मिला

बैठते हैं तथा ऐसा जनमत तैयार करते हैं जो ९० से ९४ के भीतर होने वाले बाज़ारवाद एवं उदारीकरण की नीति का समर्थन करता हुआ नजर आता है। यह कहना कि खुलेपन की नीति की वजह से सबको समान सुविधा हासिल होगी, एक प्रकार से निजीकृत योजनाओं के लिए जनमत तैयार करना था। अधिकतर देशों में—वह चाहे उत्तर औपनिवेशिक भारत हो या साम्यवादी चीन या फिर पूर्वी यूरोपीय देश, जनतंत्र एक आयातित विचारधारा रही है। एक ऐसी विचारधारा जिसको लागू करने से पहले बहुसंख्यक की न तो उसमें भागीदार रही है और न सहमति। स्वाभाविक है कि नब्बे के दशक में उभरता हुआ मध्यम वर्ग का न अपना कोई सामाजिक आधार रहा और न ही अपना कोई स्थापित वर्चस्व है। परिणामस्वरूप जनतंत्र को बार-बार अस्थिर करनेवाली शक्तियाँ सक्रिय रही तथा बिना पर्याप्त घरेलू पूँजी और जनमत के अभाव में राजकीय सत्ता पूँजीवादी जनतंत्र को अपनाने को बाध्य हुई।

लैंगिक अवधारणा

नवग्राम्शीवाद पर विचार करने के बाद मैं लिंग की अवधारणा का उपयोग तीन प्रकार से करना चाहूँगी :

१. विचारधारात्मक प्रतिनिधित्व और सांस्कृतिक व्यवहार जो रोजमर्रा की जिंदगी का हिस्सा है।

२. असमान सामाजिक सम्बन्ध जो मौलिक जीवन का आधार है।

३. सार्वजनिक और निजी का अलगाव एवं उत्पादन तथा पुनरुत्पादन की प्रक्रिया जिनके माध्यम से राजनीतिक पहचान बनती है।

यहाँ लैंगिक भिन्नता को न केवल विचारधारात्मक रूप से अधिरचना के रूप में समझा जा रहा है, बल्कि यह भौतिक आधार का हिस्सा भी है। एक प्रकार से यह चौतरफा परिवर्तन है जिसने भारतीय समाज को प्रभावित किया है। भूमंडलीय सार्वजनिक नीति द्वारा किये जाने वाले सुधार के परिणामस्वरूप परिवार की परिभाषा में बदलाव और सामाजिक पुनरुत्पादन की संक्रांति को समझना जरूरी है। दूसरे, इसे समझना जरूरी है कि लैंगिक गतिशीलता कैसे निजीकृत श्रम के प्रकटीकरण को एवं श्रम के भूमंडलीय विभाजन को स्वरूप प्रदान करती है। तीसरे, भूमंडलीकृत उपभोक्ता बाज़ार के प्रसार में स्त्री की पहचान में होने वाले परिवर्तन की छानबीन भी जरूरी है। चौथे, औपचारिक एवं अनौपचारिक राजनीति के स्पष्ट लैंगिकीकरण पर ध्यान केन्द्रित करना

आवश्यक है, विशेषकर औपचारिक जनतांत्रिक प्रक्रिया में पुरुषों के वर्चस्व और नागरिक समाज में स्त्रियों के सशक्तीकरण की बढ़ती हुई आपसी दूरी को राष्ट्रेतर संस्थाओं द्वारा दी जाने वाली हवा पर गौर करना होगा।

इस खोजबीन के साथ यह भी देखना होगा कि भूमंडलीय समायोजन और राज्य की भूमिका की सजगता के संदर्भ में स्त्री-पुरुष के सम्बन्धों में आनेवाला बदलाव कैसे भविष्य की राजनीति को प्रभावित करेगा। यहाँ तीन वैचारिक समस्याएँ प्रमुख हैं। पहली बात तो उत्तर-औपनिवेशिक भारत और नब्बे के दशक के बाद उदारीकरण के बाद के भारत में स्त्री की पहचान को कैसे निर्मित किया जाए? माना कि संवैधानिक स्तर पर समान अधिकार मिलने के बावजूद राजनीतिक पहचान के लिए लिंग एक दृश्यमान संवर्ग के रूप में कभी नहीं रहा है। राज्य का दावा कि वह समानता के प्रयास को तरजीह देता है—गलत है। नब्बे के दशक के बाद उदारीकरण के दौर में समानता एक प्रकार से दफ्तरी नीति के रूप में ही रह गई है। लैंगिक भिन्नता और उनसे जनित दमन रोजमर्रा की जिंदगी का हिस्सा और समकालीन राजनीतिक अर्थव्यवस्था का विशेष पहलू है।

लैंगिक सम्बन्धों के नये आदर्श पश्चिम से आयात किये गए हैं। स्त्री को इससे पहचान मिली मगर दूसरी ओर पहचान के साथ उसकी यौनिकता और श्रम का वस्तुकरण हुआ है। बहुराष्ट्रीय बाज़ार व्यवस्था के कारण यौन वस्तुकरण और राष्ट्रेतर यौन बाज़ार में स्त्री का जींस की भाँति बिकना वास्तव में भारतीय जनतंत्र में एक शोषणकारी परिणाम के रूप में उभरा है। दूसरी ओर लैंगिक सम्बन्ध और पहचान पर उठी बहस का विधेयक पहलू यह है कि नये भूमंडल के आदर्श और संस्कृति ने स्त्री को मीडिया में एक व्यक्ति और नागरिक के रूप में सशक्त किया है। तीसरी पहेली है औपचारिक राजनीति में पुरुषों की भागीदारी का बढ़ना और नागरिक समाज में स्त्रियों का हस्तक्षेप जिसके कारण आरक्षण को स्वीकारते हुए भी आरक्षण का मुद्दा एक बार फिर से ठंडे बस्ते में डाल दिया गया है। स्त्रियों के राजनीतिक प्रतिनिधित्व में कमी आई है। पुरुषों का वर्चस्व बढ़ा है। मगर इसी के साथ पंचायत स्तर पर स्त्री की सरगर्मी नजर आ रही है। स्त्री राजनीति की मुख्यधारा में अनुपस्थित है किन्तु वह नागरिक समाज में प्रमुख वक्ता के रूप में उभर रही है। अतः जो नयी संभावनाएँ उभर कर सामने आई हैं वह भूमंडलीय स्तर और भारतीय जनतंत्र के भीतर नागरिक समाज की मुक्ति में स्त्रियों के हस्तक्षेप को

स्पष्ट रूप से उजागर करती हैं।

इससे यही समझना होगा कि नियंत्रित अर्थव्यवस्था से परिवर्तित होकर खुली अर्थव्यवस्था को अपनाने वाले भारत जैसे देश में स्त्री यदि उत्पीड़ित है तो वह सक्रिय एजेंट भी है। भूमंडलीकरण एवं स्थानीयकरण की प्रक्रिया न केवल स्त्री-पुरुष सम्बन्धों को प्रभावित करती है बल्कि एक नयी लैंगिक पहचान और भिन्नता को भी निर्मित करती है। एक ओर लैंगिक सम्बन्ध जनतांत्रिक और पूँजीवादी परिवर्तन द्वारा प्रभावित होता है तो दूसरी ओर अपनी निर्माणकारी भूमिका में मानव समाज को प्रभावित भी करता है। इसी संदर्भ में हमें कुछ मौलिक प्रश्नों का उत्तर भी देना होगा—किस तरीके से राज्य की नियंत्रणकारी अर्थव्यवस्था से लैंगिक पहचान के प्रतीक और विभाजन जुड़े हुए हैं? कितने विशिष्ट रूप से लैंगिक पहचान और भिन्नताएँ वैचारिक व्यवस्था और समाजवादी अर्थव्यवस्था को निर्मित करती हैं? समानता और स्वतंत्रता की विरासत ने स्त्री को क्या दिया? भारत के प्राक-उदारीकृत स्त्री समाज ने भूमंडलीय और स्थानीय के एकीकरण को कैसे प्रभावित किया?

२

श्रम के स्त्रीकरण की हकीकत

नयी आर्थिक नीति के संदर्भ में यह सवाल बहुत कम पूछा गया है कि भूमंडलीकरण के तहत चलाई जाने वाली ढाँचागत समायोजन नीति से स्त्रियों को क्या फायदा हुआ है? एक व्यवसायी महिला के रूप में मैं पिछले ३५ सालों से निर्यात उद्योग में सक्रिय हूँ। मेरा अनुभव है कि उदारीकरण की नीतियों से पैदा होने वाली चमक-दमक के कारण श्रम बाज़ार के भीतरी हालात पर बहुत कम ध्यान गया है। परिवर्तन का झोंका अपने साथ नयी चमकती हुई गाड़ियाँ, बेशुमार उपभोक्ता वस्तुएँ, मेक्डोनाल्ड और पीत्जा हट का फास्ट फूड, बारिस्ता के छलकते हुए काफी के प्याले ले कर आया। खुशफहमी के इस दौर से लगने लगा कि स्थापित व्यावसायिक घराने तो अब तक जनता का शोषण करते आ रहे थे और उनका स्वार्थ अल्पता की अर्थव्यवस्था बनाए रख कर लाभ और अधिक लाभ कमाने में ही था। यह भी लगा कि कोटा-परमिट तथा लाइसेंस की प्रणाली के कारण चल निकला नौकरशाही का उत्पीड़न अब खत्म हो जाएगा और ऐसा हुआ भी। व्यापारियों ने मुक्ति की साँस ली। उन्होंने सोचा कि अब उन्हें कोई भी श्रमिक संगठन काम रोकने की धमकी नहीं दे पाएगा। समायोजन के तहत श्रम की लचीली व्यवस्था अपनाने के लिए सरकार और ट्रेड यूनियन सभी मजबूर होंगे। सहज-सरल नीति के लिए व्यापारी वर्ग ने सरकार पर दबाव भी डाला। सरकार को भी समझ में आ गया कि अब श्रमिक संगठनों के आधार पर वोट की राजनीति होने से रही। व्यापारियों को छँटनी की सुविधा दी जा रही थी।

निकाले जाने वाले कर्मचारियों से व्यापारी वर्ग कह पा रहा था कि बाज़ार की ताकत के सामने वह मजबूर है। यह बाज़ार का निर्णय है कि आपको नौकरी पर रखा जाए या नहीं, आपको आगे प्रोत्साहन राशि दी जाए या नहीं। इसी के साथ निजीकरण का सिलसिला शुरू हुआ। परिवर्तनकामी दौर में परिस्थिति कठिन हुई। चीजों के दाम बढ़े, बेरोजगारी से निजात नहीं मिली और आदमी को अपनी सुरक्षा, स्वास्थ्य और शिक्षा की व्यवस्था खुद करने की आवश्यकता पड़ने लगी।

ऐसा माना जाता है कि भूमंडलीकरण की प्रक्रिया ने लचीली श्रम व्यवस्था को लागू किया है और उससे स्त्रियों को ज्यादा रोजगार मिलने लगा है। और ब्रिटेन, कनाडा, फ्रांस, स्वीडेन, जर्मनी, ईटली आदि देशों में पाया गया कि श्रम बाज़ार में स्त्रियों की माँग तो बढ़ी है मगर स्त्री को लाभ नहीं हुआ। श्रम का स्त्रीकरण चार प्रक्रियाओं से सम्बन्धित है :

१. पुरुषों की तुलना में श्रम के बाज़ार में स्त्री की बढ़ती हुई भागीदारी।

२. जिस कार्य को पारंपरिक रूप से पुरुष कर रहे हों उसको औरतें करने लगे।

३. घरेलू उद्योग में अदृश्य श्रम शक्ति के रूप में स्त्री की मौजूदगी।

४. उद्योग व्यवस्था में आए हुए परिवर्तन के कारण कम मजदूरी वाले और अनियमित और अस्थायी ठेकों में स्त्री की अधिक नियुक्ति।

श्रम के लचीलेपन के संदर्भ में यह सवाल उठना स्वाभाविक है कि क्या स्त्री श्रम अपने-आप में एक लचीली श्रम व्यवस्था होने की संभावना रखता है। मालिक वर्ग का कहना है कि स्त्रियाँ और विशेषकर अविकसित स्त्रियाँ ज्याद सक्षम मजदूर साबित होती है—विशेषकर निर्माता उद्योग के संदर्भ में जो आँकड़े मिलते हैं, उससे यही सिद्ध होता है कि वस्त्र उद्योग, चर्म-उद्योग, इलेक्ट्रॉनिक, आभूषण, समुद्री उत्पाद आदि में ७० प्रतिशत की संख्या में स्त्रियाँ हैं जिनकी उम्र २१ से ३० वर्ष की है। १९९० के दशक में नियुक्त की गई बल्कि इसमें से ११ प्रतिशत स्त्रियाँ १५ से २० साल की उम्र में थी और १० प्रतिशत स्त्रियाँ ३१ से ४० वर्ष की। इस तस्वीर से निर्यात उद्योग में सेवायोजित स्त्रियों की विशेषताएँ उजागर होती हैं।

मालिकवृंद का स्त्री श्रमिक को तरजीह देने के पीछे तीन प्रमुख कारण हैं। कम लागत में स्त्री श्रम का उपलब्ध होना और उन्हें छँटनी करने की सुविधा, उनका गैर-संगठित होना, अविवाहित स्त्रियों पर मातृत्व अवकाश

अथवा मातृत्व सुविधा का कोई खर्च नहीं आता। कुल श्रमिकों में हम पाते हैं ५३ प्रतिशत अविवाहित ३४ प्रतिशत विवाहित, ६ प्रतिशत तलाकशुदा और ४ प्रतिशत विधवाएँ हैं। जिनमें अविवाहित स्त्रियों की घरेलू जिम्मेवारियाँ कम होती हैं। उनके लिए बच्चों की देखरेख करने वाले शिशुसदन की व्यवस्था नहीं करनी पड़ती।

चूँकि भूमंडलीकरण की प्रक्रिया तकनीक पर सवार है अतः उत्पादन के तरीके में यह तकनीकी परिवर्तन लाता है। सैद्धांतिक रूप से देखने पर इससे लाभ ही नजर आता है। विकासमान देश यही आशा करते हैं कि पूँजी के साथ तकनीक का भी सीधा निवेशीकरण होगा। बहुतेरे देशों में सरकार पूँजी के साथ तकनीक की भी माँग करती है। यानी राष्ट्रीय सरकारों की पहली शर्त होती है कि तकनीक और प्रबंधन दक्षता को बढ़ावा मिलना चाहिए। दूसरी ओर नये उत्पादन के तकनीकी तरीके जमीन और संसाधन के पारंपरिक तरीकों को विस्थापित करते हैं। इस पारंपरिक उत्पादन के विचलन से स्त्री वर्ग को नुकसान होता है क्योंकि अधिकतर स्त्रियों की नयी तकनीक, शिक्षा तथा रोजगार के क्षेत्र में पहुँच नहीं के बराबर होती है। वह नये का विरोध करने में भी समर्थ नहीं होती।

जो नई तकनीक आ रही है उसका दावा है कि इससे लाभ अधिक होगा और नुकसान कम। इस उत्पाद का प्रभाव न केवल निर्यात के बाज़ार पर पड़ेगा बल्कि घरेलू बाज़ार पर भी। लेकिन आज पारंपरिक श्रमिकों को छोड़ा जा रहा है, उन्हें ट्रेनिंग नहीं दी जा रही, बल्कि उनके बदले नयी उम्र के नये लोगों को लिया जा रहा है। अतः भूमंडलीकरण से श्रम के अंतर्राष्ट्रीय विभाजन में भी परिवर्तन होता है। गरीबी की सीमारेखा से नीचे के लोग बड़े शहरों के घेटो जैसे अनियंत्रित जहरीले वातावरण में रहने और काम करने को अभिशप्त हैं। उदाहरण के लिए, मेक्सिको में मकीलाडोरा कारखानों में काम करने वाली औरतें। ये ऐसे कारखाने हैं जहाँ का वातावरण सुविधाविहीन, दमघोंटू है। इलेक्ट्रॉनिक उद्योगों में काम करने वाली स्त्रियों को कैंसर का अंदेशा होता है। कोस्टारिका में बनाना वर्कर्स (केले के खेतिहर मजदूर) और उनके परिवार को कैंसर से लेकर अन्य जैविक बीमारियों का सामना करना पड़ता है। डॉक्टरों का कहना है केले के खेत में जो कीटनाशक छिड़का जाता है उससे दूषित वायु के कारण कैंसर का होना स्वाभाविक है। हर साल १० लाख से अधिक स्त्रियाँ लातीनी अमेरिका में रसायनों के दूषित प्रभाव से पीड़ित होती

हैं। वहाँ की स्थानीय सरकार इसलिए हस्तक्षेप करने से डरती हैं क्योंकि वह बहुराष्ट्रीय कंपनियों को नाराज नहीं करना चाहती। ऐसा माना जा रहा है कि विकासशील सहयोगी गैर सरकारी संगठन परा-राष्ट्रीय स्तर पर इन समस्याओं को सुलझाने में मदद करती तो अच्छा रहता।

विकासशील देशों के बड़े शहरों एवं बंदरगाहों के क्षेत्रों में नयी भूमंडलीय राजधानियाँ स्थित हैं जो अंततः नागरिक परियोजनाओं और अंत:संरचना को प्रभावित करती हैं। रोजगार की खोज में गरीब इन्हीं जगहों पर आना चाहते हैं। मगर ये रोजगार योजनाएँ किस कीमत पर लागू हो रही हैं? यहाँ श्रमिक जीवित तो रहते हैं मगर सहायक सामाजिक नेटवर्क से वंचित हो जाते हैं। माना कि गरीबी से मुक्ति के लिए श्रम का गतिशील होना आवश्यक है, लेकिन व्यापक सामाजिक परिप्रेक्ष्य में देखा जाए तो यह गतिशीलता सामाजिक स्थिरता को असंतुलित करती है। परिवार और समुदाय के बंधनों से दूर श्रमिक स्त्री अकेली हो जाती है। जिससे उसमें और तरह की बुराइयाँ आती हैं।

हमारे देश में आधुनिकीकरण और उद्योगीकरण के कारण यह परिघटना पहले भी देखने को मिली, मगर उस समय सरकार के पास कल्याणकारी योजनाओं में खर्च करने के लिए इतना पैसा था कि स्त्री श्रमिकों को गाँव में रोके रखना संभव था। आज यह काम बहुराष्ट्रीय निगमों पर छोड़ दिया गया है। मगर बहुराष्ट्रीय कंपनियाँ न तो पिछड़े इलाकों में जाना चाहेंगी और न किसी 'बिमारू' राज्य में पूँजी का निवेश करना चाहेंगी। इससे राष्ट्रीय स्तर पर असंतुलन घटेगा ही। बहुराष्ट्रीय कंपनियाँ श्रम और व्यक्ति को एक गैरजरूरी एवं पृथक करने योग्य तत्त्व के रूप में ही लेती हैं। गरीब का श्रम अमानवीकृत और यांत्रिक स्तर पर ही रह जाता है। अनियंत्रित पूँजी अंत में उसके श्रम का दोहन करके छोड़ती है। स्त्री श्रम के संदर्भ में यह एक बड़ा महत्त्वपूर्ण मुद्दा है। स्त्री श्रम निर्भर कर रहा है उस बाज़ार और पूँजी पर, जिसकी न कोई स्थानीय प्रतिबद्धता है और न लगाव। बाज़ार स्त्री को कोई दीर्घकालीन आश्वासन नहीं देता और न ही वेतन और कीमत की कोई गारंटी। सब कुछ व्यापार के चक्र पर निर्भर करता है। इस चक्र को चलाने वाला स्थानीय प्रबंधन भी नहीं कि उसे उत्तरदायी माना जाए। मंदी के दौरान छँटनी अवश्यम्भावी है और गरीबी के बनने वाले नये गड्ढे समय के साथ गहरे होते जाते हैं।

तीसरी दुनिया से निर्यात उद्योग में निरंतर संवृद्धि का असर स्त्री जीवन पर भी पड़ा है। पिछले बीस वर्षों में जितनी तेजी से स्त्रियों की भागीदारी निर्यात उद्योग में बढ़ी है वह अकल्पनीय है। कम से कम भारत जैसे कृषि प्रधान देश के लिए बड़ी संख्या में स्त्रियाँ गाँव, घर एवं खेत-खलिहान छोड़कर शहरों की ओर उन्मुख हुई हैं। स्त्री जीवन के इतिहास में यह एक नया दौर है तथा भूमंडलीकरण ओर स्त्रीकरण के बीच एक व्यवस्थात्मक सम्बन्ध का सूचक है। तीसरी दुनिया की स्त्रियों का एक सशक्त श्रम-शक्ति में परिवर्तित होने का प्रथम कारण कम विकसित देशों में निर्यात उद्योग का पनपना तथा विकसित देशों में सस्ते श्रम की आवश्यकता का महसूस होना। तीसरी दुनिया से जितनी भारी संख्या में स्त्रियों के श्रम का निर्यात किया जा रहा है, विशेषकर सेवा क्षेत्र में, अपने-आप में वह शोध का अलग विषय है। मैं यहाँ निर्यात उद्योग में नियुक्त स्त्रियों की चर्चा पहले करना चाहूँगी। कम विकसित देशों में निर्यात, उत्पादनशीलता और कृषि के सम्बन्ध विकसित औद्योगिक देशों के पूँजी निवेश से सम्बन्धित है। निर्यात उद्योग के कारण पारम्परिक और नये औद्योगिक क्षेत्रों के ढाँचों में भारी बदलाव इस कारण आया क्योंकि इन नये उद्योगों में भारी संख्या में स्त्रियों की जरूरत थी। और इन्हीं नियुक्तियों के फलस्वरूप स्त्रियों का सर्वहाराकरण की भी शुरुआत हुई।

इसी तैयारी में भारत ने भी अपने दरवाजे विदेशी पूँजी निवेश और संयुक्त उद्यम के लिए खोले जिससे रोजगार क्षेत्र में परिवर्तन के साथ भूमंडलीकरण के कारण बढ़ते हुए तकनीकी प्रभाव स्त्री श्रम विनियोजन की गुणवत्ता और स्थिरता पर सवाल उठता है, कारण निर्यात उद्योग अपने-आप में बड़ी अस्थिरता लिए होता है। यह अंतर्राष्ट्रीय वित्तीय बाज़ार के उतार-चढ़ाव से भी प्रभावित होता है। भूमंडलीकरण का वर्तमान दौर तकनीकी परिवर्तन पर निर्भरशील है और संचार एवं सूचना के कारण उत्पादन प्रक्रिया को विकेन्द्रित करने की सुविधा भी देता है। आज पारम्परिक उत्पादन क्षेत्र मसलन—वस्त्र उद्योग जैसे पारम्परिक उद्योगों में फैशन डिजाइन आदि को सीधे विदेशों से कम्प्यूटर के द्वारा सम्प्रेषित करना संभव है। अतः खरीददार भी केंद्रीकरण नहीं चाहता। वह एक फैक्ट्री या विशेष क्षेत्र या किसी विशेष देश पर निर्भर भी नहीं रहना चाहता। आज अमेरिका में बैठा हुआ खरीददार घर बैठे, दुनिया के बाज़ार से यानी हर देश और उस देश के विभिन्न कारखानों से दर पूछता है।

मसलन, यदि एक कमीज का निर्यात मूल्य दो डॉलर होना चाहिए, तो

वह एक साथ एक ही समय में चीन, वियतनाम, हांगकांग, बैंकाक, बांग्लादेश, भारत, श्रीलंका तक से दर मँगाता है। यह भी खबर रखता है कि किस देश की क्या भौगोलिक एवं सामाजिक कार्यशैली है। उस देश की सरकारी आयात-निर्यात नीति, अपरोक्ष अनुदान जिसे वहाँ की सरकार अपने देश के निर्यातकों को मुहैय्या कराती है आदि-आदि। साथ ही किस फैक्ट्री में प्रतिदिन, प्रति मशीन कितनी कमीजें उत्पादित होती हैं? चीन में यदि प्रति मशीन २५ कमीजें बनती हैं तो हांगकांग में २०-२२, भारत में ८-१०; स्वाभाविक है भारत में श्रमिकों पर लागत अधिक आएगा। भारत का व्यावसायी कैसे चीन से मुकाबला करे इस पर सोचता है। क्रेता / उपभोक्ता उन देशों में या फिर किसी भी राष्ट्र के उन अँचलों में जाना चाहेगा जहाँ सस्ता श्रम उपलब्ध है, यानी भारत आकर भी वह पता लगाएगा कि एक अच्छी फैक्ट्री की संभावना किस राज्य में है जहाँ बड़ी संख्या में सस्ता श्रम उपलब्ध है। परम्परा से ऐसा ही घटता रहा है और इसी कारण भारत के कुछ राज्य ज्यादा योग्य हैं, क्योंकि लंबे अरसे से वे इस उद्योग में लगे हुए हैं। विशेषकर कर्नाटक, तमिलनाडु, आन्ध्र प्रदेश आदि, दूसरी ओर दिल्ली क्षेत्र।

मैं यहाँ तमिलनाडु के एक उदाहरण की विशेष रूप से चर्चा करना चाहूँगी। वहाँ चार साल तक मैं अपनी फैक्ट्री चलाती रही हूँ। मेरे इस कारखाने में कुल रोजगार संख्या थी ५५०, जिसमें स्त्रियों की संख्या थी ५००, लाइन मास्टर, सुपरवाइजर तथा प्रोडक्ट मैनेजर पुरुष थे। क्वालिटी चेकर पुरुष थे। कुछ कम्प्यूटर मशीनों पर पुरुष कारीगरों को बहाल किया गया था। प्रत्येक विभाग में १८ से २५ की उम्र की लड़कियाँ थीं और उस विभाग का प्रधान पुरुष था। तमिलनाडु में वस्त्र-उद्योग की फैक्ट्रियों में बेमिसाल श्रेणीबद्धता पायी जा सकती है। हालाँकि कुछ फैक्ट्रियों में केवल महिलाएँ काम करती हैं। वे अपने विभाग की हेड भी हैं, मगर छोटी फैक्ट्री में विभाग के प्रधान को प्राय: मास्टर या सर कहते हैं जो अपने विभाग का पूरा ख्याल रखता कि किसे कितनी तनख्वाह मिलनी चाहिए तथा किसे कितनी सुविधा दी जानी चाहिए। मूल्य संवर्धित उत्पादन के लिए तथा अच्छे श्रमिक माहौल के लिए और उत्पादन में गुणवत्ता को बनाए रखने के लिए स्त्री श्रमिक को रखा जाता है। १२०० से लेकर करीब २५०० रुपये प्रतिमाह तनख्वाह के साथ प्रोविडेंट फंड, छुट्टी के पैसे और ओवरटाइम के पैसे पाने का इनका हक बनता है। इसे सरकार पूरी मान्यता देती है—आर्डर देने के पहले बाइंग हाउस द्वारा

फैक्ट्री का पूरा मूल्यांकन किया जाता है। फैक्ट्रियों को न केवल कार्यक्षेत्र की सुविधा देनी होती है, बल्कि काम करने वाली लड़कियों को अन्य सुविधाएँ मसलन उनके खाने-पीने की जगह, चाय का बंदोबस्त और साफ-सुथरा शौचालय इत्यादि का होना अतिआवश्यक है। वाल-मार्ट, जेसी पेनी जैसी क्रेता कम्पनियों की शर्त है यदि मूल्यांकन में फैक्ट्री खरी नहीं उतरी तो उस कम्पनी को आर्डर नहीं दिया जाएगा।

निर्यातकों में भी हाथी के दाँत खाने और दिखाने के अलग-अलग हैं। आर्डर लेते समय वे अपनी विशेष फैक्टी को और उसके मूल्यांकन को खरीददार के सामने उपस्थित करते हैं मगर जिस दाम में खरीददार कमीज खरीदना चाहता है, उस दाम में निर्यातक सप्लाई नहीं कर पाता। कहने को उसने आर्डर तो ले लिया पर इतने कम दाम में लिए गए आर्डर को पूरा कैसे किया जाए? स्वाभाविक है कि यदि उसने ५० हजार कमीज बनाने का आर्डर लिया है तो इसमें से २० हजार कमीजें वह अपनी फैक्ट्री में बनाता है और बाकी ३० हजार कमीजों को उप-ठेकों में बदल देता है। यानी ये कमीजें अन्य दूसरी छोटी फैक्ट्रियाँ पीस दर के हिसाब से बना देती हैं। प्रत्येक बड़ी फैक्ट्री को छोटी फैक्ट्री की जरूरत है। इसके तीन कारण हैं, एक तो बड़ी फैक्ट्री में अधिक खर्च का आना। दूसरे यदि किसी कारणवश श्रमिक आंदोलन करे, काम न करे तो बाहरी फैक्ट्रियों से काम को पूरा करने में समर्थ होना एक वैकल्पिक व्यवस्था के रूप में जरूरी है। प्रत्येक निर्यातक को इस वैकल्पिक व्यवस्था की जरूरत कम लागत और सस्ते श्रम दोनों ही स्तर पर है। यहाँ तक कि कमीज के कॉलर, कफ हमारी फैक्ट्री बना कर देती थी, पैकिंग, आयरन सब हमारी फैक्ट्री में होता था, मगर बीच के काम के लिए इन छोटी फैक्ट्री की तुलना में हमारी फैक्ट्री तमाम सजावट और झालरों के कारण सस्ते दाम में कमीज नहीं बना पाती थी। छोटी फैक्ट्रियाँ एक प्रकार से घरेलू उद्योग के रूप में घर के आँगन में १०-१५ मशीनें लगा कर डाल दी जाती हैं। जहाँ काम के घंटे अनिर्धारित हैं, तनखा कम दी जाती है और श्रमिकों को अन्य कोई सुविधाएँ देने की बाध्यता नहीं है।

भूमंडलीकरण के कारण श्रमिक समाज में भी ध्रुवीकरण बढ़ा है। नये तकनीक के विनियोजन से स्त्री वर्ग को एक ओर यदि सुविधा मिली है तो दूसरी ओर नयी चुनौतियों का सामना भी करना पड़ रहा है। संभव है कि शिक्षित वर्ग का छोटा समूह बड़ी-बड़ी नौकरियों को हासिल कर ले या उनके

हँसते-खिलखिलाते चेहरे को हम विज्ञापन की दुनिया में देख लें मगर असलियत तो यह है कि अधिकतर स्त्रियाँ जो कम शिक्षित और उम्र-दराज हैं, बेरोजगार हुई हैं। उनके सामने कोई वैकल्पिक व्यवस्था भी नहीं है। एक ओर दाम न बढ़ जाए इसके लिए उसकी तनख्वाह पर भी प्रबंधन का खासा नियंत्रण और दबाव रहता है। जैसा कि मैंने ऊपर कहा, एक निर्यातक की प्रतियोगिता न केवल अपने देश में अन्य निर्यातकों से है बल्कि यहाँ एक देश अन्य और कई विकासमान देशों की होड़ में आगे बढ़ना चाह रहा है। ऐसे बहुस्तरीय दबाव का परिणाम स्त्री श्रम के लिए घातक साबित हो रहा है। विशेषकर अकुशल स्त्रियाँ जिसका श्रम सबसे सस्ता है, और इसके बावजूद जिसको विस्थापित करने में मशीन और तकनीक देर नहीं करती है।

स्थापित ढाँचों को तोड़कर स्त्री श्रमिक पुरुष श्रमिक की बराबरी में खड़े होने में असमर्थ है। परिणामस्वरूप स्त्रियों को रोजगार के अवसर कम उपलब्ध हैं। अब तक स्त्रियों को वस्त्र-उद्योग, इलेक्ट्रॉनिक्स, दूर-संचार आदि में काम मिलते हैं जिसमें स्त्री को निचले पायदान पर खड़ा होना पड़ता है। ज्यादा कुशलता वाले काम और प्रबंधन वाले काम मिलते हैं पुरुषों को। वह चाहे वस्त्र उद्योग हो या इलेक्ट्रॉनिक्स या कुछ ऐसे ही अन्य क्षेत्र जहाँ नयी तकनीक नियोजित है वहाँ अधिकतर स्त्रियों को दक्षता का दर्जा नहीं दिया जाता। मगर किस काम को हम दक्षता की श्रेणी में रखेंगे? यह एक राजनीतिक सवाल है कि दक्ष कार्य की संज्ञा किसे दी जाए? इसका निर्णय कौन कर रहा है? वस्त्र उद्योग में कमीज को तह लगाना, उसे पैकेट में रखना, सही तरीके से उस पर आयरन करना आदि क्या कुशलता का द्योतक नहीं? क्या इसमें धीरज, कौशल और निपुणता की ज़रूरत नहीं पड़ती? मगर फैक्ट्री फ्लोर पर बड़ी जल्दी कार्य का विभाजन कर दिया जाता है। स्त्रियों को दिए जानेवाले बहुतेरे कामों को अकुशल श्रम की श्रेणी में रख दिया जाता है। यों भी नयी तकनीक अपने-आप में कष्टकर है क्योंकि न केवल इसमें शिक्षा-निपुणता और तकनीकी योग्यता की आवश्यकता है बल्कि इसके लिए शारीरिक और मानसिक शक्ति की भी जरूरत है। स्त्री के पास यदि यह उपलब्ध है तो उसके श्रम का न केवल कम मूल्यांकन किया जाता है बल्कि एक ही काम के एवज में पुरुष की तुलना में उसे कम पगार दी जाती है। फलस्वरूप भूमंडलीकरण से उत्पन्न प्रविधि के क्षेत्र में स्त्रियाँ पुरुष के समान दर्जा पाने में क्रमशः असमर्थ होती जा रही हैं। आज बहुक्षेत्रीय अर्थव्यवस्था का विकास हो रहा

है। जिसमें नियुक्त श्रमिकों की सांस्कृतिक, राजनीतिक और आर्थिक हैसियत में फर्क आता जा रहा है। ट्रेड यूनियन और अन्य संस्थाएँ इस नये प्रकट होते हुए वर्ग का प्रतिनिधित्व करने में असमर्थ है। विशेषकर निजी क्षेत्र में तो वे प्रायः अदृश्य होती जा रही हैं। मजदूर संघ को भी अब सत्ता और पार्टी का सहारा छोड़कर श्रमिक की समस्या को ज्यादा सृजनात्मक दृष्टिकोण से देखना और तौलना होगा। विशेषकर स्त्रियों के सम्बन्ध में क्योंकि समाज में स्त्री न केवल उत्पादन के क्षेत्र में है बल्कि पुनरुत्पादन के क्षेत्र में भी लगी हुई हैं।

इसमें कोई संदेह नहीं कि इस आधुनिक उद्योग प्रधान दुनिया को आकार देने के लिए पश्चिम के वर्चस्व की आवश्यकता है। तकनीक स्त्रियों के लिए नये काम के मौकों का सृजन करती है, लेकिन इससे जुड़ा स्त्री श्रम की गुणवत्ता और सघनता का मुद्दा अपने आप में जटिल है। यहाँ दो तरह के स्त्रियों के समूह हमारे सामने हैं—एक जिनके कैरियर का रास्ता बड़ा सुरक्षित है। प्रबंधन के स्तर पर वे स्त्रियाँ जो महानगरों से उच्च शिक्षा प्राप्त कर निकल रही हैं। दूसरी ओर वे स्त्रियाँ हैं जिनको इंटरनेट के मानचित्र पर कोई स्थान नहीं। वे नौकरी के बाज़ार में काफी पिछड़ती जा रही हैं और क्रमशः जो अंशकालिक रोजगार अपनाने को बाध्य हो रही हैं। इनमें से बहुतेरी प्रौढ़ और वृद्ध स्त्रियाँ हैं जो नयी स्थिति में और नई तकनीक सीखने में बिल्कुल असमर्थ है। कल तक मशीन पर झुकी हुई कमर आज कम्प्यूटर वाली मशीन को चलाने में बिल्कुल असमर्थ हैं। इसके सामने रोजगार के ५-६ वर्ष ही बचे रहते हैं। राजम्मा ने जिसकी उम्र करीब ४० वर्ष की थी मुझसे रोते हुए कहा—'मैं कभी लाइन में सबसे आगे बैठती थी। मेरे ये हाथ देखिये जो पिछले २० साल से कमीज के कॉलर सिल रहे हैं या कट पॉकेट बना रहे हैं। और अब पॉकेट बनाने की स्वचालित मशीन आ गई, जिसे चलाने में मैं असमर्थ हूँ। सुब्बैया उसे चलाएगा क्योंकि वह एक शिक्षित नौजवान है। थोड़ी-बहुत अंग्रेजी समझता है। कम्प्यूटर मशीन से उसे डर नहीं लगता।' ऐसा नहीं कि सुबैय्या की तुलना में राजेश्वरी, जो कि एक अंशकालिक श्रमिक थी, उस काम को करने में समर्थ न थी। हुआ यों था कि सुब्बैया ऐन उत्पादन के समय फाँकी मार जाता। पेट दर्द का बहाना कर उठ जाता। उसका काम था कट-पॉकेट बनाना, प्रति दिन वह मशीन ४०० पॉकेट बना सकती थी। सुब्बैया उतना उत्पादन देना नहीं चाहता था। एक दिन जब वह काम पर नहीं आया तो उसके बदले हमने राजेश्वरी को मशीन पर बैठाया। मैंने खुद चेष्टा

की कि राजेश्वरी इस काम को सीख ले। वह सीख भी गई और सुबैय्या की तुलना में ज्यादा तत्परता से इस काम को करने लगी, लेकिन जैसे ही मैं फैक्ट्री फ्लोर से अपने कमरे में गई कि उसे मशीन से हटने पर बाध्य होना पड़ा। वापस लौटकर उसे वहाँ न पाकर मैंने फिर मास्टर से पूछा कि, 'राजी कहाँ पर है?'

'पैकिंग सेक्शन में।'

'लेकिन वह तो यह कट पॉकेट बना सकती है। उसे यहीं बुलाओ।'

राजी को फिर मशीन पर बैठाया जाता है और मैं उसे समझाकर कहती हूं कि, 'देखो तुम इस काम को सीख जाती हो तो तुम्हारी कमाई बढ़ जाएगी। यह मशीन बिल्कुल आसानी से चलती है। फिलीपींस में यदि एक लड़की इस मशीन पर काम कर सकती है तो तुम क्यों नहीं कर सकती?' मेरी ओर बड़ी-बड़ी आँखों से देखती हुई वह खामोश थी। मैंने उसे प्रोत्साहित किया और वह फिर काम करने लगी। लेकिन खाने की छुट्टी के बाद वह नदारद थी। मास्टर से पूछने पर उत्तर था—'मैडम ! यह काम लड़के ही कर सकते हैं।'

'मगर क्यों?'

'इसलिए कि यह उच्च तकनीकी मशीन है।'

'मगर राजी क्यों नहीं?'

'उनका नंबर बाद में आएगा। पहले लड़कों का तो पेट भरे।'

मर्दवादी राजनीति का तकाजा था कि सारे पुरुष अगुआ बनकर रहें। सत्ता उनके हाथ में रहे और इसी श्रेणीबद्धता को वे सब-मिलकर प्रबंधित करना चाहते हैं। शाम को राजी मेरी आफिस में आती है।

'मैडम, कल से मैं काम नहीं करूँगी।'

'क्या हुआ?'

'बस नहीं करूंगी। अब तो गाँव जाने पर सुब्बैया मारेगा।'

'मगर क्यों? किसलिये मारेगा?'

'इसलिए कि महँगी मशीनों पर हम लड़कियों को बैठने की मनाही है।'

'लेकिन ये मशीनें तो काम को सरल करने के लिए लगाई गई हैं।'

'मैडम ये सरल काम तो पुरुष ही करना चाहेंगे।'

यहाँ भूमंडलीकरण की तकनीक का प्रभाव तो हम देख रहे हैं, पर स्त्री को वह तकनीक सुलभ नहीं। स्त्री श्रम को नीचे के पायदान पर रखा जाता

है। वह हेल्पर है, मगर मास्टर नहीं। निर्णय लेने का उसको हक नहीं। प्रबंधन यहाँ उदार दृष्टिकोण रखे तो भी ये लड़कियाँ श्रेणीबद्धता को तोड़ना नहीं चाहतीं। इसमें कोई जरा भी बागी हुई कि उसे तुरंत दबा दिया जाता है।

मंदी के दौर में मैंने यह पाया कि अधिक से अधिक लड़के फैक्ट्रियों में काम करने आए। उनका कहना था कि हम रात को ओवरटाइम कर सकते हैं। हम पर घरेलू जिम्मेदारी नहीं और लड़कियाँ हमारी गति से काम करने में अक्षम हैं। रात को काम करने की सुविधा लड़कियों को नहीं मिल सकती क्योंकि वह चाहे कम्पनी की बस ही क्यों न हो, गाँव-देहात में देर रात घर लौटने से बदनामी होती है। काम की गति में फर्क की बात मुझे समझ में नहीं आई थी। आखिर मशीन की गति तो स्त्री-पुरुष सबके लिए बराबर है। बाद में मैंने यह जरूर पाया कि बड़े सूक्ष्म तरीके से फैक्ट्री फ्लोर पर भी अव्यवस्था बना कर रखी गई है। सोपानीकरण की नीति स्वयं मजदूर लागू करते हैं। लड़कियाँ तभी आगे बढ़ पाती हैं, जब पुरुष श्रम उपलब्ध न हो या फिर प्रशिक्षण मिलने के बाद भी लड़की होने के नाते उसे वह तनख्वाह न मिले। अतः स्त्री श्रमिक को कमतर स्तर पर रखना पुरुष श्रमिक एवं प्रबंधन दोनों चाहते हैं।

पुरुष श्रमिक सत्ता एवं सुविधा में आगे रहना चाहते हैं, प्रबंधन उसका सस्ता श्रम चाहता है। अधिकतर लड़कियों का कहना था कि लड़कों से प्रतियोगिता करने की जरूरत ही क्या है? हमें तो २-५ साल के लिए काम करना है फिर शादी करनी है। इन लड़कों में कोई हमारा भाई है, तो कोई भाई का दोस्त। इनसे हम क्यों उलझें? मैंने प्रोडक्ट मैनेजर से पूछा कि लड़कों की नियुक्ति को क्यों न घटाया जाए? तो उसका कहना था कि लड़के फैक्ट्री को सुरक्षित रख सकते हैं। दूसरे फैक्ट्री वाले यदि इन लड़कियों को रातों-रात अपनी फैक्ट्री में नियुक्त कर ले, तो ये लड़के ही मारपीट कर उन्हें वापस ला सकते हैं। मेरा अनुभव बताता है कि स्त्री श्रमिकों को जानबूझ कर तकनीकी स्तर पर पिछड़ा रखा जाता है। स्त्री श्रमिकों से मालिकों को लचीलेपन और श्रम के अंशकालिकरण की सुविधा मिलती है। वे औरतों को कम जिम्मेदारी वाले कामों में रखते हैं। होना यह चाहिए कि स्त्री श्रमिकों को तकनीक का ज्ञान और उसके संचालन की प्रयोगविधि की पूरी सुविधा मिलनी चाहिए। सुविधा के इस अभाव में स्त्री वर्ग तकनीक की शिक्षा से सबसे अधिक वंचित है। आज के इस युग में जहाँ सीधे श्रम की लागत कम होती जा रही है,

पारम्परिक उद्योगों में स्त्री श्रम की खपत और भी कम होती जा रही है। नई तकनीक के साथ जुड़ी हुई स्वास्थ्य और सुरक्षा की समस्याएँ हैं। भारत जैसे देश में राज्य व्यवस्था का श्रम के प्रति दृष्टिकोण समाजवादी और सुरक्षात्मक है।

चेंगलपेट, तमिलनाडु के मेरे अपने वस्त्र उद्योग के कारखाने में ५०० सौ लड़कियाँ काम करती थीं। मेरी फैक्ट्री से सटी हुई 'भारतटेक्स' नामक फैक्ट्री में ८०० लड़कियाँ थीं तथा चेन्नई के उपनगर मरामलाई नगर में 'एस.एम. ॲपेरॅल' नामक फैक्ट्री है जिसमें २५० लड़कियाँ काम करती थी। कुछ अन्य कारखाने भी थे। इसकेसाथ ही मुझे इनके विषद अध्ययन का इसलिए मौका मिला, क्योंकि हम जिस कंपनी का माल बना रहे थे उसके अंतर्गत अन्य और भी दस फैक्ट्रियाँ चेन्नई शहर में थीं। जिसमें समय-समय पर किये गए शोध आदि से स्त्री श्रम में अंतर्निहित प्रवृत्तियों का पता चला। घरेलू जिम्मेदारी के संदर्भ में विवाहित और अविवाहित स्त्रियों में भिन्नता और इससे विवाहित स्त्रियों का फैक्ट्री में ओवर टाइम या लंबे समय तक काम करने में असुविधा दोनों ही देखने में आई। इसमें से ९ प्रतिशत स्त्रियाँ घर का काम बिल्कुल नहीं करती थीं। इसमें से अधिकतर अविवाहित थीं मगर ६० प्रतिशत स्त्रियों को ३ से ५ घंटे घर-गृहस्थी का काम करना पड़ता था। साथ ही इन स्त्रियों से पता चला रात में उठकर इन्हें बच्चों का भी ख्याल रखना पड़ता है। इनमें से कुछ को मैंने सच में बहुत थका हुआ पाया और फैक्ट्री में खाने के समय प्राय: ये मेज के नीचे घुसकर सो जाती थीं। घर लौटते समय बस या ट्रेन में बैठी हुई ये रात की बची हुई नींद लेती थी। पूरे काम को देखते हुए फैक्ट्री के ८ घंटे के काम के अलावा इनके हिस्से ४-५ घंटे का अतिरिक्त श्रम आता था। यानी ३५ प्रतिशत स्त्रियाँ १२ से १३ घंटे का काम करती थीं। जबकि वस्त्र उद्योग में आर्डर अधिक रहता है तो ओवर-टाईम एक आम बात है। प्रबंधन की अपेक्षा रहती है कि येन-केन प्रकारेण वक्त पर माल चला जाए अन्यथा कंपनी को भारी घाटा होता है। अत: ५३ प्रतिशत निरंतर ओवर-टाइम करती थी बल्कि जब आर्डर अधिक होता था तब सुपरवाइजर काम के घंटे में रोज एक घंटा बढ़ा देता था। ७ बजे के बाद फैक्ट्री में लड़कियों को नहीं रहने दिया जाता था। मगर ठेका श्रमिक विशेषकर पुरुष आधी रात तक काम करते थे। स्वाभाविक है कि स्त्री और पुरुष की मजदूरी में फर्क आता। ऐसा नहीं कि कुछ अविवाहित लड़कियाँ देर रात तक काम न करना चाहती हों

और आर्डर के अनुकूल ज्यादा पैसा न कमाना चाहती हों लेकिन उनको सुरक्षा देने में न तो प्रबंधन समर्थ था और न ही उनके गाँव के लोग उन्हें देर रात तक काम करने की इजाजत देते थे।

स्वाभाविक है स्त्री श्रम के संदर्भ में बार-बार जिस लचीलेपन का जिक्र किया जाता है वास्तविक काम के दौरान वह नदारद रहता है। १८ से २५ वर्ष की आयु के पुरुष उनकी तुलना में ज्यादा कमाते थे। यह कहना कि लड़कियाँ थक जाती हैं सही नहीं उतरता क्योंकि इन्हीं स्त्रियों को घर जाकर गृहस्थी के काम सलटाने होते। पानी भरने की लाईन में खड़ा होना होता, बच्चों की देखरेख करनी होती। देर रात तक फैक्ट्री में रहने वाले इनके ही भाई-बंधु और इनके गाँव के लोग रहते थे जिनके लिए घर पर ये खाना बना कर रखती थीं। अत: स्त्री श्रम लचीला होते हुए भी कम उत्पादन करता था। रविवार के दिन विवाहित स्त्रियाँ काम पर नहीं आ पाती थीं क्योंकि इनके पति और बच्चे घर पर रहते थे। यहाँ अविवाहित लड़कियों को यह सुविधा मिली हुई थी कि वे रविवार को काम पर आएँ और दोपहर दो बजे के बाद वे सभी टीवी के सामने समय बिताना पसंद करती थीं। हालाँकि वस्त्र उद्योग में भी महीने में दो रविवार ओवरटाईम करना जरूरी था और इसमें मैंने पाया कि विवाहित और अविवाहित स्त्रियों की संख्या समान थी।

नई तकनीक का दूसरा पक्ष है, उप-ठेका। महानगरों के उपनगरीय इलाकों में फैक्ट्रियाँ हैं। इन फैक्ट्रियों की सफलता निर्भर करती है सस्ते श्रम के ऊपर जो इन्हें गाँव-देहात से आई हुई स्त्रियों से मिलता है। अधिकतर स्त्रियाँ अकुशल और थोड़ी-बहुत कुशलता वाली कोटि के कामों में लगी हैं : उच्च प्रौद्योगिकी वाले उद्योग में अधिकतर आँकड़ों को कम्प्यूटर में भरना, क्लर्की का काम और प्रोडक्शन आपरेटर के रूप में काम करना। श्रम के बाज़ार में होने वाले किसी भी परिवर्तन का प्रभाव इनके ऊपर तुरंत पड़ता है। प्रबंधन की दृष्टि में ये प्रचुर मात्रा में उपलब्ध संसाधन हैं और इनका उपयोग करना या इन्हें फालतू समझ कर फेंक देना आसान है।

यह कहना कि श्रमिक को छोड़ते वक्त बहुराष्ट्रीय कंपनियाँ उन्हें हर्जाने के रूप में बड़ी रकम देती हैं उन्हें मूर्ख बनाने जैसा है। ऐसी रकम स्थानीय बाज़ार में असंतुलन ही लाएगी। खा-पीकर श्रमिक फिर गरीब हो जाता है। पूँजी के सीधे निवेश से यदि गरीब स्त्री को रोजगार की सुविधा मिले तो पूँजी का प्रत्याहार भी एक साधारण बात है। भारत जैसे देश में इन जोखिमों का

बीमाकरण भी नहीं है। जबकि १९४५ में ब्रेटनवुड प्रणाली को ऐसे जोखिम में कमी लाने के लिए ही बनाया गया था। कुछेक उद्योगों, उदाहरणार्थ इलेक्ट्रॉनिक, प्लास्टिक, हैंडलूम, चमड़ा, वस्त्र उद्योग तथा हीरे की पालिश, आभूषण आदि, में स्त्री की नियुक्ति बढ़ी है। इलेक्ट्रॉनिक उद्योग में पुरुषों द्वारा किये जाने वाले काम में स्त्रियों की नियुक्ति की संख्या ३५ प्रतिशत है। इसी भाँति जो काम औरतें कर रही थीं उसे करने वाले पुरुषों की संख्या ४४ प्रतिशत है। अत: कुछ क्षेत्रों में श्रम के यौन-विभाजन स्पष्ट नहीं। काम के घटने-बढ़ने के साथ स्त्रियों की नियुक्ति की माँग घटती-बढ़ती रहती है। आगे के पृष्ठों में तथ्यों और आँकड़ों के जरिये दिखाया गया है कि श्रम के स्त्रीकरण की हकीकत क्या है।

बेराजगारी, बेकारी और निराशा का स्त्रीकरण

इस सारे माहौल में मेरा ध्यान उदारीकरण से पहले के दशकों की तरफ जाता है। सत्तर के दशक के बाद हम स्त्रियों ने अपने बारे में बोलना शुरू किया और सबलीकृत होने का प्रयास शुरू हुआ। सामाजिक आंदोलन में उनकी भागीदारी होने लगी। लेकिन, अचानक समाजवाद के अंत की घोषणा हो गई, जर्मनी की दीवारें ढह गई और देखते-देखते सोवियत यूनियन का ढाँचा भरभरा कर ध्वस्त हो गया। सपने देखने वाली आँखों में अचानक परिवर्तन की धूल किरकिराने लगी। कहाँ गए वे समाजवादी आश्वासन? ऐसा नहीं कि आंदोलनों में स्त्रियों ने भाग नहीं लिया था बल्कि कुछेक आंदोलन तो हमारे कारण ही सफल हुए थे। देश के विभिन्न भागों में न्याय के लिए हमने संघर्ष किया। भाषा और संस्कृति की भिन्नता के बावजूद अब तक सामूहिक स्तर पर हम स्त्रियाँ कुछ मुद्दों के संदर्भ में एकजुट रही थीं। हिंसा का सामना हम अहिंसा से कर रही थीं। अन्याय के खिलाफ धैर्य और एकजुट होकर लड़ रही थीं। हमारी आँखों में एक सामाजिक सपना था। हमारे घरों में टीवी बस अभी-अभी आया था, जिसमें हम अपनी एक झलक देख लेती थीं।

याद आता है महाराष्ट्र में श्रमिक संगठन का अरक विरोधी आंदोलन तथा १९७२ में शहादा में बनया गया श्रमिक संगठन। इन सबमें स्त्रियों की प्रमुख भूमिका रही थी। स्त्रियों ने धरने दिए, नारे लगाया और क्रांति के गीत गाए और शहादा के अकालग्रस्त इलाकों में अन्याय के खिलाफ पुरुषों से एकजुट होकर लड़ने को कहा। अंत में सरकार को स्त्री आंदोलनकारियों के

सामने झुकना पड़ा। अकाल पीड़ितों को सहायता देनी पड़ी और भू-स्वामियों को उनकी माँग माननी पड़ी। इसी प्रकार १९७३ में अरक विरोधी आंदोलन की शुरुआत करमखेड़ा गाँव में हुई। स्त्रियों ने शराबबंदी के खिलाफ जमकर संघर्ष किया और आज भी नशेबंदी के खिलाफ स्त्री आंदोलन की परंपरा जारी है। १९९२ में आंध्र प्रदेश के नेल्लोर जिले में अक्षरदीपम संस्था ने स्त्रियों में जागृति फैलाई और कुछ स्त्रियों ने शराब की दुकानों के सम्मुख आंदोलन किये। क्रमश: ये आंदोलन दक्षिण भारत के अन्य भागों में फैल गया। १९८४ में राजस्थान के अजमेर जिला में हैंडपंप के लिए साथिन संस्था ने आंदोलन किया जिसने अंतत: ठाकुरों और दलितों के झगड़े का रूप ले लिया। १९७९ के कर्नाटक के लिंगपुर कॉलोनी में हुए जमीन के झगड़े ने एक आंदोलन का रूप ले लिया। इस तरह स्त्रियों ने कई तरह के संघर्ष किये और संगठन बनाये। स्त्रियों का एक ही उद्देश्य था कि हर स्त्री आगे बढ़े। कितनी उत्साही थीं हम महिलाएँ अपने विकास को लेकर! अत: जब सरकार ने उदारीकरण की नीति अपनाई तो हम स्त्रियों को अच्छा लगा। हमने सोचा था कि देश के दरवाजे खुलने से स्त्रियों की उन्नति जरूर होगी।

लेकिन आज जो घट रहा है वह आशा के अनुरूप नहीं है। नयी आर्थिक नीतियों के कारण गरीब और गरीब होते जा रहे हैं। दलितों में भी स्त्री सबसे अधिक वंचित है। विकास के नाम पर स्त्री कभी विस्थापित होती है, तो कभी लैंगिक भेदभाव के कारण यौन-उत्पीड़न का सामना करती है। आधुनिकता के नाम पर उसे ठगने में कोई पीछे नहीं रहता। स्त्री के लिए काम के घंटे अधिक हो गए हैं। यह एक प्रकार से यह एक अदृश्य कीमत है जिसे स्त्री चुका रही है। अर्थशास्त्री जिसे 'बढ़ी हुई कार्यकुशलता' कहते हैं, वह एक प्रकार से वैतनिक अर्थव्यवस्था की कीमत को अ-वैतनिक अर्थव्यवस्था की ओर स्थानांतरित करने की प्रक्रिया है। मसलन, अस्पताल में यदि रोगी को दो दिन में छुट्टी दे दी जाए तो स्वाभाविक है जिस सेवा कार्य को अस्पताल की नर्स करती, उसका बोझ घर की स्त्री पर पड़ेगा। अस्पताल के पैसे तो बचते हैं मगर घर में मुफ्त किये गए स्त्री श्रम की कीमत नहीं आँकी जाती। वास्तव में यह कार्य-कुशलता में वृद्धि नहीं बल्कि एक प्रकार से जो खर्च अस्पताल में लगना चाहिए था उसे घर में स्थानांतरित किया जा रहा है। अत: नयी अर्थनीति का प्रभाव स्त्री पर वैतनिक और अ-वैतनिक श्रमिक की दोनों हैसियतों पर पड़ता है, जिससे स्त्री-पुरुष की असमानता घटने के बजाय बढ़ती

अधिक है।

जहाँ तक सरकार द्वारा किये जाने वाले लोक-कल्याणकारी खर्चे में कटौती का सम्बन्ध है, तो उसे हम स्पष्ट रूप से देख रहे हैं। परंपरा की दुहाई देने वाले जरा एक बार पूरे हिसाब-किताब को समझने की चेष्टा करें तो पाएँगे कि सेवा के नाम पर स्त्री का शोषण अधिक होता है। निजीकरण के दौर में हुई प्रगति से स्त्री को क्या फायदा हुआ? अगर एक बार फिर अस्पताल में नर्सों की मिसाल लें तो समझ में आ सकता है कि नर्सों की नियुक्ति कम होती है, और दूसरे घर में स्त्री बिना वेतन की नर्स बनकर रह जाती है। अस्पताल में निःशुल्क इलाज की व्यवस्था खत्म हो जाने से स्त्रियाँ और लड़कियाँ स्वास्थ्य सेवा से भी वंचित हो रही हैं। घर का पुरुष तो उनकी सेवा करने से रहा। बेरोजगारी, अस्थिर आय और बढ़ती हुई कीमतों के कारण बढ़ती हुई गरीबी से स्त्री की सामाजिक गतिविधियाँ प्रभावित होती हैं। उसे अल्पकालीन काम करना पड़ता है। परिवार के अन्य सदस्यों की जरूरतों की वेदी पर स्त्री को अपनी जरूरतों की बलि देनी पड़ती है।

विकास का उद्देश्य गरीबी, बेरोजगारी और असमानता को दूर करना बताया जाता है। लेकिन, भूमंडलीकरण के नाम पर जिस दक्षता और प्रतियोगिता की माँग की जाती है तथा विकास के लिए जिस रणनीति को अपनाया जाता है उससे गरीबी दूर नहीं होती। इससे देश की दस प्रतिशत जनता को लाभ पहुँचता है (इस दस प्रतिशत में कार्य-कुशल श्रमिक शामिल हैं। एक प्रतिशत स्त्रियाँ भी शामिल हैं)। बाकी नब्बे प्रतिशत की ओर किसी को ध्यान देने की फुर्सत नहीं है। विश्व बैंक और अंतर्राष्ट्रीय मुद्रा कोष की शर्तों को मानने के लिए आर्थिक स्वतंत्रता को ताक पर रखना पड़ता है। अंतर्राष्ट्रीय मुद्रा कोष और विश्व बैंक की जरूरत है—स्थिरता और ढाँचागत समायोजन। स्थिरता का अर्थ हुआ कमर कसना यानी मुद्रा का अवमूल्यन, अनुदान में कटौती और सार्वजनिक इकाइयों का निजीकरण, भत्ते के कुछ हिस्से को स्थिर करना, बीमार इकाइयों को बंद करना इत्यादि। ढाँचागत समायोजन का उद्देश्य है उत्पादन को बढ़ाना और इसके लिए बाज़ार की माँग पर ध्यान देना होगा। दरवाजे को खुला रखना तथा स्वतंत्र उद्योग को विकसित करना। ढाँचागत समायोजन नीति कुछ देशों में सफल और बहुतेरे देशों में असफल रही है। जिन देशों में ढाँचागत समायोजन सफल हुआ, वहाँ जनता में शिक्षा और स्वास्थ्य के पर्याप्त इंतजाम पहले से थे। सरकार ने वहाँ लोक-

कल्याणकारी योजनाओं से अपना हाथ नहीं खींच' था।

नयी अर्थव्यवस्था से पहले राज्य ही स्त्रियों को नौकरी देने की जिम्मेदरी निभाता आया था। संगठित क्षेत्र में ३७ लाख स्त्रियाँ एवं सार्वजनिक क्षेत्रों में ६२ प्रतिशत स्त्रियाँ नियुक्त की गई थीं। लेकिन, पिछले पंद्रह सालों में राज्य सरकार द्वारा कोई नयी नियुक्ति नहीं हुई है। रेलवे में निचले स्तर की दो हजार नौकरियों के लिए करीब सात लाख आवेदन पत्र प्राप्त हुए। परीक्षा के समय असम से लेकर मुंबई तक मारपीट और हिंसा का बोलबाला रहा। स्त्री न मारपीट कर सकती है और न उसके हित में राजनीतिक पार्टियाँ ही कुछ बोल रही हैं। दो हजार नियुक्तियों में कितनी स्त्रियाँ होंगी, इसका पता नहीं लगाया जा सकता। कोल इंडिया ने बड़े पैमाने पर स्त्रियों की छँटनी की है। निजीकरण के दौर में खर्चे में की गई भारी कटौती का खामियाजा स्त्रियों को भोगना पड़ा है। अस्थायी नौकरी के कारण उन्हें सरकार से कोई सुरक्षा मिलने से रही। कुछ ऐसे क्षेत्र थे जहाँ स्त्री श्रमिकों का आधिक्य था, विशेषकर स्वास्थ्य सेवा और अध्यापन में। वहाँ भी स्थिति बड़ी भयावह है। इसी भाँति लघु उद्योग के क्षेत्र पर बड़े उद्योग वालों का भारी दबाव है, फलस्वरूप करीब पाँच लाख कारखाने १९९५ तक बंद हो चुके थे। इसके कारण भारी संख्या में स्त्रियाँ बेकार हुई। हालाँकि वस्त्र, इलेक्ट्रॉनिक, मीडिया और दवा के क्षेत्र में कुछ रोजगार बढ़े मगर स्त्रियाँ आधारभूत सुविधाओं से वंचित ही रहीं। कपड़ा, हथकरघा, तम्बाकू और खाद्यान्न के क्षेत्र में स्त्रियाँ पहले से नियुक्त जरूर थीं, मगर इन क्षेत्रों में बढ़ती हुई यांत्रिकता के कारण एवं बहुराष्ट्रीय कंपनियों के हस्तक्षेप के कारण छँटनी बढ़ती जा रही है।

अस्सी के दशक में जहाँ ८ प्रतिशत स्त्रियों की नियुक्ति हुई थी ९० के दशक तक वह घटकर मात्र २ प्रतिशत रह गई। बड़ी कंपनियाँ अपने खर्च में कटौती के लिए उत्पादन कार्य के लिए छोटी कंपनियों को ठेके पर रखती हैं। ठेके का प्रचलन वस्त्र उद्योग, इलेक्ट्रॉनिक, दवा, प्रसाधन, खाद्यान्न और पैकेजिंग सभी जगह प्रचलित है। घरेलू स्तर पर काम करने वाले श्रमिकों की बढ़ती हुई संख्या में औरतें एवं बच्चे बड़ी संख्या में नियुक्त किये गए हैं। वे हर प्रकार के कानून से स्वतंत्र हैं। शहरी क्षेत्र में घर में रहकर स्त्रियाँ पीस रेट पर काम करती हैं। इसके खिलाफ बने कानून के बावजूद आज भी स्त्री-पुरुष में असमान वेतन का प्रचलन है। मध्य प्रदेश में दस लाख से भी अधिक स्त्रियाँ बीड़ी मजदूर हैं, जिनके पास न अपना कोई पहचान पत्र है और न कोई

सुविधा। कुछेक पुरुषों को पहचान पत्र मिला जरूर है। इसमें सरकार की भेदभाव वाली नीति साफ देखी जा सकती है। मसलन, वस्त्र उद्योग में यदि एक लाख स्त्री श्रमिकों की छँटनी हुई तो उसमें केवल ८ हजार स्त्रियों को नये काम के लिए प्रशिक्षित किया गया जिसमें केवल ३२०० स्त्रियों की ही पुनर्बहाली संभव हुई। ढाँचागत समायोजन के कारण श्रम के क्षेत्र में स्त्रियों की नियुक्ति तो हुई है मगर वे कम पगार वाले और कम हैसियत वाले कामों में ही लगी हुई हैं। सभी जानते हैं कि नियुक्ति के समय स्त्री सबसे कम नियुक्त होती है और छँटनी के समय सबसे पहले स्त्री को ही छाँटा जाता है। साथ ही औपचारिक क्षेत्र में स्त्री की बढ़ती हुई संख्या से स्त्री को ज्यादा होड़ और प्रतियोगिता का सामना करना पड़ता है जिससे वेश्यावृत्ति और मादक द्रव्यों के सेवन का चलन बढ़ता है।

विकसित औद्योगिक देशों में ३ करोड़ ७० लाख स्त्रियाँ बेरोजगार हैं। फ्रांस में ३० लाख और बाकी ३० लाख अर्द्धबेरोजगारों की श्रेणी में स्त्रियाँ है जबकि इसके १७ प्रतिशत श्रम शक्ति अल्पकालीन (पार्ट टाइम) काम करती हैं। इटली में २० लाख स्त्रियाँ बेकार हैं जबकि ४४ लाख अस्थायी और अपंजीकृत नौकरियों में हैं। ब्रिटेन में ६.९ प्रतिशत स्त्रियों की जनसंख्या बेरोजगार हैं।

निजीकरण के कारण अ-उद्योगीकरण की बढ़ती हुई प्रवृत्ति से नाइजीरिया में अधिकतर किसान स्त्रियाँ बेरोजगार हुई। उन्हें न तो कोई नया प्रशिक्षण मिला है और न ही बेरोजगारी भत्ता। फिलीपीन में जिन खेतों में पहले मक्के की खेती होती थी वहाँ चीनी के लिए गन्ने की खेती होने लगी जिससे हजारों स्त्रियाँ बेकार हो गई। कुछ अर्थशास्त्रियों का यह दावा कि निर्यात उद्योग में स्त्रियों की नियुक्ति ज्यादा हुई है, गलत है। प्राय: श्रीलंका और जमैका के निर्यात उद्योग का उदाहरण दिया जाता है, पर स्त्री किन परिस्थितियों, कैसे माहौल में रहकर काम कर रही हैं इस पर सभी मौन हैं। इन स्त्रियों की सुरक्षा और स्वास्थ्य की ओर किसी का ध्यान ही नहीं जाता। इन्हें बंद घुटन भरे वातावरण में काम करना पड़ता है। काम का समय आठ से चौदह घंटे तक है, मशीन चलाते समय बैठने के लिए कुर्सी के बदले स्टूल है। निर्यात उद्योग में कभी स्थिरता आ ही नहीं सकती, कभी बहुत ज्यादा काम आ जाता है, तो कभी बिल्कुल ही काम नहीं रहता। यहाँ श्रमिक संगठन के बनाए हुए नियम-कानून नहीं चलते। बंदूक लिए अवकाश प्राप्त सेना

अधिकारी इन कारखानों का संचालन करते हैं। पारंपरिक उद्योग में ज्यादा संख्या में नियुक्ति होती थी, पर अब नयी नीति के अनुसार कम नियुक्ति और अस्थायी नियुक्ति का चलन बढ़ गया है। श्रीलंका में हथकरघा उद्योग में अनुदान देने से सरकार ने हाथ खींच लिया है। रातों-रात चालीस हजार स्त्रियों की नौकरी चली गई। हमें याद रखना होगा कि पारम्परिक उद्योग की कीमत पर ही श्रीलंका में नये उद्योगों को प्रतिस्थापित किया गया था। इन क्षेत्रों में स्त्रियों को कम कीमत वाला, वक्त पर काम आनेवाला, आज्ञाकारी श्रम की संज्ञा दी गई जिससे लाभांश बढ़ता है। एशिया के निर्यात क्षेत्र में श्रीलंका में श्रम की कीमत सबसे कम आँकी गई।

हालाँकि गरीबी का प्रभाव स्त्री और पुरुष दोनों पर पड़ता है, और इस गरीबी का अनुभव दोनों वर्ग के लोग अलग-अलग करते हैं। गरीबी के कारण लैंगिक विभाजन की खाई और चौड़ी हुई है। स्त्री और अधिक गरीब हुई है। विकसित देशों का भी यही हाल है। बेल्जियम, फ्रांस, जर्मनी तथा अमेरिका में नब्बे के दशक में १० करोड़ स्त्रियाँ गरीब थीं। विकासमान एशियाई देशों में १.३ अरब लोगों की प्रतिदिन की आय एक डॉलर से भी कम है। ढाँचागत समायोजन नीति के कारणा घाना में वास्तविक आय में ८६ प्रतिशत की कमी है, मैक्सिको में गरीबी की सीमारेखा में रहने वाले लोग १९ प्रतिशत से बढ़कर २३ प्रतिशत हो गए हैं। श्रीलंका में आय की विषमता घटने के बजाय पिछले दशक में और बढ़ गई है। बाज़ार में बढ़ती हुई कीमतें स्त्री की कमाई को निगल जाती हैं। जमैका में नब्बे के दशक में चावल के दाम में १९०० प्रतिशत, आटे के दाम में २१०० प्रतिशत और घर के भाड़े में ५३३४ प्रतिशत की वृद्धि हुई जबकि मजदूरी में केवल ६०० प्रतिशत से ७१४ प्रतिशत की ही वृद्धि हुई थी। अफ्रीका के उप-सहारा क्षेत्र में बढ़ती गरीबी के कारण आधी से अधिक जनसंख्या निम्नतम जीवनस्तर पर रहने को बाध्य है।

नयी विश्व व्यवस्था ने शताब्दी के प्रारंभ में सारी दुनिया में कम से कम १० करोड़ लोगों को घरविहीन किया। ब्राजील के पास २ लाख फुटपाथी बच्चे हैं, मास्को के पास ६० हजार, लंदन में ४ लाख बच्चे घरविहीन हैं, तो फ्रांस में २ लाख। इस परिधिकृत समाज की दुर्दशा का वर्णन करना तो असंभव है जिसे केवल स्त्री झेलती है। अतः उद्योग का स्त्रीकरण तो नहीं हुआ पर इसे हम बेरोजगारी, बेकारी और निराशा का स्त्रीकरण तो जरूर कहेंगे।

ग्रामीण भारत के लिए मानव विकास से सम्बन्धित प्रकाशित रिपोर्ट के अनुसार लगभग ४० करोड़ लोग गरीबी की सीमारेखा से नीचे स्थित हैं। ६ करोड़ लोगों की रोजाना आय ३ रुपये है। ३७ प्रतिशत ग्रामीण परिवार दैनिक आय पर निर्भरशील हैं इसमें से ३५ प्रतिशत परिवारों का भरण-पोषण स्त्रियाँ करती हैं। कुपोषण से ५००० बच्चों की रोजाना मृत्यु होती है। यूनीसेफ के अनुसार ५३ प्रतिशत बच्चे जिनकी आयु ५ वर्ष से कम है, कुपोषण के शिकार हैं। ८३ प्रतिशत भारतीय माँओं के खून में लौह तत्त्वों की कमी होती है। इसमें आदिवासियों की स्थिति और बदतर है। १९९४ में महाराष्ट्र के अमरावती शहर में ६१३ लोगों की भूख से मृत्यु हो गई। १९९६ में यह संख्या बढ़कर ८२९ हो गई थी, इसमें अधिकतर स्त्रियाँ और बच्चे ही थे।

बड़ी संख्या में स्त्रियाँ स्वरोजगार की योजना में लगी हुई हैं, और उनके बनाए हुए माल को बाज़ार में बेचने की जिम्मेदारी या सही रेट पर कच्चे माल की उपलब्धि की जिम्मेदारी से सरकार ने मुँह मोड़ रखा है। स्वाभाविक है कि ये स्त्रियाँ महाजनों के हाथों शोषित होती हैं। स्त्रियों द्वारा चलाई जाने वाली सहकारी योजनाएँ आज प्रायः ठप्प हो चुकी हैं और हम सभी जानते हैं कि इन सहाकारी संस्थाओं को सरकारी सहायता मिलने से रही। बैंकों के निजीकरण और ग्रामीण इलाकों में दिए जाने वाले अनुदान के खात्मे से क्रमशः पूँजी के अभाव में ऊँची ब्याज दर और कर्जे के जाल में फँसी स्त्री महाजनों के हाथों शोषित होने को बाध्य है। ब्याज की दर घटने पर भी बिचौलिए की भूमिका खत्म नहीं हुई है। अब तो ये बिचौलिए भी वित्तीय कंपनियाँ बना कर और लुभावने विज्ञापनों द्वारा ऊँचे ब्याज का लालच दिखा कर स्त्रियों के पैसे हड़प लेते हैं। जब ये वित्तीय कंपनियाँ अपना दिवाला निकालती हैं तो असहाय स्त्री कुछ भी करने में असमर्थ हो जाती है। स्त्री को बेगारी में खटना पड़ता है। विशेषकर छोटी लड़कियों को तो पानी भरने, लकड़ी बीनने के बेगार कामों से शायद ही छुट्टी मिलती हो। सरकारी आँकड़ों के अनुसार भारत की ८३ प्रतिशत जनसंख्या को स्वच्छ पीने का पानी नहीं मिलता। पानी का स्तर नीचे जा रहा है, अतः पानी का जुगाड़ करना सबसे बड़ी किल्लत का काम है जिसे ये स्त्रियाँ करती हैं।

स्वास्थ्य सुविधाओं में आई हुई गिरावट से स्त्रियों का अकथनीय नुकसान हुआ है। विकासशील देशों की करीब ८० करोड़ जनता प्राथमिक स्वास्थ्य की सुविधा से वंचित है। सामाजिक खर्चों में की जाने वाली कटौती

से परिस्थिति और अधिक बिगड़ रही है। खाद्यान्नों की बढ़ती हुई कीमत से कुपोषण का शिकार होती हुई स्त्रियाँ और बच्चे एक आम घटना है। जरूरी तथा जीवनरक्षक दवाओं की बढ़ती हुई कीमत ४९ प्रतिशत से बढ़कर २८५ प्रतिशत हो गई। स्वास्थ्य विभाग के कर्मचारियों की भी व्यापक छँटनी हुई है। डॉक्टर तथा नर्सें अन्य देशों में जाने को मजबूर हुए हैं। सरकारी अस्पतालों की हालत पहले ही खस्ता थी, अब तो उनका पूरा ढाँचा ही चरमरा गया है। हो सकता है इनमें से कुछ अस्पतालों का निजीकरण संभव हो जाए, और गरीब जनता इस खर्च को वहन नहीं कर पाती। सार्वजनिक स्वास्थ्य खर्चे का एक बड़ा हिस्सा भूमंडलीकरण के नाम पर मध्यमवर्ग की भेंट चढ़ जाता है।

धनी देशों की कहानी और अलग है। आज भी अमेरिका जैसे देश में भी ४७ लाख लोग बिना स्वास्थ्य बीमा के रहते हैं। रूस में समाजवाद के पतन के साथ स्वास्थ्य सेवा में आई गिरावट और कुपोषण के कारण आयु दर में ५ प्रतिशत की गिरावट आई है। रूस में गर्भपात के कारण २५ प्रतिशत स्त्रियों की इसलिए मौत हो जाती है, क्योंकि उन्हें अच्छे एन्टीबॉयटिक उपलब्ध नहीं हैं। परिवार नियोजन की नीति भी स्त्री के स्वास्थ्य पर विपरीत प्रभाव डाल रही है। इस विषय पर अलग-अलग मत हैं, और इस बात से सभी सहमत हैं कि नयी व्यवस्था में जनसंख्या निवारण के लिए स्त्री को गहरा दबाव झेलना पड़ता है। वह ऐसी गर्भनिरोधक दवाइयों और ऐसे उपकरणों का इस्तेमाल करती है जो उसके स्वास्थ्य के लिए खतरनाक साबित होते हैं। खासकर ऐसे उपकरण जो पश्चिमी दुनिया की स्त्रियों ने खारिज कर दिये हैं। परिवार नियोजन के नाम पर तीसरी दुनिया वह प्रयोगशाला है जहाँ स्त्री नामक गिईपिग पर पश्चिम के वैज्ञानिक प्रयोगरत हैं। उन्हें सिर्फ इसलिए ये दवाइयाँ दी जाती हैं, ताकि दस या पंद्रह साल बाद पता चल सके कि उनके स्वास्थ्य पर दवा का क्या असर पड़ता है। ऐसा वे अपने देश में करने में असमर्थ हैं क्योंकि वहाँ की स्त्रियाँ शिक्षा और अपने आक्रामक तेवर के कारण इन दवा कंपनियों को अरबों डॉलर का नुकसान पहुँचा सकती हैं। विकसित देशों में दक्षिणपंथी विचारधारा के अनुसार स्त्री का अपनी देह पर अधिकार नहीं और समाजवादियों के अनुसार स्त्री का अपनी देह पर अधिकार है, और दोनों ही विचारधारा के लोगों को स्त्री-देह और उसके स्वास्थ्य की चिंता नहीं है।

आज चिकित्सा व्यवस्था को सीधे-सीधे एक लाभ कमाने वाले उद्योग व्यवस्था में परिणत किया जा रहा है। जबकि जमीनी सच्चाई तो यह है कि

१३ करोड़ भारतीयों को स्वास्थ्य की सुविधा मिलती ही नहीं। २५ प्रतिशत प्राथमिक स्वास्थ्य केंद्र पूरी तरह ठप्प हो चुके हैं और जो चालू हैं वहाँ प्राथमिक सुविधा भी उपलब्ध नहीं। सरकारी बजट का ३ प्रतिशत ही स्वास्थ्य सेवा पर खर्च होता है और इस खर्च का बड़ा हिस्सा केवल परिवार नियोजन योजनाओं को लागू करने में लग जाता है अन्य किसी सुविधा पर ध्यान ही नहीं दिया जाता। बड़े शहरों और जिलों में सरकारी अस्पतालों की भयावह स्थिति से सभी परिचित हैं। बंगाल के अस्पतालों की जो स्थिति आज दिखाई जा रही है वह केवल बंगाल की ही स्थिति नहीं है कमोबेश हर राज्य की यही स्थिति है। दवा, ऑक्सीजन, मरहमपट्टी कुछ भी उपलब्ध नहीं और तथा लोग निजी डॉक्टरों तथा क्लीनिकों के पास जाने को बाध्य हैं। बात-बात पर होने वाले डॉक्टरी जाँच और एक्स-रे आदि के कारण बहुतेरे परिवार कर्ज लेने पर मजबूर होते हैं।

गरीब स्त्री की जिंदगी की कोई कीमत नहीं है। स्त्रियों से सम्बन्धित जितने अनुदान हैं, वे केवल स्त्री की प्रजनन क्षमता से ही सम्बन्धित हैं। यह कहना कि स्त्री के स्वास्थ्य में सुधार हुआ है और पिछले कई दशक से उसकी आयु दर बढ़ी है एक तरह से गलत होगा। पुरानी एवं असाध्य बीमारियों पर ध्यान ही नहीं दिया जाता। इन बीमारियों के लिए न उसे दवा मिलती है और न सुविधा। दवा के अभाव में औरत जीते-जी मरे के समान है। अधिकतर स्त्रियाँ अपने ऊपर खर्च ही नहीं कर पातीं। अतः भविष्य में तो वे और अधिक उपेक्षित रहेंगी जबकि जरूरत है ऐसी स्वास्थ्य नीति की जो प्रत्येक नागरिक को स्वास्थ्य के सम्बन्ध में सस्ती सुविधा मुहैया कराए।

पिछली शताब्दी तक एशियाई अर्थव्यवस्थाओं के व्याघ्रीकरण का नाम खूब लिया जाता था। पाँच नवविकसित देश उदारीकरण के प्रमुख प्रवक्ता थे। अचानक सब कुछ गड़बड़ा गया। विश्व बैंक की रिपोर्ट के अनुसार १९६५ से १९९० के बीच पूर्वी एशिया की आर्थिक विकास दर उच्च कोटि की रही। एशिया के २३ देशों में, अन्य सभी देशों की तुलना में ज्यादा प्रगति हुई। जिसका प्रमुख कारण बाज़ार व्यवस्था को बताया गया। लेकिन इस रिपोर्ट में ऐसा बहुत कुछ है जिस पर खामोशी बरती गई। क्योंकि इन देशों की सफलता की कीमत चुकाई वहाँ की गरीब स्त्रियों ने। थाइलैंड के यौन-व्यापार का सारा लेखा-जोखा हमारे सामने है। वधू और नौकरानी के रूप में किये गए निर्यात से मिलने वाली विदेशी मुद्रा से यदि कोई देश प्रगति का दावा करे तो ऐसी

प्रगति की जरूरत क्या है? जापान जैसे देश में प्रबंधन की भूमिका में स्त्रियाँ नहीं के बराबर हैं। अल्पकालीन श्रमिक के रूप में स्त्रियाँ पूर्णकालिक काम करती हैं। 'फेडरेशन ऑफ जापानीज वुमेन्स ऑरगनाईजेशन' की रिपोर्ट के अनुसार कड़े श्रम से होने वाली मृत्यु (जिसे जापानी में कॉरसोई कहते हैं) की शिकार अधिक से अधिक स्त्रियाँ होती जा रही हैं। मलेशिया की आर्थिक पुनर्संरचना के विश्लेषण से हम समझ पाते हैं कि होने वाला आर्थिक चमत्कार कैसे स्त्री का अवमूल्यन करता जा रहा है। मलेशिया की एक स्त्री श्रमिक का कहना है—*इससे पहले एक मशीन पर एक व्यक्ति रहता था इसके बाद एक व्यक्ति को दो मशीन पर काम दिया गया और उनसे कहा गया, चूँकि तुम समर्थ हो इसलिए तुम दोनों को चलाओ। अब वे देखना चाहते थे कि कौन कितनी तेज गति से काम करता है।* कभी उनकी आँखें खराब होती हैं, कहीं उनकी हथेलियाँ जलती हैं, कभी रासायनिक धुएँ के कारण उन्हें कैंसर होता है। यह है स्त्री श्रमिकों की हालत। एक महिला का कहना था —*पैसा बोलता है और पैसे के सामने आदमी की कोई कीमत नहीं।* दक्षिण कोरिया में लगातार २४ घंटे काम करने वाले महिला श्रमिकों की कमी नहीं।

अचानक ये पाँचों शेर शिथिल हो जाते हैं और सारा बुलबुला फूट जाता है। १९९७ के अंत में स्थानीय मुद्रा में भयानक गिरावट, जरूरी चीजों के बढ़ते हुए दाम, देश का निकलता हुआ दिवाला वास्तव में एशिया के आर्थिक चमत्कार को एशिया की दुर्घटना में बदल देता है। जापान के वित्तमंत्री शकाकी बारा ने स्पष्ट शब्दों में कहा—*एशिया के संकट के मूल में है मलेशिया, थाईलैंड, कोरिया, चीन में विशाल पूँजी का निवेशीकरण और बटन दबाते ही इस पूँजी का उठकर चल देना।* यानी जिस भूमंडलीकरण के कारण चमत्कार घटा था, उसी के परिणामस्वरूप यह विपदा भी आई। आर्थिक स्वास्थ्य के लिए अंतर्राष्ट्रीय मुद्रा कोष ने इन देशों को चावल, चीनी और उर्जा में अनुदान देने का अनुरोध किया। वैसे यह कहर अमेरिका ने ही ढाया था, क्योंकि निवेशीकरण की जरूरत अमेरिका की ही थी। एक महीने चलने वाली इस संक्रांति के कारण दक्षिणी कोरिया के गाड़ियों के सबसे बड़े निर्माता किया ग्रुप का दिवाला एक करोड़ डॉलर का ऋण नहीं चुका पाने के कारण पिट गया। सरकार ने छँटनी को वैधता प्रदान की। जिससे प्रति सप्ताह १० हजार की संख्या में लोग बेरोजगार हुए। विरोध में ४१ वर्षीय एक श्रमिक ने अपने शरीर में आग लगा ली, अपने पीछे यह लिखा—*"जैसे ही अर्थव्यवस्था*

बिगड़ती है वैसे अमीर और अधिक अमीर होते हैं तथा गरीब श्रमिकों का जीवन संकट में पड़ता है।'' (*न्यूजवीक*, २ मार्च १९९८) थाईलैंड में ५६ वित्तीय कंपनियाँ बंद हो गई। जिसमें करीब २० हजार स्त्रियाँ बेकार हुई। सरकार यह कहने पर विवश होती है कि दिवाला पिटने का यह सिलसिला और चलेगा। हांगकांग की 'पेरेग्रीन इन्वेस्टमेंट कंपनी' एक अरब डॉलर का ऋण नहीं चुका पाई। दिसम्बर १९९७ से फरवरी १९९८ के बीच मलेशिया के १० हजार श्रमिक बेकार हो गए जिसमें हजारों की संख्या में बैंक कर्मचारी थे, क्लर्क थे। मलेशियाई मुद्रा में ३० प्रतिशत की गिरावट आई। सबसे अधिक मुश्किल झेली इंडोनेशिया ने जहाँ सुहार्तो गद्दी छोड़ने पर बाध्य हुए।

पूर्व समाजवादी देशों में पितृसत्ता की वापसी

नयी अर्थव्यवस्था के स्त्री जीवन पर पड़ने वाले प्रभावों के सिलसिले में कहा जा सकता है कि चीन, क्यूबा और वियतनाम की समाजवादी सरकारों ने सर्वाधिक सकारात्मक परिणाम निकाले। इसके बावजूद चीन के संदर्भ में मानव विकास रिपोर्ट १९९७ में कहा गया कि १९८९ तक ग्रामीण इलाके में गरीबी के कारण शिक्षा में कमी आई और स्त्री-पुरुषों के बीच असमानता और बढ़ी जिसका कारण विकास की रणनीति में विचलन है। साथ ही स्थानीय सरकारों ने अपनी जिम्मेदारी को सही रूप से निभाया नहीं है। १९९५ में पेइचिंग कांफ्रेंस के सदस्यों ने ऑल चायना वुमेन्स फेडेरेशन की उपाध्यक्ष से मुलाकात की। उन्होंने स्वीकारा कि उदारीकरण से स्त्री के स्वास्थ्य, शिक्षा तथा कामकाज के अवसरों पर प्रतिकूल प्रभाव पड़ा है।

वियतनाम ने अपनी डोमी-मोई नीति की सुधार प्रक्रिया के द्वारा करीब ४० प्रतिशत गरीबी को दूर किया है। वियतनाम में आयु दर ६६ वर्ष हुआ और वयस्क शिक्षा का दर ९३ प्रतिशत है। ९० प्रतिशत जनता को प्राथमिक स्वास्थ्य सुविधा मिलने लगी है। सुधार का उद्देश्य था कि विकास, स्थिरता और समानता को उपलब्ध किया जा सके। इस नीति के तहत एक ओर जहाँ सरकार गरीब जनता को सहारा देना चाहती है वहीं जो गरीब नहीं हैं उन्हें उपभोक्ता समाज के लिए प्रोत्साहन देती है ताकि वे भी विकास का फायदा उठा सकें। स्थानीय लोगों की सहायता से भूमि सुधार एवं अंत:संररचना के निर्माण में लगाया गया धन वास्तव में स्थानीय जनता के अलगाव और गरीबी को दूर करता है। सरकार का उद्देश्य है २०१० तक भूख और गरीबी को जड़

से मिटा देना। इसके विपरीत उत्तरी वियतनाम में स्त्री की स्थिति कमोबेश रूस की स्त्रियों जैसी है। वियतनाम की स्त्रियों का संगठन प्रगतिशील है और कार्यक्षेत्र में स्त्रियों को यूनियन का पूरा समर्थन प्राप्त है। गृह कार्य में पुरुषों को बराबर का हाथ बँटाना पड़ता है। वियतनाम का स्त्री संगठन बाज़ार के दुष्परिणामों से परिचित है अतः स्वास्थ्य सेवा की कीमत को काफी कम रखने की चेष्टा की जाती है। गर्भपात कानूनी और सस्ता है और आर्थिक प्रगति का दर वार्षिक ९ से १० प्रतिशत तक है। इनका कहना है कि सुधारों के खतरे से हम वाकिफ हैं। हम जानते हैं कि सुधारों के नाम पर बहुधा गरीबी बढ़ती है। हम स्त्रियाँ सरकार के साथ चलना चाहती हैं, ताकि जो सुधार हो उसमें स्त्री वर्ग की भी पूरी हिस्सेदारी रहे।

इसी प्रकार क्यूबा में राष्ट्रीय स्वास्थ्य सेवा जनता को निःशुल्क उपलब्ध है। क्यूबा की शिशु मृत्युदर, १००० में ७ प्रतिशत की अकाल मृत्यु होती है जबकि ब्राजील में ३१ और मैक्सिको में ४२ प्रतिशत है तथा अमेरिका में ७.५ प्रतिशत है। क्यूबा की सफलता का कारण है समाजवादी नीतियों में सरकार की प्रतिबद्धता। क्यूबा में अवकाश के बाद पेंशन की दर सबसे अधिक है तथा स्त्री-पुरुष की असमानता घटी है। श्रम का ४० प्रतिशत हिस्सा स्त्रियाँ हैं। डॉक्टरों में ५० प्रतिशत संख्या स्त्रियों की है, वैज्ञानिकों में ५३ प्रतिशत संख्या स्त्रियों की है। और विकासमान देशों में क्यूबा में सबसे अधिक स्त्रियों का राजनीतिक प्रतिनिधित्व है। अमेरिका में १४ प्रतिशत जनता गरीब है, जबकि क्यूबा में केवल ५ प्रतिशत जनता गरीब है। दुनिया के लिए क्यूबा एक उदाहरण है।

क्यूबा, चीन और वियतनाम के उदाहरण से स्पष्ट है कि अब भी यदि समाजवादी मूल्यों के प्रति राष्ट्रीय सरकार की निष्ठा रहे तो बहुत कुछ हासिल किया जा सकता है। लेकिन, समस्या यह है कि समाजवादी देशों में भी पूँजीवाद की पुनर्स्थापना में पितृसत्ता और शोषण के सम्बन्ध प्रकट होते हैं। इन देशों में जहाँ राज्य सरकारों ने स्त्री को सार्वजनिक जीवन में पुरुष के बराबर स्थापित करने की चेष्टा की और वहाँ स्त्री की मर्यादा एवं प्रतिष्ठा में अभूतपूर्व विकास हुआ।

समाजवादी क्रांति सबसे पहले रूस में घटी इसके पश्चात पूर्वी यूरोप और एशिया के कुछ भागों में और इन्हीं देशों में तमाम सामाजिक पिछड़ेपन और जनतांत्रिक अवरोध के बावजूद मानव समाज में पहली बार स्त्री

प्रगतिशील हुई। रूस में प्रथम महायुद्ध के बाद जो खूनी गृह युद्ध छिड़ा उसी ने स्त्री-पुरुष की समानता को स्थापित किया। सोवियत समाज के पितृसत्तात्मक पारिवारिक व्यवस्था के मूल पर प्रहार करते हुए १९१८ में फैमिली कोर्ट एक्ट पास किया गया जो एक प्रकार से प्रगतिशील परिवार और लैंगिक कानून का बेमिसाल उदाहरण है। तलाक, संरक्षण, विवाह के बाध्यकारी पंजीयन, मातृ संपत्ति में समान अधिकार, आदि के संदर्भ में अनैतिक और नाजायज का लेबल हटा दिया गया। १९२९ में सोवियत लैंड कोड बना जो समाज में स्त्री-पुरुष को समानता देता है। औद्योगिक विकास हुआ और स्त्रियों को बाह्य जगत में कार्य क्षेत्र में आने का समान अवसर दिया गया तथा की बच्चों की देखरेख के लिए शिशुसदन, लॉन्ड्री तथा सामुदायिक हॉल बनाए गए। अतः अबतक जो काम स्त्रियों के जिम्मे था उसका सामूहिकीकरण और सामाजीकरण किया गया तथा बलात्कार और यौन-उत्पीड़न के लिए कठोर दंड का प्रावधान किया गया जिसका चमत्कारी परिणाम सामने आया। पूरे यूरोप में स्त्री और बच्चों को इससे बड़ा लाभ हुआ। द्वितीय विश्वयुद्ध में सोवियत संघ की स्त्रियों ने फासीवाद के विरुद्ध जमकर संघर्ष किया तथा युद्ध खत्म होने के बाद उत्तर-युद्ध स्थिति में सोवियत समाज की स्त्रियाँ केंद्रीय भूमिका निभाती रहीं। १९८६ में पूर्वी जर्मनी में ८१ प्रतिशत को डे-केयर, हंगरी में ८७.८८ प्रतिशत डे-केयर मिल रहा था। स्वाभाविक है ये सुविधाएँ कामकाजी महिलाओं के बच्चों को दी जाती थी। अमेरिका में वकीलों में ८ प्रतिशत स्त्रियाँ वकील, ६ प्रतिशत दाँत की डॉक्टर हैं। वहीं पूर्व सोवियत संघ में ६८ प्रतिशत स्त्रियाँ डॉक्टर थीं और उच्च शिक्षा में ६१ प्रतिशत स्त्रियाँ थीं। आज पूँजीवाद की पुनर्स्थापना का सबसे मारक प्रभाव स्त्रियों पर पड़ा है। जर्मनी में ७५ प्रतिशत स्त्रियाँ बेकारी भोग रही हैं। रूस में यह संख्या ७० प्रतिशत है। सोवियत समाज को आज पहचान पाना कठिन है। निजीकरण के दौर में लाभ कमाने वाली कंपनियाँ पुरुषों को रखना चाहती हैं, स्त्रियों को नहीं।

पेरोस्त्रोईका के प्रारंभिक दिनों में गोर्वाचोव ने स्त्रियों से अपील की थी कि वे अपनी स्वाभाविक नियति स्वीकारें और अपने घरों को लौट जाएँ। स्त्री का स्थान उसका घर है, श्रम का बाज़ार नहीं है। जीवन की यही स्वाभाविक गति है और इससे बहुतेरी सामाजिक बुराइयों का हल खोजा जा सकता है। हर स्त्री को चुनाव का मौका दिया जाना चाहिए कि वास्तव में वह जीवन में

क्या चाहती है और हो सकता है कि अधिकतर स्त्रियाँ घर-गृहस्थी में खुश रहें। इन बातों से एक बहस उठी कि इस नये सामाजिक वातावरण में स्त्री की क्या भूमिका है? समाजवाद से पहले भी स्त्री को घर लौटने की हिदायत दी जाती थी। वर्तमान समय में बढ़ते हुए खर्चे, रोजमर्रा की जिंदगी की गिरती हुई हैसियत, बेरोजगारी का डर और काम की लंबी अवधि के कारण स्त्रियों का असंतुष्ट होना अंततः स्त्री को पितृसत्ता के साथ समझौता करने की ही नसीहत देता है। कुछ के अनुसार, गृहस्थी चलाने के लिए ज्यादा उच्च शिक्षा की जरूरत नहीं। हालाँकि समकालीन आर्थिक यथार्थ इस आदर्श से काफी भिन्न है। एक श्रमिक को दो पाली से तीसरी पाली में काम इसलिए करना पड़ता है ताकि वह गृहस्थी चला सके। शायद स्त्री के रोजगार किये बिना बहुत से घर चले ही नहीं। स्त्रियाँ यदि घर बैठ जाएँ तो गृहस्थी का चलना संभव नहीं। २०० से ३०० प्रतिशत तक की मुद्रा स्फीति, हिंसा, अश्लीलता, यौन-अनैतिकता, भूख और खराब स्वास्थ्य सभी इस तबाही की कहानी कहते हैं। सार्वजनिक क्षेत्रों से तो स्त्री उखड़ ही गई है और इसके साथ ही पितृसत्ता अपने पूरे वर्चस्व के साथ निर्लज्ज रूप में स्त्री जीवन का नियंत्रण कर रही है। पूँजीवाद के पुनर्स्थापित होने से स्त्री को अपनी स्वायत्तता, स्वतंत्रता और गरिमा से हाथ धोना पड़ा है। समानता का अधिकार, स्वतंत्रत पहचान सभी धूल में मिल गए हैं। चेक गणराज्य के प्रधानमंत्री वाक्लाव हावेल का कहना था—*उकताई हुई गृहणियों और असंतुष्ट प्रेमिकाओं के लिए नारीवाद एक आश्रय है।* गेजेटा वाईब्रोइजा ने मार्च १९९२ में गर्भनिरोध को लागू करने की बहस में हिस्सा लेते हुए कहा कि *आधी से अधिक नारीवादी चाहती हैं कि उनके साथ बलात्कार हो, मगर कोई उन्हें चाहे तब तो।* पूँजीवादी हंगरी में पहली बार जब पार्लियामेंट बैठी तब बहस का पहला मुद्दा था कि क्या गर्भपात पर कानून बनाया जाए? रूस के श्रममंत्री गेनार्डी मिलिम्यान का ध्यान जब स्त्री समस्या की ओर दिलाया गया तब उनका उत्तर था—*हम औरतों की नौकरी के लिए क्यों चिंता करें, जब पुरुष बेकार बैठे हों। अच्छा होगा पुरुष काम करें तथा औरतें अपनी गृहस्थी सँभालें। मैं किसी औरत का अपमान नहीं करना चाहता, मगर जब पुरुष को बाहरी दुनिया में काम नहीं मिल रहा तब अच्छा होगा कि स्त्रियाँ पीछे हटें।* इसी संदर्भ में मैगी वाट्सन का निबंध 'पूर्वी यूरोप में पुरुषवाद का प्रकटन' न्यू लैफ्ट रिव्यू में प्रकाशित हुआ था। इससे स्पष्ट होता है कि पूँजीवाद और बाज़ारवाद की अर्थव्यवस्था स्त्री को

मुक्ति देने में समर्थ नहीं है। बल्कि बाज़ारवाद तो एक विकसित समाज को भी पीछे ढकेल देता है।

हो सकता है पूर्वी यूरोप का समाजवाद आर्थिक रूप से दिवालिया हो, लेकिन वहाँ एक समाज व्यवस्था तो थी। स्त्री-पुरुष में बराबरी और आपसी कॉमरेडरी थी जबकि पूँजीवादी देशों में इस दोस्ताना सम्बन्ध का पूरा अभाव है। हालाँकि यह हमारे लिए संभव नहीं कि हम और विस्तृत व्याख्या करें। इन देशों में स्त्री आंदोलन की असफलता का कारण इन देशों का नैतिक और सामाजिक पिछड़ापन नहीं था, बल्कि आर्थिक दिवालिएपन के कारण इन स्त्रियों का विकास अवरुद्ध हुआ। पश्चिम में आर्थिक प्रगति तो हुई है मगर वैचारिक स्तर पर पितृसत्तात्मक स्त्री-विरोधी विचारधारा प्रचलित है। साथ ही पुरानी सामाजिक आदतें खतम नहीं होती, जातीय स्मृति में बनी रहती हैं। अनुकूल माहौल पाकर फिर प्रकट हो जाती है। विशेषकर स्त्री और बच्चे से सम्बन्धित विचारों में तो पिछले सौ-पचास सालों में जो थोड़ा-बहुत परिवर्तन आया था वह रुक-सा गया है। जैसे ही स्थिति बदली तथा समाज के सभी तबकों की विकास चेतना धूमिल हुई, वैसे ही मुक्ति की प्रारंभिक कोशिशें भी शिथिल पड़ गई।

अब तक स्त्री आंदोलन ने समाजवादी आंदोलन से प्रेरणा ग्रहण की थी। आलोचनात्मक अवधारणा थी कि निजीकृत उत्पादन खतम किया जाए। संसाधनों पर समाजवादी नियंत्रण के बिना स्त्री मुक्ति भी संभव नहीं थी, और संपत्ति के समाजीकरण से पितृसत्ता और उसके मूल्य खत्म नहीं हो जाते। स्त्री मुक्ति संग्राम को समाजवादी क्रांति के बावजूद अलग से दिशा देने की जरूरत पड़ती है और विमर्श का केंद्रीय मुद्दा भी यही है। तब क्या अपनी मुक्ति के लिए स्त्री नवपूँजी के उदारतावादी दावे की ओर हाथ बढ़ाए? यानी बाज़ार की अर्थव्यवस्था को हम स्त्री मुक्ति का कारक तत्त्व मानें?

इस संदर्भ में सबसे पहले विकसित देशों की स्त्री की परिस्थिति पर गौर किया जाना चाहिए। अमेरिका और जापान जैसे देशों में स्त्री की क्या स्थिति है? उसके संघर्ष की दिशा क्या है? क्योंकि दोनों ही अमीर देश असीमित प्राकृतिक संपदा को हथिया कर बैठे हैं। इन विजेता देशों के पास ज्ञान और विकास का अपरिमित साधन है तथा दुनिया के सर्वश्रेष्ठ व्यक्तियों एवं विचारकों को इन्होंने आश्रय दिया है और आज वे इन्हीं का हित साधन करने में लगे हुए हैं। इसके बावजूद अमेरिका जैसे देश में ही 'गरीबी का स्त्रीकरण'

जैसा शब्द लागू हो रहा है। अमेरिका में १९८९ में ३ करोड़ ५० लाख व्यक्तियों के पास स्वास्थ्य बीमा नहीं था। १९९२ में यह संख्या बढ़कर ३ करोड़ ९० लाख हो गई। लंदन में ४ लाख लोग घर-विहीन हैं और फ्रांस में घर-विहीन लोगों की यह संख्या ५ लाख है। युवा वर्ग की बेरोजगारी १९९२ में १४ प्रतिशत थी। कार्य-जगत में हिंसा बढ़ी है। १९९२ में २० लाख अमेरिकी श्रमिकों को कार्यजगत में शारीरिक चोट पहुँची। अमेरिका में ३० लाख बच्चे उपेक्षित और उत्पीड़ित हैं। इसमें अधिकतम संख्या स्त्री और लड़कियों की है। विकसित देशों की एक तिहाई पत्नियाँ शारीरिक स्तर पर मारपीट और उत्पीड़न की शिकार होती हैं। १९९३ में १.५ हजार बलात्कार हुए। यह सारी सूचनाएँ संयुक्त राष्ट्र के १९९६ की शोध एवं विकास रिपोर्ट में दर्ज है। अमेरिका में कार्यक्षेत्र में स्त्री को भेदभाव झेलना पड़ता है। वहाँ की एक हजार उच्च कंपनियों के प्रबंधन में केवल २ ही स्त्रियाँ हैं। बड़ी संख्या में स्त्रियाँ बेकार हैं तथा ३ करोड़ अल्पकालीन श्रमिक हैं जिसका दो-तिहाई हिस्सा स्त्रियों का है तथा जो स्वास्थ्य की आधारभूत सुविधा से वंचित हैं। इस पर तुर्रा यह कि इन स्त्रियों से कहा जा रहा है कि तुम्हारा काम घर-बच्चों की देखभाल करना है। बड़े सूक्ष्म स्तर पर स्त्री को यों सामाजिक और उत्पादित जगत से बहिष्कृत किया जा रहा है। ऐसा करते हुए समाज मातृत्व की भूमिका का महिमा-मंडन करता है। मगर यह महिमा-मंडन प्रजनन के अधिकार को भी सीमित करता है। इसके आधार पर पितृसत्ता स्त्री को झूठी भावुकता भरी की कथा सुनाती है। यह कहना कि भ्रूण एक व्यक्ति है और स्त्री तो केवल उसको धारण करती है। स्त्री की मानवीय गरिमा पर प्रहार है और स्त्री को महज एक वाहक की भूमिका में परिणत कर देता है। जीव-हत्या और गर्भपात विरोधी आंदोलन उचित होते हुए भी पितृसत्ता के आदर्शों को ही महत्त्व देता हुआ नजर आता है। स्त्री का इससे भला होने से रहा। मीडिया में निरंतर वस्तुकरण की घटना एक तरह से स्त्री की प्रतिष्ठा और मर्यादा पर प्रहार है। स्त्री का अमानवीयकरण और वस्तु के रूप में उसे पेश करना एक जघन्य काम है जो तमाम भौतिक उपलब्धि और जनतांत्रिक दावों के बावजूद अमेरिकी समाज में प्रचलित है।

अमेरिका के अनुसार बाज़ार की अर्थव्यवस्था सारी बुराइयों को मिटाने में समर्थ है। इस व्यवस्था में लोगों के जीवन में स्वतः सुधार होगा और वंचित स्त्री वर्ग भी इससे लाभान्वित होगी। जबकि इसका बिल्कुल उल्टा घट रहा

है। पितृसत्ता की आक्रमक नीतियाँ स्त्री को छद्म विचारों की आड़ में दिन पर दिन और अधिक जकड़ती जा रही हैं। जापान में ४० प्रतिशत स्त्रियाँ कामकाजी हैं फिर भी जापान आज एक सामंती समाज है। सवाल है कि अर्थव्यवस्था की उन्नति से स्त्री मुक्त नहीं हुई, रोजगार की सुविधा विश्वविद्यालय की शिक्षा के बाद ही मिलती है और रोजगार केवल स्नातकोत्तर स्त्रियों को ही दिया जाता है। हालाँकि कानून के तहत सभी को समान अवसर मिलना जरूरी है और यह एक नये प्रकार का भेदभाव है जिसे सत्ता द्वारा प्रचलित किया जा रहा है। जापान में ऐसी कार्यकारी शिक्षा को लागू किया गया ताकि कर्मचारी को घर से लंबे समय तक दूर रहना पड़े, स्वाभाविक है कि एक विवाहित स्त्री के लिए यह संभव नहीं होगा। जापान की कंपनियाँ दिन-पर-दिन पूरे समय के कर्मचारियों की संख्या घटाती जा रही है। इससे अल्पकालीन काम करने वाली स्त्रियों की संख्या बढ़ी है और अल्पकालीन कर्मचारी स्त्रियों में ५७ प्रतिशत स्त्रियाँ छह घंटे से अधिक का काम करती हैं। यानी अल्पकालीन एक लेबल है जिसे इनपर चिपका दिया जाता है ताकि पूर्णकालिक श्रमिकों को दी जानेवाली सुविधा इन स्त्री श्रमिकों को नहीं देना पड़े।

जहाँ तक ठेके के रोजगार का सवाल है, आधे से अधिक ठेके बिना किसी शर्त के और विवरण के दिए जाते हैं जिसका अर्थ हुआ हर साल नियुक्ति पत्र को नये रूप में जारी करना ताकि कर्मचारी को कभी सुरक्षा बोध नहीं हो सके। इससे मानसिक स्तर पर आदमी असुरक्षित हो जाता है। इसी तरह स्वरोजगार में लगी स्त्रियाँ भी परेशान हैं। चार में से एक स्त्री १० घंटे रोज काम करती है उसमें से ६० प्रतिशत का स्वास्थ्य अधिक काम के बोझ से खराब होता चला जाता है। रिपोर्ट के अनुसार ज्यादा मेहनत (जिसे जापानी में करोसी कहते हैं।) से स्त्रियों की मृत्यु अधिक हो रही है। यह उस देश का हाल है जो मानवाधिकार में.सबसे प्रथम होने का दावा करता है। रिपोर्ट के अनुसार स्वीडन जैसे देश में स्त्रियों की स्थिति अच्छी है। नार्वे सामाजिक जनवादी देश है। ख्याल रखना होगा कि ये बहुत छोटे देश हैं और इनकी तुलना भारत जैसे विराट और जनसंख्या बहुल देश से नहीं की जा सकती। वैसे, जापान और अमेरिका में भी पहले की अपेक्षा स्त्रियों की स्थिति में तेजी से गिरावट आई है।

ऐसा स्वीकारते हुए हमें आज की पूँजीवादी स्थिति की तुलना अतीत के

सामंती समाज से करनी चाहिए। ऐसा नहीं कि ये देश समाजवाद से निकल कर पूँजीवाद की ओर अग्रसर हुए हैं और यहाँ आज भी स्त्री की वही स्थिति है जो कि सामंती समाज में थी। नया पूँजीवाद समाज की भौतिक जरूरतों को जरूर पूरा करता है लेकिन नव पूँजीवाद ने स्त्री को मुक्ति देने के बदले व्यापक लाभ के लिए स्त्री का शोषण अधिक किया। असमानता की अनवरतता और शोषण का नैरंतर्य इसकी व्यवस्था में अंतर्निहित है। यह कुछ के लिए अत्यधिक लाभ तथा बाकी सबको वंचित रखने में विश्वास करता है। यह दो तरीके से स्त्री का शोषण करता है—प्रथम, स्त्री का शोषण सस्ते श्रम के संसाधन के रूप मे; दूसरे, समाज के पुनरुत्पादन यानी समाज का नैरंतर्य संतान के माध्यम से बनाए रखने में स्त्री की भूमिका का महिमामंडन करके। दोनों का सम्बन्ध स्त्री के श्रम से है। जरूरत के मुताबिक पूँजीवाद का दृष्टिकोण स्त्री श्रम के संदर्भ में समय-समय पर बदलता रहता है। बाज़ार में जब स्त्री-श्रम की माँग बढ़ती है तब पूँजीवाद उसके कल्याण की चिंता करता है, और स्त्री-पुरुष में समानता के लिए पितृसत्ता से बातचीत होने लगती है। जैसे ही स्त्री-श्रम की माँग घटती है पितृसत्ता के विषदंत चुभने लगते हैं। स्त्री से कहा जाता है कि अपने-अपने घरों को लौट जाओ क्योंकि घर तुम्हारे लिए सुरक्षित जगह है।

भारतीय स्त्री : श्रमिक रूप की समस्यायें

भूमंडलीकरण की नीतियों का भारतीय स्त्री के जीवन पर कमोबेश सीमित प्रभाव ही पड़ा है। वे अपने पारंपरिक चौखटे में ही कैद हैं। भविष्य में कुछ विशेष उन्नति होगी या उत्पादन के संसाधनों पर उनका नियंत्रण बढेगा, ऐसा लगता नहीं। ऐसी कोई संभावना नजर नहीं आती जिसके आधार पर यह दावा किया जा सके कि श्रम-शक्ति का स्त्रीकरण हो रहा है। अस्सी और नब्बे के दशक में ग्रामीण इलाकों में कृषि के क्षेत्र में स्त्री श्रमिकों की संख्या ०.५ प्रतिशत ही बढ़ी है। काम खोजने वालों की कमी नहीं मगर काम है कहाँ? शहरी इलाके में १५ प्रतिशत की दर से नियुक्ति हुई है जो विशेष महत्त्वपूर्ण नहीं है।

ग्रामीण स्त्री के लिए खेती का काम ही मुख्य काम रह गया है। मगर पिछले २०-३० सालों के आँकड़ों को देखें तो पाएँगे में हरियाणा, पंजाब आदि समृद्ध राज्यों में, विकास के नाम पर कृषि के क्षेत्र में आधुनिक पद्धतियों का

इस्तेमाल होने से और मशीनीकरण के कारण स्त्रियों को सुविधा कम मिली है। दूसरी ओर, बिहार जैसे राज्यों में खेतिहर स्त्री की संख्या इसलिए बढ़ी है क्योंकि गैर-कृषि क्षेत्रों में पुरुषों को नौकरी मिली है। सवाल उठता है कि क्या इससे स्त्री सबलीकृत हुई है?

जहाँ तक कृषि का सम्बन्ध है, स्त्री-पुरुष की विभाजन रेखा को स्त्रियाँ लाँघती हुई नजर आती हैं। वे ग्रामांचल में भी रुपए-पैसे का काम देखती हैं। इसका एक प्रधान कारण है कृषि के क्षेत्र में उत्पादन के लिए पूँजीवादी तरीकों को लागू करना। एक ओर पुरुष जहाँ पारंपरिक घरेलू क्षेत्रों से बाहर निकल कर अन्य औद्योगिक क्षेत्रों में सक्रिय होता है, वहीं उसकी अनुपस्थिति में स्त्री घरेलू काम को संभाल लेती है। यह बात खेती के संदर्भ में लागू होती है, और हम पाते हैं कि हथकरघा, सब्जी उगाना, जरी के काम करना आदि-आदि स्त्रियों का कार्यक्षेत्र है। विशेषकर अतीत में स्त्रियों के लिए कपड़ा बुनना वर्जित था। वे सूत कात सकती थीं, मगर कपड़ा पुरुष बुनता था। स्त्रियाँ अच्छी बुनकर नहीं होती हैं, ऐसा माना जाता था। आज आर्डर लेना एवं कपड़े को बाज़ार में बेचने का काम पुरुष का है और औरतों का काम है कपड़ा बुनना। और इससे होने वाली आय में स्त्रियों का साँझा नहीं है। उनकी तो आर्थिक स्थिति पहले जैसी ही है। वही खाना-कपड़ा मिलता है, जो भी परिवार के पुरुष सदस्य दे दें। अतः घरेलू उद्योग के नाम पर स्त्रियों का शोषण बढ़ा है, घटा नहीं। यदि वह किसी और के घर में कपड़ा बुनने जाती है, तब भी पुरुष की तुलना में उसे कम पारिश्रमिक दिया जाता है। अस्थायीकरण की शिकार तो वह है ही, बल्कि उससे अपेक्षा यह है कि वह सस्ते कपड़े को ज्यादा से ज्यादा बुने, क्योंकि सस्ते माल की खपत बाज़ार में ज्यादा है। जरदोजी के काम के संदर्भ में ही यह बात लागू होती है, यहाँ भी स्त्रियों को केवल रुटीन काम करना पड़ता है। इस अतिरिक्त श्रम के लिए स्त्री को अलग से कोई पारिश्रमिक नहीं मिलता और न कोई कानूनी सुरक्षा मिलती है। यहाँ काम करने वाली अधिकतर स्त्रियाँ विवाहित हैं, अतः प्रशिक्षण और शिक्षा का अभाव तो है ही साथ ही पारिवारिक बेड़ियों के कारण वे गतिशील नहीं कि अन्य किसी स्थान में जाकर काम खोजें। इनकी तुलना में अविवाहित जवान लड़कियाँ ज्यादा सुविधा हासिल कर पाती हैं। यह बात जितनी चीन और थाईलैंड पर लागू होती है उतनी भारत के ग्रामीण इलाकों में भी, विशेषकर हथकरघा क्षेत्र में हैं। कहने का उद्देश्य है कि भारतीय स्त्री के

अनुभव में ढाँचागत समायोजन नीति का कोई ।वशेष महत्त्व नहीं, बल्कि ढाँचागत समायोजन नीति से स्त्री को असुविधा अधिक हुई है।

पूरे भारत में वर्तमान सरकार के सत्ता में आने से ठीक पहले ५.९९ प्रतिशत श्रम शक्ति बेरोजगार थी पर उसके सत्ता में आने के बाद ७.३२ प्रतिशत श्रम शक्ति बेरोजगार हो गई। २ करोड़ १ लाख से बढ़कर बेरोजगारों की संख्या २ करोड़ ६५ लाख ८० हजार हो गई। गाँव के बेरोजगार श्रमिकों का प्रतिशत ५.६१ प्रतिशत से बढ़कर ७.२१ प्रतिशत हो गया और शहरों में ७.१९ प्रतिशत से बढ़कर ७.६५ प्रतिशत हो गया। प्रतिवर्ष १० लाख लोगों को रोजगार देने का सरकार ने वादा किया था लेकिन रोजगार के नये अवसर हैं कहाँ? इसमें बेरोजगार स्त्रियों की संख्या अधिक है। खासकर शिक्षित बेरोजगार की संख्या में बेतहाशा वृद्धि हुई है क्योंकि सरकारी क्षेत्रों में अब कोई नयी नियुक्ति नहीं होती, अतः पढ़ा-लिखा व्यक्ति क्या करे? प्रत्येक क्षेत्र में तो स्वैच्छिक सेवा निवृत्ति योजना द्वारा रोजगार के अवसर घटाए जा रहे हैं। निजीकरण के इस दौर में रोजगार के अवसर बढ़ने के तो कोई लक्षण नहीं हैं।

एक सवाल और उठता है कि इस लचीली श्रम शक्ति के पुनरुत्पादन का सामाजिक खर्च वहन करने की जिम्मेदारी आखिर किसकी है? क्या मालिक वर्ग इस अतिरिक्त खर्च को वहन करना चाहता है? बच्चों का जन्म और उसकी देख-रेख में, स्वास्थ्य का खर्च अधिक, स्वास्थ्य के कारण ज्यादा अवकाश, मातृत्व अवकाश और ज्यादा अनुपस्थिति को स्वीकारना पड़ता है। घरेलू श्रमिकों की एक बार हम चर्चा छोड़ भी दें तो फैक्ट्री श्रमिकों में विशेषकर वस्त्र उद्योग एवं इलेक्ट्रानिक आदि के संदर्भ में ९० प्रतिशत स्त्रियों को काम की जगह पर शिशुसदन की सुविधा नहीं थी। ६ प्रतिशत स्त्रियों को यह सुविधा बड़ी कंपनियों में जरूर मिली हुई थी बाकी इन श्रमिक स्त्रियों के बच्चे की देखरेख इनकी माएँ या अन्य रिश्तेदार करती थीं। बच्चों की समस्या को लेकर इन स्त्रियों ने छुट्टी माँग कर रखी, शायद यहाँ अपनी कुँवारी बहनों की तुलना में वे असफल नहीं दिखना चाहती थीं। २-४ स्त्रियाँ अपने बच्चों को शिशुसदन में छोड़कर आती भी थीं। मेरी फैक्ट्री चूँकि ग्रामीण इलाके में थी अतः वहाँ ऐसी कोई सुविधा नहीं थी बल्कि चेंगलपटु की इन फैक्ट्रियों में स्थानीय श्रमिकों की कमी से मेरे पास यह सुझाव भी आया कि क्यों नहीं हम ठेका श्रमिक के रूप में मलयाली लड़कियों को रखते हैं? चूँकि मलयाली लड़कियाँ ज्यादा शिक्षित हैं और मेहनती तथा उन्हें यदि स्थानीय रूप से किसी

मकान आदि में रख दिया ज़ाए तो वे रात-दिन काम करेंगी। फैक्ट्री के सुपरवाइजर और मजदूर १५ घंटे काम करने को रात-दिन का काम ही मानते हैं। और मेरे सुपरवाइजर का कहना था कि अपनी सुरक्षा के साथ ठेके पर आई हुई लड़कियाँ १५ घंटे का काम करती हैं जबकि स्थानीय लड़कियाँ उतना काम करने में असमर्थ हैं। केरल से आने वाली ये स्त्रियाँ अपने बच्चों को पीछे छोड़कर आती हैं। इसमें विवाहित और अविवाहित दोनों शामिल हैं। ऐसा नहीं कि इन्हें अपने बच्चों की याद नहीं आती थी मगर इनका कहना था कि परिवार में माँ और सास बच्चों का ठीक भरण-पोषण करेंगी और यहाँ फैक्ट्री में १५ घंटे काम करने की उन्हें पूरी छूट है। परिवार के तनाव से वे मुक्त हैं और मौसम के बाद वापस गाँव लौटने पर वे एकाध महीने अपने परिवार के साथ मजे से समय बिता सकती हैं। इन स्त्रियों के बच्चे को पालने की कीमत मालिक नहीं बल्कि इनका परिवार चुकाता है। जिस फैक्ट्री में ये स्थानांतरित श्रमिक काम करती थीं मैंने पाया कि उन फैक्ट्रियों का उत्पादन सच में बढ़ा हुआ था। साथ ही ठेके पर आए हुए श्रमिक किसी भी तरह का स्थानीय दबाव डालने में असमर्थ होता है। मालिक पक्ष जब चाहे तब ठेके को निलम्बित कर सकता है। स्थायी नौकरी पर मालिक वर्ग का बोझ ज्यादा रहता है। प्रबंधन स्थानीय लड़कियों से ठेके पर काम कराना चाहता है।

हालाँकि मातृत्व अवकाश आदि इनके स्वास्थ्य बीमा, भविष्यनिधि के अंतर्गत आता है, मगर अधिकतर श्रमिक भविष्यनिधि सुविधा से वंचित होते हैं। भविष्यनिधि का खर्च न मालिक देना चाहता है और न श्रमिक। विवाहित स्त्री और अविवाहित स्त्री के श्रम में कोई गुणात्मक भेद नहीं, उनकी उगाई समान है। इसके बावजूद मालिक वर्ग ग्रामीण इलाके से आई हुई अविवाहित लड़कियों को ही तरजीह देते हैं। उन्हें सबसे अधिक परेशानी राजनीतिक रूप से पकी हुई प्रौढ़ा स्त्री से होती है। प्रबंधन का कहना था कि पुरुषों की तुलना में ये स्त्री ज्यादा लड़ाकू और संगठित हैं। अधिकारों के प्रति सजग भी तथा छोटी लड़कियों पर पूरी निगरानी रखती हैं, ताकि उनके अज्ञान का फायदा प्रबंधन नहीं उठाए।

इनमें से अधिकतर स्त्रियों में अक्षर-ज्ञान था। कुछ तो अंग्रेजी भी पढ़ी हुई थीं। या पढ़ने की चेष्टा करती थीं और एक प्रतिशत स्त्रियाँ कम्प्यूटर पर ट्रेनिंग लेना चाहती थीं, इन्हें विभागीय उन्नति का अवसर भी दिया गया और क्रमशः जूनियर सुपरवाइजर बन गई थी। इनमें से अधिकतर मेरी फैक्ट्री में

काम सीखने के बाद आसपास की दूसरे फैक्ट्री में ज्यादा तनखा पर नियुक्ति पा जाती थीं। इन्होंने दर्जीगिरी को अनौपचारिक तरीके से सीखा था। जब ये छोटी थी तब उत्पादन लाइन पर हेल्परी करती थीं यानी वस्त्रों के टुकड़े को पकड़ाना, निशान लगाना, सूता कातना, एक मशीन से माल को दूसरे मशीन तक ले जाना। आज वस्त्र उद्योग में भी स्कूली शिक्षा के साथ अतिरिक्त योग्यता की जरूरत पड़ती है। ३२ प्रतिशत स्त्रियों में ये शिक्षा थी और भविष्य में और उन्नति के लिए अतिरिक्त योग्यता को ये काम के दौरान अर्जित करती थीं। काम की नियुक्ति और दक्षता पर शिक्षा का असर पड़ता है।

दक्षता को हासिल करना अपने-आप में एक बड़ी ही भिन्न किस्म की बेतुकी प्रक्रिया कही जाएगी। एक ही काम को १० जन करते हैं मगर दक्षता दो-एक को ही मिलती है। वस्त्र-उद्योग में दक्षता एक तरह की अदृश्य प्रतिक्रिया है। बहुधा श्रमिकों में इसे स्वाभाविक मान लिया जाता है, अतः अ-कुशल श्रमिक और अर्द्ध-कुशल से कब वह एक कुशल श्रमिक में बदल जाएगी इसका सही आकलन फैक्ट्री फ्लोर पर संभव नहीं। वैचारिक रूप से स्त्री के श्रम का सही मूल्यांकन सुपरवाइजर करते हैं जिनका अपना दृष्टिकोण पूर्वाग्रह ग्रसित होता है स्त्री श्रम को अ-कुशल कह कर बिल्कुल निचले स्तर पर रखा जाना एक स्वाभाविक घटना है। मंदी के दौरान सबसे अधिक महत्त्वपूर्ण प्रवृत्ति है कुशल श्रमिक की पंक्ति में पुरुषों को रखा जाना या फिर फैक्ट्री फ्लोर पर कम्प्यूटरीकृत महँगी मशीन पर पुरुष श्रमिक को बैठाना। लड़कियों को उस पर बैठने नहीं दिया जाता। श्रम का जो उबाऊ और जटिल हिस्सा है वह लड़कियों के ऊपर छोड़ दिया जाता है। स्त्रियों का यों निचले स्तर पर रहना मालिकों के हित में जाता है। काम जानती हुई स्त्रियों को कम वेतन मिलता है जबकि अंतिम रूप देने के लिए पुरुषों को बैठा दिया जाता या जो इनकी सरगना होती हैं, वे महँगी मशीनों पर बैठती हैं। इस प्रकार श्रमिकों ने स्वयं ही एक स्तरीकृत व्यवस्था को कायम किया हुआ है। मेरी फैक्ट्री में ३३ प्रतिशत स्त्रियाँ अकुशल, ४० प्रतिशत अर्द्धकुशल, २० प्रतिशत स्त्रियाँ जो कुशल श्रेणी में आती हैं उनमें ६ से ८ प्रतिशत श्रमिक जिसमें पुरुष भी शामिल हैं—अतिदक्ष कारीगर माने जाते हैं। दक्ष कारीगर बड़ी जल्दी लाईन सुपरवाइजर और अन्य जूनियर सुपरवाइजर की श्रेणी में आते हैं। अंततः प्रबंधन की श्रेणी में पुरुषों की तुलना में स्त्रियों को प्रवेश कम मिल पाता है, ऐसा नहीं कि स्त्रियाँ उत्पादन संभाल नहीं सकतीं। बहुतेरी लड़कियाँ अच्छा

काम करती हैं मगर नेतृत्व की बागडोर पुरुष श्रमिकों ने ही संभाल रखी हैं। जहाँ तक दक्षता का सवाल है उसके आधार पर पदाधिकार की माँग शिक्षा पर निर्भर न करके कौन कितने सालों से काम कर रहा है इस पर निर्भर करता है। उच्च दक्षता का काम बहुधा सीधे-सीधे किसी को न पकड़ा कर, विशेषकर स्त्रियों के संदर्भ में, सुपरवाइजर प्रबंध की सनक पर निर्भर करता है। और जो प्रशिक्षण लेकर आती हैं और शिक्षित हैं, उनकी नियुक्ति भी जल्दी होती है। अधिकतर स्त्रियाँ अपनी कार्य-कुशलता की पहचान की माँग ही नहीं करती। ऐसी माँग उठाते ही उन्हें डर रहता है नौकरी से निकाले जाने की या सुपरवाइजर के गुस्से की। भूमंडलीकरण के बाद और नये तकनीक के कारण जितनी नयी मशीने आई उसमें पुरुषों को ज्यादा अवसर मिल रहा है।

औद्योगिक ढाँचाकरण के दौरान प्रबंधन द्वारा श्रम के लचीलेपन की माँग एक केंद्रीय मुद्दा है। समाजवादी पृष्ठभूमि में मालिक और मजदूर के संघर्ष में मालिक वर्ग की सरकार से यही माँग रहती आई है कि श्रम-शक्ति को और लचीला बनाया जाए। लचीलेपन से हम क्या समझते हैं? नवशास्त्री उदारपंथी के अनुसार, स्वतंत्र बाज़ार की गतिशीलता लचीली श्रम शक्ति पर निर्भर करती है। इस पर विचार करते हुए दो बातों का ध्यान रखना चाहिए भारतीय श्रम का बाज़ार हमेशा से ही लचीला रहा है। क्योंकि श्रम के बाज़ार का कानून और सुरक्षात्मक कानून को अधिकतम श्रमिकों के हित में कभी लागू ही नहीं किया गया। ए. माथुर (१९९२) के अनुसार १९८१ में रोजगार सुरक्षा व्यवस्था केवल १२ प्रतिशत श्रमिकों पर ही लागू की गई थी। स्त्री की तो और भी दुर्दशा थी। संगठित क्षेत्र में ६ प्रतिशत स्त्रियों को ही इस कानून का लाभ मिलता था। लचीली श्रम व्यवस्था के इस पुराने तौर-तरीके के बदले अब भूमंडलीकरण के नाम पर नये तरीके की श्रम व्यवस्था की माँग की जा रही है। लेकिन यह नयी श्रम व्यवस्था क्या होगी? पहले से मरे हुए श्रमिक को और मारा जाएगा। औद्योगिक इकाई में श्रम की लागत बाज़ार की माँग के अनुसार घटती-बढ़ती रहती थी। इसे मौसम के अनुसार श्रम का बदलाव या लचीलापन कहा जा सकता है। मगर आज लचीलापन का मुद्दा कुछ और ही है। एक प्रकार से यह ढाँचागत बदलाव के लिए, प्रबंधन, सरकार और श्रम से माँग कर रही है ताकि बिना किसी दबाव / प्रावधान / क्षतिपूर्ति / सुरक्षा व्यवस्था / भविष्य निधि के श्रमिकों को रखा या निकाला जाना संभव हो सके। यहाँ लचीलेपन शब्द का एक प्रकार से धूर्त प्रयोग किया जा रहा है तथा

परिवर्तन के लिए जो माँग उठाई जा रही है वह भी छद्म है। किसी भी कंपनी के व्यवस्थात्मक ढाँचे में उत्पादन प्रक्रिया में उत्पादक को यह अनुमति हो कि वह ठेका और उपठेका का खुलकर उपयोग कर सकता है। तो इससे मालिक वर्ग पर एक तो श्रमिक के लिए कोई कानूनी जिम्मेदारी नहीं रहती दूसरे शोषण के अपराधबोध से वह मुक्त हो जाता है।

साथ ही श्रम का अस्थायीकरण करना संभव होता है। मनमर्जी से मजूरी घटाना भी संभव होता है। तीसरे काम के घंटे को बढ़ाया जा सकता है, चौथे श्रमिकों के संगठन को तोड़ना संभव होता है। ठेकों और उपठेकों के जरिये उनका विकेंद्रीकरण संभव होता है। मालिकों का कहना है कि इससे कामकाज में आसानी होती है। एक ही श्रमिक को दो रकम के काम में नियुक्त करना संभव है। काम के घंटों में लचीलापन रहता है अत: जब ज्यादा काम मिले तो उसे पूरा करना संभव है। इससे कंपनी को लाभ अधिक हो सकता है मगर जो ठेके दिए जाते हैं वे भी लिखित नहीं रहते। ७० प्रतिशत ठेके मौखिक होते हैं। ऐसा आभूषण, हीरे की पालिश, दवा और इलेक्ट्रानिक उद्योग में पाया गया। इन पाँचों प्रकार के उद्योग में स्त्री श्रमिकों की स्थिति और भी विचित्र है। उन पर तो न्यूनतम मजदूरी कानून के नियम भी लागू नहीं होते। श्रमिक संगठन में उनकी उपस्थिति नहीं के बराबर थी यानी कुल २ प्रतिशत। इसमें ६.२ प्रतिशत श्रमिकों को रोजगार सुरक्षा मिली हुई थी यानी रोजगार सुरक्षा के नाम पर लिखित ठेका प्रत्येक प्रकार की कानूनी सुविधा, न्यूनतम मजदूरी आदि से मुक्त था। ११.३ प्रतिशत श्रमिकों के पास कोई भी लिखित ठेका नहीं था। औद्योगिक ईकाई में किसी भी प्रकार के श्रमिक संगठन की व्यवस्था नहीं थी।

स्थायी या अस्थायी, औपचारिक और अनौपचारिक एवं संगठित तथा गैर-संगठित क्षेत्रों की विभाजन रेखा हल्की पड़ गई है। ऊपर से लेकर नीचे तक केवल असुरक्षित ठेके तथा अपर्याप्त वेतन का ही बोलबाला है। कहने का तात्पर्य है कि चाहे व्यापार का ढाँचा बदला हो या हम चाहे उत्तर-औद्योगिक युग में कदम रखने का दावा कर रहे हों मगर कार्यक्षेत्र में अब भी अधिकतर स्त्रियाँ उन अस्थायी रोजगार को झेलने को विवश हैं, गैर-संगठित क्षेत्र की २८ प्रतिशत स्त्रियाँ अकुशल हैं जहाँ कम पारिश्रमिक को स्वीकारना उनकी नियति है।

अदृश्य और असंगठित स्त्री श्रमिक

सारी दुनिया की स्त्रियों के लिए घरेलू उद्योगों का क्षेत्र महत्त्वपूर्ण है। अपने-आप में श्रम का यह अदृश्य और असंगठित क्षेत्र है जिसका महत्त्व आज श्रमिक संगठन और गैर-सरकारी संगठन आदि सभी समझने लगे हैं। १९९६ में अंतर्राष्ट्रीय श्रम संगठन ने घरेलू श्रमिकों के लिए एक महासम्मेलन का आयोजन किया था।

करोड़ों की संख्या में लोग अपने घरों में रहकर काम करते हैं पर इन्हें श्रमिक के रूप में कम पहचाना जाता है। दफ्तरी गणना में ये लोग नहीं आते और अर्थव्यवस्था में इनका योगदान राष्ट्रीय स्तर पर स्वीकारा नहीं जाता। आज श्रमिक के रूप में इनकी पहचान एक अंतर्राष्ट्रीय मुद्दा है। सारी दुनिया में घरेलू उद्योग में लगे हुए श्रमिकों की चर्चा है। भूमंडलीकरण के दौर में इनका महत्त्व बढ़ा भी है। पारंपरिक और आधुनिक सभी क्षेत्रों में ये सक्रिय हैं। यूरोप में जब तीन बड़ी वस्त्र निर्माता कंपनियाँ और जूते के कारखाने बंद होने लगे तो इन कामों को घरेलू श्रमिकों में बाँट दिया गया। एशिया में घरेलू श्रमिक निर्यात उद्योग में लगे हुए हैं। विशेषकर ग्रामीण इलाकों में तो वे एक तरह से अतिरिक्त आय का साधन हैं। उद्योगीकृत देशों में जहाँ उत्पादन दिन-पर-दिन विकेंद्रित होता जा रहा है, वहाँ छोटी कंपनियाँ उपठेकों की शृंखला बना लेती हैं जिसमें लचीली श्रम शक्ति के रूप में घरेलू श्रमिक नियुक्त होते हैं। निर्माण उद्योग के विभिन्न क्षेत्रों का घरेलू उद्योग से परोक्ष एवं अपरोक्ष सम्बन्ध है। उदाहरण के लिए, वस्त्र, जूता, चमड़ा, इलेक्ट्रानिक कलपुर्जे, इंजीनियरिंग आदि उद्योगों में इनका अवदान काफी है। बहुधा अमेरिका की कंपनी ठेके और उपठेके के रूप में अपने काम का बोझ एशिया की किसी कंपनी में देती है। इंग्लैंड में घरेलू श्रमिक वस्त्र उद्योग में लगे हुए हैं जो ब्लाउज, स्कर्ट, पैंट, जॉकेट आदि बनाते हैं। अपने-अपने घरों से ये कभी पूरा वस्त्र तो कभी एक वस्त्र का कुछ हिस्सा यानी कॉलर, कफ आदि बनाते हैं। इटली और ग्रीस में जूते के ऊपरी हिस्से की सिलाई औरतें अपने घरों में करती हैं जिसे ये ठेकेदार निर्माता कंपनियों को सौंप देती हैं। नीदरलैंड, इंग्लैंड और अमेरिका में गाड़ियों के छोटे-छोटे कलपुर्जे घरों में बनते हैं। थाईलैंड में घरेलू श्रमिक, अमेरिका को निर्यात करने के लिए अपने घरों में प्लास्टिक की चीजें बनाते हैं। फिलीपीन में बहुतेरी स्त्रियाँ घर में बैठकर कपड़ों पर कढ़ाई, क्रूसिया की झालरें आदि बनाती हैं जिसमें कुछ की खपत स्थानीय बाज़ार में

है और कुछ का निर्यात हो जाता है।

भारत में वस्त्र उद्योग का सीधा सम्बन्ध घरेलू उद्योग से है। घर में बैठकर औरतें पेटीकोट, ब्लाउज, बच्चों के कपड़े, बीडी, धूपबत्ती, पापड़, बड़ी आदि बनाती हैं। ये पीस रेट पर बनते हैं। पूँजी तथा कच्चे माल के अभाव में जब किसी छोटे उत्पादक का अपने काम पर नियंत्रण नहीं रहता तो वह बड़ी कंपनी की शरण लेता है। एक प्रकार से या तो वह नौकरी कर लेता है या फिर उस बड़ी कंपनी का ठेकेदार बन जाता है और पीस रेट में काम करवाने लगता है। चूँकि उसे इस काम की गुणवत्ता और रेट का पूरा ज्ञान रहता है अतः बड़ी कंपनियाँ उसपर निर्भर करती हैं। बड़ी कंपनियों के पास पूँजी, तकनीक और बाज़ार है। छोटी कंपनी को सिर्फ काम करवाने का तरीका मालूम है और घरेलू श्रमिकों तक इस छोटी कंपनी की पहुँच है, घरेलू श्रमिकों को नियंत्रित करना वह जानता है उनके सुख-दुख जानता है, उनकी बराबरी में वह उठता-बैठता है। श्रमिकों को वह यह काम सिखा सकता है। बड़ी कंपनियाँ यदि ऐसा करने जाएँ तो उनका खर्च बढ़ जाएगा। जितनी तनख्वाह बड़ी कंपनी अपने एक कर्मचारी को देगी उतने पैसे में छोटी कंपनी का ठेकेदार ज्यादा दक्षता से यह काम कर लेगा। ग्रामीण इलाकों में घरेलू उद्योग मौसमी है। फिलीपीन और स्पेन जैसे देश में तो मैंने देखा है, मुर्गी के चूजे और उनके चारे का काम इन घरेलू श्रमिकों को पकड़ा दिया जाता है, उनका काम है मुर्गियों को पाल-पोसकर कंपनी को वापस पकड़ा देना। बकरी, भेड़ आदि सभी इसी तरह ठेके पर पाले जाते हैं।

इन उदाहरणों से यह तो पता चलता है कि परिवार आधारित श्रम का क्षेत्र काफी व्यापक है और घरेलू स्तर पर विभिन्न तरह के काम किये जाते हैं। कारखाने में काम करने वाले श्रमिक की ही भाँति अपने-अपने घरों में बैठकर ये औरतें काम करती हैं। काम की गुणवत्ता में काई फर्क नहीं है, फर्क है इन श्रमिकों की प्रतिष्ठा और कानूनी सुरक्षा में। घरेलू श्रमिक की तुलना में कारखाने में काम करने वाला खुद को कर्मचारी कहता है।

घरेलू श्रमिक के संदर्भ में अंतर्राष्ट्रीय श्रमिक संगठन से गैर सरकारी संगठन सेवा की अपील थी कि इनकी सुरक्षा के लिए सम्मेलन का आयोजन किया जाए। अंतर्राष्ट्रीय श्रमिक संगठन एक त्रिपक्षीय संस्था है जो कर्मचारियों के सम्मेलन, मजदूर संगठन और सरकार की त्रिपक्षीय वार्ता पर आधारित निर्णय लेता है और इस निर्णय का राष्ट्रीय सरकारें सम्मान करती हैं। १९८६

में पहला सम्मेलन बुलाया गया, तथा असंगठित क्षेत्रों के श्रमिकों को पहली बार अंतर्राष्ट्रीय स्तर पर देखा गया। श्रमिकों का कहना था कि सूचना समाज के बढ़ने के साथ घरेलू उद्योग के नये-नये तरीके ईजाद हो रहे हैं। चूँकि काम के तरीके का सीधा प्रसारण कम्प्यूटर पर संभव है अतः काम की गुणवत्ता बढ़ती जा रही है। श्रमिक औरतें घर में रहकर ज्यादा अच्छा काम कर रही हैं। मगर मालिक वर्ग इसे महत्त्व देना नहीं चाहता तथा संगठन के अभाव में स्त्रियाँ कम कीमत में और खराब परिस्थिति में काम करने को बाध्य हैं। उन्हें दवा-दारू की भी सुरक्षा नहीं मिलती। मालिक वर्ग का कहना है कि इतने रकम के घरेलू उद्योग हैं कि उन्हें संगठित करना संभव नहीं। एक ही समाज में एक साथ पारंपरिक, प्राक् औद्योगिक, टेलीफोन पर आधारित आदि विभिन्न तरह के काम किये जा रहे हैं। समस्या यह है कि घरेलू काम को आर्थिक पक्ष से कैसे अलग किया जाए? इनका निर्माता कंपनी से क्या सम्बन्ध होगा? क्योंकि निर्माता कंपनी एवं श्रमिक दोनों का सम्बन्ध तो ठीकेदार के माध्यम से है। सबसे बड़ी समस्या है कि इनका वैज्ञानिक अध्ययन संभव नहीं। कौन कब कितना काम कर रहा है इसका लेखा-जोखा मिलना कठिन है। घरेलू उद्योग एक प्रकार से आणविक उद्यमशीलता है जो स्त्रियों को रोजगार का अवसर देता है अतः बिना वजह की छेड़खानी का परिणाम होगा पूरे औद्योगिक क्षेत्र का भूमिगत होना। वैसे तो घरेलू उद्योग में स्त्री-पुरुषों को समान अवसर, न्यूनतम मजदूरी, श्रम की सुरक्षा आदि मिल ही जाती है। कानून बनाने से ही बात नहीं बनेगी क्योंकि इस क्षेत्र में कानून को लागू करना बहुत कठिन है। बनाया गया कानून उत्पादन के खिलाफ भी जा सकता है। गृह उद्योग के कुछ विधेयक पक्ष हैं जिन्हें अनदेखा नहीं किया जाना चाहिए। यह वृद्धा, अपंग और दलित स्त्रियों को भी काम के अवसर देता है।

सवाल उठता है कि क्या इनकी सुरक्षा के लिए कानूनी सुरक्षा की आवश्यकता है? घरेलू श्रमिक की स्थिति ज्यादा संवेदनशील है। भारत जैसे देश में श्रम का एक बड़ा हिस्सा घरेलू स्तर पर सक्रिय है और सामाजिक सुरक्षा, स्वास्थ्य आदि की सुविधा से वंचित है मगर अधिकतम घरेलू श्रमिकों का कहना है कि ज्यादा नियम-कानून से उन्हें असुविधा होगी। अतः इन्हें किसी एक झंडे के नीचे संगठित करने का प्रयास सिर्फ इनका राजनीतिकरण अधिक करेगा। अच्छा होता यदि इन्हें स्थानीय नियम-कानून के ऊपर छोड़ दिया जाए। सबसे बड़ी समस्या है घरेलू श्रमिक को कैसे परिभाषित किया

जाए?

श्रमिक और मालिक का सम्बन्ध भी क्रमशः विकसित हुआ है। घरेलू स्तर पर श्रमिक सीधे-सीधे अपने मालिक के संपर्क में नहीं रहता और श्रमिक को यदि परिभाषित करे तो इस परिभाषा में छोटे किसान और छोटे कलाकार भी शामिल हैं। घरेलू श्रम का अर्थ हुआ वह श्रम, जो एक व्यक्ति अपने घर में या बाहर किसी अन्य के घर में करे और यह स्थान उसका अपना चुनाव हो तथा उसके पारिश्रमिक को मालिक नियमित करें। हो सकता है मालिक का दिया हुआ यंत्र, साधन आदि उपलब्ध रहें, लेकिन मालिक उसके साथ सीधे या बिचौलिए के माध्यम से संपर्क रखता है तथा श्रमिक उस काम को पीस रेट में अकेले या परिवार के अन्य सदस्यों की सहायता से पूरा करता है। इसमें वे श्रमिक शामिल नहीं जो अपने खर्चे से अपना माल घर में रहकर बनाते हैं। श्रमिकों की माँग थी यदि प्रशिक्षण, मातृत्व-सुविधा, न्यूनतम मजदूरी और बिचौलियों से मिलने वाली प्रताड़नाओं से सुरक्षा मिले तो सुविधा होगी। श्रम सम्बन्धित कानूनों को घरेलू श्रमिकों के संदर्भ में लागू करना संभव नहीं। इस संदर्भ में भारतीय सरकार की क्या भूमिका है? फिलहाल इनकी स्थिति पर सरकार ने ध्यान देना शुरू किया है। इस मामले के अन्य देशों की अपेक्षा भारतीय सरकार सजग है। बीड़ी उद्योग को ही लें या फिर अगरबत्ती निर्माण, वस्त्र सिलने वाली विशेष सामाजिक सुरक्षा के कार्यक्रम को इन असंगठित क्षेत्रों में लागू किया गया है। जिसमें बीमा योजना, मातृत्व की सुविधा आदि योजना शामिल है। भारत में इसे और प्रोत्साहित किया जा रहा है। सहकारी समितियों को सरकारी अनुदान देने के साथ शैक्षणिक योजनाएँ और दूसरी प्रोत्साहन नीतियाँ बनाई जा रही है। बुनकरों की सहकारी समितियाँ सक्रिय हैं। 'दिनेश बीड़ी सहकारी संगठन' के करीब ३० हजार सदस्य हैं जो श्रम मंत्रालय के लिए गर्व का विषय है। हथकरघा के क्षेत्र में इन्हें नया प्रशिक्षण दिया जा रहा है। सहकारी संस्थाएँ बुनकरों को कच्चा माल, उधार, गोदाम की सुविधा, नये डिजाइन तथा निर्यातकों से परिचय कराती हैं। श्रमिक संगठनों ने भी इस ओर ध्यान दिया है और श्रमिक संगठन के आधार पर ही बीड़ी निर्माता स्त्रियों ने नये कानून के लिए सरकार पर दबाव डाला है। 'सेवा' वह पहली संस्था है जो व्यवस्थात्मक रूप से घरेलू श्रमिकों को संगठित करती जा रही है। २ लाख २० हजार की संख्या में इसके सदस्य हैं। जिसमें से ३५ प्रतिशत स्त्रियाँ अपने घरों से काम करती हैं। इन्हें हम घरेलू श्रमिक नहीं

कहेंगे, इनमें से अधिकतर दर्जी या छपाई करने वाली या बेंत की टोकरियाँ बुनने वाली स्त्रियाँ हैं जो स्थानीय रोजगार के अभाव में घरों पर काम करने पर मजबूर हुई हैं। समस्या तो यह है कि प्रबंधन इन्हें श्रमिक का दर्जा नहीं देना चाहता। सबकी नजर में ये तो घरेलू औरतें हैं जो खाली समय में थोड़ा-बहुत खा-कमा लेती हैं। अपने घरों से बाहर इन श्रमिकों की कोई हैसियत एवं पहचान नहीं और घर के अंदर किए गए काम की कीमत को कैसे तय किया जाए? अर्थव्यवस्था का हिस्सा होते हुए भी यह पहचानरहित हैं। पहला मुद्दा है कि क्या स्वरोजगार करने में ये स्त्रियाँ समर्थ हैं? क्या इन्हें ऋण मिल सकता है? क्योंकि ऋण के एवज में ये कोई सुरक्षा तो नहीं दे सकतीं। अपनी संख्या के बल पर १९७४ में ६० हजार रुपये की लागत से सेवा बैंक की स्थापना की गई थी। आज इस बैंक की पूँजी १४.५ करोड़ और इसके जमाकर्ता की संख्या ५४ हजार है। पैसे जमा करते ही जर्माकर्ता इस पूँजी का उपयोग कर सकती हैं। और स्थानीय स्तर पर किया गया इनका यह प्रयास क्या भूमंडलीय स्तर पर भी अपना प्रभाव डालने में समर्थ है? क्या कोई ऐसी विधा है जिससे इनकी समस्या को यानी ग्रामीण भारत या ब्रिटेन के डरबन के झोपड़पट्टी या टोरंटो के घेटो की बात को अंतर्राष्ट्रीय स्तर पर सुना जाए? हर देश पर अंतर्राष्ट्रीय समुदाय का दबाव है कि इन स्त्रियों की माँग पर ध्यान दें। हो सकता है घरेलू श्रमिक गरीब हो, संवेदनशील हो, असंगठित हो और इनके मालिक तो संगठित हैं। और क्या इन्हें सुविधा देना मालिकों के पक्ष में नहीं? मालिकों का तो अंतर्राष्ट्रीय सम्बन्ध है। कंपनियाँ जहाँ सरलता से एक देश से दूसरे देश चली जाती हैं वहीं श्रम को भी यही सुविधा मिलनी चाहिए। संगठन के अभाव में ये स्त्रियाँ अपने-आप को सुरक्षित कैसे करे? ग्रामीण इलाकों में बिखरी हुई ये झोपड़पट्टियाँ कैसे अपनी बात रखे? होम-नेट वह अंतर्राष्ट्रीय संगठन है जो इन स्त्रियों की माँग को पूरा करने के लिए बनी है।

ट्रेड यूनियन का भूमंडलीकरण

भूमंडलीकरण के दुष्परिणामों को देखते हुए श्रमिक आंदोलन भूमंडलीय स्तर पर तेज हो रहे हैं। यूँ भी पिछली शताब्दी में यूरोपीय श्रमिक आंदोलन की विचारधारा के मूल में अंतर्राष्ट्रीय दृष्टिकोण था। भाईचारे और सामाजिक न्याय के सिद्धांत पर ही अंतर्राष्ट्रीय संस्थाओं का निर्माण किया गया था। युद्ध और शांति, जनतंत्र और तानाशाही के मुद्दों पर यूनियनों की अपनी खासी

भूमिका रही है। अतः जनतंत्र एवं पार्टी की राजनीति से स्वतंत्र श्रमिक संघ का आपसी रिश्ता अचानक ही नहीं बन गया, बल्कि इसके अपने ऐतिहासिक कारण थे।

माना कि नब्बे के दशक में व्यवस्थित श्रमिक आंदोलन में थोड़ी शिथिलता रही है और शायद इसी कारण पूँजीवादी खेमा मार्क्सवाद के मरण का ऐलान कर सका। राजनीतिक पार्टियों ने यूनियन की गतिविधि पर रोकथाम भी की। वैसे द्वितीय विश्वयुद्ध के पश्चात कंपनियाँ एवं यूनियन ने साथ-साथ प्रगति की ओर कदम बढ़ाया। व्यापार में पूँजीपति वर्ग को लाभ हो रहा था तो श्रमिक आंदोलन के जरिये यूनियन भी उस अतिरिक्त लाभांश के समान स्तर पर पुनर्वितरण की माँग कर रही थी। यूनियन की हमेशा माँग रही कि सरकार सबको नौकरी दे, अतः रोजगार की सुविधा के लिए राष्ट्रीय सरकारों ने निर्यात उद्योग पर विशेष बल दिया और अपने स्थानीय उद्योगों के प्रति संरक्षणात्मक दृष्टिकोण अपनाया शीतयुद्ध के दौरान श्रमिक आंदोलन की अंतर्राष्ट्रीय भूमिका कमोबेश भौगोलिक और राजनीतिक ज्यादा एवं औद्योगिक कम थी। मगर स्वतंत्र श्रमिक संघ की जनतांत्रिक भूमिका से इंकार नहीं किया जा सकता।

सोवियत संघ के विलयन ने राष्ट्रीय सरकारों का श्रम के प्रति दृष्टिकोण ही बदलकर रख दिया। श्रमिक संगठनों को बहुराष्ट्रीय निगमों के विकास में बाधक माना गया। विचारधारा की लड़ाई को एक प्राचीन हथकंडे के रूप में देखा जाने लगा। सिएटल से लेकर कानकुन तक की यात्रा एक बार पुनः श्रम के अंतर्राष्ट्रीय परिप्रेक्ष्य पर रोशनी डालती है। अमेरिका के प्रत्येक प्रमुख औद्योगिक विवाद का अंतर्राष्ट्रीय आयाम है। न केवल प्रबंधन पूरे उद्योग को दूसरे सुरक्षित राष्ट्रों में ले जाने की धमकी देता है बल्कि बहुतेरी कंपनियाँ तो खुद ही विदेशी हैं, उन्हें अमेरिकी जनता से कोई लेना-देना नहीं है।

स्वाभाविक है कि श्रमिक संघों को भी अंतर्राष्ट्रीय स्तर पर संवाद बनाने की जरूरत महसूस हो रही है—वहाँ भी संचार माध्यम का वैसा ही उपयोग किया जा रहा है जैसा कि व्यापारी कंपनियाँ करती है। यदि पूँजी गतिशील है तो उससे जनित बुराइयों के विरोध के नये-नये तरीके भी ईजाद किये जा रहे हैं। यूनियनें भी ऐसी व्यवस्था बनाती जा रही है जो बहुआयामी प्रबंधन की क्षमता पर निर्भर करती है। वहाँ भी श्रम के मुद्दों पर शोध, शिक्षा, कानूनी रणनीति एवं सार्वजनिक रिश्तों के लिए विभिन्न रणनीति अपनाई जा रही है

जो किसी खास वर्ग या राजनीतिक पार्टी की बपौती नहीं, क्योंकि स्थानीय संघर्ष के बदले संगठन के लिए विदेशी पार्टनर तथा औद्योगिक समन्वय, श्रमिकों की पक्षधर राजनीतिक पार्टियों तथा व्यापक प्रचार की आवश्यकता होती है। विभिन्न देशों में फैले हुए एक ही उद्योग के लिए विभिन्न देशों के श्रमिक संगठन सक्रिय हो सकते हैं।

आज की यूनियन किसी भी कंपनी की तमाम गतिविधियों को, विशेषकर उसकी भूमंडलीय संरचना और कार्य नीति को समझना चाहेगी ताकि सारी दुनिया में फैले हुए श्रमिकों से संवाद स्थापित करना संभव हो सके। अंतर्राष्ट्रीय भाईचारे की आलोचनात्मक भूमिका है। एक उदाहरण से यह बात स्पष्ट हो जाएगी। अमेरिका में यूनाइटेड पार्सल सर्विस ने हड़ताल की। आंदोलनकारियों में एक लाख पचासी हजार श्रमिक टीमस्टर्स के अंतर्राष्ट्रीय भाईचारा के सदस्य थे। दो हफ्ते के आंदोलन के पश्चात हड़ताल को सफलता मिलती है। सफलता का कारण था—टीमस्टर्स के सदस्यों ने यूनाइटेड पार्सल सर्विस की सहायता ली और सार्वजनिक समर्थन के लिए न केवल अमेरिका बल्कि अन्य देशों में विशेषकर यूरोप में हड़ताल का व्यापक प्रचार किया। कूरियर बाज़ार में यूनाईटेड पार्सल सर्विस के हड़ताल को झेलने में अमेरिकी प्रबंधन सफल भी हो जाता मगर कंपनी की शाखा यूरोप में भी फैली हुई थी। कंपनी की भूमंडलीय संरचना ही उसकी दुखती हुई रग थी। इसी कंपनी को यूरोप की अन्य स्थानीय कंपनी से तगड़ी प्रतियोगिता झेलनी पड़ रही थी, अतः हड़तालियों के कारण कंपनी की अंतर्राष्ट्रीय छवि में धब्बा लग रहा था। और टीमस्टर्स ने इसी नस को दबाया। बस बात बन गई। कंपनी की मीटिंग में प्रत्येक देश की यूनियन ने भाग लिया। कंपनी की शाखा-प्रशाखाओं का यदि स्थानीय रंग रहता है तो वहाँ के श्रमिक संगठन भी अपना स्थानीय चोला पहने रहते हैं। कुछ यूनियनों का अपने मालिकों से अच्छा सम्बन्ध भी रहता है, प्रत्येक देश की अपनी रणनीति होती है। हर देश में विरोध का अलग-अलग तरीका होता है। इन आपसी भिन्नताओं के बावजूद कुछ सामान्य आधार को खोज निकाला गया और १९९७ में यूनाईटेड पार्सल सर्विस द्वारा वर्ल्ड एक्शन डे की माँग की गई। प्रबंधन को समझ आया कि हड़ताल से होनेवाले नुकसान सिर्फ अमेरिका तक सीमित नहीं रहेगा।

माना कि श्रमिक संगठनों के लिए भी भूमंडलीय स्तर पर श्रमिकों को एकत्रित एवं संगठित करना आसान नहीं मगर आनेवाले समय में प्रतिरोध के

ऐसे भूमंडलीय मुद्दे अधिक से अधिक उठाये जाएँगे। अधिकतर श्रमिक संगठन यह समझ रहे हैं कि भूमंडलीय अर्थव्यवस्था की गति एवं लचीलेपन के साथ कदम मिलाकर चलना आवश्यक है। निगमों की अपनी ढाँचागत कमजोरियाँ रहती हैं, श्रमिक संगठनों को उससे परिचित होने की जरूरत है, वे भी संचार माध्यम एवं शोध परियोजना की सहायता ले सकते हैं।

भूमंडलीकरण से उत्पन्न स्त्री समस्या को सही परिप्रेक्ष्य में समझने के लिए यूनियन की जरूरत है। भूमंडलीकरण के दुष्परिणामों को उन देशों में ज्यादा झेलना पड़ता है जहाँ श्रमिक संगठन कमजोर हैं एवं सरकार का रूख दमनकारी है। इन देशों में श्रमिकों की गतिविधि पर न केवल रोक लगाई जाती है, बल्कि बहुतेरे विकासशील देश तो अपने-अपने निर्यात क्षेत्र के लिए यूनियन से स्वतंत्र होने का दावा भी करते हैं। बाज़ार में आपसी होड़ एवं प्रतियोगिता में जीतने के लिए मजदूर आंदोलन से हटकर और प्रबंधन को हर तरह की सुविधा देने के प्रयास में राज्य-सरकार मजदूरों के हितों का ध्यान ही नहीं रखती।

ध्यान रखने की बात है कि इक्कीसवीं सदी में भी सुविधाहीन, दमघोंटू कल-कारखाने एक सच्चाई हैं। कंपनियाँ झूठे आश्वासन देती हैं। हाथी के खाने के दाँत और दिखाने के दाँत अलग हैं। उनके खिलाफ वहाँ की स्त्रियों के साथ छात्र भी युद्धरत हैं। चर्च ने भी इसके खिलाफ आदेश जारी किया है। शहरी काउंसिल और राज्य विधानसभाओं ने इन चीजों को खरीदने की मनाही की है। वर्षों से सरकार चाहती रही कि वाणिज्य समझौता करते समय श्रमिक और पर्यावरणवादी भी शामिल किये जाएँ। मगर आज माहौल बदलता जा रहा है, श्रमिक संगठन नये-नये गठजोड़ बना रहे हैं, जिसमें पर्यावरणवादी, मानवाधिकार के समर्थक, सभी शामिल हैं। यहाँ तक कि धार्मिक समूह भी कंपनियों पर दबाव डाल रहे हैं। आखिर स्वतंत्र व्यापार और संरक्षण की नीति के बीच बेहतर स्थिति क्या होनी चाहिए!

नारीवादी आंदोलन कोई दीवार नहीं खड़ी करना चाहता, मगर स्त्री के लिए एक बेहतर स्थिति जरूर चाहता है। सरकार जब न्यूनतम मजदूर अधिकार की चर्चा करती है तो क्या स्त्री इसमें अपने पूरे मानवीय अधिकार के साथ शामिल है? क्या बाध्यकारी बँधुआ श्रम, बाल श्रम और रोजगार सम्बन्धित भेदभाव पर ध्यान दिया जा रहा है? अमेरिका की ९३ प्रतिशत जनता ने १९९६ में श्रमिकों के अधिकार एवं पर्यावरण सम्बन्धी मुद्दों को

वाणिज्य समझौते में शामिल करने की माँग की थी। ९४ प्रतिशत ने कार्य क्षेत्र में सुरक्षा की माँग की, ९३ प्रतिशत ने बाल श्रम के खिलाफ, ९२ प्रतिशत ने हड़ताल का अधिकार और ८१ प्रतिशत ने निम्नत्तम मजदूरी का समर्थन किया। अत: भूमंडलीय वाणिज्य व्यवस्था में श्रमिक के अधिकारों की सुरक्षा वे भी चाहते हैं। सुरक्षित रखे भी जाने चाहिए।

कानकुन के बाद श्रम के अधिकार और अन्य सामाजिक स्तर की माँग की उपेक्षा नहीं की जा सकती। राष्ट्रीय एवं स्थानीय मुद्दों पर ध्यान देना जरूरी होगा, श्रमिक के साथ अब तीसरी दुनिया का किसान भी आज अपने अधिकारों के लिए सजग है। उपभोक्ताओं द्वारा किया गया बॉयकॉट, श्रमिकों का विरोध, किसानों का असहयोग मुद्दा उभर रहा है। नागरिक अपने भोजन, अपने आवास और हवा-पानी को सुरक्षित रखना चाहते हैं। वह किसी भी गैर जिम्मेदार सत्ता एवं सरकार का विरोध करता है। यदि भूमंडलीय व्यापार करना है तो सरकार इस पर ध्यान देने को बाध्य होगी।

नारीवाद इसी नीति पर चलना चाहता है। स्त्री का यह संघर्ष न केवल उसे कारखाने के दरवाजे पर ले जाएगा, बल्कि वह सबसे सशक्त उपभोक्ता के रूप में भी अपने मानवीय अधिकारों के प्रति सजग करेगा। आज दुनिया के ४१ प्रतिशत देश दिवालिया हो चुके हैं। उनपर १७० अरब डॉलर का कर्ज है। जिसे चुकाने का उनके पास कोई रास्ता नहीं क्योंकि इन देशों के करीब साठ करोड़ नागरिकों की दैनिक आय एक डॉलर से कम है। और इस साठ करोड़ की संख्या में करीब दो तिहाई स्त्रियाँ हैं जिनके सस्ते श्रम का शोषण होता है, जो गरीबी की सीमारेखा के नीचे रहती है। इन देशों के महाजन अमीर देश हैं जिनके हाथों में अंतर्राष्ट्रीय मुद्रा कोष, विश्व बैंक जैसी संस्थाएँ हैं। इन देशों का आर्थिक विकास का इरादा बड़ा स्पष्ट है, मगर सारे नेक प्रयासों के बावजूद गरीबी घटने के बजाय बढ़ी है।

क्या इन दिवालिया देशों के कर्जों को माफ किया जाना चाहिए? जिनके पास खाने को नहीं वे भला कर्ज चुकाएँगे कहाँ से? भले ही कर्ज से लदे आदमी की आप जान ले लें पर यदि उसके पास धन नहीं है तो फिरौती में धन देगा कहाँ से? स्वाभाविक है, इन देशों को नोबेल पुरस्कार विजेता अर्थशास्त्री एवं सक्रिय कार्यकर्ताओं की सहानुभूति मिलती है। विश्व बैंक एवं अंतर्राष्ट्रीय वित्तीय संस्था ने २८ अरब डॉलर के कर्ज में छूट दी, मगर इससे इन देशों के गरीबों को लाभ नहीं हुआ, जैसे अतिरिक्त लाभांश को पूँजीपति

डकार जाता है वैसे ही कर्ज की माफी से होनेवाले फायदे को इन देशों के स्थानीय पूँजीपति और राजनेता डकार जाते हैं। हर देश के पूँजीपति महाजन और सरकार, जो कि कर्ज लेते वक्त भी भ्रष्ट और सत्तावान थी और आज भी है, छूट का फायदा वे लोग ही उठाते हैं। विदेशी सहायता का कितना प्रतिशत गरीब के हित में जाता है इस पर सोचने की जरूरत ही नहीं समझी जाती। इन सवालों का उत्तर हम कहाँ से लाएँ? युगांडा को जब कर्ज में थोड़ी छूट मिली तो उसने राष्ट्रपति के लिए जेट विमान खरीद लिया। क्या धन का यही उपयोग होना चाहिए था? बजट के अभाव में भ्रष्ट राष्ट्रीय सरकारें सार्वजनिक संसाधनों का दुरुपयोग करने से बाज नहीं आती। ये अपनी जनता के प्रति जिम्मदार नहीं।

स्त्री श्रम की भूमिका

इस विश्लेषण से स्पष्ट है कि स्त्री श्रमिक, जो श्रम के सोपानीकरण में भी सबसे निचले पायदान पर खड़ी है, की स्थिति पर अलग से सोचने-विचारने का समय किसी के पास नहीं है। इस स्थिति से निजात पाने के लिए सरकार को तो नया दृष्टिकोण अपनाना चाहिए था। गैर-सरकारी संस्थाओं की भी महती भूमिका है। यदि वे चाहें तो सीधे पश्चिमी देशों में सक्रिय गैर-सरकारी संगठनों से संवाद स्थापित कर सकते हैं। और इस बहाने स्त्री श्रम की समस्याओं पर प्रकाश डालना संभव होगा। जिस कमीज की सिलाई करने में एक श्रमिक को १५ रुपये मिलते हैं, उसे एक अमेरिकी स्त्री १०० डॉलर यानी लगभग पाँच हजार रुपये में खरीदती है। पाँच हजार रुपये में कमीज खरीदने वाली स्त्री यदि चाहे तो इस स्त्री के हक में लड़ाई लड़ सकती है लेकिन क्या वह ऐसा करना चाहेगी? तकनीक किसी भी हालत में निष्पक्ष नहीं। मानवीय सरोकारों से तकनीक स्वतंत्र भी नहीं, तकनीक के साथ सामाजिक विशेषताएँ जुड़ी होती हैं जो इस तकनीक को स्थापित और विस्थापित करती हैं। स्त्री वर्ग को भी यह समझना होगा कि परिवर्तन से होने वाले विरोधाभासी परिणामों का सामना कैसे किया जाए?

नब्बे के दशक में विशेष आर्थिक क्षेत्र बनाए गए। नये तकनीक से रोजगार योजनाओं का विकेंद्रीकरण हुआ। नई तकनीक स्त्रियों के लिए दुधारी तलवार है। इससे एक ओर सुविधा मिलती है तो दूसरी ओर बेरोजगारी बढ़ती है। उदाहरण के लिए, टेलीफोन उद्योग को लीजिए। कहाँ गई वे लड़कियाँ

जो कभी आपरेटरों का काम करती थीं। उनके बदले तो अब इन्टरनेट डाटा वितरण हो गया। इसी प्रकार चीन में बस कन्डक्टर का काम स्त्रियाँ किया करती थीं। आज प्रत्येक बस में भाड़ा वसूलने वाली मशीन लगी हुई है।

त्वरित उद्योगीकरण के कारण गाँव-देहात के लोग शहरों में आते हैं। जिसका असर श्रम के संसाधन पर पड़ता है। चूँकि प्रबंधन मान कर चलता है स्त्री श्रमिकों की अपनी पुरुष साथी की तुलना में शिक्षा और कारीगरी की क्षमता कम है अतः छँटनी की मार पहले स्त्री पर पड़ती है। इस बेरोजगारी का प्रभाव स्त्री की हैसियत पर पड़ा है। न केवल वह अपने घरों में वापिस लौटने पर मजबूर हुई हैं, बल्कि अर्थ के अभाव में वह ज्यादा पराधीन भी हुई है। जब पुरुष ही कमाएगा, परिवार में निर्णय का अधिकार भी पुरुष को ही मिलेगा तो सत्ता और अधिक पुरुष के हाथों में केंद्रित होगी।

किसी के लिए भी आसान नहीं कि तुरंत नयी तकनीक को अपना ले। रोजगार की अवधारणा बदलती जा रही है बल्कि शहर में रहने वाली स्त्रियाँ आज पारम्परिक उद्योगों से निकलकर सेवा क्षेत्र में ज्यादा जा रही हैं। घरों में नौकरानियाँ ज्यादा उपलब्ध हो रही हैं। वे स्थायी रोजगार योजनाओं को स्वीकारती हैं। अविवाहित स्त्रियाँ कुछ वर्षों के लिए ही नौकरी खोजने आती हैं और उन्हीं कामों को स्वीकारती हैं जिसे शहरी औरतें छोड़ चुकी हैं। विशेषकर इलेक्ट्रॉनिक्स, वस्त्र-उद्योग, खिलौने के कारखाने, बीड़ी बनाने के कारखाने और खाद्य-प्रसंस्करण उद्योग में कुछ वर्ष काम करने के बाद इनमें से अधिकतर अपने गाँव लौट जाती हैं। और वहाँ कुछ छोटा-मोटा धंधा भी कर लेती हैं। जब ये गाँव से आती हैं तो कम शिक्षा और प्रशिक्षण के अभाव के कारण बिल्कुल निचले स्तर से काम शुरू करती हैं। मगर नियुक्ति के दौरान पता चलता है कि इनमें कुछ ऐसे गुण हैं जो औरों में नहीं। आज्ञाकारिता, विनम्रता, मेहनत की क्षमता और स्वाभाविक धीरज। जल्दी से ये मुँह नहीं खोलतीं, अतः प्रबंधन इन्हें रखना चाहता है। उत्पादन की लाइन पर जो भी श्रम-साध्य उद्योग हैं वहाँ इन स्त्रियों की जरूरत पड़ती है। प्रबंधन के अनुसार शहरों की लड़कियों की तुलना में गाँव से आई ये लड़कियाँ सस्ती हैं। इन लड़कियों के लिए कमाई का नया स्रोत खुलता है, इन्हें समझाया जाता है कि कम पगार पर भी तुम्हें यह काम करना है। अन्यथा घर पर तुम भूखों मरती। अतः ये किसी भी हालत में किसी भी कीमत पर काम करने को तैयार हैं।

उन्नत राष्ट्रों में श्रम की प्रक्रिया में भारी बदलाव हुआ है। वहाँ जमीनी

स्तर की संस्थाओं का अपना नजरिया है जिसके तहत नये मुद्दे उठाये जा रहे हैं। लंबे अर्से तक दावा किया जाता रहा है कि उदारीकरण की नीति से स्त्री लाभान्वित होगी और उसे अधिक रोजगार मिलेगा, मगर आज स्त्री को उसी पारंपरिक चौखटे में फिट किया जा रहा है जो उसके खिलाफ रहा है। स्त्री श्रम की हकीकत हमें सवाल उठाने के लिए मजबूर करती है कि अन्तत: भूमंडलीकृत समाज किस हद तक लैंगिक सम्बन्धों में परिवर्तनकारी साबित होगा और क्या यह परिवर्तन स्त्री के हक में जाएगा? अतीत में स्त्रियों द्वारा किये गए सामाजिक आंदोलन के संदर्भ में आज गरीबी उन्मूलन, पर्यावरण की अवनति एवं काम का अस्वास्थ्यकर वातावरण का मुद्दा ज्यादा केंद्र में है। अत: इतिहास के ऐसे दौर में जब सभी विस्थापित हो रहे हों, तब क्या समाज के लिए, राजसत्ता के लिए स्त्री समस्याओं पर अलग से ध्यान देना संभव है? फिलहाल स्त्रियों की नियुक्ति का जो पैटर्न चला आ रहा है, भविष्य में भी जरूरी नहीं कि वही पैटर्न चलता रहे। क्या भूमंडलीकृत बाज़ार व्यवस्था स्त्री-पुरुष के पारंपरिक सम्बन्धों को बदलने जा रही है? क्या इस परिवर्तन की आड़ में पितृसत्तात्मक समाज पुन: स्त्री के श्रम पर अपनी लगाम कस पाएगा और क्या अन्य देशों में भी स्त्रियों को इन्हीं समस्याओं का सामना करना पड़ रहा है? और क्या ये सारे परिवर्तन पितृसत्तात्मक संस्थाओं की ताकत को कमजोर करने में समर्थ होंगे?

पिछले २० सालों का इतिहास उठाकर देखें तो पता चलता है कि आर्थिक क्षेत्र में स्त्री और अधिक परिधिकृत हुई है। स्त्री की सार्वजनिक क्षेत्र में भागीदारी कमतर हुई है, विशेषकर ऐसे दौर में जब सार्वजनिक उद्योग नहीं के बराबर हों तथा उद्योग का संगठन टुकड़ों में बँटता और टूटता हुआ गृह-उद्योग में सिमटता जा रहा हो। घरेलू उद्योग यानी घर में रहकर स्त्री श्रम का विनियोजन कैसे संभव होगा, समाज को इस ओर ध्यान देने की फुर्सत नहीं है। कुल-मिलाकर पूरा स्त्री श्रम समाज को जो देता है, उसके बदले उसे केवल अपने भरण-पोषण की सुविधा मिलती है। परिवार में पुरुष के मातहत रहने वाली स्त्री के श्रम के ऊपर पूँजीपति के नियंत्रण का जीता-जागता उदाहरण है। स्त्री-पुरुष का सम्बन्ध अन्तत: पूँजी और श्रम के सम्बन्ध में बदल जाता है। मार्क्सीय नारीवाद के अनुसार असमान लैंगिक सम्बन्ध प्रत्येक प्रकार की आर्थिक व्यवस्था में पाए जाते हैं। आर्थिक व्यवस्था का स्वरूप चाहे कुछ भी हो, चाहे वह प्राक् पूँजीवादी व्यवस्था हो, सामंती हो, प्रत्येक

समाज ने अपनी परंपरा के अनुसार अपना ढाँचा बना लिया है जिसे आज बाज़ार की ताकतें भुना रही हैं। जरूरत पर स्त्री श्रम को खंगाला जाता है, उसे सुविधानुसार नियुक्त किया जाता है और सुविधानुसार फेंक दिया जाता है। इसी कारण स्त्रियाँ भूमंडलीकृत उद्योग व्यवस्था में नियुक्त होते हुए भी एक आज्ञाकारी और सस्ते श्रम की कोटि का ही प्रतिनिधित्व कर रही है। जिसका श्रम सस्ता होगा, वह पितृसत्ता व्यवस्था से कैसे मोल-भाव कर पाएगा यह गहरे समाजशास्त्रीय अध्ययन का विषय होना चाहिए।

भूमंडलीकृत बाज़ार की माँग-पूर्ति के लिए गैर पारंपरिक उद्योगों का पनपना और इसमें स्त्रियों की बड़े पैमाने पर नियुक्ति के साथ ही उदारीकरण के फलस्वरूप तकनीकी परिवर्तन से उत्पन्न असुरक्षा और अनिश्चय की स्थिति में यह सोचना कि पूरे श्रम का स्त्रीकरण ही होगा, जिससे पुरुष श्रम का अवमूल्यन होगा। मगर इन बातों पर नारीवादी लेखिकाओं के लेखन से विशेष प्रभाव नहीं पड़ने वाला। स्त्री श्रमिक को स्वयं अपनी बात कहनी होगी। अंतर्राष्ट्रीय मुद्रा कोष ने राज्य व्यवस्था को लोक-कल्याणकारी भूमिका के लिए मना किया है। स्त्री श्रमिक का मसला अपनी गृहस्थी में पति से उपेक्षित रहने का नहीं है, बल्कि वह तकनीक से संचालित बाज़ार अर्थव्यवस्था का हिस्सा बन चुकी है।

इसके विपरीत नारीवादी लेखिकाएँ फिलहाल अपना दृष्टिकोण पारम्परिक व्यवस्था पर ही केंद्रित रखे हुए हैं। जब तक सार्वजनिक क्षेत्रों में समाजवादी संस्थाएँ सक्रिय नहीं होंगी, इस मुद्दे पर विशेष काम करना संभव भी नहीं होगा। मगर पुराने के बदले जो नयी संस्थाएँ बनेंगी, जरूरी नहीं कि वे स्त्री अधिकारों की पक्षधर हों। परिवार, श्रम का बाज़ार, धर्म और राजनीतिक क्षेत्र में हर जगह स्त्री समस्याओं का परिधिकरण हो रहा है। यहाँ एक क्षेत्र में लागू किया गया नियंत्रण अन्य क्षेत्र को प्रभावित करता है। यदि अफगान स्त्रियों पर राजनीतिक बंधन लगाया गया तो उलेमाओं ने इसका समर्थन किया और इसे नियोजित करने में पारिवारिक पितृसत्ता ने पूरा सहयोग दिया। नियंत्रण की साइट स्त्री की अपनी देह है, उसका श्रम और उसकी यौनिकता है।

सामाजिक परंपरा के अनुसार संस्थाएँ किस पक्ष पर ध्यान देना चाहेंगी यह उनकी मर्जी पर निर्भर करता है। उदाहरण के लिए, भारत में ऊँची जाति वालों में यदि स्त्री की यौनिकता को नियंत्रित करने की बाध्यकारी भूमिका है

तो निम्न जाति और गरीब वर्ग में स्त्री के श्रम को लेकर बाध्यता है। यानी उच्च वर्ग स्त्री की यौनिकता को नियंत्रित करना चाहता है तो दूसरा वर्ग उसके श्रम को नियंत्रित करना चाहता है। मुझे यहाँ **सौदागर** फिल्म याद आती है। फिल्म की नायिका घर में गुड़ बनाती है। पति बाज़ार में इस गुड़ को बेचता है और अन्तत: दोनों के बीच सम्बन्ध भी बाज़ार ही निर्धारित करता है। बाज़ार में ऊँचे दाम मिलने से पति बौरा जाता है। दूसरी औरत को ले आता है। मगर यह दूसरी बीवी पहली जैसा गुड़ बना नहीं सकती। इसलिए बाज़ार में गुड़ के दाम मिलते नहीं। बाध्य होकर सौदागर को वापस पहली पत्नी के पास लौट जाना पड़ता है।

तब क्या भूमंडलीय समाज में स्थिति थोड़ी-बहुत बदली है? ऐसा लगता है बाज़ार के सामने गृहस्थी ने समझौता कर लिया है। कोरिया में महिलाओं की बड़े पैमाने पर उद्योग-धंधों में नियुक्ति होने से शादी की उम्र बढ़ गई है और कम बच्चे होने लगे हैं। भारत में मध्यमवर्गीय शहरी परिवारों में माता-पिता यह स्वीकारने लगे हैं कि कैरियर के लिए उच्च शिक्षा की आवश्यकता है, अत: विवाह देर से किये जाएँ, बल्कि इन सुविधाओं को देखते हुए गाँव में रहनेवाले माता-पिता भी अपनी लड़कियों को शहरों में रखना चाहते हैं। इसका नतीजा है कि पहली बार गाँव से आई हुई लड़की को लगता है कि जिंदगी जीने का कोई और तरीका भी हो सकता है। चाहे जैसी भी स्थिति हो, वह वापस गाँव नहीं लौटना चाहती।

गाँव से आई हुई बहुतेरी स्त्रियों का कहना है कि उनके लिए गाँव में विशेष कुछ नहीं रखा है। यहाँ कम से कम शहर में वे अपने मन से जी तो पाती हैं, टिकली-बिन्दी खरीदती हैं, और सिनेमा देखती हैं, रात-बिरात कहीं आती-जाती हैं तो उन्हें कोई टोकता नहीं है। गाँव में उनका दम घुटता है।

निस्संदेह भारतीय समाज एक संक्रमणकालीन स्थिति से गुजर रहा है, जिसे सबको झेलना पड़ रहा है। ज्यादा बोझ तले स्त्री वर्ग है। मगर इस संक्रांति से उभरी दरार से वह स्पेस भी निर्मित हुआ है जिस साइट पर पुन: स्त्री-पुरुष के सम्बन्धों को निर्मित करना संभव है और जिसके बिना भारतीय श्रम गतिशील एवं परिवर्तनकामी नहीं हो पाएगा। स्त्री श्रम के संदर्भ में इन बातों पर ध्यान दिया जाना चाहिए—दक्षता के आधार पर बेरोजगारी और छँटनी से जनित समस्याओं एवं बेरोजगारी से होने वाले क्षेत्रीय बदलाव (उदाहरण के लिए अस्थायी ठेका, अंशकालिक और औपचारिक क्षेत्र,

सुरक्षा-संजाल को बनाना), सामाजिक सुरक्षा, देशांतरण और बाल श्रम तथा पारिवारिक जिम्मेदारियों के अलावा मजदूर संघ के मोल भाव करने की क्षमता का ह्रास तथा गिरती हुए आर्थिक स्थिति में परिवार में स्त्री के अधिकारों में आई हुई कमी।

३

यौनकर्म की कीमत

पिछले कुछ दशकों से देह व्यापार ने उदारतावादी अर्थनीतियों के साथ अपना तालमेल बिठा लिया है। नये आर्थिक निजाम में हर चीज की कीमत होती है तथा एक स्वतंत्र तथा उन्मुक्त बाज़ार को वह कीमत निश्चित करनी ही चाहिए। अधिकांश गरीबों, विशेषकर स्त्रियों के लिए बाज़ार का जादू अपने चमत्कार दिखा रहा है। नवबाज़ारवाद ने सेक्स उद्योग को नई प्रेरक शक्ति दी है। इसने इस व्यापार में शामिल औरतों तथा ग्राहकों की संख्या में वृद्धि की है तथा इसके चलते देह व्यापार ने गंभीर तथा न्यायसंगत व्यापार का लबादा ओढ़ लिया है।

भूमंडलीकरण ने वेश्यावृत्ति का रूप किस कदर बदल दिया है, इसका तजरुबा मुझे तब हुआ जब थाईलैंड के चांगमाई इलाके में घूमते हुए मेरा परिचय एक वेश्या यानी यौनकर्मी से हुआ। जिस होटल में मैं ठहरी थी वह भी वहीं ठहरी थी। उससे हुई बातचीत मुझे आज भी याद है। पहले परिचय में ही उसने कहा—'मैं एक यौनकर्मी हूँ', उसके कथन पर मैं चौंक गई थी, हँसते हुए उसने कहा— 'हाँ यह मेरा पेशा है..।'

'अच्छा !'

'हो सकता है अगले दो-तीन सालों में मैं अपना पेशा बदल लूँ या फिर इस काम से रिटायर होना चाहूँ।'

'मगर तुमने यह काम चुना क्यों?'

'अपनी इच्छा से, ज्यादा धन कमाने, मेरे अच्छे ग्राहक हैं। वे मेरी अच्छी

कीमत आँकते हैं, भला आते हुए धन को मैं क्यों छोड़ने लगी!'

'तुम्हारे आत्मसम्मान को ठेस नहीं पहुँचती?'

'बिल्कुल नहीं, बल्कि अपनी दक्षता पर मुझे अभिमान है। एक बार जो ग्राहक मेरे पास आ जाता है वह मुझे कभी नहीं छोड़ता। ग्राहक की जरूरत का मैं पूरा ध्यान रखती हूँ।'

'लेकिन ज्यादातर लोग वेश्या को नीची निगाह से देखते हैं।'

'देखते रहें, मैं ऐसा नहीं सोचती। तुम शादी भी धन के लिए करती हो।'

'हाँ, मगर एक से बँधकर रहने...'

'बिल्कुल ठीक, यदि एक से तुम्हारी सारी जरूरतें पूरी हो जाएँ तो ..., मगर यदि एक से जरूरत न पूरी हो तो? मुझे धन चाहिए बहुत अधिक ताकि मैं चैन से अपना बुढ़ापा काट सकूँ। फिर मैं अपने ग्राहक को आराम पहुँचाती हूँ। उसकी केयर करती हूँ, अपनी इस भूमिका के निर्वाह से मेरा भावनात्मक पक्ष मजबूत होता है। मुझे लगता है मेरे भीतर असीमित ताकत है।'

जाहिर है कि यह औरत अपने वेश्या होने के कारण किसी अपराध बोध या पाप बोध की शिकार नहीं है। यह भूमंडलीकरण के युग की वेश्या है। इसकी देह उद्योगों में निवेशित नहीं हुई, लेकिन उसने खुद को यौन उद्योग में निवेशित करना सीख लिया है।

आज समृद्ध एशिया में सेक्स वर्कर्स को वातानुकूलित कमरों में रखा जाता है। अच्छा खाना मिलता है और सेलुलर फोनों द्वारा इनसे संपर्क किया जाता है, परन्तु शक्ति संरचना बिल्कुल वही है जो इस संसार में उनका स्थान निर्धारित करती है। मुझे लगता है कि अगले पचास वर्षों में देह व्यापार की यह मूल संरचना बरकरार रहेगी, बस इस व्यवसाय में जीवन स्तर ऊँचा हो जाएगा। तकनीक का प्रयोग बढ़ जाएगा। तथा यौन इच्छाओं की पूर्ति के रूप में इस धंधे के व्यावसायिक स्वरूप को मान्यता मिल जाएगी।

कोलकाता के तालतल्ला इलाके में रहनेवाली एक सेवा-निवृत्त सेक्स वर्कर तथा वेश्यालय प्रबंधक, जिसकी आयु पैंसठ से ऊपर की होगी और जो अभी भी कलकत्ता के रेड लाइट क्षेत्र से सम्बन्धित है, बताया कि पिछले कुछ वर्षों में सेक्स उद्योग ने अपने प्रतिधारित समस्त पुराने रूपों को किस प्रकार परिवर्तित किया : मैं यहां करीब पचास वर्षों से रहती हूँ। मुझे बांग्लादेश से लाया गया था। अभी तक कई लड़कियाँ मेरे अपने गाँव के आसपास के क्षेत्रों से यहाँ आती हैं। अतः आज भी स्थिति वैसी है जैसी तब थी। ट्रेफिकिंग एक

काम है। परंतु कुछ चीजें अलग हैं। इन दिनों परिस्थितियाँ बहुत ज्यादा खराब हैं। पहले यहाँ इतनी ज्यादा प्रतियोगिता नहीं थी। हम शांतिपूर्वक तथा बेहतर जीवन जी सकते थे। अब सभी लड़कियाँ गरीब हैं। यहाँ बहुत सारी निर्धन लड़कियाँ हैं और वे एक-दूसरे से प्रतियोगिता करते हुए कीमतों में गिरावट लाती है। और चूँकि यहाँ हमेशा नई लड़कियाँ आती रहती हैं अत: यदि पुरानी लड़कियों को ग्राहक चाहिए तो उन्हें अपनी कीमत कम करनी पड़ती है। जब मैं जवान थी तब जमाना अच्छा था।

दरअसल, भूमंडलीकरण के तहत पनपे यौन उद्योग का यथार्थ कहीं जटिल है। इसके कारण पिछले एक दशक में मानव तस्करी (ट्रेफिकिंग) में अभूतपूर्व वृद्धि हुई है। औरतों की तस्करी भिन्न-भिन्न उद्देश्यों से की जाती है लेकिन अक्सर इनके पीछे व्यावसायिक यौन शोषण उद्देश्य मुख्य रहता है। यह श्रम का मात्र एक विशिष्ट खतरनाक प्रकार ही नहीं बल्कि हिंसक अपराध भी है। यह मानवता की बुनियादी धारणा का उपहास करता है तथा समाज के सर्वाधिक असुरक्षित सदस्यों को स्वतंत्रता तथा मान-मर्यादा से वंचित करता है। लड़कियों एवं औरतों की तस्करी देश के भीतर तथा सीमा पार दोनों जगह होती है। तस्करी के इन रूपों में हिंसा, धमकी, छल-कपट अथवा ऋण बंधक द्वारा श्रम शोषण के लिए औरतों की आवाजाही करना शामिल है। इसमें आप्रवासियों तथा अल्पसंख्यक जातियों के बच्चे एवं १२ वर्ष से कम उम्र की लड़कियाँ विशेष तौर से असुरक्षित समूह के रूप में सामने आती हैं।

आर्थिक उदारीकरण की नीतियों के परिणामस्वरूप एशिया में गरीब लोग और अधिक गरीब होते जा रहे हैं जबकि कुछ थोड़े से लोग अत्यधिक धनवान होते जा रहे हैं। जब सीमा नियंत्रण शिथिल पड़ते जा रहे हैं, लोग काम की तलाश में स्थानांतरण कर रहे हो तब अन्य देशों में प्रवास करना आसान हो गया है। इस संदर्भ में महिलाओं की ट्रेफिकिंग, प्रवास तथा सामाजिक परिवर्तन के बड़े चक्र का छोटा सा हिस्सा है। अधिकांश स्त्रियाँ गतिशील हैं क्योंकि उनके पास अधिकाधिक अवसर हैं तथा अधिकतर पुरुषों के पास सेक्स खरीदने हेतु पैसा है। अंतर्राष्ट्रीय राजनीति एवं अर्थनीति ने यौन-उद्योग को प्रभावी ढंग से बढ़ाया है। भूमंडलीकरण के विश्लेषण के दौरान मुझे यौन-तिजारत के विभिन्न आयामों और यौन-उद्योग को समझने का मौका मिला है। पहला सवाल तो यह उठता है कि वेश्या की नयी परिभाषा क्या है और वेश्यावृत्ति क्या है? दूसरे, वेश्यावृत्ति का उद्योग से क्या सम्बन्ध

है? क्या यह सेक्स उद्योग सारी दुनिया में फैला हुआ है?

पिछले दो दशकों से वेश्यावृत्ति और यौन-व्यापार में काफी बढ़ोतरी हुई है। यही वह अवधि है जब भूमंडलीय ताकतें राष्ट्रों से ढाँचागत समायोजन नीति के जरिये अपनी बात मनवा रही थीं। तीसरी दुनिया की लाखों गरीब स्त्रियाँ और विशेषकर किशोर लड़कियाँ या तो अपने देश या पड़ोसी देशों में वेश्यावृत्ति का पेशा अपना चुकी हैं। यह केवल तीसरी दुनिया में नहीं घटा बल्कि पश्चिम भी इसका शिकार हुआ है। विकसित समाजों में यौन-व्यापार बढ़ता जा रहा है। छल, जोर-जबर्दस्ती का सहारा लेकर या फिर औरतों को बहला-फुसला कर वेश्यावृत्ति का काम करवाया जाता है। अपने-आप में यह यौन-व्यापार बड़ा जटिल है और बहुआयामी भी। सरल तरीके से हम इसे द्वित्व में समझ सकते हैं। इसका उजला और अँधेरा पक्ष है। इस वृत्ति को सही और गलत ठहराया जाता है। वेश्या स्वयं को उत्पीड़ित या सबलीकृत कहती है। वेश्यावृत्ति के पक्ष और विपक्ष में बोलने वाले हैं। अधिकतर स्त्रियाँ स्थानीय या अंतर्राष्ट्रीय स्तर पर बाध्य होकर फिर स्वेच्छा से यौन-व्यापार में संलग्न हैं। इस जटिल सामाजिक घटना को समझने के लिए हमें बात की तह में पहुँचना होगा। जो इसे झेलते हैं उनके दृष्टिकोण से और जो इन पर नैतिक निर्णय देते हैं, उनमें जमीन-आसमान का फर्क है। वेश्यावृत्ति के एक बहुलतावादी और समझदारीपूर्ण विश्लेषण की जरूरत है। इससे जो रणनीति विकसित होगी उसका स्त्री समाज पर दूरगामी प्रभाव होगा।

वेश्यावृत्ति और एशियायी समाज

वेश्यावृत्ति जैसी विवादास्पद, उलझी हुई और मिथकीय अन्य कोई सामाजिक परिघटना नहीं है। 'वेश्या' शब्द को अंग्रेजी में 'प्रोस्टीट्यूट' कहा जाता है, जो लेटिन शब्द 'प्रोस्टीबुला' अथवा 'प्रोसिडा' से बना है। प्राचीन ग्रीक वेश्याओं को दोपहर के समय दरवाजा खुला रखकर द्वार पर खड़े रहने की अनुमति थी। वेश्याएँ वहाँ से गुजरने वालों को लुभाने तथा आकर्षित करने के लिए आँगन में खड़ी या बैठी रहती थीं। अत: उन्हें प्रोस्टीबुला अथवा प्रोसिडा कहा जाता था। भारत में इन्हें 'गणिका' के नाम से पुकारा जाता था एवं प्राचीन भारतीय साहित्य में इसका विस्तृत वर्णन है। कल्हण की 'राजतरंगिणी' में ऐसे कई वर्णन हैं। 'बोधिसत्व सत्वावदान कल्पलता' में वेश्याओं की सम्पन्नता का उल्लेख है। वेश्यावृत्ति में उतारी जाने वाली लड़कियों का बाल्यकाल से

ही उनकी माता द्वारा उनके स्वास्थ्य पर ध्यान रखा जाता था और उसे मांगलिक कार्यों और उत्सवों में भाग लेने के लिए कहा जाता था। दशकुमार चरितम् के अनुसार उन्हें सभी अंगों समेत अनंद विद्या (कामशास्त्र), नृत्य, गीत, काम, नाट्य, चित्रकला, भोज्य पदार्थ, गंध पुष्प आदि की कलाओं तथा पठन-पाठन और वाक्‌पटुता, प्रकरण, तर्क और सिद्धांत (ज्योतिष) विद्या, द्यूतकला व मुर्गे की लड़ाई की शिक्षा दी जाती थी।

कुछ अपवादों को छोड़कर प्रायः सभी एशियाई समाजों द्वारा लड़की को कम महत्त्व दिया जाता है। गरीब तथा पिछड़े इलाकों में स्थिति सर्वाधिक विकट है। दुनिया के सबसे खराब लैंगिक सूचकों में से कुछ दक्षिण एशिया में पाये जाते हैं। यहाँ लड़कियों के साथ भेद-भाव जन्म से ही प्रारंभ हो जाता है। उन्हें उनके भाईयों की तुलना में कम प्यार मिलता है और देखभाल, भोजन तथा चिकित्सा के मामलों में भेदभाव बरता जाता है। मध्य पूर्वी देश सामान्यतः महिलाओं पर किये जाने वाले दुराचारों को अपराध मानते हैं। किंतु लिंग सम्बन्धित आँकड़े दर्शाते हैं पाकिस्तान महिला-विद्वेषी समाज में अव्वल है। यहाँ साक्षरता दर पुरुषों में ४९ प्रतिशत तथा महिलाओं में मात्र २३ प्रतिशत है। एक से चार साल के शिशुओं के बीच लड़कों में मृत्यु दर की अपेक्षा लड़कियों की मृत्यु दर १२ प्रतिशत अधिक है। आर्थिक गतिविधियों में महिलाओं का योगदान, वरिष्ठ प्रशासकीय व प्रबंधकीय स्थितियाँ प्राप्त करना तथा राष्ट्रीय संसद में उनका प्रतिनिधित्व सभी न्यूनतम है। एक आदरणीय पाकिस्तानी अर्थशास्त्री और सामाजिक स्तम्भ लेखक के शब्दों में, दक्षिण एशिया में औरत होना यानी एक नगण्य हैसियत को स्वीकारना।

यह पहलू इंग्लैंड के विक्टोरियायी युग के उस सिद्धांत से मेल खाता है जिसमें औरतों को अच्छी या बुरी दो ही श्रेणियों में रखा जाता था। और यह ईसाइयत के उस सिद्धांत से मेल खाता है जिसमें औरत के बीच यह अंतर लगभग सर्वमान्य है क्योंकि पुरुषों द्वारा महिलाओं पर नियंत्रण करने के लिए भद्र तथा अभद्र का लेबल लगाने का अधिकार सदैव उनके लिए लाभदायक है। प्रथम, अच्छी महिलाएँ जिनसे पुरुष शादी करते हैं, वे अच्छी पत्नियाँ होती हैं और कर्तव्यपरायण पुत्रियाँ होती हैं। ये वे महिलाएँ होती हैं जिन्हें परिवार अपनी सामाजिक प्रतिष्ठा के लिए वधू के रूप में हस्तांतरित करता है। दूसरी श्रेणी में बुरी महिलाएँ, जो वेश्याएँ हैं, जो परिवार व्यवस्था से बहिष्कृत हैं। उन्हें किसी एक परिवार अथवा पुरुष द्वारा अपनाया नहीं जाता। सभी उनका

उपभोग कर सकते हैं। इस महिला वर्ग के अस्तित्व का अर्थ है कि पुरुष कइयों के साथ यौन-सम्बन्ध स्थापित कर सकता है और दूसरी ओर अन्य महिलाओं की यौनिकता पर कठोर नियंत्रण लगाना भी संभव है। यह सब वे अपनी प्रतिष्ठा की रक्षा एवं अन्य पुरुषों के पारिवारिक जीवन की शांति को भंग किये बिना हासिल कर सकते हैं। अक्षत कौमार्य का पुरुष के सम्मान और सामाजिक प्रतिष्ठा से घनिष्ठ सम्बन्ध है क्योंकि यह उसकी औरत का चरित्र तय करता है। उसके परिवार द्वारा उसे संरक्षण देने की क्षमता तथा एक सम्मानीय विवाह बंधन में बँधने की उसकी योग्यता ही किसी पुरुष या परिवार की सामाजिक हैसियत परिभाषित करने वाले महत्त्वपूर्ण संकेत हैं।

जिन समाजों में औरतों को कड़े नियंत्रण में दबाकर रखा जाता है वहाँ औरतों के प्रति अजीब से भाव पाये जाते हैं। महिलाओं की लुटेरे पुरुषों से रक्षा की जानी चाहिए या उनका कौमार्य भंग कर देना चाहिए वरना उनकी कामुकता पुरुषों को बिगाड़ देगी। बंग्लादेश में अक्सर बाल विवाह को उचित ठहराने के लिए यह तर्क दिया जाता है। कहा जाता है कि एक नवांकुरित कुमारी की उपस्थिति भी पुरष को बलात्कार के लिए उकसाने का यथेष्ट कारण बन सकती है। अत: बाल विवाह कर उसे ऐसे भावी बलात्कारियों से बचाया जा रहा है। इसी डर से महिलाओं को नजरबंदी में रखा जाता है। यदि वे पारंपरिक भूमिकाओं से बाहर निकलकर कुछ करना चाहती हैं तो उन्हें अच्छा शिकार समझा जाता है। यदि वे अपनी रूढ़िगत दायरों में रहती हैं, तब उनका दमन करनेवाली व्यस्था वैध तथा सुदृढ़ होती रहती है।

विश्व के सभी बड़े धर्म और मत महिलाओं के प्रति भेदभाव करते रहे हैं, सिद्धांत में ही नहीं व्यवहार में भी। एशिया की प्रमुख धार्मिक परम्पराएँ लैंगिक विभेदीकरण को स्थायी रखना चाहती हैं। ऐसा करने से वे वेश्यावृत्ति जैसी स्थायी संस्थाओं की अप्रत्यक्ष सहायता करते हैं भले ही उनके क्रिया-कलापों से प्रत्यक्ष सेक्स की बिक्री को स्पष्ट बढ़ावा नहीं मिले। कुछ मामलों में तो वे वास्तव में देह व्यापार को बढ़ावा देती नजर आती हैं। धर्म स्त्रियों के कौमार्य तथा सतीत्व पर बल देता है। स्त्री के स्वभाव को दोहरी प्रकृति वाला माना जाता है। वह देवी और वेश्या दोनों है। उसे नियंत्रित तथा वश में रखने के लिए किसी पुरुष का होना आनिवार्य है। सिर्फ पुरुष ही नारी स्वभाव के सकारात्मक पहलुओं को विकसित कर सकता है तथा नाकारात्मक पक्षों का दमन कर सकता है। इसलिए स्त्रियों की पूजा भी की जाती है और उनका

तिरस्कार भी। वे या तो समर्पित, मातृत्व गुणों से युक्त कर्तव्य परायण होती हैं अथवा विनाशकारी, अराजक और कामुक। वे पत्नियाँ तथा माताएँ होती हैं अथवा कामुक वेश्याएँ। बीसवीं शताब्दी में अस्सी के दशक के बाद खासकर भूमंडलीकरण के बाद से बेटियों के व्यापार में कुछ परिवर्तन हो रहे हैं। अब उन्हें सीधे नहीं बेचा जाता बल्कि माता-पिता या उसके अभिभावक उसे गिरवी रखकर ऋण लेते हैं जिसमें लड़की की भूमिका गौण होती है। यह प्रणाली आज भी एशिया के बड़े हिस्सों में प्रचलित है। उदाहरण के लिए थाईलैंड और नेपाल में परिवार देह व्यापार में भेजने से पूर्व अपनी बेटी की भावी कमाई पर अग्रिम राशि ले लेते हैं।

भौतिकवाद तथा विषमता के बढ़ते इस संसार में यह व्यापक रूप में अनिवार्य है कि अधिकांश स्त्रियाँ वेश्यावृत्ति की ओर अभिमुख हो जाएँ और अधिकांश पुरुष उनकी सेवाएँ खरीद सकें। बढ़ते उपभोक्तावाद के कारण एशिया की पारम्परिक संस्कृति तेजी से दम तोड़ती जा रही है। सेक्स उद्योग के लिए यह भारी वरदान है। एशियाई समाज निचली आमदनी के कारण असुरक्षित स्त्रियों को पुरुषों के आनंद तथा देह-व्यापार के लाभ के लिए आसानी से छलने की मौन स्वीकृति देता है। कुछ लोग तर्क देते हैं कि वेश्यावृत्ति स्त्रियों को आर्थिक रूप से सम्पन्न बनने, जीवन स्तर में सुधार लाने और सामाजिक एवं आर्थिक गतिशीलता का मौका प्रदान करती है। यदि यह सत्य है तो भी हमारा पहला प्रश्न समाज में शक्ति-संरचना की नैतिकता से सम्बन्धित होना चाहिए जो औरत को आर्थिक रूप से असुरक्षित रखती है। इसी संदर्भ में सवाल उठता है कि क्या गरीबी से छुटकारा पाने के लिए स्त्रियों के पास और कोई विकल्प नहीं होना चाहिए? अतीत में अमेरिकी गोरों ने भी गुलामी की प्रथा का समर्थन करते हुए कहा था कि यह आवश्यक है। अक्सर वेश्याओं से पूछा जाता है, 'वह इस पेशे को क्यों चुनती है?' जबकि असली प्रश्न यह होना चाहिए कि एक औरत ने इस पेशे को क्यों नहीं चुना? देह व्यापार क्या है? इसका आसान सा जवाब हरेक के पास नहीं है मगर एक इस सवाल में अन्य कई तरह के सवालों के उलझे हुए गुच्छे मौजूद हैं। अतः सवालों के जाल से पैर बचाकर निकल जाना, आसान नहीं खासकर तब जब संस्कृति की शुरुआत के साथ ही अंकुर फूटे हों।

वेश्यावृत्ति उन समाजों में ज्यादा से ज्यादा रही जहाँ विकास और भूमंडलीय प्रक्रिया ने गरीबों को अपनी परिधि से बाहर कर दिया। सेक्स

बेचना या सेक्स के लिए बिकना ऐसा कार्य है जिसमें गरीब तथा अनपढ़ भी आसानी से प्रवेश कर सकते हैं। किशोरावस्था तथा दैहिक आकर्षण ही इसकी एकमात्र अनिवार्य योग्यता है। वेश्यावृत्ति एक ऐसा धंधा है जो लगातार सुनिश्चित करता है कि गरीब औरतें, सिर्फ कुछ सौभाग्यशालियों को छोड़कर, सदैव गरीब तथा अनपढ़ रहेंगी। फिर भी जीवन निर्वाह के रक्षात्मक साधनों और अस्तित्व बनाये रखने के लिए एशिया के अनेक भागों में वेश्यावृत्ति तेजी से पनप रही है।

एक सवाल बार-बार उठ रहा है कि तीसरी दुनिया की ये स्त्रियाँ क्या इच्छा या अनिच्छा से भूमंडलीय सेक्स-उद्योग में नियुक्त की जाती है। किस क्षेत्र से ये आती हैं? और इतने विशाल पैमाने पर ये स्त्री कैसे यौन माँगों की आपूर्ति करती है। संसाधन के रूप में हमने देखा है कि गरीबी का स्त्रीकरण और देशांतरण के स्त्रीकरण से, विशाल नगरों के यौन-व्यापार केंद्र में इन लड़कियों की आपूर्ति की जाती है। सवाल उठता है कि इनकी माँग कौन लोग करते हैं? तीसरी दुनिया के मनोरंजन का उद्योग और यौन उद्योग में भारी परिवर्तन आया है। इसका सम्बन्ध सेना से भी है जिन्हें विदेशी जमीन पर रणनीति के तहत नियुक्त किया जाता है। शीत युद्ध में भौगोलिक कारणों से सेना को नियुक्त किया गया था।

उदाहरण के लिए, १९५५ में एशिया में वेश्यावृत्ति कम थी और थी भी तो स्थानीय रीति से परिभाषित थी या फिर वेश्यालय प्रमुख बंदरगाहों पर केंद्रित थे। एशिया में सैनिक आधार स्थापित करने के बाद परिस्थिति में ज्यादा बदलाव आया। विशेषकर वियतनाम युद्ध के बाद पूर्वी और दक्षिण-पूर्वी एशिया में भौगोलिक राजनीतिक अस्थिरता में बहुतेरे सैनिक केंद्र स्थापित किये गए। हजारों की संख्या में अमेरिकी सैनिकों को नियुक्त किया गया और जरूरत पड़ी कि इन सैनिकों का नैतिक बल ऊँचा रखा जाए। इन्हें खुशफहमी में रखा जाए ताकि वे उकताकर अपने देश लौटने की जिद न करने लगें। अमेरिकी सरकार स्थानीय सरकारों से एक समझौता करती है। जिसका उद्देश्य था कि इन सैनिकों को स्थानीय स्तर पर आर. आर. यानी रेस्ट और रिक्रियेशन की सुविधा मुहैया करना। इस आर और आर कार्यक्रम के लिए यौनकर्मियों की जरूरत पड़ी। आपूर्ति का सबसे सस्ता संसाधन थी गरीब किसान स्त्रियाँ, जो युद्ध के दौरान पूरी तरह अपनी जड़ों से उखड़ गई थीं। एशिया के सैनिक अड्डों के निकट यौन-मनोरंजन के लिए पसी-बार रूप में वेश्यालय खोले

गए। एशिया का आर और आर आधारित यौन-उद्योग वियतनाम युद्ध खतम होने के बाद, खतम नहीं हो गया। इसका फायदा यहाँ की स्थानीय सरकारों की समझ में आया गया था। इसका उपयोग इन्होंने पर्यटन उद्योग में किया। क्षेत्रीय वाणिज्य और बहुराष्ट्रीय कंपनी की मिलीभगत से जिसमें स्थानीय सरकार भी शामिल थी। यौन-मनोरंजन को एक बृहद उद्योग में तब्दील कर दिया गया।

थाईलैंड तथा फिलीपींस जैसे देशों में स्त्रियों की खरीद-फरोख्त को विकास सम्बन्धी कार्यनीति के रूप में देखा जा रहा है। यह कुछ परिवारों को भी स्वीकार्य है। वे अपनी लड़कियों को वेश्यावृत्ति में बेच देना खराब नहीं मानते। यह धंधा उन लड़कियों को भी जीवन निर्वाह के साधन देता है। जो कम पढ़ी-लिखी हैं और जिनके पास कोई हुनर नहीं है, वे ऐसे चश्ख्र रों में जल्दी फँस जाती है, क्योंकि उसके पास जीवन-यापन की कोई कला नहीं है। यह उन चंद महिलाओं के लिए सुनहरा मौका भी है जो इसे लाभप्रद कैरियर विकल्प के रूप में देखती हैं।

आमतौर पर जब हम देह व्यापार की बात करते हैं, तो इसमें मोटे तौर पर सिर्फ दो बातें दिखती हैं। एक तो यह कि पैसा या कीमत रखने वाली किसी अन्य चीज के बदले यौन-सुख की प्राप्ति और दूसरी यह कि यह यौनाचार अपने पति या पत्नी के बजाय किसी अन्य व्यक्ति के साथ किया गया हो। दोस्ती में या अन्य किसी अप्रत्यक्ष लाभ पाने के मतलब से किया गया यौनाचार देह व्यापार की मानक परिभाषाओं में शामिल नहीं है। सवाल उठता है कि वेश्या कौन है? इनसाइक्लोपीडिया ब्रिटानिका में वेश्या की परिभाषा है—'जो पैसे या अन्य मूल्यवान सामग्री के तात्कालिक भुगतान के बदले, परिचित या अपरिचित किसी ऐसे व्यक्ति के साथ यौनाचार करे।' वेश्यावृत्ति निवारण कानून १९५६ में वेश्यावृत्ति की परिभाषा है—'किसी महिला द्वारा किराया लेकर, चाहे वह पैसे के रूप में लिया गया हो या मूल्यवान वस्तु के रूप में और चाहे फौरन वसूला गया हो या किसी अवधि के बाद, स्वछंद यौन-सम्बन्ध के लिए किसी पुरुष को अपना शरीर सौंपना 'वेश्यावृत्ति' है और ऐसा करने वाली महिला को 'वेश्या' कहा जाएगा।'

देह व्यापार का एक चमत्कारी पक्ष यह है कि इसमें केवल विक्रेता पक्ष का ही अध्ययन एवं विश्लेषण किया जाता है। हद से हद बिचौलियों और दलालों पर नजर डाली जाती है, मगर खरीददार हमेशा नदारद रहता है।

इसकी वजह यह है कि खरीददार को महत्त्वपूर्ण नहीं माना जाता। यहीं बाज़ार की थियरी 'ग्राहक सर्वोपरि है' मात खा जाती है। मानव तस्करी पर लिखे गए सैकड़ों खोजी दस्तावेजों में से कुछ ही ग्राहकों का जिक्र करते हैं। वरना अधिकांश के अध्ययन का केन्द्र बिन्दु है : माल। इस विषय पर उपलब्ध अधिकांश शोधों से पाठकों को आभास मिलता है कि जिस्म व्यापार में सिर्फ गरीब, कुछ आपराधिक प्रवृत्ति की और अपने ही पतन की व्यूह रचना की जिम्मेदार स्त्रियाँ ही पायी जाती हैं। जबकि यह स्पष्ट है कि खरीददारों के अभाव में देह व्यापार चल ही नहीं सकता। अन्य उद्योगों की तरह देह व्यापार (कर्मिर्शियल सेक्स) भी एक उद्योग है जहाँ ऐसे लोगों की भरमार है जो इसके खरीददार बनने के इच्छुक हैं। यह उद्योग कभी भी खरीददारों की कमी की शिकायत नहीं करती। परन्तु 'माँग' पक्ष का विश्लेषण बहुत कम किया गया है। जो इस व्यवसाय की 'आपूर्ति' का निर्णायक कारण है। ये अदृश्य ग्राहक कौन हैं जो अक्सर बच्चियों व नवयुवतियों की मांसल देह खरीदते हैं? मेरा अनुमान है एशियाई पुरुष ही इसके सबसे बड़े खरीददार हैं। जिनमें समस्त सामाजिक वर्गों, धर्मों, जातीय पृष्ठभूमि के पुरुष शामिल हैं।

पुरुष कभी-कभार बाज़ार की चाट का स्वाद लेना चाहता है और यह माना जाता है कि पुरुषों के लिए यह एक स्वाभाविक क्रिया है। यह धारणा स्त्री व पुरुष दोनों में व्याप्त है। संभ्रांत महिलाएँ जिन्हें सम्मान प्राप्त है तथा जिन्हें विवाह के बाद पुरुष ने आर्थिक सुरक्षा प्रदान की है रतिक्रिया में कम रुचि दिखाती हैं। अत: कोई औरत जो किसी पुरुष की पत्नी न होते हुए भी उसकी यौन साथी बनती है वेश्या की संज्ञा पाती है जिसे वे सब पुरुष खरीद सकते हैं जो अपनी निष्क्रिय अनुपलब्ध पत्नियों अथवा नैतिकता प्रिय महिलाओं से निराश हैं।

देह व्यापार, वेश्यावृत्ति, यौन दासता एवं स्त्रियों तथा लड़कियों की ट्रेफिकिंग या खरीद-फरोख्त को समझने के लिए बहस के पैमानों में विस्तृत परिवर्तन करना होगा। बार-बार छोड़ दिए जाने वाले कुछ गौण प्रश्नों के उत्तर ढूँढ़े जाने चाहिए। जैसे, ग्राहक कौन है? और कौन उन लड़कियों एवं महिलाओं को खरीदता है जो यौन-दासता से बँधी है? हमें यह पूछना चाहिए कि ये ग्राहक वेश्यावृत्ति के बारे में क्या सोचते हैं? वे क्यों इस तरह वेश्यागमन करते हैं? इन प्रश्नों को उठाना बड़ा मुश्किल है क्योंकि समाज इसका उत्तर देना नहीं चाहता।

विदेशी सैलानियों के लिए बाँटे जा रहे साहित्य में इसकी रोचक जानकारी दी जाती है। एक विदेशी व्यापारी का कहना था—'हमलोग हमेशा दो व्यक्ति साथ यात्रा करते हैं। लड़कियों को कमरे में जबर्दस्ती भेज दिया जाता है।' इन वर्णनों को पढ़कर लगता है कि एशिया की वेश्याएँ बड़ी मौज-मस्ती करती हुई खूब धन कमा रही हैं और ग्राहक तो जैसे उद्धारकर्त्ता हैं। हो सकता कि चंद वेश्याएँ ऐशो-आराम का जीवन बिता रही हों, लेकिन अधिकांश का जीवन नर्क में दासता से अधिक कुछ नहीं है। प्रायः सोचा जाता है, वेश्याएँ कुलटा हैं, पतिता हैं लेकिन ग्राहक एक भोला-भाला यात्री या अकेला इंसान है और थोड़े से मनोरंजन के लिए आया है।

अनुमान है कि कलकत्ता में हर रोज साठ हजार से अस्सी हजार के बीच पुरुष सेक्स खरीदते हैं। हालाँकि भारतीय स्वास्थ्य मंत्री ने कहा था कि एड्स की बीमारी से देश को सिर्फ मजबूत पारिवारिक मूल्यों से ही बचाया जा सकता है। आज विश्व भर में एचआईवी / एड्स से प्रभावित पीड़ित लोगों की संख्या १९९१ की तुलना में ५० प्रतिशत अधिक है। विश्व में समस्त नये संक्रमणों के ७० प्रतिशत संक्रमण उप-सहारीय अफ्रीका में है। केरीबियन, पूर्वी यूरोप तथा एशिया में इसका वायरस तेजी से फैल रहा है। सिर्फ १९९८ में ही एड्स ने २२ लाख अफ्रीकियों की जान ली। १९९९ में उक्रेन की दस लाख आबादी में से एक-चौथाई इस रोगाणु के शिकार थे। लेकिन अमेरिका और कैरीबियन में १७ लाख लोग एचआईवी संक्रमित हैं जिसमें ३७,००० बच्चे हैं। एशिया में १९९९ के अंत तक २०५,२०० बच्चों सहित ६१ लाख लोग एच.आई.वी के शिकार थे। तथा एड्स से अनाथ हो रहे बच्चों की संख्या में भयानक वृद्धि हो रही है।

वेश्यालयों में रहने वाली वेश्याओं के कुछ सर्वश्रेष्ठ ग्राहक प्रवासी श्रमिक होते हैं। प्रायः इन पुरुषों में हर वर्ग के ग्राहक होते हैं। यहाँ तक कि एक सर्वहारा पुरुष भी जिसकी आमदनी काफी कम होती है, बाज़ार के निम्नतम सिरे के ग्राहक होते हैं। इन प्रवासियों को सेक्स सेवा प्रदान करने वाली औरतें अधिकतर बँधुआ सेक्स वर्कर के रूप में रहती हैं। पुरुष प्रवासी श्रमिकों की संख्या समस्त एशिया में बहुत अधिक है। वे ऐसी जगह काम करते हैं जहाँ वेतन बहुत कम मिलता है। स्थानीय लोग वहाँ कम ही काम करते हैं वे फैक्ट्रियों में तथा इमारतों के निर्माण स्थलों पर काम करते हैं। ज्यादातर ये अकेले होते हैं। वे अविवाहित हो सकते हैं या फिर अपनी पत्नी को घर

छोड़कर आये हुए हो सकते हैं। उदाहरण के लिए, कलकत्ता में सन् १९९१ के आँकड़े दर्शते हैं कि वहाँ प्रति १००० पुरुष पर स्त्रियों का अनुपात ७८९ था। दूसरे शब्दों में, कलकत्ता में ऐसे बहुत से आदमी थे जिनके पास अपनी स्त्री साथी नहीं थी।

अविवाहित पुरुषों का मूड आमतौर पर वेश्याओं के द्वारा ही ठीक होता है। प्रवासी श्रमिकों के मामले में वेश्यावृत्ति पनपने के यही कारण हैं। इसी तरह सैनिक ठिकानों के आसपास भी इनकी माँग होती है। किसी पुरुष की किसी औरत तक 'यौन पहुँच' उसकी संपत्ति तथा सामाजिक स्तर से सम्बद्ध है। कई पुरुषों के लिए यौन सामर्थ्य का प्रदर्शन उनके पुरुष होने का सर्वोत्तम प्रतीक है। ऐसा सिर्फ एशिया में ही नहीं है। आकर्षक और सुंदर नवयुवती के साथ यौन सम्बन्ध स्थापित करने की शक्ति एवं सामर्थ्य प्रतिष्ठा का प्रतीक माना जाता है। यह पुरुषत्व का प्रमाण समझा जाता है तथा इसे पुरुष समाज में प्रतिष्ठा के सर्वाधिक महत्त्वपूर्ण लक्षणों में से एक माना जाता है। कम्बोडिया में उच्च स्तरीय व्यावसायिक सौदेबाजी कुँआरी लड़कियों के साथ सेक्स कर संपन्न की जाती है। इसे शुभ समझा जाता है। यह व्यापारिक आदमी की आर्थिक हैसियत को दर्शाती है तथा 'बिजनेस विद प्लेजर' को सिद्ध करती है। चीनी व्यापारी अपनी सफलता का आकलन अपनी कंपनी की बैलेंसशीट तथा कुमारी लड़कियों के कौमार्य भंग की गिनती से करते हैं।

ऐसे लोगों की संख्या बहुत कम है जो इस स्थिति के लिए पितृसत्तात्मक समाज अथवा पुरुषों के यौन-व्यवहारों को जिम्मेदार ठहराते हों। देह व्यापार सामाजिक शक्ति संरचना का मूलभूत अंग है। महत्त्वपूर्ण पदों पर आसीन लोगों द्वारा इसे संरक्षण दिया जाता है। भ्रष्ट पुलिस, राजनीतिज्ञ तथा नौकरशाही इस देह व्यापार को चोरी-छुपे सहायता तथा संरक्षण प्रदान करते हैं। बदले में वे रिश्वत, राजनीतिक समर्थन तथा यौन उपहार प्राप्त करते हैं। इनमें से कुछ प्रमुख व्यक्ति इस प्रक्रिया के स्वरूप को बदल कर सामाजिक शक्ति, यौन आसक्ति तथा आर्थिक लाभ को एक साथ मिलाने का एक बेहतरीन मार्ग खोज निकालते हैं। वे स्वयं चकलाघरों के छद्म मालिक होते हैं। पुलिस अनेक इलाकों में अपहरण करने वालों तथा वेश्यालयों के मालिकों की धर-पकड़ नहीं करती क्योंकि वे स्वयं इस देह व्यापार एवं वेश्यालयों के साझेदार होते हैं।

देह व्यापार सामाजिक रूप से अस्वीकृत यौनाचार है। इसलिए जब इसे

'गलत और अनैतिक' माना जाता है, तो इस परिप्रेक्ष्य में यह जरूरी है कि वेश्यावृत्ति जिस समाज से उपजी है, उस समाज के स्थापित यौन-मूल्यों का नियमन करने वाली 'नीतियों' की जाँच-पड़ताल की जाए। इतिहास बताता है कि वेश्यावृत्ति शाश्वत बुराई नहीं है। आदिम समाजों में वेश्यावृत्ति का नामो-निशान भी नहीं था। ये समाज उन्मुक्त थे। यौन स्वच्छंदता इन समाजों का नियम थी। यौन सम्बन्धों को नियमित करने के लिए 'विवाह' नामक संस्था का अस्तित्व भी नहीं था। ऐसे समाजों में वेश्यावृत्ति या तो बिल्कुल नहीं थी या नहीं के बराबर थी, क्योंकि तब इसकी जरूरत नहीं थी। लगता है कि जब इन समाजों ने आर्थिक प्रगति की तरफ कदम बढ़ाये और परिवार व विवाह के मामले में समाज के सदस्यों के व्यवहार को नियंत्रित करने वाले नियमों का कड़ाई से पालन शुरू हुआ, तब देह व्यापार एक अलग व्यवसाय के रूप में उभर कर आया।

देह व्यापार का मुद्दा किसी भी समाज में महिलाओं की स्थिति के सवाल से सीधा जुड़ा हुआ है। जो समाज देह व्यापार की इजाजत देता है या सब कुछ जानते हुए भी इसे अनदेखा करता है वह समाजवादी या प्रगतिशील होने का दावा नहीं कर सकता। देह व्यापार चाहे खुले तौर पर हो, चाहे ढँके-छिपे, इससे 'सामाजिक नैतिकता' का खोखलापन उजागर होता है। ऐसा समाज नैतिकता के दोहरे मानकों की बैसाखियों पर घिसट रहा होता है। वेश्यावृत्ति उस समाज के सामाजिक, आर्थिक और राजनीतिक अंतर्विरोधों को भी रेखांकित करती है। वेश्यावृत्ति को पनपाने-फैलाने के पीछे जो दो महत्त्वपूर्ण शक्तियाँ रही हैं, वे हैं धर्म और अर्थ। आज इस मामले में धर्म का दखल धीरे-धीरे कम या खतम होता जा रहा है, लेकिन आर्थिक कारणों की जकड़ अभी भी पहले जैसी मजबूत है।

देह व्यापार सदियों पुराना धंधा है। भूमंडलीकरण के दौर में वेश्यावृत्ति बढ़ी है। आज आर्थिक दबावों से टूटी महिलाएँ ही अब अधिकांशत: इस पेशे में आती हैं। दूसरी यह कि इस पर नाक-भौं सिकोड़ने के बावजूद सभी समाजों में इसे पाले रखा गया है। और सभी विकसित समाजों में नैतिकता के दोहरे मापदंड कायम हैं। तीसरी खास बात यह है कि आज वेश्याओं के दो अलग वर्ग हो गए हैं। एक वर्ग वह है, जो ऊँचे तबके के लोगों के लिए है। इन वेश्याओं का दखल आमतौर पर, काफी ऊँचे मामलों तक में होता है। दूसरा वर्ग गरीब वेश्याओं का है, जो आम किस्म के लोगों की जरूरतें पूरा

करती हैं।

दुनिया के सभी देशों में औद्योगिक एवं संचार क्रांति के कारण समाज में बिखराव आया है और परिवार के टूटने की गति तेज हुई, जिससे आम जनता की गरीबी और बदहाली और बढ़ी। इस कारण रोजगार के अभाव में या तंगहाली के कारण गरीब लड़कियों और औरतों को शरीर बेचने के इस एकमात्र रोजगार की तरफ मजबूरन आना ही पड़ा। कुर्ग के इलाके को छोड़कर भारत के सभी राज्यों में वेश्यावृत्ति होती है। आमतौर पर शहरों की खास सड़कों पर चकला-बाज़ार लगते हैं। कुछ भी ढके-छिपे तौर पर नहीं होता, बल्कि वेश्याएँ खुलकर शरीर-प्रदर्शन करती हैं। मुंबई जैसे शहरों में जहाँ चकलाघर गैरकानूनी है, एक नया तरीका खोज लिया गया है। यहाँ वेश्याओं की अपनी-अपनी खोलियाँ हैं, जिनमें वे स्वतंत्र महिला के तौर पर यह पेशा करती हैं और वह भी बिल्कुल खुले रूप में। (१९५३ में बनी एक सलाहकार समिति की रिपोर्ट)

वेश्याओं को चार वर्गों में बाँटा जा सकता है :

१. वंशानुगत वेश्याएँ

२. धर्म व परंपरा के तहत बनी वेश्याएँ

३. सामाजिक परिस्थितियों की शिकार और बहला-फुसलाकर लाई गई लड़कियाँ और

४. विकृतियों की शिकार महिलाएँ।

ज्य।दातर एशियाई वेश्याएँ समाज के आर्थिक, राजनीतिक और सामाजिक रूप से पिछड़े और वंचित तबके से ही आती हैं। आमतौर पर शुरू से ही इन महिलाओं व उनके परिवारों पर उन लोगों का किसी न किसी रूप में नियंत्रण और दबाव रहता है जो देह व्यापार के धंधे को परदे के पीछे से चलाते हैं। किसी अन्य उपभोक्ता वस्तु के बाज़ार की तरह औरतों के बाज़ार की स्थिति भी है। यानी 'बेहतर चीज' ऊँचे किस्म के लोगों के लिए। इस तरह दोनों वर्ग के लोगों को संतुष्ट, लेकिन अलग-अलग रखा जा सकता है। नौकरीपेशा तबका बीच के वर्ग का होता है। यह अपने आपको निचले वर्ग से अलग रखता है। इसीलिए जब कम वेतन, गंभीर आवास समस्या आदि के कारण मजदूर तबके के परिवार टूटते हैं, उनके घर की औरतें मजबूरी में देह व्यापार का रास्ता पकड़ती हैं, तब नौकरीपेशा तबका इससे कतई चिंतित नहीं होता। यहाँ उसका व्यवहार शुतुरमुर्ग की तरह होता है। बल्कि यह देह व्यापार

उनके लिए एक विकल्प ही उपलब्ध कराता है। जिस सीमा तक वे इस विकल्प का फायदा उठा सकते हैं, उस हद तक वे अराजनीतिक बने रहते हैं, यानी उनसे क्या मतलब? दूसरी तरह उच्च वर्ग इस पेशे के कई और फायदे उठाता है—जैसे दोस्ती बढ़ाने, बड़े-बड़े व्यावायिक सौदों और ठेकों के लिए किसी अफसर को खुश करने या ऐसे ही अन्य मामलों में यह तबका वेश्याओं का इस्तेमाल करता है। यह वर्ग अपनी जायदाद और धंधा फैलाने-बढ़ाने में वेश्याओं को साधन के तौर पर प्रयोग करता है। हाल ही में तहलका डॉट काम के खोजी पत्रकारों द्वारा खबर के लिए तथ्य जुटाने हेतु कॉलगर्ल्स के उपयोग की बात भी सामने आई है। यह एक नयी शुरुआत है लेकिन फिलहाल हमारे अध्ययन के दायरे के बाहर है।

कुछ लोग यह तर्क देते हुए भी पाये गए हैं कि देह व्यापार पश्चिमी समाज की विकृति है और एशियाई समाज में नैतिकता के उच्च मानकों का पालन किया जाता है। यह भी कहा जाता है कि बाल वेश्यावृत्ति फिलीपींस, थाईलैंड व भारत में पश्चिमी पर्यटकों की देन है। यह तर्क अगर एशियाई वेश्यालयों में कैद लड़कियों के पास भेजा जाए तो उनकी प्रतिक्रिया सुनकर शायद हमारे होश उड़ जाएँगे। इस तर्क के उलट पश्चिम में यह धारणा है कि एशियाई समाजों में एक ओर तो परिवार जैसी संस्था की महिमा गाई जाती है तो दूसरी ओर पुरुषों का निजी यौन जीवन इसके ठीक विपरीत होता है। पारिवारिक मूल्यों पर पुरुषों का स्वामित्व रहता है। हमारी एशियाई व्यवस्था में पारिवारिक मूल्यों का अर्थ है परिवार नामक इकाई की स्थिरता। इसका अर्थ यह है कि परिवार मिल-जुल कर रह रहा है और पत्नी लाख अत्याचारों के बाद भी सम्बन्ध विच्छेद यानी तलाक की बात नहीं करती। यदि वह इसका आभास भी देती है तो लोग अप्रसन्नता प्रकट करते हैं। देह व्यापार का विस्तार इस ओर इशारा करता है कि अधिकांश एशियाई पुरुष पत्नी के प्रति सेक्स सम्बन्धों में निष्ठावान होने को महत्त्व नहीं देते हैं। अतः यह कहना हास्यास्पद और मिथक लगता है कि एशियाई पुरुष परंपरागत सेक्सुअल कोड का पालन करते हैं जिनमें निष्ठा और सद्गुणों पर बल दिया जाता है। अधिकांश एशियाई समाजों में पुरुष के जीवन में वैवाहिक सेक्स तथा विवाहेत्तर सेक्स दो नितांत पृथक पहलू हैं। सेक्स एक ऐसा मनोरंजन है जिसका लुफ्त पुरुष और सिर्फ पुरुष ही दाम्पत्य जीवन की सीमाओं से बाहर जाकर उठा सकता है। अनेक एशियाई समाजों में पत्नियों द्वारा इसे नजरअंदाज किया जाता है क्योंकि पत्नी

एक तो आर्थिक रूप से पूरी तरह पुरुष पर निर्भर होती है और अधिकांश एशियाई औरतों के विचार में सेक्स सम्बन्ध ही विवाह नहीं है। वे उसे एक संस्कार मानती हैं और धूर्त पुरुष इसका फायदा उठाते हैं।

पत्नी को अपने पति के व्यवहार पर आपत्ति है तो भी वह कुछ नहीं कर सकती। अन्य शब्दों में, पुरुष सेक्स खरीद सकते हैं और उस पर कोई प्रतिबंध नहीं है। एशियाई समुदायों में पुरुष को 'सूर्य' की उपमा दी जाती है जो एक साथ कई 'कमल' खिला सकता है। लेकिन किसी औरत द्वारा पुरुष की तरफ आँख उठाकर देखना भी पाप माना जाता है। अत: ऐसे में पुरुषों को संतुष्ट करने वाले व्यापार में औरतों का एक बड़ा हिस्सा लिप्त रहता है। इनमें से बहुत कम ही इस धंधे की इच्छुक होती हैं। ऐसी स्थिति में जब देह व्यापार करने वाली अवयस्क लड़कियों की संख्या पर्याप्त नहीं होती, तब सेक्स उद्योग अनिच्छुक लड़कियों को भी बाज़ार में उपलब्ध कराने का इंतजाम करता है। अधिकांश ग्राहक बाज़ार में उपलब्ध लड़की की अनिच्छा को अनदेखा करते हैं। कई बार पुरुषों में यौन उन्माद इस कदर हावी रहता है कि उनका ध्यान माल का उपभोग करने पर ज्यादा होता है न कि भावना पर। कुछ तो औरत की अनिच्छा का मन ही मन स्वागत करते हैं। इंकार कर रही औरत जबर्दस्ती पुरुषत्व साबित करने का उत्तम मौका होती है। ये पुरुष जिन औरतों का उपभोग करते हैं वे 'कलंकिनी' या 'कुलटा' श्रेणी की मानी जाती हैं। दक्षिण एशिया में तो यह विशेष रूप से सत्य है।

एशिया के देशों में बिखरी पड़ी सेक्स व्यापार की नींव कुछ घृणित किंतु ठोस सामाजिक आधारों पर रखी गई है। परंपरागत रूप से स्त्री विनिमय की वस्तु है और उन्नीसवीं शताब्दी में तेजी से व्यावसायिक बनती एशियाई अर्थव्यवस्था में औरत की खरीद-फरोख्त को बाज़ार से मान्यता मिली थी। पहली बार बड़े पैमाने पर हुए व्यावसायिक ट्रैफिकिंग में चीनी महिलाएँ शामिल हुई जिन्हें मलाया, सिंगापुर तथा आधुनिक थाईलैंड के वेश्यालयों में चीनी प्रवासी पुरुष श्रमिकों को यौन सेवाएँ प्रदान करने के उद्देश्य से बेचा गया। इसी उद्देश्य हेतु चीनी औरतों को अमेरिका भी भेजा गया। उन्नीसवीं सदी के आठवें दशक में दरिद्र जापानी लड़कियों का निर्यात दक्षिण-पूर्वी एशिया में यौन सेवाएँ मुहैया कराने के लिए किया गया था जिन्हें 'करायुकी सान' कहा जाता है। आज जापान विश्व में एक बड़ी आर्थिक ताकत है। अब जापान को अपनी औरतों के निर्यात की जरूरत नहीं है। प्रवाह अब उलट

दिया गया है। अब जापान दूसरे देशों से गरीब लड़कियों का आयात करता है।

किसी भी समाज में आधुनिक चीजें पुराने विश्वासों एवं प्राथमिकताओं को आसानी से नहीं बदल पातीं। अभी भी एशिया के गाँवों में मिट्टी के कच्चे मकानों में परिवार टीवी देखते मिलेंगे और इंडोनेशिया की इलेक्ट्रॉनिक फैक्ट्रियों में सिर ढँके आधा बुरका ओढ़े लड़कियाँ माइक्रो चिप्स डालते हुए दिखेंगी। इस प्रकार का विरोधाभास उपभोग एवं भावी उपभोक्ता के व्यवहार का पूर्वाभास देते हैं। आज भी एशिया में यूरोप व अमेरिका जैसे मध्यमवर्गीय परिवारों की संख्या सीमित है लेकिन अतीत के पूर्वग्रहों का परिणाम इससे भी गहरा होता है। आय में वृद्धि होने के बावजूद यूरोपीय लोगों की तुलना में एशियाई देशों ने पारंपरिक सामाजिक रस्मो-रिवाज को बहुत कम बदला है। अभी भी तलाक कम है। माँ-बाप की देखभाल करने वालों की संख्या में ज्यादा कमी नहीं आई है और अमेरिका की तरह खुदगर्ज लोगों की संख्या अपेक्षाकृत कम है। सामाजिक परिवर्तन उतनी तेजी से नहीं हुए जितनी तेजी से यूरोप या अमेरिका में हुए। एशिया में पारिवारिक परंपरा अभी भी मजबूत है जो किसी भी व्यक्ति की शिक्षा, सामाजिक उपभोग एवं स्तर को निर्धारित करती है।

स्त्रियों की खरीद-फरोख्त के बारे में कई परिभाषाएँ दी गई है। जिनमें कुछ इस प्रकार हैं : 'सीमाओं के भीतर या सीमाओं के पार व्यक्ति की भर्ती, उसे लाने ले जाने, खरीद, विक्रय, स्थानांतरण, प्राप्ति या आश्रय में रखने से जुड़ी सभी कार्रवाइयाँ या कार्रवाई के प्रयास, जिसके लिए धोखेबाजी, जोर-जबर्दस्ती या कर्जे के कारण बंधक बनाने के जरिए ऐसे व्यक्तियों को पैसे देकर या न देकर अनिच्छा से घरेलू दासता, सेक्स दासता, गुलामी, बेगार या बंधक मजदूर के रूप में या दासता जैसी स्थितियों में ऐसे समुदाय में रखना या बनाए रखना जो उस समय से भिन्न हो जिसमें व्यक्ति धोखा दिए जाने या धमकाए जाने या ऋण के लिए बंधक रखे जाने से पूर्व रहता था।'

स्त्रियाँ बर्मा में सस्ती तथा प्रचुर हैं और बर्मी उन्हें यौन शोषण हेतु बाज़ार में लाने के इच्छुक रहते हैं। परिणामस्वरूप इस उद्योग में देश के उत्तरी भाग में जन्मी यौनकर्मियों की संख्या कम होती जा रही है और इसके साथ-साथ अन्य देशों से आने वाली लड़कियों की संख्या बढ़ती जा रही है। पाँच-दस साल पहले उत्तरी थाईलैंड में चंग-माई के वेश्यालयों में काम करने वाली

लगभग आधी स्त्रियाँ म्याँमार से थीं। अब चकलाघर आधारित वेश्यावृत्ति में इनकी संख्या लगभग १०० प्रतिशत है। इन स्त्रियों, विशेषकर थाई समुदाय की माँग उनकी गोरी त्वचा तथा सुकुमार आकृति होने के कारण अधिक है, ये सभी अनपढ़ हैं।

म्याँमार का इतिहास बताता है कि गृहयुद्ध एवं फौजी सरकार के राजनीतिक दमन के कारण लाखों लोग घोर गरीबी की चपेट में आ गए और लाखों लोग अनिश्चितता के भय के साये में जीने लगे। यह सेक्स इंडस्ट्री के एजेंटों के लिए एक सपना था। यहाँ हजारों नाबालिग लड़कियाँ ऐसी थीं जिनके पास न घर था और न जीविका। और जो बर्मी फौज की लूटमार से बचने की आशा खो चुकी थी। उनके पास एक ही अवांछनीय विकल्प था। जैसा कि थाईलैंड में कार्यरत बर्मी वेश्या ने कहा, 'हम बर्मा में सिपाहियों द्वारा बलात्कार किये जाने के लिए क्यों रुकें? हालाँकि, थाईलैंड आने पर भी हमारा उसी प्रकार बलात्कार होता है किंतु हमें उसके लिए पैसे तो मिलते हैं। और वह भी समय पर।' थाई-बर्मी सीमाओं से जुड़े शरणार्थी कैम्प से भी बड़ी मात्रा में वेश्याओं की भर्ती होती है। और अनुमान है कि १९८० के बाद से लगभग २० लाख बर्मी आदमी पूर्वी एशियाई देशों में प्रवासी के रूप में गए हैं। ये लोग सस्ते मजदूर के रूप में वहाँ मौजूद हैं और इनकी सेक्स जरूरतों की पूर्ति बर्मी औरतों से की जाती है।

जापान इस क्षेत्र का सबसे महत्त्वपूर्ण आयातक देश है। पुरुष प्रधान संस्कृति द्वारा इस गतिविधि को वहाँ प्रोत्साहन मिला है। कंपनियाँ अपने कर्मचारियों को वार्षिक यौन-भ्रमण के लिए कोरिया, थाईलैंड या फिलीपींस की सैर कराती थीं। स्थानीय वेश्याओं की यौन सेवा एक विशेष प्रकार का बोनस है जिसमें विमान यात्रा तथा आवास भी सम्मिलित थे। इस प्रकार की यात्राएँ कुत्सित संस्थानों द्वारा नहीं कराई जाती, और न ही कुछ संदिग्ध फर्म तथा उनके घृणित कर्मचारी इसका सेवन करते हैं। यह एक प्रत्यक्ष विशाल व्यवसाय है जिसमें प्रतिष्ठित कंपनियाँ तथा पुरुष कर्मचारियों की बड़ी संख्या शामिल है। साधारणत: जापानी तथा कोरियाई नारीवादी इस व्यवसाय को अपवादस्वरूप लेते हैं और इसे रोकने के लिए जोरदार अभियान चलाते हैं। इनमें पिछले पंद्रह सालों में बहुत परिवर्तन आया है। १९९० से अभी कुछ समय पूर्व तक किसी भी जापानी की यात्रा में सेक्स खरीदना आनिवार्य रूप से शामिल रहता था। ऐसी सेक्स यात्राओं से लौटने के बाद उनके खिलाफ

एयरपोर्ट के बाहर प्रदर्शन हुए और मीडिया ने भी टिप्पणियाँ कीं।

थाईलैंड सेक्स व्यापार को मुख्य व्यवसाय के रूप में विकसित करने हेतु सभी प्रकार के हथकंडे अपना रहा है, ताकि इश्ख्रीसवीं शताब्दी में यह एक परिष्कृत धंधा बन जाये। जापान में कोलम्बिया की भी कुछ महिलाएँ काम करती हैं किंतु वे अत्यंत महँगी होती हैं क्योंकि उनका हवाई किराया बहुत अधिक होता है। थाईलैंड के मध्यम आय क्षेत्रों में लड़कियों की कीमतें जाति, सुंदरता, यौवन तथा कौमार्य के साधारण मापदंडों के अनुसार घटती-बढ़ती है किंतु बजट वेश्यालय क्षेत्र में एक बर्मी महिला की कीमत ७६५० रुपये से २५००० रुपये तक लग सकती है। एक थाई लड़की के लिए इससे भी अधिक आशा की जा सकती है। कंगाल कम्बोडिया में लड़की सस्ते में खरीदी जा सकती है। अत: वेश्यालयों के मालिक आमतौर पर उनका मोलभाव ५००० से २५००० रुपये के बीच करते हैं। कम्बोडिया में यह व्यापार जोरों पर है। पूरे मिकांग डेल्टा में यही दृश्य देखने को मिलता है। जिन लड़कियों का ये पुरुष उपभोग करते हैं उन्हें देह बाज़ार के लिए चुन लिया जाता है। वे कोई उच्च श्रेणी वाली वेश्याएँ नहीं होती है किन्तु चंद दिनों के लिए उनका बाज़ार भाव ऊँचा रहता है क्योंकि विवेकी उपभोक्ता ने उनका चुनाव किया है। कम्बोडिया में एक कुँआरी कन्या की कीमत लगभग २०-२२ हजार रुपये हैं। वेश्यावृत्ति में प्रवृत्त होने के दो महीनों बाद उसकी कीमत बीयर की एक बोतल की कीमत के बराबर हो जाती है।

यद्यपि जिस परिवेश में ये लड़कियाँ काम करेंगी वह भव्य जापानी क्लबों से लेकर पतली प्लाईवुड की छोटी-छोटी कोठरियों में बँटे कम्बोडियाई शेड जैसे वेश्यालयों तक में फैला है। ये सभी लड़कियाँ ही स्वयं को उत्पाद के रूप में बेचती हैं। और ये सभी लड़कियाँ तब तक वहाँ रहने के लिए बाध्य होती हैं जब तक कि वे अपनी खरीद की कीमत सेक्स धंधे द्वारा चुका न दें। हालाँकि उनकी पहली चुनौती स्वयं को खरीददार की शर्तों के अनुकूल बनाना है, ताकि वे अपनी स्वतंत्रता पुन: अर्जित कर सकती हैं, अनजान पुरुषों की लंबी कतार को अपनी देह बेचने के लिए उन्हें अभ्यस्त होना पड़ता है। खराब कार्य परिस्थितियों तथा अपने मालिक के रूखे व्यवहार तथा ग्राहकों के अनुचित व्यवहार के कारण वे अपने काम से इस्तीफा नहीं दे सकतीं। दासियों के पास कोई विकल्प नहीं होता। और अंतत: दलाल ही उनके मालिक बन जाते हैं। देह व्यापार में दलाल वेश्या के रक्षक की भूमिका निभाता है। कपड़े

लत्ते के लिए पैसा देता है। पुलिस के आने के बारे में चेतावनी देता है। वह उन ग्राहकों से वसूली करता है जो बिना मूल्य चुकाए उपभोग करना चाहते हैं। वेश्याओं को ऐसे व्यक्तियों के सहारे की आवश्यकता होती है जो उसके पैसों की अदायगी करा सके।

भूमंडलीकरण के परिणामस्वरूप अब पिछड़े बांग्लादेश के देह व्यापार में भी परिवर्तन आ रहा है। लड़कियों को वेश्यावृत्ति में बेचा जाता है किंतु जरूरी नहीं कि उन्हें पारंपरिक वेश्यालयों में ही बेचा जाए। बल्कि अब उन्हें होटलों में वेश्यावृत्ति के लिए भेजा जाता है। लेकिन यह नाम का धोखा है। होटल से लोगों को साफ-सुथरे कमरे का आभास होता है। जबकि वास्तव में जिसे बांग्लादेश में होटल कहा जाता है वह किसी छोटी जाज या सड़कछाप रात्रि विश्राम की गंदी छोटी कोठरी अथवा विस्तृत गंदा-सा सहवास घर होता है। व्यापार की संरचनाएँ बिल्कुल पारंपरिक वेश्यालय की वेश्यावृत्ति के समान है। किंतु यह व्यापार में एक गंभीर परिवर्तन है। ग्राहक बदनाम क्षेत्रों के दौरा करने की परेशानी से बच जाते हैं। उन्हें रूम में ही लड़कियाँ डिलीवरी की जाती है। ऐसा पाकिस्तान में भी पाया जाता है जहाँ ग्राहकों के मनोरंजन के लिए लड़कियों को वेश्यालयों से होटल भेजा जाता है। भारत का देह व्यापार अत्यंत विशाल है। यहाँ वेश्यालय का क्षेत्र बहुत बड़ा है। वस्तुतः लगभग सभी शहरों व नगरों में कोई न कोई रेड लाईट एरिया है। बस अड्डों तथा रेलवे स्टेशनों के आसपास वेश्याओं की भरमार है। राष्ट्रीय राजमार्गों पर चाय की दुकानों व ढाबों के पीछे छोटे-छोटे कमरे होते हैं जहाँ कोई भी सेक्स खरीद सकता है। इन्हीं ढाबों पर लड़के भी पेश किये जाते हैं। बड़े शहरों में चकलाघर सुव्यवस्थित है, और कुछ तो सदियों से विद्यमान हैं। मुंबई के फॉकलैंड रोड और इसके गलियों के आसपास के रास्ते कामठीपुरा के नजदीक पड़ते हैं। दो रेड लाइट एरिया मिलकर एक बड़ी और लगभग सतत चलने वाली व्यापारिक सेक्स मार्किट का निर्माण करते हैं। गरीबी और अभाव से छटपटाती औरतें व लड़कियाँ दरवाजे पर खड़े होकर सड़क पर चल रहे मुसाफिरों को कम से कम दामों में रतिक्रिया के लिए आवाजें देकर बुलाती हैं। कुछ तो अपनी सेवाएँ मात्र पाँच रुपये में प्रदान करती है। बाज़ार में सबसे कम कीमत पर बिकने वाली और कोई चीज मिलनी मुश्किल है। यह है औरत की कीमत।

बाल वेश्यावृत्ति की समस्या

यह व्यापार 'आमतौर से विकासशील देशों में राष्ट्रीय सीमाओं से पार व्यक्तियों की अवैध और चोरी-छिपे आवाजाही भी है.. इसका उद्देश्य औरतों और लड़कियों को लाने वालों, उनका व्यापार करने वालों और अपराधी गिरोहों के लाभ के लिए उन्हें जबर्दस्ती यौन की दृष्टि से आर्थिक रूप से असह्य और शोषक स्थितियों तथा घरेलू नौकरी, झूठे विवाह, चोरी छिपे रोजगार और गलत तरीके से गोद देने जैसी अन्य अवैध गतिविधियों में धकेलना है। बांग्लादेश, नेपाल, भारत, पाकिस्तान तथा श्रीलंका में गैर-सरकारी संस्थाओं के प्रकाशन तीन विषयों के इर्द-गिर्द घूमते हैं। बालिका, धार्मिक वेश्यावृत्ति तथा यौन-उद्देश्यों हेतु तिजारत। भारत तथा नेपाल में धार्मिक वेश्यावृत्ति (जिन्हें देवदासी के नाम से ज्यादा जाना जाता है) तथा लड़कियों के अवैध व्यापार पर फोकस रहता है, जबकि बांग्लादेश में घरेलू नौकरानी के रूप में रखी कमसिन लड़कियों का यौन शोषण प्रमुख विषय है। बलूचिस्तान तथा पाकिस्तान के उत्तर-पश्चिमी सीमावर्ती क्षेत्रों में बालिकाओं पर आधारित अधिकांश साहित्य मुख्य रूप से यही व्यक्त करता है कि कानून इस समस्या को कैसे देखता है।

यूनीसेफ तथा अंतर्राष्ट्रीय श्रम संगठन ने भी बाल वेश्यावृत्ति पर अध्ययन किये हैं। अंतर्राष्ट्रीय श्रम संगठन द्वारा प्रकाशित 'इन्टोलेरेबल फार्म ऑफ चाइल्ड लेबर' इस विषय पर सोचने हेतु बहुत अच्छी सामग्री है।

कुछ लोगों का दावा है कि बाल वेश्याओं की संख्या चौंकाने वाली दर से बढ़ रही है। हालाँकि इस सम्बन्ध में सिवाय इस तर्क के और कोई कारण नहीं दिया जाता कि ग्राहकों का झुकाव बाल वेश्याओं की ओर इसलिए हो रहा है क्योंकि वे मानते हैं कि बालिका-वेश्या से संसर्ग करने पर वे एड्‌समुक्त रह सकेंगे। एड्‌स से पहले पूरे विश्व में यह दोहराया जाता था कि बाल-वेश्याओं का विक्रय इसलिए किया जाता था क्योंकि वे यौन संक्रमित रोगों से मुक्त होती हैं। अत: प्रश्न यह है कि वे दूसरे कौन से कारण हैं जिन्होंने विश्व के सबसे पुराने व्यवसाय में बच्चों को खींच लिया है।

एक्पॉट के जोरदार अभियान के कारण पर्यटन तथा बाल-वेश्यावृत्ति के मुद्दे ने मीडिया का ध्यान आकर्षित किया। एक्पॉट का प्रारंभ ई.सी.टी.डब्ल्यू.टी. (इक्युमेनिकल कोलिशन ऑन थर्ड वर्ल्ड ट्यूरिज्म) के उपविभाग के रूप में हुआ था। जो स्पष्ट रूप से बाल वेश्यावृत्ति को विदेशी

पर्यटन का ही परिणाम मानती है। यद्यपि ऐसे विचार कुछ हद तक तर्कसंगत हो सकते हैं तथापि यह कहना अस्वाभाविक होगा कि भारत में बाल वेश्यावृत्ति की घटना किसी एकल कारण से पैदा हुई है। इसे विदेशी पर्यटकों द्वारा पैदा की गई विकृति भी कहा जा सकता है। लेकिन, ऐसी एकतरफा बयानबाजी समस्त विदेशी पर्यटकों के लिए अनावश्यक विद्वेष पैदा कर सकती है। उनमें से बहुत थोड़े हैं जो ऐसे घृणित कार्य में भाग लेते होंगे। ऐसा बयान स्थानीय ग्राहकों की उपस्थिति की पूर्णतया उपेक्षा करता है जिनकी संख्या आमतौर पर विदेशियों से ज्यादा है। उदाहरण के लिए, फिलीपींस में इस समस्या के लिए जापानियों को अकेला जिम्मेदार ठहराया गया है। इसी प्रकार थाईलैंड में चीनियों को दोष देने के संकेत प्राप्त हुए हैं। किसी भी शोधकर्ता को इस प्रकार के संदर्भों का उपयेग करते समय सावधानीपूर्वक इन्हें जाँचना चाहिए।

प्रथम विश्व युद्ध के बाद एशिया में देह व्यापार की नींव पड़ी। विश्व युद्ध की समाप्ति के बाद पूर्वी तथा दक्षिण-पूर्वी एशिया आर्थिक रूप से सम्पन्न बन गए। शहरीकरण तथा उद्योगीकरण की गति में तेजी आई तथा बड़ी संख्या में लोग गाँव छोड़कर शहरों में जाकर बसने लगे। कुछ महिलाओं ने भी बढ़ते उत्पादन उद्योगों में काम करके पैसा कमाना शुरू किया किंतु अमूमन पुरुष उनसे कहीं अधिक कमाते थे। इन मजदूरी पेशा पुरुषों के पास पहली बार नगद पैसा आया और उसकी अच्छी-खासी मात्रा वह सेक्स खरीदने पर खर्च करने लगे। अत: जहाँ पहले सिर्फ दबंग सामंती वर्ग के पुरुष ही औरतों का 'उपभोग' करते थे वहाँ अब यह क्षमता सर्वहारा वर्ग के पुरुषों के हाथ में नयी क्रय-शक्ति के रूप में आ गई थी और उन्होंने इस नवीन एवं उत्तेजक अवसर का ज्यादा से ज्यादा लाभ उठाया।

वेश्यावृत्ति के बढ़ने की दूसरी वजह थी सैन्य शक्ति का विस्तार। उन्नीसवीं सदी के प्रारंभ से ही एशियाई देशों में आधुनिक प्रकार की सेनाओं का गठन प्रारंभ हो गया था और सैनिकों एवं उनके अधिकारियों की सेवा के लिए वेश्याओं की दरकार थी। जब सेना युद्ध के लिए जाती थी तब वे उनके साथ-साथ चलती थीं। प्राय: सैन्य अड्डे की चहारदीवारी या कँटीली बाड़ के आसपास देह व्यापार के अड्डे फलते-फूलते देखे जा सकते हैं। पूरे एशिया भर में जहाँ-जहाँ सैनिक अड्डे बने या छावनियाँ बनीं, वहाँ-वहाँ वेश्यावृत्ति के अड्डे भी पनपे।

वस्तुत: एशिया में देह व्यापार का स्वरूप ग्लेशियर की तरह है यानी एक चौथाई दिखाई देता है तीन चौथाई अदृश्य रहता है। यह व्यापार एशिया में पश्चिम की अपेक्षा ज्यादा फैला हुआ है। एशिया का महत्त्व भारत के संदर्भ में इसलिए ज्यादा है क्योंकि इस महाद्वीप की प्राचीन संस्कृति और बाद में उपनिवेशवाद के प्रभाव दोनों का भूमंडलीकरण के नये वर्चस्व के संदर्भ में महत्त्व बढ़ जाता है। बहुधा भूमंडलीकरण को नव-उपनिवेशवाद के रूप में संबोधित किया जाता है। अत: स्त्री की समस्या पर चर्चा करते हुए एशियाई स्त्री की चर्चा आवश्यक है। अंतर यह है कि यहाँ यह चोरी-छिपे चलने वाले व्यवसाय के रूप में स्थापित है जबकि पश्चिम में सेक्स उद्योग को खुल्लम-खुल्ला मान्यता है।

सभी चीजों को बेचने के लिए स्त्री की यौनिकता का उपयोग किया जाता है। सेक्स को गलियों, वेश्यालयों, मालिशघरों, क्लबों तथा विज्ञापनों के जरिए बाज़ार में लाया जाता है। एशिया में भी यही हो रहा है किंतु एशियाई पुरुष हमेशा इससे इंकार करते हैं और इसके व्यापक अस्तित्व से अनजान बने रहना चाहते हैं। दक्षिणी एशियाई देशों में तो नैतिकता का मुल्लमा कुछ ज्यादा ही चढ़ा हुआ नजर आता है। इसीलिये देह व्यापार पर सूचना जमा करना टेढ़ी खीर है। लेकिन यही कारण है कि शेष विश्व को ही नहीं यहाँ के निवासियों को भी यह जानकारी नहीं कि इस भूभाग में औरत की खरीद-फरोख्त एवं देह व्यापार की क्या स्थिति है। सेक्स बेचने वाली औरतों के अनुभवों को सुनना आवश्यक है। भुक्तभोगियों की व्यथा जानना इसलिए भी जरूरी है कि अक्सर इन नाबालिग एवं कमसिन लड़कियों के खरीददार वे पुरुष होते हैं जो स्वयं को नैतिक दृष्टि से पाक-साफ रूप में पेश करते हैं। या फिर अक्सर पहली बार ऐसा करने का ढोंग करते हैं।

वेश्यावृत्ति के लिए दुनियाभर में औरतों की खरीद-फरोख्त होती है। फिर हम सिर्फ एशिया की छानबीन क्यों करना चाहते हैं? क्या पूर्व सोवियत संघ, पूर्वी यूरोप या लैटिन अमेरिका में वेश्यावृत्ति पर हुए शोध कार्य भी स्थूलत: ऐसे ही समान परिणाम की ओर संकेत नहीं करते कि महिला यौनिक दासता हर जगह है। लेकिन एशिया की विशेषता है क्रूरता और नैतिकता का ढोंग। एशिया के इस विरोधाभास पर बहुत कम ध्यान दिया गया है। भारत की योग विद्या, चीन की युद्ध कलाएँ, जापान के मार्शल आर्ट, कम्बोडिया में अंकोरवाट के मंदिर, थाईलैंड की नजाकत, हिमालय के सौंदर्य एवं श्रीलंका

की बौद्ध परंपराओं पर चर्चा आम बात है, लेकिन यहाँ के देह व्यापार पर असाधारण चुप्पी साध ली जाती है। विदेशियों से यह छुपाया जाता है क्योंकि यहाँ यह उद्योग तथा ट्रेफिकिंग नेटवर्क अत्यन्त जटिल एवं विकसित है।

पिछले कुछ दशकों में एशियाई देशों में वेश्यावृत्ति में प्रवेश करने वाली लड़कियों की औसत आयु में गिरावट आई है। अधिकांश क्षेत्रों में तो इन्हें देह व्यापार के कार्य में रजस्वला होने के पूर्व ही धकेल दिया जाता है। सेक्स उद्योग सस्ता तथा आज्ञाकारी यौनकर्मी पसंद करता है तथा ग्राहक नवअंकुरित यौवना किशोरियों को प्राथमिकता देते हैं। देह व्यापार का सर्वाधिक असामान्य तथा अस्वीकार्य पहलू मैंने फिलीपींस में देखा जहाँ एशियाई पुरुष सेक्स खरीदते वक्त महिलाओं की अपेक्षा छोटी लड़कियों को प्राथमिकता देते हैं। एशिया के देह व्यापार में औरत की शुरुआती वर्ष १३ से १६ साल के बीच की होती है। अक्षत कौमार्य वाली लड़कियों की माँग सबसे अधिक होती है तथा ग्राहक भी उनके लिए ऊँची से ऊँची कीमत देने को तैयार रहते हैं। दक्षिण एशिया की कुछ वेश्याओं से बातचीत के पूर्व मुझे यह नहीं पता था कि कइयों ने यह कार्य मासिक धर्म प्रारंभ होने के साथ ही शुरू कर दिया था।

एशिया में वेश्यावृत्ति को सबसे बड़ा प्रोत्साहन उस समय मिला जब कोरियाई एवं विशेषकर वियतनाम युद्ध के दौरान वहाँ आने वाली अमरीकी फौजों के जवानों ने इस मद में पैसा खर्च करना प्रारंभ किया। वे डॉलरों में भुगतान करते थे और यह स्थानीय करेंसी में बड़ी रकम होती थी। साठ-सत्तर के दशक में अमरीकी सैनिकों को विश्राम तथा तरोताजा होने के लिए वियतनाम से थाईलैंड भेजा जाता था। इस छुट्टी का अर्थ ही था मनोरंजन और सेक्स। सेक्स उद्योग का व्यापक और लाभप्रद क्षेत्र फौजी कर्मियों को यौन सेवाएँ प्रदान करने के कारण पनपा। फिलीपींस में भी ऐसा ही हुआ जहाँ हजारों महिलाएँ अमरीकी सेना के अड्डों में रहने वाले तथा नौसेना के पुरुषों को अपनी सेक्स सेवाएँ प्रदान करती थीं।

जब अमेरिका ने वियतनाम छोड़ा तब थाईलैंड के सेक्स उद्योग को लाभ में भारी कटौती का सामना करना पड़ा। ऐसे में सेक्स उद्योग ने पर्यटन उद्योग तथा सरकार के साथ अनौपचारिक साझेदारी की और नये प्रकार के ग्राहकों को आकर्षित करने का फैसला किया। सैनिकों का स्थान अब पर्यटकों ने ले लिया। कई एशियाई देश इस समय तक पश्चिम के विकसित देशों तथा जापान

के साथ अपना निर्यात बढ़ाने में लगे थे। इस सिलसिले में आवागमन काफी बढ़ रहा था। इस स्थिति ने देह व्यापार को तीसरा प्रेरक प्रदान किया। सरेआम विज्ञापन दिए जाते थे कि—कमसिन, सुंदर, विनम्र, कामुक, सैक्सी साथ ही सस्ती थाई लड़कियाँ ग्राहकों की सेवा करने को बेताब हैं। जल्दी करिये, कहीं कोई और इसका फायदा न उठा ले। उधर नारी आंदोलनों एवं नारी अधिकारों के कारण पाश्चात्य पुरुषों की निगाह में उनकी पश्चिमी औरतें ठंडी, रूखी, कड़क एवं मर्दाने भाव वाली हो गई थीं। उनके साथ रतिक्रिया में पुरुषों को आनंद नहीं आता था। पुरुषत्व के अहंकार को सहलाने वाले इन विज्ञापनों के फलस्वरूप थाइलैंड के चकलाघर क्षेत्रों में सैलानियों की संख्या में जबर्दस्त वृद्धि हुई। पाश्चात्य मीडिया ने भी वहाँ के सेक्स पर्यटन का ऐसा समां बांधा कि लोग आकर्षित होते गए।

विशेषकर तीसरी दुनिया के परिप्रेक्ष्य में वेश्यावृत्ति की समस्या पर चर्चा करें तो पाएँगे वेश्यावृत्ति स्त्री के लिए सबसे प्राचीन पेशा है और यह पेशा तीसरी दुनिया के वंचित स्त्री के लिए आय का सबसे नया संसाधन है। तीसरी दुनिया की स्त्री इसे जीवन-यापन के रणनीति के रूप में अपना रही हैं। वेश्यावृत्ति चूँकि सबसे प्राचीन पेशा है, यह गरीबी का जुड़वाँ पक्ष है। गरीब स्त्री जिसके पास पूँजी के नाम पर केवल देह है, उसके सामने रोजगार का कोई विशेष विकल्प नहीं बल्कि उसे यदि अपना और अपने बच्चों का पेट भरना है तो सबसे आसान तरीका है कि वह अपनी देह को बेचे।

यौन-व्यापार के राष्ट्रेतर रूप

आज न केवल वेश्यावृत्ति सेक्स उद्योग को निर्मित कर रही है, बल्कि इस उद्योग की जटिलता को समझने के लिए हमें समकालीन वेश्यावृत्ति के विभिन्न आयामों को समझना होगा। न केवल यौन-व्यापार एक राष्ट्रेतर उद्योग है बल्कि भूमंडलीय स्तर पर यह सबसे अधिक लाभकारी उद्योग है और भूमंडलीय पूँजीवाद के दौर में इसका व्यापक प्रसार होता जा रहा है। अपने-आप में यह विविधतापूर्ण और विशिष्टता संपन्न है। यह सेवा का एक विशाल संजाल प्रदर्शित करता है। उपभोक्ता की माँग का ढंग से प्रबंधन करता है और दुनिया के विभिन्न देशों में यौन-मनोरंजन के नये-नये मंच निर्मित करता है। उपभोक्तावादी बाज़ार की जरूरत को पूरा करना और भावी ग्राहकों को लुभाने केलिए अनोखे तरीके को ईजाद करना इस उद्योग की बाज़ारवादी रणनीति है।

कोई ऐसे ही इस उद्योग में नहीं आ जाता। यौनकर्मियों से लेकर बीच के दलाल तक सभी काफी कुशल और दक्ष हैं। हर रंग और हर जाति की स्त्री को यह प्रस्तुत करने का दावा करता है। इंटरनेट में इनके साईट अलग से रहते है, जहाँ वेश्यालय से लेकर वेश्याओं की तस्वीर तक की जानकारियाँ उपलब्ध हैं। युवा गरीब लड़कियों को गाँव से लाया जाता है और इस व्यापार में दक्ष किया जाता है ताकि वे दुनिया के बाज़ार में पूरे तामझाम के साथ उतर सकें।

कहाँ नहीं है ये यौन घाटियाँ? ताइवान, फिलीपींस, थाईलैंड, वियतनाम, श्रीलंका से लेकर कोलकाता, गोवा, केन्या, रूस, क्यूबा और ब्राजील तक जिस प्रकार अन्य प्रमुख बहुराष्ट्रीय उद्योग व्यवस्था भूमंडलीय पूँजीवाद के अंतर्गत पनपती है, उसी तरह यौन-उद्योग के मुख्य खिलाड़ी और सुविधाभोगी का आपसी संजाल दुनिया के कोने-कोने तक फैला है। इन्हें राजनीतिज्ञ, पुलिस उच्चाधिकारी, नौकरशाही और अन्य श्रेष्ठिजनों का संरक्षण प्राप्त है। सबसे महत्त्वपूर्ण है कि यह राष्ट्रीय या क्षेत्रीय सीमा के अंदर सीमित नहीं। पूँजी, श्रम और व्यवस्था के संजाल में बँधे ये लोग और इनकी गति संचालित होती है। इसका सम्बन्ध अवैध हथियारों और नशीली दवाइयों के साथ भी है। साथ ही यह पर्यटन उद्योग, मनोरंजन के क्षेत्र, यात्रा एवं यातायात उद्योग तथा अंतर्राष्ट्रीय मीडिया और अपराध जगत से भी जुड़े हुए हैं।

अतीत की तरह आज भी स्त्रियाँ बाज़ार में अपना सेक्स बेचती है किंतु निवेशित पूँजी और इससे सम्बन्धित बाज़ार की रणनीति ने समकालीन यौन-उद्योग को गुणात्मक रूप से अतीत के यौन-व्यापार से अलग कर दिया है। वेश्यावृत्ति एक नयी विकसित रणनीति है। आज यह केवल गरीब स्त्रियों की रोजी-रोटी से सम्बन्धित नहीं बल्कि इसके आधार पर राष्ट्र अपना विकास कर रहे हैं। पर्यटन उद्योग के माध्यम से या परोक्ष या अपरोक्ष रूप से यौन-उद्योग को बढ़ावा देकर विकासशील देशों को विदेशी मुद्रा की आय होती है जिससे उन्हें भुगतान संतुलन, ऋण की अदायगी करने में सुविधा होती है। विश्व बैंक और अंतर्राष्ट्रीय मुद्रा कोष भी एशिया, लैटिन अमेरिका, अफ्रीका के देशों में पर्यटन उद्योग को बढ़ावा देने के लिए प्रोत्साहित करता है। थाईलैंड, फिलीपींस, नेपाल, चिली, ग्वाटेमाला आदि कुछ ऐसे देश हैं जिन्हें अंतर्राष्ट्रीय संस्थाओं से प्रत्यक्ष सुझाव दिया जा रहा है कि वे कैसे अपने पर्यटन क्षेत्र का विकास करें। यौन-उद्योग बिना किसी अपवाद के इन उद्योगों से जुड़ा हुआ है। अतः यौन-उद्योग में दो स्तरीय व्यवस्था देखने को मिलती

है, एक स्तर तो प्रत्यक्ष रूप से पर्यटन उद्योग से जुड़ा है और जो प्रत्यक्ष रूप से घरेलू और अंतर्राष्ट्रीय पर्यटकों का मन बहलाव करता है। दूसरे स्तर पर न केवल यौन-उद्योग ने केवल स्थानीय बल्कि परा-राष्ट्रीय स्तर पर यौन ग्राहकों के साथ जुड़ जाता है। जिससे घरेलू यौन-उद्योग में भी तेज़ी आती है। माँग ज्यादा बढ़ने पर आपूर्ति का संसाधन विकसित होता है, उसकी कीमत बढ़ती है।

थाईलैंड का उदाहरण यहाँ चौंकाने वाला है। द्वितीय विश्व युद्ध के बाद अपने विशाल यौन-उद्योग से थाईलैंड विदेशी मुद्रा कमाने का जरिया निकालता है। दक्षिण-पूर्वी एशिया में थाईलैंड यौनकर्मियों का गन्तव्य स्थल है, एक प्रमुख केंद्र है। दुनिया के एक कोने से दूसरे कोने में ले जाई जाने वाली यौनकर्मियों के लिए थाईलैंड भी नाभि-केंद्र है। उद्योग में आपूर्ति के लिए वे भर्ती के नये स्रोतों को तलाशते रहते हैं। उन्होंने उत्तरी थाईलैंड के पहाड़ी आदिवासी स्त्रियों को भी तैयार माल के रूप में देखा। ये वे लड़कियाँ थीं जिन्हें विकास प्रक्रिया ने मुश्किल से छुआ था। ये वे लोग थे जो जातीय, राजनीतिक तथा आर्थिक रूप से थाई समाज के हाशिए पर थे। इनमें से अधिकांश लोग राज्य की क्षेत्रीय सीमाओं के भीतर नहीं रहते थे, अपितु साधारणः उन जंगलों में यहाँ-वहाँ घूमते रहते हैं जिनका विस्तार थाई और बर्मी सीमाओं के आर-पार है। सीमांत के इन देशों की संस्कृति थाई राज्य की प्रभावी संस्कृति के कारण नष्ट हो गई है। सेक्स उद्योग इन्हीं समुदायों की लड़कियों को अपना निशाना बनाता है क्योंकि इन असहाय समुदायों के बीच स्त्री विशेष रूप से एक असहाय समूह के रूप में होती है। पहाड़ी जन-जातियों की कई लड़कियाँ आज भी स्कूल नहीं जा पा रही हैं। अशिक्षित स्त्रियाँ उन परिवारों से हैं जो या तो गरीबी से टूट चुके हैं या फिर जिनमें बेरोजगारी तथा नशीली आदतों की दरें बहुत ऊँची हैं।

भूमंडलीय पूँजीवाद की ताकत से राष्ट्रीय विकास तो होता है किंतु ऐसा भूमंडलीकरण स्त्री के पक्ष में नहीं। यह यौन-पर्यटन, यौन-मनोरंजन की आड़ में अधिक से अधिक यौन-उद्योग को राष्ट्रीय और अंतर्राष्ट्रीय स्तर पर वैधता प्रदान करने की वकालत करता है। आधुनिक यौन-उद्योग से तीसरी दुनिया की स्त्री की देह विशेष रूप से जुड़ी हुई है। ये स्त्रियाँ और नाबालिग लड़कियाँ वास्तव में उदारीकरण के दौर में ढाँचागत समायोजन नीति के कारण क्रमशः एक नये संसाधन के रूप में परिभाषित हो रहे हैं। निर्यात और विदेशी मुद्रा

कमाने का यह सबसे प्रमुख साधन हैं। यह नगद फसल की तरह प्रयुक्त होते हैं। तीसरी दुनिया की देह देखने में जितनी सुंदर है, उतनी ही सेवा में मनोहारी। परिणामस्वरूप औपनिवेशिक काल से आज तक स्त्री और बच्चों को कच्चे माल के रूप में ही देखा जाता है।

नव-दरिद्रीकरण और देह बेच कर उसका मुकाबला

तीसरी दुनिया के यौन उद्योग को समझने के लिए स्थानीयता के बदलते हुए आर्थिक पक्ष पर ध्यान देना होगा। विकास पथ पर अग्रसर होते हुए इन गरीब देशों में एक ओर यदि आर्थिक समृद्धि है तो दूसरी ओर दिन पर दिन गरीब होता हुआ ग्रामीण समाज, परिधिकृत अल्पसंख्यक जनता एवं शहरी ग्रामीण इलाका है। भूमंडलीकरण से समृद्धि बढ़ती है मगर समान स्तर पर विकास नहीं होता। जनसंख्या का बड़ा हिस्सा नयी तकनीक नहीं अपना पाता है। जो नयी उद्योग व्यवस्था पनपती है, उसमें कम से कम श्रमिकों की जरूरत पड़ती है। स्वाभाविक है कि जनसंख्या का एक बड़ा हिस्सा बेकार होता दिखाई देगा। ये अपनी जड़ों से उखड़े हुए लोग होते हैं, वापस अपनी जमीन पर लौटने में असमर्थ। संकट और घना होता है जब पहाड़ी जनजातियाँ एवं आदिवासी अपनी पारंपरिक आय से कभी पर्यावरण तो कभी उद्योगीकरण के नाम पर वंचित होने लगते हैं। इन्हें नयी समृद्ध दुनिया की झलक तो दिखला दी जाती है पर उस दुनिया तक पहुँचने का तरीका इन्हें पता नहीं रहता। इस नव-दरिद्रीकरण के दौर में पूँजी के नाम पर इनके पास अपनी देह के अलावा कुछ नहीं बचता।

देह की जरूरत जब उद्योग व्यवस्था को नहीं पड़ती, सेवा उद्योग भी उसे नियुक्त नहीं करना चाहता तो उसका निवेश यौन उद्योग में होने लगता है। नौ वर्ष की लड़की से तीस वर्ष तक की युवती की इस उद्योग में अच्छी माँग है। तीसरी दुनिया में श्रम के ये नये संसाधन है। यौन-उद्योग में नियुक्त यौनकर्मी महिलाओं में करीब अस्सी प्रतिशत स्त्रियाँ वन्य जाति एवं सामाजिक रूप से परिधिकृत समुदाय से हैं। इनके श्रम का निर्यात पहले तो सस्ते संसाधन के रूप में हुआ और बाद में ये पर्यटन उद्योग और सेवा-उद्योग में निवेशीकृत हुई। समाज का यह वंचित तबका सदियों से गरीब रहा है। ऐतिहासिक दस्तावेजों में शताब्दियों से इनकी गुलामी, इनके विस्थापन, ऋण तथा अधीनस्थता प्रकरण दर्ज हैं।

तीसरी दुनिया के देश एक ओर यदि समृ‍ि के पथ पर अग्रसर हैं, विकास दर में बढ़ोतरी दर्ज करते नजर आते हैं, वहाँ के जीवन स्तर में इजाफा हुआ है, तो अमीरी-गरीबी का भेद भी बढ़ा है. असमान विकास दर के कारण गरीबी की सीमा-रेखा से नीचे रहनेवाली जनसंख्या दर में वृद्धि हुई है। सामाजिक रूप से यह विस्फोटक स्थिति समय-समय पर हिंसा, अपराधीकरण और नागरिक समाज को असंतुलित करने वाले संकटों के रूप में व्यक्त होती है। ऐसी स्थिति में असहाय जनसंख्या, विशेषकर नाबालिग लड़की एवं युवा स्त्रियों की सबसे अधिक बलि चढ़ती हैं। वे साधारण तौर-तरीके से जीवन निर्वाह में असमर्थ होती हैं।

ऐतिहासिक रूप से समकालीन समाज में तरह-तरह के सामाजिक सम्बन्धों के तहत स्त्री के प्रजननकारी श्रम का नियोजन अधिक हुआ है। सामंती युग में सामंत वर्ग द्वारा यौन-शोषण या फिर धाय की भूमिका में स्त्री की नियुक्ति एक आम घटना थी। आज बाज़ार की ताकत ने प्रजननकारी श्रम के प्रत्येक पक्ष को बाज़ार में पेश कर दिया है। आज 'सारोगेट' मातृत्व यानी कोख को उधार देना संभव है, भाड़े पर स्त्री का गर्भ उपलब्ध है। अनाथालय से लेकर गैर-सरकारी संगठन सस्ते श्रम के लिए स्त्रियों एवं बच्चों को उपलब्ध करवाते हैं। घरेलू नौकरानियों, रसोई करनेवाली, साफ-सफाई रखनेवाली उपलब्ध स्त्रियों की कमी नहीं, बच्चों के भरण-पोषण के लिए नैनी मिलती हैं—ये सारी सेवाएँ गृहस्थ को एक कीमत पर उपलबध है। इसी काम को स्त्री पत्नी, माँ, बहन और बेटी की भूमिका में करती है—मगर वह अपने श्रम की कीमत नहीं लेती। पितृसत्ता मगर प्रजननकारी श्रम की कीमत नहीं देना चाहती। उसे श्रम के रूप में पहचानना भी नहीं चाहती और यदि देती भी है तो कम से कम मूल्यांकन करके।

आधी दुनिया के श्रम का अवमूल्यन आधी दुनिया के श्रम का शोषण समझा जाना चाहिए। सत्ता अपनी गलती छुपाने के लिए इस काम का कभी महिमा-मंडन करती है, तो कभी अवमूल्यन। मगर, असल मुद्दे पर सत्ता आना नहीं चाहती। असल मुद्दा है—श्रम की पहचान और दी जानेवाली कीमत। वेश्या भी स्त्री है, उसके काम का सामाजिक महत्त्व है। मगर समाज उसके श्रम को कलंकित करता है। उसके श्रम को नीची निगाह से देखा जाता है, या तो वह शोषित एवं उत्पीड़ित रूप में या फिर भ्रष्ट एवं पापिष्ठा के रूप में। जबकि वेश्यावृत्ति को खतम करना संभव नहीं क्योंकि समाज को इसकी

आवश्यकता है। कार्लाइल ने ठीक ही कहा था, ''अपने-अपने घरों को स्वच्छ रखने के लिए हमें इन परनालों की आवश्यकता है।'' खैर परनाले ही सही, मगर सत्ता को इनकी विवेचना तो करनी होगी। यह कोई वेश्या के पक्ष में नहीं बल्कि स्त्री पक्ष पर बोलना होगा।

वेश्यावृत्ति के कारक तत्त्व

जिन समुदायों में बच्चों या औरतों की खरीद-फरोख्त की जाती है वे अपने विशिष्ट सामाजिक, सांस्कृतिक, राजनीतिक तथा आर्थिक कारणों से प्रभावित होते हैं जो उन्हें देह व्यापार की समस्या के प्रति अतिसंवेदनशील बनाती हैं। परंतु कुछ ऐसे भय हैं जो सभी पर लागू होते हैं : निर्धनता, सीमित शैक्षणिक अवसर, अशांत या बिखरता हुआ परिवार, राजनीतिक विघटन, टूटता हुआ समुदाय तथा सामाजिक बहिष्कार। दलित, अल्पसंख्यक, आदिवासी ग्रुप, गैरकानूनी प्रवासी श्रमिक, राज्यविहीन शरणार्थी अपने आपको विशेष रूप से असुरक्षित महसूस करते हैं। कुछ और भी कारक हैं जो वेश्यावृत्ति की माँग को तेज करने की भूमिका निभाते हैं :

(क) आर्थिक संवृद्धि तथा स्कूलों में पंजीकरण दर में वृद्धि, श्रम बाज़ार में थाई बच्चों का कम होना तथा सस्ते विदेशी बाल मजदूरों की माँग में वृद्धि। हालाँकि यह प्रवृत्ति वर्तमान आर्थिक संकट के कारण उलट भी सकती है।

(ख) विशिष्ट ग्रुपों के भौतिक लक्षण भी एक भूमिका निभा सकते हैं। कम्बोडिया में वियतनामी लड़कियों की भारी माँग है, जिन्हें सुन्दर माना जाता है। पर्वतीय क्षेत्रों की लड़कियों की माँग इसलिए होती है क्योंकि उनमें एचआईवी / एड्स तथा अन्य संक्रामक रोगों के होने की संभावना कम होती है।

(ग) उन्मुक्त दृष्टिकोण तथा 'माचो' संस्कृति, जिसमें वेश्यागमन स्वीकार्य व्यवहार है तथा जहाँ लैंगिक भूमिकाएँ लड़कियों को विशेष गुण प्रदान करती है, माँग पक्ष को भी प्रभावित करती है।

(घ) सबसे आकर्षक तथ्य यह है कि बच्चों व औरतों की खरीद-फरोख्त का व्यवसाय लाभदायक है और इस मामले में सामान्यत: कानून इतने पेचीदा हैं कि अक्सर अपराधी बचकर निकल जाते हैं।

श्रम के इस नये अंतर्राष्ट्रीय वर्ग में यौनवादी और जातिवादी दोनों है। तीसरी दुनिया की स्त्री बहुराष्ट्रीय निगम के श्रम शक्ति को पुरुषों की इस नयी

सैन्यवाहिनी को आर और आर यानी आराम और मनोरंजन प्रदान करने का सबसे सुलभ साधन है। बहुराष्ट्रीय कंपिनयों की आपसी होड़ और प्रतियोगिता क्रमश: अपने कर्मचारियों पर अथक दबाव की सृष्टि करती है। कर्मचारी इसे झेलने में असमर्थ होता है। हालाँकि वह एक जटिल आर्थिक व्यवस्था में सक्रिय है मगर मानसिक दबाव के चलते उसका सामना होता है—ठंडे, असहानुभूतिपूर्ण कम्प्यूटर से जहाँ एक बटन दबाते ही या एक गलत निर्णय से कंपनी को बड़ा आर्थिक नुकसान हो सकता है। इस आर्थिक आक्रामकता के चलते जो मानसिक तनाव पैदा हो जाता है वह किसी सेना नायक के तनाव से कम नहीं। इसे ही कम करने के लिए पर्यटन उद्योग ने इन्हें नये सैरगाह और मनोरंजन के नये साधन उपलब्ध कराने की चेष्टा की। इसे हम पलायन का संगीत कहते हैं, जो दावा करता है कि तनावग्रस्त व्यक्ति को फिर से तरो-ताजा कर देगा। स्वाभाविक है कि बहुराष्ट्रीय कंपनी के रोजगार योजना में आर और आर को एक पैकेज के रूप में शामिल किया जाता है। पहले जहाँ युद्ध में सैनिकों का ख्याल रखा जाता था वैसे ही बहुराष्ट्रीय कंपनियाँ अपने कर्मचारियों का ख्याल रखती है। वियतनाम युद्ध के दौरान अमेरिकी सरकार वहाँ की स्थानीय औरतें की देह खरीदती थी ताकि अमेरिकी लड़के इससे खुश रहें। आज उद्देश्य है कि कॉरपोरेट श्रम की ताकत के तनाव को प्रशमित किया जाए ताकि वे आज्ञाकारी बनें और अर्थव्यवस्था को आगे बढ़ाने में मदद करें। यहाँ यह याद रखना होगा कि तीसरी दुनिया के स्त्रियों का यौन श्रम न केवल मनोरंजन उद्योग की लाभ का महत्त्वपूर्ण पक्ष है बल्कि यह भूमंडलीय अर्थव्यवस्था को भी बनाए रखता है और भूमंडलीय अर्थव्यवस्था के संचालन में मदद करता है।

यौनता वह अवधारणा है जिसकी कोई स्थायी परिभाषा नहीं दी जा सकती। यह तो बहुत तरलीकृत अवधारणा है। जो क्रमश: ऐतिहासिक और सामाजिक शक्तियों से जुड़ी है। सत्ता के सारे नियमन जो क्रमश: वर्ग और सामाजिक सम्बन्धों का सूचक है, तीसरी दुनिया पर लागू है। समाज में बढ़ता हुआ ध्रुवीकरण एक प्रकार से तीसरी दुनिया को नये उपभोक्ता बाज़ार में परिणत कर रहा है तो दूसरी ओर सस्ते श्रम के संसाधन के रूप में में भी मुखर है। स्वाभाविक है कि तीसरी दुनिया की स्त्री का यौन श्रम भी ठेके पर उपलब्ध है। एशियाई स्त्री की खासियत है कि वह पश्चिमी स्त्री की तुलना में ज्यादा हँसमुख, सेवा परायण, कम माँग रखने वाली एक प्रकार से बालिका

वधू का रूपांतरण है, जो जानती है कि पुरुष को कैसे खुश रखा जाता है। इनके जातीय गुण और शारीरिक बनावट को व्यवस्थात्मक रूप से अलग कर दिया जाता है। और क्रमशः इन्हें सिंथेटिक ढाँचें में बदल दिया जाता है। न केवल स्त्री का आकर्षण बल्कि उसकी मोहकता को कृत्रिम तरीके से निर्मित किया जाता है। न केवल उसका यौनकरण होता है बल्कि पूरी तीसरी दुनिया को ही आकर्षक एवं यौनीकृत कर दिया जाता है। कॉरपोरेट कर्मचारियों को पर्यटन उद्योग सपने बेचता है। नयी-नयी फंतासी को बाज़ार में पेश किया जाता है। स्त्री के बारे में नये मिथक रचे जाते हैं और संस्कृति को जातीय छवि की अभिव्यक्ति में बदल दिया जाता है। पश्चिम के लिए तीसरी दुनिया ऐसा अन्य है जो अपनी अन्यता में मोहक, आकर्षक, लुभावना और पूरी तरह से भूमंडलीय अर्थव्यवस्था के ताकतों के सामने समर्पित है। यौन उद्योग अपनी यौन कर्मियों को, पुरुष के अहम को कैसे सहलाया जाता है, इसका प्रशिक्षण देता है। जैसे ग्राहक एक कृत्रिम रूप से निर्मित दुनिया में प्रवेश करता है और उसे महसूस करवाया जाता है कि इस दुनिया का वह राजा है। वैसे ही यौनकर्मियों को भी सेवा और समर्पण का तथा ग्राहक कैसी माँग करेगा और उस माँग की संतुष्टि का पूरा प्रशिक्षण दिया जाता है। चूँकि यह ग्राहक के लिए बिल्कुल भिन्न वातावरण है, इस अन्यता में प्रवेश करने पर ग्राहक को कोई अपराधबोध नहीं होता, उसके अपने सामाजिक परिवेश में जो बात पाप या गलत रूप में लगती थी इस परिवेश में वैसी कोई भावना नहीं होती। स्वाभाविक है वह चाहे नाबालिग के साथ यौनाचार में लिप्त हो या फिर कुँवारी लड़की की माँग करे या फिर बिना किसी पश्चाताप के हीन से हीन यौन आचरण में लिप्त हो। भूमंडलीकृत यौन उद्योग वास्तव में स्त्री और जातिवादी संस्कृति के स्टीरियो टाईप की संरचना पर आधारित है। साथ ही पितृसत्तात्मक नीति के तहत इस उद्योग में नियुक्त स्त्रियाँ का आपस में बहनापा बढ़ने नहीं दिया जाता है। औरतों को एक-दूसरे से लड़ना-झगड़ना और जलना-कुढ़ना सिखाया जाता है।

एक औसत औरत को 'इच्छुक' वेश्या में बदलने के लिए पुनर्शिखा की पूर्ण प्रक्रिया आवश्यक है। जिसे 'ब्रेन वॉश' कहते हैं। यह कुछ-कुछ ऐसा है जैसे मेज पर खाने की प्लेट के लिए तंदूरी मुर्गी तैयार करना या सेक्स के मामले में ग्राहकों के लिए लड़की को तैयार करना। प्रक्रिया के अंतिम चरण में अनिच्छुक औरतें सेक्स वर्क को अपने पेशे के रूप में स्वीकार कर लेती

हैं। कई बार उसके पास और कोई विकल्प नहीं होता।

ब्रेन वॉश के विभिन्न चरण होते हैं। हालाँकि लगभग सभी प्रक्रियाओं में परपीड़न के कुछ रूप होते हें। अक्सर लड़कियों पर देह व्यापार का कार्य स्वीकार करने के लिए शारीरिक बल प्रयोग किया जाता है। इंकार करने पर और ज्यादा प्रताड़ित किया जाता है। जब तक कि उनकी प्रतिरोधी शक्ति खत्म नहीं हो जाती। अनेक पुरुषों द्वारा बार-बार उनका बलात्कार किया जाता है। पारंपरिक समाजों में बलात्कार किसी औरत के स्वाभिमान को नष्ट कर सकता है। एशियाई राष्ट्रों के धनी और निर्धन इलाकों के बीच चौड़ी खाई है। इस इन्द्रधनुष के एक सिरे पर जापान है और दूसरे पर बर्मा। अल्पविकसित दक्षिण-पूर्वी एशिया के देह व्यापार में भौतिक परिस्थितियों के बीच यह सम्बन्ध है कि दोनों इलाकों में औरतों को मजबूरी में कठिनाइयों के बीच कार्य करने के लिए बाध्य होना पड़ता है किंतु इन क्षेत्रों के आर्थिक रूप से विकसित भागों में सेक्स उद्योग की चमक अलग ही है। इस धंधे को धीरे-धीरे वैधता और सामाजिक मान्यता मिलने लगी है। अर्थव्यवस्था इस धंधे को स्वीकार रही है और वेश्याएँ स्वयं को एक यौन कर्मी के रूप में प्रस्तुत कर रही है। हालाँकि इस व्यापार के सिद्धांत कमोबेश एक जैसे हैं। धनी पुरुष अपनी आर्थिक शक्ति का प्रयोग गरीब औरतों व बच्चों की देह को खरीदने में करते हैं। अलाभकारी इलाकों एवं कम धनी देशों से औरतों को समृद्ध देशों में लाया जाता है। यह सारा गोरखधंधा इस सिद्धांत पर आधारित है कि सेक्स तथा औरतें वे वस्तुएँ है जिनको खरीदा और बेचा जा सकता है।

वेश्यावृत्ति : कुछ दृष्टिकोण

कुल-मिलाकर वेश्यावृत्ति का मुद्दा जटिल है। नैतिकता की दृष्टि से जीवन का आनिवार्य पक्ष होते हुए भी इसे कलंकित किया गया है। इसके उद्धार की चर्चा की जाती है। इसकी जटिलता और बढ़ जाती है जब यह सनसनीखेज खबरों से मीडिया की मुख्यधारा में चर्चित होती है। समस्या तो यह है कि अब भी पितृसत्ता और अंतर्राष्ट्रीय संस्थाएँ तथा राष्ट्रीय सरकारें यौन उद्योग को एक ठोस उद्योग की संज्ञा नहीं दे रहे।

हमें यौन व्यापार एवं ट्रेफिकिंग तथा वेश्याओं के लिए की जाने वाली ट्रेफिकिंग और अन्य उद्देश्यों के लिए की गई ट्रेफिकिंग में फर्क करना होगा। यौन दासत्व और यौन कर्म में फर्क करना होगा। यौन-व्यापार में स्वेच्छा से

नियुक्त यौन श्रमिक और यौन गुलामी में फर्क करना होगा। यहाँ नैतिकता और अर्थव्यवस्था में उभरता हुआ भेद है। जिसे समझना है।

१. नैतिक दृष्टिकोण : इस दृष्टिकोण के मुताबिक वेश्यावृत्ति एक नैतिक विचलन है। भ्रष्टाचार है, पाप है। लंबे समय से समाज ने इसे पाप कर्म की श्रेणी में ही रखा। इन गिरी हुई स्त्रियों के सुधार के लिए समाज ने प्रयास किया, आंदोलन चलाए गए तथा नैतिकता के आधार पर प्रतिष्ठित स्त्रियाँ और वेश्याओं के बीच स्थायी विभाजन रेखा खिंची गई। पुरुष यदि वेश्यागमन करता है तो समाज में वह बहिष्कृत नहीं होता बल्कि यहाँ तक कहा जाता है कि वेश्या उसे लुभा लेती है। वेश्यालय को पाप गृह की संज्ञा दी गई। यह दृष्टिकोण एक मध्यमवर्गीय नजरिया है जो यौनकर्मियों के यथार्थ से अपरिचित है।

२. ठीक इसके विरोध में दूसरा दृष्टिकोण है जो यौन कर्म को स्त्री की स्वतंत्रता और सत्ता से जोड़ता है। इस दृष्टिकोण के अनुसार यौनकर्मी को अपनी नियति पर अधिकार है। वह असहाय नहीं, बल्कि उसकी तुलना में एक गृहणी ज्यादा गुलाम है। वह तो विवाह नामक पितृसत्तात्मक संस्था में आजीवन कैद है। वह ज्यादा असहाय और शक्तिहीन है। पति के रूप में आजीवन वह सेक्स की गुलामी करती है। इसके विपरीत यौनकर्मी पुरुष के संदर्भ में चुनाव करने में सक्षम है और की गई सेवा की वह कीमत लेती है। यह दो वयस्क व्यक्तियों के बीच का अनुबंध है। एक व्यक्ति अपनी सेवा देता है, दूसरा उसकी कीमत चुकाता है। इसमें गलत क्या है?

मगर परिस्थिति का आकलन यहाँ भी पर्याप्त रूप से स्पष्ट नहीं। ऐसी बहुत सी स्त्रियाँ है जो भूख और गरीबी के कारण इस पेशे को अपनाने के लिए बाध्य हुई हैं। स्वतंत्र और बाध्यकारी यौनकर्मी बिल्कुल अलग-अलग घटना है। इस दृष्टिकोण की मुख्य प्रवक्ता कैथलीन बैरी के अनुसार यौन रूप से शोषित स्त्री का बाज़ारीकरण ही वास्तव में वेश्यावृत्ति की सही परिभाषा है। स्त्री के यौन शोषण का कारण पितृसत्ता है। बैरी वेश्यावृत्ति में किसी चुनाव की संभावना नहीं देखती जबकि वेश्यावृत्ति को भूमंडलीय पूँजीवाद, साम्राज्यवादी युद्ध और बाज़ार के फैलाव से बढ़ावा मिला है। और चूँकि शताब्दियों से चले आ रहे इस पेशे में आज इतना परिवर्तन दिखलाई पड़ता है कि वेश्यावृत्ति आज बाज़ार में एक उद्योग के रूप में स्थापित हो चुका है और व्यापक रूप से यौन शोषण करता है और स्त्री को जिंस में परिवर्तित करता

है। अतः इसका सम्बन्ध बलात्कार, यौन-उत्पीड़न, पत्नी के साथ मारपीट करना, विवाह में अनैच्छिक सेक्स और बाजारू अश्लील साहित्य और दहेज हत्या सभी से है। यह दृष्टिकोण व्यावसायीकरण और उत्पीड़न में कोई भेद नहीं देखता तथा यौन शोषण और यौन हिंसा को एक स्तर पर रखता है तथा उपर्युक्त रूप से घटित होने वाले यौन हिंसा को दमन की अभिव्यक्ति मानता है।

यौन व्यापार के भीतर स्वेच्छा से किया गया श्रम और बाध्यकारी श्रम की भूमिका में एक अंतर है—बाध्यकारी श्रम को हिंसा की श्रेणी में रखा जाएगा अतः वेश्यावृत्ति को स्त्री के खिलाफ यौन हिंसा का दर्जा दिया जाना चाहिए। कुछ सरकारों के अनुसार यदि यौनकर्मियों को वैधता प्रदान कर दी जाए तो इससे न केवल यौन उद्योग को फायदा होगा बल्कि इससे स्त्रियों का यौन शोषण भी कम हो जाएगा। मगर कइयों के अनुसार वेश्यावृत्ति को कभी भी श्रम की संज्ञा नहीं दी जानी चाहिए क्योंकि इससे स्त्री का यौन उत्पीड़न और जिंस की भांति उसका उपयोग बढ़ेगा। स्त्री वेश्या के रूप में और कुछ नहीं पितृसत्तात्मक समाज के शोषण की शिकार होगी। और जो स्त्रियाँ यौनकर्मी के रूप में अपनी पहचान स्थापित करना चाहती हैं, शोषण के इस पक्ष से समझौता कर रही हैं। स्त्री एक वर्ग है और इस भांति वेश्यावृत्ति के साथ यदि चुनाव या सहमति के पक्ष को जोड़ें तो यह स्त्री वर्ग की अवमानना है। बैरी के अनुसार इस काम में यौनकर्मी स्त्री पहचान की माँग कर सकती है। मगर यह एक ऐसी पहचान है जो स्त्री के वस्तुकरण की विज्ञप्ति देता है। जिसे खरीदा जाना संभव है। अतः यह बलात्कार, यौन हिंसा, विवाह में स्त्री का उत्पीड़न आदि बहुतेरी घटनाओं से जुड़ा हुआ है।

यौन उद्योग के प्रति यह दृष्टिकोण एक सरलीकरण का प्रयास है। इस उद्योग में लगी हुई अधिकतर स्त्रियों की यह सच्चाई नहीं। बहुतेरी स्त्रियाँ हैं जो स्वयं को उत्पीड़ित नहीं पाती और किसी भी व्यक्ति के श्रम को एक संस्था से जोड़ने का प्रयास भी नहीं किया जाना चाहिए। यदि संस्था गलत है तो उसमें सुधार किया जाना चाहिए। यहाँ कुछ व्यक्तियों या उनके व्यक्तिगत चुनाव की चर्चा नहीं की जा रही है बल्कि उन हजारों-लाखों स्त्री की चर्चा हो रही है जो यौन उद्योग में नियुक्त हैं। और जिनके कारण समाज में एक खाका बनता हुआ नजर आ रहा है और गुणात्मक रूप से वह एक भिन्न घटना के रूप में उभर रही है। माना कि तीसरी दुनिया की स्त्रियाँ इस बढ़ते हुए

व्यवसाय में भागीदारी चाहती है मगर इन यौनकर्मियों को पहचान देने का अर्थ हुआ इनके शोषण और उत्पीड़न को सही मानना। अमीर और संभ्रांत वर्ग तथा राष्ट्रों द्वारा गरीब देशों के शोषण को जायज ठहराना। माना कि जो स्त्रियाँ स्वेच्छा से अमीर देशों में चली जाती हैं वह भी वेश्या के रूप में अपने-आप को उत्पीड़ित नहीं मानती बल्कि अपने जीवन स्तर को सुधारने की चेष्टा करती है। किंतु इसको कार्य के क्षेत्र में एक झूठी चेतना को आरोपित करना है। यह तो पश्चिम की स्थापित श्वेत स्त्रियाँ हैं जो सुधार का आग्रह रख रही हैं लेकिन सुधार के बदले वे व्यवस्था को बदलने की बात करतीं तो ज्यादा अच्छा होता। महज सुधार की चेष्टा से वेश्यावृत्ति को खतम नहीं किया जा सकता क्योंकि यह व्यापार उन सभी साइट पर फल-फूल रहा है जिन्हें कभी अवैध करार दिया था। अत: इस मुद्दे को संबोधित करते हुए कुछ यथार्थवादी रणनीति का निर्देशन दिया जाना चाहिए।

तब क्या वेश्यावृत्ति को श्रम की संज्ञा नहीं दी जानी चाहिए? यौन उद्योग के विभिन्न स्तरों में—ट्रेफिकिंग, बाध्यकारी श्रम, मारपीट, हिंसा, छलावा आदि घटनाएँ मौजूद है जो कि उचित नहीं। किसी भी उद्योग में यह घटनाएँ नहीं घटनी चाहिए, इसे तो मानव अधिकार का हनन कहा जाएगा। अत: यौन उद्योग में इस गुलामी को खतम किया जाना चाहिए। यह तो अच्छी बात है कि बहुतेरे लोग इसके पक्ष में आंदोलन कर रहे हैं, किंतु यह भी याद रखना चाहिए कि यौन उद्योग अधिक से अधिक स्त्रियों को नियुक्त करता जा रहा है। विशेषकर उन देशों में जहाँ की सरकारें अपनी जनता के जीवन स्तर को उन्नत करने का दावा करती हैं।

मानवाधिकार के पक्षधरों का कहना है कि, नागरिक समाज में इन स्त्रियों का भी श्रमिक वर्ग के रूप में पहचान स्थापित होना आवश्यक है। और ऐसा हम तभी कर पाएँगे जब स्थापित कानून के अंतर्गत इनके श्रम को रखा जाए और इनकी इच्छा के विरुद्ध इन्हें इस पेशे को अपनाने को बाध्य न किया जाए। एक सवाल जरूर उठता है कि यौन कर्म की बाध्यता से आखिर इन औरतों के किस मानवीय पक्ष का हनन हो रहा है? प्रश्न के उत्तर के लिए भी बहुतेरे उदाहरणों को जुटाना होगा और मानवाधिकार के मसले को और गहराई से समझना होगा। प्रत्येक देश की सरकार समय-समय पर इस पर कानून बनाती रही है और इस आधार पर हमें सरकार द्वारा भिन्नतामूलक दृष्टिकोण प्राप्त होता है।

धरती के छोटे टुकड़े पर खेती करने तथा अकुशल श्रम में खटने की अपेक्षा वेश्यावृत्ति से जब किसी परिवार की तिजोरी में ये लड़कियाँ ज्यादा धन भरती हैं तो अन्य ग्रामीण बालाओं के सामने एक नया रोल मॉडल आता है। मैं फिर दोहराना चाहूँगा कि 'रोल मॉडल' की भूमिका अहम है। एक नेपाली औरत ने भारत आकर वेश्या बनने का निर्णय किस प्रकार लिया, सुनिए उसी की जुबानी :

'मेरा परिवार बहुत गरीब था और हमारे पास पर्याप्त भूमि नहीं थी। कभी-कभी मेरे पिता कुली का काम करते और मेरे भाई और मैं ढोरों की देखभाल करते। लेकिन परिवार में बहुत सारे बच्चे थे इसलिए हमें कभी भी पर्याप्त भोजन खाने को नहीं मिलता था। मैं हमेशा भूखी रहती थी। गाँव में एक औरत थी, जो भारत में काम करती थी और अपने परिवार के लिए पैसा भेजती थीं जिससे वे अच्छा खाना-पीना खरीदते थे। मैं उसके जैसा बनना चाहती थी। अत: मैंने उससे कहा कि मैं उसके साथ भारत जाना चाहती हूँ और उसी प्रकार का काम करना चाहती हूँ।'

संभवत: इस बहस का सबसे कठिन पहलू यह है कि पीड़ित किसे माना जाए? वेश्यावृत्ति को रोजगार के रूप में मान्यता दिलाने वाले गुटों के अनुसार सेक्स वर्करों को पीड़ितों के रूप में अंकित करने से उनकी इमेज असहाय, सहज तथा मुक्ति की आवश्यकता के जरूरतमंदों के रूप में उभरती है।

कानूनी संहिताओं में वेश्यावृत्ति के प्रबंधन की चार मुख्य पद्धतियाँ पाई जाती हैं।

एक : जहाँ वेश्यावृत्ति वैध है जैसे कि अमेरिका के कुछ राज्यों तथा पश्चिमी यूरोप के कुछ देशों में। वहाँ यौन श्रमिकों द्वारा उनके सेक्स की बिक्री को रोजगार के रूप में स्वीकार किया जाता है, और उन्हें मजदूर की तरह सभी कानूनी अधिकार दिए जाते हैं।

दूसरी : निषेध जो इसके बिल्कुल विपरीत है। इसमें वेश्यावृत्ति की सभी क्रियाओं को गैरकानूनी माना जाता है। यह प्रणाली सैद्धाँतिक रूप में ज्यादातर इस्लामिक देशों, श्रीलंका, चीन, वियतनाम, वर्मा, फिलीपिंस, नेपाल तथा जापान में जारी है।

तीसरी : एक सहनशील सामाजिक व्यवस्था जिसमें वेश्यावृत्ति को गैर कानूनी माना जाता है लेकिन अक्सर यहाँ बिना शोर मचाये या ध्यान बँटाए चोरी-छिपे सेक्स बेचने या खरीदने पर पाबंदी नहीं रहती है। इसके लिए

समाज एक अलिखित संहिता का पालन करता है। एशिया में मलेशिया और भारत इस उदारतावादी दृष्टिकोण के अच्छे उदाहरण हैं।

चौथी : एक नियमनवादी व्यवस्था का दृष्टिकोण जिसके तहत वेश्यावृत्ति को कानूनी जामा पहनाया जाता है किंतु मात्र कुछ विशिष्ट इलाकों में। एशियाई शहरों के रेड लाइट इलाकों से गुजरने वाले किसी भी व्यक्ति को यह अनुमान लगाने में अत्यधिक कठिनाई हो जाती है कि आखिर कौन से कानून वहाँ लागू हैं। अनेक औरतें देह व्यापार करती दिखती हैं और अनेक पुरुष उन्हें खरीदते हैं।

कानून का सवाल

रेड लाइट क्षेत्रों के अपनी आचार-संहिताएँ तथा नैतिक मूल्य चलते हैं। जिन इलाकों में सेक्स उद्योग लाभप्रद और व्यापक है वहाँ राज्य के कानून सरलता से लागू नहीं होते क्योंकि राज्य की हुकूमत सेक्स उद्योग की संगठनात्मक कौशल और आर्थिक प्रबंधन से प्रतिस्पर्धा नहीं कर सकती। थाईलैंड में बैकांक के पेटपोंग या टोकियो के काबुकिचों से मुम्बई के कामठीपुरा एवं कोलकाता के सोनागाछी में सेक्स उद्योग के नियम ही कानून हैं।

वेश्यावृत्ति, औरतों की खरीद-फरोख्त तथा यौन दासता से सम्बन्धित अंतर्राष्ट्रीय संधियों तथा उद्घोषणाओं की एक लंबी-चौड़ी सूची है। प्रासंगिक दस्तावेज शिक्षाप्रद सामग्री से भरे पड़े हैं। मानव अधिकारों की सार्वभौमिक उद्घोषणा (१९४८) में दासता तथा क्रूर एवं अपमानजनक व्यवहार के निषेध का अनुच्छेद समाविष्ट है। मानव खरीद-फरोख्त तथा वेश्यावृत्ति की समाप्ति पर राष्ट्र संघ की १९४९ की संधि पर सभी देशों ने हस्ताक्षर नहीं किये हैं लेकिन यह सर्वमान्य है कि सभी राष्ट्र औरतों और लड़कियों की खरीद-फरोख्त को रोकना अपने कर्त्तव्यों में शामिल करते हैं।

इसी प्रकार १९८१ में लागू सीडा (द कन्वेशन ऑन द एलिमिनेशन ऑफ ऑल फारम्स ऑफ डिसक्रिमिनेशन अगेन्स्ट वुमैन), अन्य प्रावधानों के साथ महिलाओं की सभी प्रकार की खरीद-फरोख्त तथा वेश्यावृत्ति में उनके शोषण को समाप्त करने की माँग करता है। इस संधि पर अनेक राष्ट्रों ने हस्ताक्षर किये। उन देशों ने भी, जहाँ औरतों के साथ इतना दुर्व्यवहार होता है कि उन्हें यह दावा करने का कोई अधिकार नहीं रह जाता कि वे औरतों की स्थिति में सुधार लाने या उनके सशक्तीकरण की दिशा में कार्य कर रहे हैं।

राष्ट्र संघ बाल अधिकार संधि को व्यापक स्वीकृति मिली और इसके अनेक अनुच्छेद बाल वेश्यावृत्ति के उन्मूलन के लिए बहुत प्रासंगिक हैं। पिछले दशक में १९९५ में बीजिंग के अंतर्राष्ट्रीय महिला सम्मेलन में कार्यवाई हेतु घोषणा पत्र प्रस्तुत करते हुए बलात वेश्यावृत्ति को स्त्रियों के प्रति हिंसा के गंभीर रूप में चिन्हित किया गया और इसके उन्मूलन की प्रतिज्ञा की गई इसी प्रकार स्टॉकहोम (१९९६) में बच्चों के व्यावसायिक यौन शोषण पर हुई कांफ्रेंस में बाल वेश्यावृत्ति की विभीषिका को संबोधित किया गया।

कागजों पर ये संधियाँ बड़ी प्रेरणादायक लगती हैं परन्तु इन्हें जन समर्थन प्राप्त नहीं। और न ही कोई देश अनिवार्य रूप से इनका पालन करने के लिए बाध्य है। चकलाघरों में फँसी लड़कियों के लिए ये सारी संधियाँ और घोषणाएँ बेमानी हैं, जैसे उनका अस्तित्व ही नहीं है।

मानव तस्करी (ट्रेफिंकिंग) विषय पर इतने वर्कशाप व सेमिनार हो चुके हैं और साथियों की दलीले सुनकर कई बार लगता है जैसे समस्या हल कर दी गई है। लेकिन यह ऐसा मामला है जैसे कोई व्यक्ति पत्र व्यवहार कोर्स द्वारा तैराकी सीखने के बाद स्वयं को सर्वश्रेष्ठ तैराक घोषित करे। भिन्न-भिन्न समाज अलग-अलग तरीकों से वेश्यावृत्ति को संरक्षित करते हैं। कुछ देशों में इसे कानूनी अनुमति है तो कुछ में इस पर प्रतिबंध। कानूनी व्यवस्था चाहे कुछ भी हो पर सभी बड़े देशों में दो सूत्र प्रचलित हैं : वेश्यावृत्ति के लिए औरत के जिस्म की खरीद-फरोख्त एवं पुरुष को जिस्म खरीदने के अपराध से परे रखना।

कुछ वेश्याओं के गिरफ्तार होने पर प्रमुख व्यक्तियों तथा समृद्ध एवं शक्ति संपन्न पुरुषों पर कोई प्रभाव नहीं पड़ता। उल्टे अधिकारीगण कभी-कभी वेश्यावृत्ति के खिलाफ छापा मारकर एवं कुछ औरतों को दंड दिलाकर भ्रष्टाचार के विरुद्ध लड़ाई में जनता की वाहवाही हासिल करने में सफल हो जाते हैं। अखबारों में खबरें छपती हैं। अंतर्राष्ट्रीय सम्मेलन में ऐसे पुलिस अधिकारियों को मंच से अपनी सफल कहानी कहने के अवसर प्रदान किये जाते हैं जिनके इलाके में कार्ल गर्ल्स का बिजनेस धड़ल्ले से चलता है। लेकिन उस पीड़िता का एक शब्द भी भद्र समाज सुनने को तैयार नहीं होता। पतिता जो ठहरी! कभी-कभी देह व्यापारियों के विरूद्ध कार्यवाई की जाती है। किंतु सामान्यतः इनके जाल में छोटी मछली ही फँसती है। बड़े-बड़े व्यापारी सुरक्षित रहते हैं।

वेश्याओं के संगठन तथा नारीवादी आंदोलन से जुड़े कुछ लोग ट्रेफिकिंग तथा बलपूर्वक वेश्यावृत्ति पर ध्यान केन्द्रित किये जाने पर परेशान हो जाते हैं। उनका दावा है कि इस उद्योग के विकट पहलुओं पर बल देने पर उनके कार्य की सारी साख समाप्त हो जाएगी जबकि उनका मानना है कि इस व्यवसाय के कुछ पहलू संभावित रूप से अच्छे हैं। ट्रेफिकिंग की कहानियाँ उत्पीड़ितों की कहानियाँ होती है जो अधूरी और विकृत तस्वीर पेश करती हैं। वैसे सभी वेश्याएँ इसका शिकार नहीं होती तथा न ही सबको जिस्म फरोशी के लिए मजबूर किया जाता है। कुछ महिलाओं को यह काम पसंद है—किंतु अधिकांश को नहीं और हम यह प्रश्न कर सकते हैं कि यदि समाज उन्हें कोई दूसरा उपयुक्त विकल्प प्रस्तुत करे तो उनमें से कितनी वेश्यावृत्ति को व्यवसाय के रूप में चुनना चाहेंगी।

उनका तर्क है कि अधिकतर महिलाओं के लिए विशेषकर दरिद्र एशिया में, वेश्यावृत्ति ही जीवन का एकमात्र सहारा है। यहाँ तक कि कुछ गरीब एवं परित्यक्त महिलाओं के लिए एक छोटा-सा चकलाघर भी अच्छा है क्योंकि वह उन्हें भोजन देता है। लेकिन मुंबई के फाकलैंड रोड के रेड लाईट एरिया की चालों में भारी तथा चमकदार पोशाकें पहने जो लड़कियाँ व औरतें कतारों में ख़ड़ी रहती हैं उनमें से कितनी इस धंधे को स्वेच्छा से अपने व्यवसाय के रूप में चुनेंगी, अपने-आप में यह एक अहम सवाल है।

कच्चे माल की आपूर्ति

सेक्स इंडस्ट्री को लगातार नया माल चाहिए। इनके लिए वह जोर-जबर्दस्ती कर 'माल' का इंतजाम करता है। ट्रेफिकिंग में लड़कियाँ और ससुराल से परेशान नवविवाहिताएँ सबसे आसान निशाना होती हैं और यही यौन दासियों की आपूर्ति का सर्वाधिक विश्वसनीय साधन है। यह हथियारों तथा नशीली दवाओं की ट्रेफिकिंग से भी ज्यादा जटिल है। देशान्तरण एवं ट्रेफिकिंग में अंतर है। अक्सर इसे एक समझा जाता है। प्रवासी श्रमिक और विशेषकर गैर कानून प्रवासी श्रमिक अक्सर शोषित कार्य परिस्थितियों में मजदूरी का कार्य करते हैं। ट्रेफिकिंग का मायाजाल अत्यन्त विशाल है। चूँकि अधिकतर गरीब और सीधी-सादी ग्रामीण स्त्रियाँ इनके चंगुल में फँसती हैं अत: वे कम से कम मजदूरी पर भी काम करने की शर्त को मंजूर कर लेती हैं। साथ ही वे स्थानीय मजदूरों के मुकाबले अधिक खराब कार्य परिस्थितियों को भी बर्दाश्त

कर लेती हैं। एशिया की सर्वाधिक गरीब स्त्री रोटी, कपड़ा और सर छिपाने को जगह से ज्यादा की उम्मीद जिंदगी में नहीं करती। ऐसी स्त्रियों का अपने घरों और कई बार तो अपने देश से बाहर जाना उन्हें दासता में जकड़ देता है। वे पहले से ही अपने आप को असुरक्षित मानती हैं और गैर-कानूनी प्रवास उन्हें उनके सामाजिक समर्थन के दायरे से दूर कर देता है और वे ऐसे परिवेश में पड़ जाती हैं जहाँ की भाषा, रीति-रिवाज तथा कार्य-पद्धतियाँ सभी से अपरिचित होती हैं। इन लोगों से जबरन जमकर काम लिया जाता है और उनका शोषण किया जाता है क्योंकि वे वहाँ दूसरों के रहमो-करम पर निर्भर होती हैं। जब तक वे स्वयं को नयी परिस्थितियों के अनुकूल बनाती हैं तब तक वे अपनी जिन्दगी के व्यापक अंश पर से अपना नियंत्रण खो चुके होती हैं। यही कारण है कि सेक्स उद्योग तिजारती ट्रेफिक्ड लड़कियों को पसंद करता है। तिजारत (ट्रेफिकिंग) के माध्यम से लाई गई स्त्रियों से छोटी-छोटी दुकानों तथा फैक्ट्रियों में भी काम कराया जाता है तथा कई बार यह घरेलू काम करवाने, भिक्षावृत्ति या वेश्यावृत्ति करवाने के लिए लाई जाती है। तिजारत की शिकार बनी सभी औरतों से देह व्यापार कराया जाए यह जरूरी नहीं है और न ही यह भी सही है कि सभी वेश्याएँ तिजारत द्वारा लाई जाती हैं। लेकन अवैध ढंग से लाई गई औरतें जिनसे वेश्यावृत्ति कराई जाती है निस्संदेह सबसे बदतर परिस्थितियों में जीती हैं।

किसी भी व्यवसाय के लिए अपने आपको समाज के लिए महत्त्वपूर्ण साबित करने के लिए उसका लाभप्रद होना आवश्यक है। यौन-मनोरंजन के लिए लड़कियाँ, नवयुवतियाँ तथा कभी-कभी लड़के मुहैय्या कराकर यह विशाल उद्योग खूब फल-फूल रहा है। फिर भी दलाल, एजेन्ट, मानव तस्कर तथा वेश्याओं के प्रबंधक इस महाकाव्य नाटक के आंशिक पात्र ही हैं, शेष पात्रों को पहचानना बहुत मुश्किल है। पर्दे के पीछे रहकर नाटक का संचालन कर रहे लोगों की इसमें ज्यादा महत्त्वपूर्ण भूमिका है। और इसके आयोजकों का पूरे प्रकरण में उल्लेख तक नहीं होता।

एशियाई सेक्स उद्योग बहुत सारे लोगों के लिए कमाई का जरिया है। जैसा कि अन्य उद्योगों में होता है, यहाँ भी आर्थिक लाभ उठाने वाले विजेता उच्च प्रबन्धक तथा तथा बड़े अंशधारक शेयर होल्डर हैं। यह आम मजदूरों के लिए घाटे का सौदा है। और गुलामों का भुगतान बिल्कुल नहीं किया जाता। विश्व के गैरकानूनी तथा नैतिक रूप से संदिग्ध व्यवसायों के बीच देह व्यापार

सर्वाधिक आमदनी वाले उद्योगों में से एक है। साथ ही यह बच्चों की तस्करी तथा हथियारों एवं नशीली दवाओं का सौदा करने वाले उद्योगों की तुलना में कम जोखिमपूर्ण है। नशीली दवाओं तथा बंदूकों की तस्करी की अपेक्षा मनुष्यों की तस्करी आसान है।

अतः ट्रेफिकिंग व्यवसाय के लिए सुसंगठित होना आनिवार्य है। संगठित देह व्यापार तथा राजनीतिक संसार के बीच सम्बन्धों की ताकत पैसे की शक्ति पर आधारित है। राजनीतिक सफलता व्यापक रूप में वित्त-व्यवस्था पर निर्भर करती है। एशिया भी इसका अपवाद नहीं है। जो लोग सेक्स उद्योग की व्यवस्था तथा लाभ का प्रबंध करते हैं तथा अन्य प्रकार से संगठित अपराध करते हैं, वे जानते हैं कि किसे चंदा दिया जाये।

वेश्यावृत्ति से व्यापार तथा व्यवसायों के समस्त मेजबान लाभ कमाते हैं। दक्षिण एशिया में महिलाएँ एक विशिष्ट सीमा तक घर-घर जाने वाले फेरीवालों पर इसलिए निर्भर हैं क्योंकि वे या तो वेश्यालय छोड़ने में असमर्थ हैं अथवा रेड लाइट एरिया छोड़ने में असमर्थ हैं। फेरीवाले के रूप में वे सभी वस्तुएँ बेचते हैं जो महिलाएँ चाहती हैं। वे श्रंगार प्रसाधन, जेवर, कपड़े, खिलौने और हल्के नाश्ते की चीजें बेचते हैं। इन वस्तुओं की कीमतें निरंतर ऊपर बढ़ती रही है। क्योंकि विक्रेताओं के पास नितांत शाब्दिक रूप में एक बँधुआ बाज़ार है। अक्सर जब वस्तुएँ खरीदने के लिए इन औरतों के पास पर्याप्त धन नहीं होता तब विक्रेता ब्याज की भारी दरों पर आंशिक ऋण प्रदान करते हैं। उन्हें वापसी की गारंटी होती है क्योंकि वेश्यालय का मालिक अथवा प्रबन्धक बिल का भुगतान कर देता है और कर्ज की उस राशि में जोड़ देता है जो लड़की ने वेश्यालय से ली है।

कलकत्ता और मुंबई दोनों जगह काम करने वाली एक नेपाली महिला ने उपभोक्ता वस्तुओं के आकर्षण तथ उनके ऊँचे दामों के बारे में बताते हुए कहा : जब मैं पहली बार वेश्यालय आई थी तब मेरे पास अच्छे कपड़े और जेवर नहीं थे। घर पर मेरे पास सैंडिल नहीं थे और मेरे पास मात्र एक साड़ी थी। वेश्यालय के मालिक ने कहा कि यदि मैं कठिन परिश्रम करूँगी तो मुझे बहुत सारी अच्छी वस्तुएं मिल सकेंगी। कुछ फेरी वाले वेश्यालय में आते और कुछ सुन्दर पोशाकें लाते जैसे साड़ियाँ और पश्चिमी पोशाकें। मैंने उनमें से दो चुनी। मैं नहीं जानती कि उनकी कीमत क्या थी पर वेश्यालय के मालिक ने कहा कि उनके भुगतान के लिए मुझे बहुत सारे ग्राहकों को संतुष्ट करना

पड़ेगा।

वेश्यावृत्ति में संदिग्ध आर्थिक संस्थान तथा धोखेबाज लोग औरतों को ऋण देते हैं। ब्याज की दरें आमतौर पर ऊँची होती हैं क्योंकि बैंकों जैसे प्रतिष्ठित आर्थिक संस्थानों तक पहुँचने में ये औरतें असमर्थ होती हैं। ऋण की आवश्यकता विभिन्न कारणों से पड़ सकती है: परिवार को संकट से बचाने के लिए, या इलाज के लिए भुगतान करने हेतु। लड़कियों पर कर्जे की भारी रकम का बोझ डालने की रणनीति काफी प्रचलित है। लड़की के पास कर्ज उतारने का एकमात्र तरीका रह जाता है अपनी देह का व्यापार करना। इस प्रणाली को ऋण दासता की संज्ञा दी जा सकती है। यह प्रथा दुनिया भर के सेक्स उद्योग में चालू है और एशिया इसका उद्‌गम स्थल लगता है। वैसे देखने पर तो यह लगता है कि एक लड़की अपनी कमाई पर अग्रिम ले सकती है। लेकिन अपने सबसे निकृष्टत्तम रूप में वह यौन-दासता है क्योंकि वेश्यालय तथा क्लब-मालिक 'ऋण' के हिसाब में हेरा-फेरी कर लड़की को कहीं भी जाने से रोक सकते हैं। कलकत्ता में 'चक्री' नामक व्यवस्था व्यवसाय में आई नई औरतों के बीच काफी प्रचलित है। वेश्यालय का मालिक किसी लड़की को एजेंट से खरीदता है और इसके बाद लड़की पूरी तरह से मालकिन के कब्जे में आ जाती है। मालकिन लड़कियों की सभी आवश्यकताएँ पूरी करती है। भोजन और वस्त्र तथा अन्य सामान्य खर्चे ये सब खर्च लड़की के कर्ज की राशि में जुड़ते चल जाते हैं। नयी लड़की को सारा कर्ज उतारना पड़ता है और इसके लिए उन्हें ग्राहक स्वीकार करने के लिए तैयार किया जाता है। समस्या यह है कि वह लड़की कभी नहीं जान पाती कि उस पर कितना कर्ज है और वह कितना उतार चुकी है।

मेडिकल व्यवसाय इस उद्योग से बहुत लाभान्वित होता है। निजी डॉक्टर भी वेश्याओं का इलाज कर पैसा कमाते हैं। इसमें कुछ रिटायर्ड योग्य, नेकनीयत डॉक्टर भी शामिल हैं। लेकिन अक्सर इन बदनाम गलियों के आसपास पारम्परिक चिकित्सक तथा नीम-हकीमों की बेतुकी भीड़ मौजूद होती है, जो गर्भपात तथा यौन संक्रमित रोगों का शर्तिया इलाज करने का दावा करते हैं। एशिया के अत्यधिक गरीब क्षेत्रों में अधिकांश महिलाएँ गरीबी, कुपोषण तथा अस्वस्थ परिवेश से जुड़ी अनेक बीमारियों से ग्रस्त है।

भारत में सेक्स वर्कर अपनी आय का एक बड़ा अनुपात इलाज तथा डॉक्टरों की फीस पर खर्च करते हैं। गर्भपात घृणित चिकित्सालयों में किये

जाते हैं और अपने यौन संक्रमित रोगों पर परामर्श के लिए वे परिचित और विश्वसनीय–जरूरी नहीं कि वह योग्य एवं सक्षम हो– डॉक्टर को ही बुलाती हैं। अनेक डॉक्टर बंद वेश्यालयों में रहने वाली औरतों का इलाज करने के लिए आते हैं।

भारतीय राष्ट्रीय महिला आयोग का अनुमान है कि डॉक्टरी व्यवसाय सेक्स क्षेत्र से जुड़ी महिलाओं से लगभग २० करोड़ रुपये की वार्षिक राशि कमाता है। दवाई उद्योग ८० करोड़ रुपये। जापान में गर्भपात एक लाभप्रद और बहुत बड़ा व्यापार है। इस इलाज की ऊँची लागत महिलाओं द्वारा लिए गए ऋण में जोड़ दी जाती है और फिर सेक्स बेचकर उसका भुगतान करने के लिए वे विवश होती हैं। जब हम इसे संरक्षण देने वाले तथा इससे लाभ उठाने वाले गुप्त आपराधिक तथा शक्तिशाली हितों से आगे की ओर बढ़ते हैं तब हमारा सामना उन लोगों से होता है जो इस व्यापार में प्रत्यक्ष दिखाई देते हैं : सौदागर, दलाल और प्रबंधक। ये वे लोग हैं जो इस धंधे के दैनिक कार्यों को चलाते हैं।

निरपवाद रूप से अक्सर ऐसा होता है कि इन औरतों और ग्राहकों के बीच प्राय: पुरुष प्रबंधन होता है। महिला प्रबंधकों के विविध नाम होते हैं। सर्वाधिक प्रचलित नाम है—मालकिन, कोठेवाली या घरवाली। इन महिलाओं की मिश्रित ख्याति होती है। अधिकांश ४५–५५ के आसपास की होती हैं। वे व्यापार के सारे गुर ज़ानती हैं। ऊँच-नीच समझती हैं। वे जानती हैं कि ग्राहक को क्या चाहिए क्योंकि उनमें से ज्यादतर खुद ऐसा कर चुकी हैं। मालकिनों द्वारा थोपे गए जबर्दस्ती नियंत्रण के बावज़ूद सेक्स वर्कर इनके साथ प्यार से बोलती हैं—जैसे उन्हें आंटी संबोधित करना या उन्हें अपनी गार्जियन के रूप में देखना। स्पष्ट है कि यहाँ अच्छी व बुरी दोनों तरह की मालिकन हैं। मैं ऐसी कुछ मालकिनों से मिला जिन्होंने इस नृशंस व्यापार के वातावरण में भी लड़कियों के लिए अच्छे कार्य करने का प्रयास किया। अमूमन वेश्यालय प्रबंध में लगी औरतें तेज और चालाक दिमाग की होती हैं। वे कुशल वार्ताकार होती हैं। जैसा कि मैंने अनुभव किया वे लोगों के दिल की बात को ताड़कर उनके मुद्दों को आसानी से समझ लेती हैं।

देह व्यापार के बाज़ार में नया माल बहुत जल्द पुराना पड़ जाता है इसीलिए वेश्यावृत्ति से जीविका लंबे समय तक बहुत कम चलती है। दुर्भाग्यवश देह बेचने वाली नवयुवतियों की जीविका भी दीर्घकाल तक नहीं

चलती। कलकत्ता का सोनागाछी हो या थाइलैंड का पट्टाया या जापान के पाँश होटल सभी जगह नये माल की माँग रहती है और अब तो इन इलाकों में देह व्यापार में लिप्त स्त्रियों में मृत्यु का सबसे बड़ा कारण एचआईवी / एड्स के कारण पुरानी वेश्याओं के ग्राहक कम हो रहे हैं। इस रोग के कारण वेश्याओं की एक पीढ़ी समाप्त हो चुकी है। इस धंधे में स्वेच्छा से उतरने वाली या जबर्दस्ती धकेली गई औरतों को यह कल्पना भी नहीं होती कि इस धंधे में शामिल होने का निर्णय अपनी मौत के फरमान पर हस्ताक्षर करने के बराबर है। विडम्बना यह है कि इनमें से अधिकांश लड़कियों को धोखे से व जबर्दस्ती इस व्यापार में लाया जाता है, क्योंकि ग्राहक नाबालिग 'अक्षत' तथा रोगमुक्त कन्या वेश्याओं की माँग करते हैं। कुछ समय पश्चात उनमें भी एच.आई.वी एड्स के लक्षण पाये जाते हैं। इस रोग तथा देह व्यापार की शिकार कई लड़कियों की भर्ती किशोरावस्था में हुई थी जिन्हें २२-२३ वर्ष की उम्र में ग्राहकों द्वारा नकारे जाने के बाद चकलाघरों के मालिकों द्वारा बाहर फेंक दिया जाएगा एवं संभवत: तीस वर्ष के आसपास उनकी मृत्यु हो जाएगी।

अधिकांश चकलाघरों में कमसिन, जवान और सस्ती लड़की की माँग होती है। अत: औरतें चकलाघरों में मुश्किल से कुछ ही वर्ष काम कर पाती हैं। इसके बाद उन्हें सेक्स उद्योग से जुड़ी अन्य सेवाओं में लगा दिया जाता है। देह के धंधे में आई नई लड़कियाँ असुरक्षित तथा भयग्रस्त होती हैं। प्राय: उन्हें स्वास्थ्य जोखिमों की बहुत कम जानकारी होती है। यद्यपि वे सुरक्षित सेक्स के नियमों को जानती हैं फिर भी वे सेक्स कार्य के बुनियादी समझौतों पर बातचीत करने में असमर्थ रहती हैं। क्योंकि वे घोर शक्तिहीनता की स्थिति में होती हैं। विशेषकर वे यह माँग करने में असमर्थ रहती हैं कि ग्राहक कंडोम का प्रयोग करे। जो सेक्स वर्कर्स कंडोम के प्रयोग का आग्रह करती हैं उन्हें ग्राहकों के बीच उजड्ड या तुनुक मिजाज के रूप में देखा जाता है। देह व्यापार में लगी चकलाघरों में रह रही औरतों के खाने पीने का कोई समय नहीं होता। अनियमित भोजन करना, एक जैसा भोजन, अपर्याप्त नींद और तंग तथा भीड़ भरे कमरे में रहने वाली वेश्याएँ चिड़चिड़ी और बदमिजाज हो जाती हैं। उन्हें अनेक प्रकार के रोग घेर लेते हैं।

एड्स के खतरों के बारे में इतने प्रचार के बावजूद रेड लाइट इलाकों में वेश्याओं के बीच एचआईवी से संक्रमित रोगियों की संख्या विस्मयकारी है। मुम्बई के कामठीपुरा इलाके में आशा प्रोजेक्ट्स के अंतर्गत किये गए एक

सर्वेक्षण का निष्कर्ष है कि इस इलाके में करीब ६० प्रतिशत एचआईवी से संक्रमित हैं। इस क्षेत्र में रहने वाले करीब ४० प्रतिशत पुरुष भी इससे प्रभावित हैं। ये पुरुष स्वयं वेश्यावृत्ति में लिप्त नहीं हैं किंतु हो सकता है कि वे वेश्यागमन करते हों और यह भी हो सकता है कि वे सेक्स वर्करों के पार्टनर या दलाल हों। एचआईवी व्यापकता के ये आँकड़े अनेक रेड लाइट इलाकों का प्रतिबिंब है।

चकलाघरों के मालिक भी औरतों को एक-दूसरे के खिलाफ भड़काते रहते हैं। इस मामले में वे अंग्रेजों के अनुयायी हैं, 'फूट डालो और राज करो।' इस तरकीब से उनका धंधा फलता-फूलता है। इन लड़कियों या औरतों में दोस्ताना न बढ़े और एक-दूसरे के लिए ये लड़कियाँ आवाज न उठायें इसलिए अक्सर इन लड़कियों को एक स्थान से दूसरे स्थान पर मँगाया और भेजा जाता है। इससे चकला मालकिनों को तीन लाभ होते हैं : एक, लड़कियों का आपसी संपर्क खत्म हो जाता है। दो, लड़कियों में असुरक्षा की भावना बरकरार रहती है और तीसरे, ग्राहकों को यह भ्रम रहता है कि नया माल आया है। भारत में मुंबई, वाराणसी, हैदराबाद, चैन्नई, कलकत्ता, विजयवाड़ा, वारांगल, गुवाहाटी, सिलिगुड़ी, सहारनपुर, आगरा, जयपुर, जलगाँव, बेलगाँव, पुरी, पटना, सूरत आदि के बीच ऐसे आना-जाना होते हैं। जापान में औरतों को एक क्लब से दूसरे क्लब भेजे जाने का चलन है। ऐसी खबरें कम्बोडिया और थाईलैंड से भी सुनने को मिलीं। एक बर्मी लड़की ने बताया कि पिछले १२ महीने में उसे पाँच चकलाघरों में रखा गया।

भूमंडलीय समाज में सेक्स को खरीदना और आसान हो गया है। और उन लोगों—विशेषकर औरतों तथा बच्चों और कभी-कभी पुरुष का भी मूल्यांकन उनकी देह तथा उनकी यौन क्रियाओं के आधार पर ही किया जाता है। किंतु यदि हम इस तर्क को नजरअंदाज कर दें तो भी एशियाई समाजों के संदर्भ में कानून द्वारा भयंकर शोषण को कम करने की धारणा को लागू करना मुश्किल है। सेन्टर ऑफ कन्सर्न फॉर चाइल्ड लेबर से जुड़ी एक महिला कार्यकर्ता जो झुग्गी-झोपड़ी, स्लम इलाके में लड़कियों की शिक्षा से लंबे अर्से से जुड़ी रही है, का मानना है कि वेश्यावृत्ति को कानूनी मान्यता देना स्थिति को और खराब कर देगा क्योंकि यह परिवारों तथा पुरुषों को लड़कियाँ या औरतों का वैधानिक रूप से शोषण तथा दुरुपयोग करने का एक प्रकार से लाइसेंस दे देगा।

थाईलैंड में वेश्यावृत्ति को रोजगार के एक प्रकार के रूप में स्वीकारा जाता है। और इस बात पर जोर दिया जाता है कि उद्योग को अपराधमुक्त तथा व्यवस्थित होना चाहिए। साथ ही इसमें अन्य व्यवसायों की तरह नियम-कानून लागू होने चाहिए। दक्षिण एशिया के चार देशों में वेश्यावृत्ति अंतर्राष्ट्रीय श्रम-संगठन की १९९८ की एक रिपोर्ट में इस व्यवसाय के विशाल आकार की ओर ध्यान खींचती है। तो क्या इस बुराई का आकार ही वह कारण है जिसके आधार पर इसे कानूनी मान्यता दे दी जानी चाहिए? सेक्स व्यवसाय की महत्ता का ज्ञान तथा इसे कानून के दायरे में लाना इन देशों के आर्थिक परिच्छेदिकाओं के लिए वरदान साबित होगा। देह व्यापार संबंधी आमदनी के आँकड़े सकल घरेलू उत्पाद से जोड़ दिए जाएँगे और इस लाभप्रद व्यवसाय पर टैक्स लगाया जा सकेगा। इससे राज्य की अपेक्षा भ्रष्ट व्यक्तियों को भ्रष्टाचार के माध्यम से धन कमाने के अनेक सुअवसर मिलेंगे। गिरती अर्थव्यवस्था को मजबूत करने का कितना आसान तरीका है : यौन का व्यापार।

'ग्लोबल एलांइस अगेंस्ट द ट्रेफिकिंग इन वुमैन' (औरत के तस्करी के विरुद्ध अंतर्राष्ट्रीय गठबंधन) एक अंतर्राष्ट्रीय गैर सरकारी संस्था है और इनका कार्यालय बैंकाक में है। इसका उद्देश्य वेश्यावृत्ति में होने वाले शोषण को समाप्त करना है तथा साथ-साथ वेश्यावृत्ति की संकल्पना को व्यवहार्य कैरियर विकल्प के रूप में बढ़ावा देना भी है। इसकी अध्यक्ष सिरीपोर्न स्क्रोबेनक का कहना है कि 'हम एक गरीब महिला को जीविका कमाने के अधिकार से वंचित नहीं कर सकते।' वे आगे कहती हैं कि, 'हमें औरतों को सेक्स वर्कर बनने के विकल्प का चयन करने का अधिकार देना ही चाहिए। महत्त्वपूर्ण बात यह है कि यह उनका एकमात्र विकल्प नहीं होना चाहिए।' यह नजरिया वेश्यावृत्ति में संलग्न महिलाओं की मदद करने की सच्ची अभिलाषा पर आधारित हो सकता है परन्तु यह गहन रूप में नकारात्मक भी है क्योंकि यह देह व्यापार के गलत आधारों को सामाजिक स्वीकृति देता है जिससे वस्तुतः फायदा इस उद्योग के संचालकों को होगा न कि इसमें फँसी औरतों को। इस आधार को मानने से वेश्यावृत्ति को अपराधमुक्त घोषित कर दिया जाएगा और औरतों-लड़कियों की खरीद-फरोख्त को कानूनी सुरक्षा मिल जाएगी। यौनिकता की खरीद को राज्य द्वारा संचालित किया जाएगा और बाज़ार प्रक्रियाओं द्वारा उसका नियंत्रण होगा। हालाँकि मेरा मानना है कि मुक्त बाज़ार के तर्क की भी आखिर कुछ सीमा होनी चाहिए क्योंकि मुक्त बाज़ार वास्तव

में सिर्फ अत्याधिक सौभाग्यशालियों के लिए ही मुक्त है। गरीब औरतें और लड़कियाँ भाग्यशाली नहीं हैं। उनका सौभाग्य कहाँ कि वे बाज़ारवाद का फायदा उठा सकें। वह तो एक ऐसा कमजोर तबका है जिसका हर कोई शोषण करना चाहता है। उनकी निर्भरता का फायदा उठाने वाले कई लोग है जो इसे अपने स्वार्थ के लिए इसे किसी भी दिशा में ले जा सकते हैं।

प्राचीन सांस्कृतिक रूढ़ियों से पीछा छुड़ाने के लिए कानून बनाने के अलावा और बहुत कुछ करना पड़ेगा। इसके लिए समाज की मानसिकता में आमूल-चूल परिवर्तन लाना होगा। पूरे अध्ययन के दौरान देह व्यापार में या यौन दासता में बेची गई एक भी औरत ने उनके परिवार या एजेंटों के द्वारा उन्हें बेचे जाने के अधिकार पर प्रश्नचिन्ह नहीं लगाया। लगभग सभी ने कहा कि जो हुआ वह अनुचित था और वे अपने भाग्य को कोसती हैं, परंतु किसी ने भी कभी अपने दुख या क्रोध का इजहार अपने अधिकारों के अतिक्रमण के रूप में नहीं किया। मैं समझता हूँ कि अनेक औरतें अपनी खरीद-फरोख्त पर अपना रोष प्रकट नहीं करती क्योंकि उन्हें यह विश्वास ही नहीं है कि उनके भी कुछ मौलिक मानवीय अधिकार हैं। यही औरतें कानून व्यवस्थाओं पर भी अविश्वास करती हैं और उन्हें यौन दासता को समाप्त करने तथा मानव तस्करों से जूझने वाले अधिकारियों की ईमानदारी पर भी संदेह रहता है। जीवन में उन्हें इतने कटु अनुभव हो चुके होते हैं कि वे आसानी से किसी पर विश्वास नहीं कर पाती हैं। वह प्यार जिस पर भरोसा कर किशोरावस्था में उन्होंने अपना घर छोड़ा था उन्हें नर्क के द्वार ले गया। पहले प्यार का धोखा उन्हें बार-बार कचोटता रहता है।

भूमंडलीकरण तथा आर्थिक उदारीकरण की अनिवार्य बाध्यताओं ने समूचे विश्व में गरीब लड़कियों को देह व्यापार में धकेला है। एशिया के बड़े भागों में असंयमित पूँजीवाद प्रकट हो रहा है जो कमजोरों और हाशिए पर जी रहे समुदायों से कोई मुरव्वत नहीं बरतता। इसका परंगपरागत एशियाई समाज अपने यहाँ के गरीब तबके का क्रमबद्ध शोषण करता आ रहा है, वह भूमंडलीय पूँजीवाद को एक नयी ताकत प्रदान करता है। पूँजीवादी व्यवस्था ऐसी अनुचित और लालची प्रवृत्ति का लाभ उठाने की तलाश में रहती है। सेक्स उद्योग इसका अपवाद नहीं है। उदाहरण के लिए, वियतनाम में ट्रेफिकिंग तथा वेश्यावृत्ति में वृद्धि हुई है। अंशतः इसे स्त्रियों के प्रति रूढ़िगत विचारों के संदर्भ में समझाया जा सकता है। क्योंकि वियतनाम क्रांति बिगड़ती

अर्थव्यवस्था और विश्व पूँजीवाद की पहुँच के कारण धीरे-धीरे हवा में काफूर हो रही है। इसी के साथ अमीरी-गरीबी में तेजी से बढ़ती खाई के कारण देह व्यापार पुनः तेजी से वापस आ गया है। आर्थिक उदारतावाद से पारिवारिक ढाँचा भी प्रभावित हुआ है।

भारत में वेश्याओं की बड़ी संख्या दलित अथवा अछूत वर्ग से है तथा आदिवासी समूहों से भी बहुत सी लड़कियों का प्रवेश इस व्यवसाय में हुआ है। ये औरतें शोषण के तीन गुणा भार से पीड़ित हैं। वे गरीब हैं, दलित हैं और स्त्री हैं, कुछ के लिए इन तीनों का संगम विध्वंसक भी हो सकता है।

असहाय व कंगालों की कहानी सर्वत्र एकसमान है। वे किस चीज के लिए लड़ें? उन्हें तो सबसे पहले मरना है रोटी की लड़ाई में। सेक्स उद्योग को लड़कियाँ सप्लाई देने करने वाले नेटवर्क के गुर्गे चारों ओर मँडराते रहते हैं। उदाहरण के लिए, वे नेपाली मूल के सैकड़ों-हजारों लोगों के इर्द-गिर्द मँडराते रहते हैं जिन्हें १९९० के पूर्वार्द्ध में भूटान से निष्काषित कर दिया गया था। लोग पूर्वी नेपाल के शरणार्थी कैम्पों में रह रहे थे। इन लोगों के पास स्थायी मकान नहीं है और न ही इनके पास कोई नागरिकता है। सेक्स उद्योग के एजेंटों को यही खुशी है कि इनके बारे में कोई और नहीं सोचता। वेश्यावृत्ति के लिए जिन लड़कियों को अवैध रूप से खरीदा व बेचा जाता है उनमें से अधिकांश शोषित स्त्रियों में भी सर्वाधिक शोषित होती हैं।

देह व्यापार ने कुछ निर्धन समुदायों में बेटियों को अब एक मूल्यवान वस्तु बना दिया है। एक गैर सरकारी संस्थान से जुड़े एक थाई अधिकारी ने बताया कि, "थाईलैंड में लड़की का पैदा होना एक नयी फसल के जैसा है। काटा और बेच दिया।"

उत्तरी थाईलैंड में कई बेटियों वाले परिवार को भाग्यशाली समझा जाता है, चांग-माई क्षेत्र के अंतर्गत रिम मोन में एक सामुदायिक नेता ने शिकायत की कि 'कुछ परिवार आलसी बने हुए हैं और अपनी बेटियों से आने वाले पैसे की प्रतीक्षा कर रहे हैं।' ठीक इसी प्रकार भारत, नेपाल और बांग्लादेश की कुछ जातियों में बेटी के जन्म पर लंबा विलाप नहीं किया जाता। देह व्यापार उन्हें लड़की का बाज़ार भाव प्रदान करता है।

एशिया में अधिकांश ट्रेफिक्ड लड़कियों तथा जिन्हें वेश्यावृत्ति में प्रत्यक्ष रूप से प्रताड़ित किया गया है सभी की समान विशेषताएँ हैं। पहली, उनका शिक्षा का स्तर निम्न है। अंतर्राष्ट्रीय श्रम संगठन की दक्षिण-पूर्वी एशिया पर

एक रिपोर्ट में बताया गया कि औसत महिला की अपेक्षा सेक्स कर्मी कम पढ़ी-लिखी होती है। भारत के चकलाघरों में रह रही अधिकांश औरतें अनपढ़ हैं, वे या तो स्कूल गई ही नहीं हैं अथवा कम गई हैं। सोनागाछी (कोलकाता का सबसे बड़ा वेश्यालय) में कुल वेश्याओं में १५ प्रतिशत शिक्षित हैं। यह स्थिति समस्त दक्षिण एशिया में मिलेगी।

हमें यह भ्रम नहीं रखना चाहिए कि वेश्यावृत्ति सिर्फ निर्धनता के कारण है। सभी प्रकार की विषमताओं पर यह व्यवसाय आधारित है। यह वह व्यवसाय है जिसकी नींव स्त्री-पुरुष, अमीर-गरीब तथा समाज के दबे शोषित व विशिष्ट वर्ग के बीच शक्ति के विकृत सम्बन्धों पर टिकी है। सेक्स उद्योग पैसा उगलता है, क्योंकि वह कच्चा माल सस्ते दामों पर खरीदता है और उन्हें आकर्षक पैकेज में सँवार कर बेचता है। यह सामाजिक असुरक्षा को वस्तु में बदल देता है और फिर वस्तु को लाभ में परिवर्तित कर देता है। मूल प्रश्न मानवीय गरिमा और सम्मान का है एवं सभी के लिए यह चिंता का विषय होना चाहिए कि क्या स्त्री की पहचान उसकी योनि पर चिपकी कीमत से ही होती है?

४

घुमड़ते हुए बादल

भूमंडलीकृत संस्कृति के व्यापक और अनावश्यक फैलाव से पितृसत्तावाद को एक अनपेक्षित चुनौती मिली है। बात यह है कि भूमंडलीकरण अंतर्सम्बन्धों के जगत का निर्माण करता है जहाँ व्यक्ति और अनुभव तेजी से एक-दूसरे में गुँथ जाते हैं। ऐसे में नारीवादी आंदोलन की गूँज दुनिया के हर कोने में सुनाई देना स्वाभाविक है। इतरलिंगी यौनव्यवस्था को दी जानेवाली चुनौती नारीवादी आंदोलन का सबसे शक्तिशाली परिवर्तनकारी हस्तक्षेप है। इससे समलिंगी स्त्रियों के यौन-सम्बन्ध को वैधता मिलती है। दमन के खिलाफ ये समलिंगी सम्बन्ध एक तार्किक परिणति के रूप में सामाजिक परिदृश्य पर उभरते हैं। स्त्री कह पाती है कि समाज में व्याप्त अधिकतर बुराइयों की जड़ में पुरुष का यह आधिपत्यवादी रवैया ही है। दूसरी तरफ समलिंगी पुरुष भी पारंपरिक परिवार को संदेह की नजर से देखता है। वह एक नये प्रकार के परिवार की खोज करता हुआ नजर आता है जो आत्माभिव्यक्ति का नया सीमांत है।

बिना किसी संस्थागत दावेदारी के हर प्रकार की यौन-मुक्ति की माँग कम से कम प्रेम और यौनिकता के क्षेत्र में एक नयी क्रांति समझी जानी चाहिए। इतरलिंगी यौन व्यवस्था को मिलने वाली चुनौती ने पितृसत्ता की नींव पर आघात किया है। यौन आदर्शों और पारिवारिक संरचना में होने वाला रूपातंरण हमारे समाज में व्यक्ति को आमूल रूप से बदलता जा रहा है।

१९९५ में संयुक्त राष्ट्र संघ के वूमेन्स फोरम में तथा १९९५ की पेईचिंग कांफ्रेंस में पारंपरिक स्त्री वर्ग एवं उत्तर-आधुनिक तथा भूमंडलीकरण की

समर्थक नारीवादी स्त्रियों में यह विभाजन और स्पष्ट होकर उभरा। रोमन कैथोलिक और इस्लाम की अनुयायियों ने नारीवाद का विरोध किया और स्त्रियों के प्रजनन का अधिकार सीमित करने की माँग की। दूसरी ओर, सामूहिक कर्म द्वारा सारी दुनिया की स्त्रियाँ अपने संघर्ष और अपने दमन के विरोध में अपनी रोजमर्रा की जिंदगी के संघर्ष को अभिव्यक्त करती हुई नजर आई।

सार्वजनिक क्षेत्रों में तथा परिवार में स्त्रियों द्वारा किया गया हस्तक्षेप, उनकी निजी स्थिति को मजबूत करता है। एक बार जब स्त्री अपने अधिकार के लिए सजग हो जाती है और अपने हक में लड़कर कुछ हासिल करती है तो पुरुष वर्ग इसका सम्मान भी करता है। असल मुद्दा है सांस्कृतिक अभिव्यक्ति का, अनुभवों के आपसी सहयोग का। हो सकता है स्त्रियों के संघर्ष और नारीवादी विमर्श में उठाए गए मूल्य बड़े आंदोलनों के ऐतिहासिक विकास में महज एक क्षण के रूप में दृष्टिगोचर हों, किंतु नारीवाद इतना व्यापक है कि बहुतेरी स्त्रियाँ खुद को नारीवादी न भी कहें तब भी आंदोलन एवं विमर्शों के माध्यम से वे आपस में जुड़ी हुई हैं। उनका मौलिक उद्देश्य है समाज की संस्थाओं द्वारा स्थापित स्त्री की पारंपरिक पहचान का विखंडन कर नयी पहचान को स्थापित करना। सांस्कृतिक नारीवाद स्त्री समुदाय की चेतना के स्तर को बढ़ता है तथा उसके व्यक्तित्व को पुनः निर्मित करता है। सारतत्त्ववादी नारीवाद स्त्री की विशिष्टता को व्यक्त करते हुए उसकी स्वायत्तता और श्रेष्ठता को स्थापित करता है। समलिंगी नारीवाद इतरलिंगी व्यवस्था के यौन विभाजन को खारिज करता है। अतः विभिन्न आकारों में और विभिन्न रास्तों पर चलता हुआ नारीवाद पितृसत्तात्मक समाज द्वारा स्वीकृत स्त्री-पुरुष के द्वैत का खंडन करते हुए बहुलतावादी पहचान निर्मित करता है। यह पहचान अपने स्वायत्त अस्तित्व द्वारा जीवित अनुभवों की लहर संचालित करती है।

सवाल उठता है कि नारीवादी आंदोलन के साथ गे (पुरुष समलैंगिक) एवं लेस्बियन (स्त्री समलैंगिक) आंदोलनों का क्या सम्बन्ध है? पितृसत्तावाद के आधार में मौजूद इतरलिंगी यौन व्यवस्था सभ्यता के आदिकाल से चली आ रही है। किसी भी प्रकार की समलिंगी यौन व्यवस्था का निषेध एक प्रकार का यौन दमन माना जाएगा जो स्त्री के उत्पीड़न को ही बढ़ावा देता है। फूको का कहना है कि प्रत्येक स्त्री चेतना एक सामाजिक संरचना है और सामाजिक

संस्थाओं का पहला उद्देश्य है व्यक्ति की इच्छाओं का नियंत्रण। परिवार की अवधारणा के मूल में भी इतरलिंगी यौन व्यवस्था है और एक बार यदि इस प्रस्थापना को चुनौती दी जाए तो पूरी समाज व्यवस्था ही चूर-चूर होती दिखाई पड़ती है क्योंकि इससे नियंत्रित यौन जीवन और प्रजाति के पुनरुत्पादन को ही चुनौती मिल जाती है।

यह सवाल जरूर उठता है कि समलैंगिता का इतना भारी दमन क्यों किया गया? प्रत्येक संस्कृति में समलैंगिकता पाई जाती है, अत: स्त्रियों के आपसी यौन सम्बन्ध को क्यों नकारा गया? समलैंगिकवाद नारीवादी आंदोलन का ही हिस्सा है। यह अलग बात है कि बहुधा यह गे आंदोलनों के साथ भी सक्रिय दिखलाई पड़ता है। किंतु गेनेस और समलैंगिकता महज यौन चुनाव नहीं है। भौतिक रूप से समलिंगी स्त्री और गे पुरुष की पहचान इतरलिंगी स्त्री-पुरुष की पहचान से अलग है। वे अलग पहचान की माँग भी करते हैं। मगर कोई भी पहचान लैंगिक आधार पर निर्धारित नहीं होती।

ताईपेई का लेस्बियन आंदोलन

लेस्बियन आंदोलन की महत्त्वपूर्ण घटना है, ताईपेई में किया गया आंदोलन जो पहचान की राजनीति में भूमंडलीय प्रवृत्ति और झुकाव का द्योतक है। ताइवान की राजधानी है ताईपेई। यहाँ का नारीवादी आंदोलन १९७२ में प्रमुख बौद्धिक शिव लीएन लू के नेतृत्व में शुरू हुआ था। अमेरिका में शिक्षा प्राप्त करने के बाद शिव लीएन लू ने नारीवाद का नया दौर शुरू किया जो उदारतावादी विचारधारा से मिलता-जुलता था और यह स्त्री की पारंपरिक भूमिकाओं पर कुछ सवाल उठाता है। क्रमश: सशक्त होते हुए इस आंदोलन की प्रमुख घटना है लेस्बियन बहस को शामिल किया जाना। ताईपेई में आंद्रे रीच, गैल रूबीन तथा आंद्रे लार्ड्स जैसे लेस्बियन सिद्धांतकारों का चीनी में अनुवाद किया गया। स्त्री कामना को एक शक्ति के रूप में पहचान की राजनीति में स्थापित किया गया और नब्बे के दशक में ताइवान के पहले लेस्बियन ग्रुप 'बिटवीन अस' की स्थापना हुई।

२२ मई १९९४ को यौन उत्पीड़न के खिलाफ ताईपेई की सड़कों पर करीब आठ सौ स्त्रियों ने, जिसमें छात्राओं की संख्या अधिक थी, प्रदर्शन किया। जुलूस के दौरान 'हो' नामक एक नारीवादी विद्वान ने नया नारा खोज निकाला जिसका आशय था स्त्री को यौन संतुष्टि की जरूरत है, यौन उत्पीड़न

की नहीं। महिलाओं ने जुलूस में इसका नारा लगाया जो ताईपेई के नागरिक समाज को चौंकाने के लिए काफी था। किंतु इसके साथ नारीवाद खेमों में बहस उठ खड़ी हुई कि नारीवाद स्त्री-पुरुष की समानता के साथ क्या सार्वजनिक जीवन में समलिंगी स्त्री के यौन मुक्ति के प्रसंग में आवाज उठाना चाहेगा? कुछेक नारीवादियों के अनुसार पश्चिम का यौन मुक्ति आंदोलन स्त्री के लिए हानिकारक ही हुआ है। पुरुषों को इससे आजादी मिली, जबकि हो और अन्य नारीवादियों के अनुसार यौन मुक्ति ही पितृसत्तात्मक संस्कृति, जो कि स्त्री देह पर नियंत्रण चाहती है, को चुनौती देने का एकमात्र रास्ता है। स्त्री आंदोलन को यौन मुक्ति का समर्थन करना जरूरी है। विश्वविद्यालयों में छात्रों ने इसके समर्थन में हॉस्टल में अश्लील फिल्में दिखना शुरू किया। साथ ही स्त्री-कामना पर आधारित एक जलसे का आयोजन भी किया गया। मीडिया द्वारा परोसी गई सम्बन्धित चटपटी खबरें ताईपेई के नागरिक समाज को चौंकाने के लिए काफी थीं। इस संदर्भ में नारीवादी जागरण और लेस्बियन और गे संदर्भ में विकसित हो रही यौन मुक्ति चीनी संस्कृति के नैतिक मूल्यों पर आघात करती हुई नजर आई। चीन का समाज कन्फ्यूशियसवाद से प्रभावित और नैतिक अनुशासन का समर्थक है। यहाँ नये-नये गैर सरकारी संगठन, 'बिटवीन अस', 'बाओ अल्न', गे पुरुषों का समूह, गे चैट (ताईवान विश्वविद्यालय, एनसीए आदि) प्रस्फुटित हुए। समलिंगी समुदाय के नये-नये समूहों ने यौनिकता, आनंद और राजनीति के समिश्रण के जरिये एक बार फिर 'पर्सनल इज पॉलिटिक्स' जैसे नारे को खोज निकाला।

जिस प्रकार ब्रिटिश श्रमिक वर्ग का अभ्युदय पब संस्कृति के दौरान हुआ था, वैसी ही भूमिका ताईपेई में गे / लेस्बियन समुदाय के संगठन में गे बार ने निभाई। नेटवर्किंग की प्रक्रिया में गे और लेस्बियन केवल गे बार तक सीमित नहीं रहे। व्यापक रूप से ये इंटरनेट के जरिये फैले ही नहीं, बल्कि उन्होंने एक वैकल्पिक मीडिया और भूमिगत रेडियो स्टेशन भी स्थापित किया। १९९६ से ताईपेई रेडियो की मुख्यधारा में गे प्रोग्राम भी प्रसारित होने लगे।

संवाद के परे नेटवर्किंग और अभिव्यक्ति के माध्यम से लेस्बियन और गे आंदोलनों ने राजनीतिक माँगें उठाई तथा सामाजिक विरोध भी किया। विशेषकर एड्स की नीति पर इनका हस्तक्षेप अच्छा रहा। ताइवान में एचआईवी से संक्रमित स्त्रियों के पतियों का वेश्यागामी होना ही इस व्याधि का कारण है। एड्स के विरोध में किये गए नारीवादी आंदोलन के साथ गे

पुरुषों ने भी हाथ मिलाया और यौन आधिपत्य की पितृसत्तात्मक संरचना को चुनौती दी। इन आंदोलनों को पारंपरिक लांछन और परिधिकरण का विरोध भी करना पड़ा। गे पुरुषों ने खुद को असहज मानने से इंकार किया। लेस्बियन स्त्रियों ने मुख्यधारा में स्वयं को स्थापित किया और इन सबसे सम्बन्धित जितने भी सांस्कृतिक कार्यक्रम थे उन में भाग लिया। इसी भाँति इन आंदोलनों ने सार्वजनिक क्षेत्र में भी हस्तक्षेप की माँग की। ताईपेई का न्यू पार्क इनका मुक्त स्पेस है। जिसे इन्होंने दिन के समय मौज-मस्ती के लिए व्यवहृत करना शुरू कर दिया है। यानी समाज से छुपकर कुछ करना न पड़े, जो करे वह खुले आम करो। अतः लेस्बियन और गे पुरुषों ने सक्रिय रूप से समलिंगी विवाह के कानूनी वैधता की माँग की, और लेस्बियन स्त्रियों ने नारीवादी नारों का और बहनापे की अवधारणा का मजाक बनाया। इनके अनुसार स्त्री-पुरुष के सम्बन्धों में प्रेम की तो कोई संभावना नहीं है बल्कि स्त्रियों में प्रेम संभव है, इसलिए अब नारीवाद को समलिंगी स्त्री की माँग स्वीकारना चाहिए। अपने-आप में यह काफी चौंकाने वाला प्रयास है। ये आंदोलन पितृसत्तावाद के संगठन का और इतरलिंगी यौन व्यवस्था की संस्कृति को चुनौती देते हैं।

अमेरिकी गे आंदोलन

इससे पहले सैनफ्रान्सिस्को में भी गे-मुक्तिकारी आंदोलन की शुरुआत १९५९, २७ जून को न्यूयार्क के ग्रीनवीच मीलेन में स्टोन वॉल रिवोल्ट से हुई, जिसमें तीन दिनों तक स्टोन वॉल गे क्लब की रक्षा में पुलिस के साथ जम कर संघर्ष हुआ। आंदोलन ने बड़ी तेजी से जोर पकड़ा। शहरी इलाके में तथा पहली बार व्यक्तिगत और सामूहिक स्तर पर गे पुरुषों ने पहचान की माँग की। १९७३ में न्यूयार्क और लॉस एंजेलिस बड़ी संख्या में गे जन-जीवन का साक्षी बने।

१९५९ में जहाँ पूरे अमेरिकी राष्ट्र में पचास गे संगठन थे, वहीं १९७३ में आठ सौ से ऊपर संगठन बन गए और न्यूयार्क और लॉस एंजेल्स के अलावा सैनफ्रॉन्सिस्को सांस्कृतिक और राजनीतिक स्तर पर गे समुदाय के लिए महत्त्वपूर्ण साइट के रूप में उभरा जिसने इसकी राजनीतिक और संस्कृति के स्पेस को प्रभावित किया। इस शहर के १७ प्रतिशत पुरुष गे हैं। नब्बे के दशक में इन्हें राजनीतिक स्वीकृति मिली। गे पुरुषों के लिए मुक्ति का कारक तत्त्व हुआ समाज की नजर में आना और अपने-आप को पुनः समाजीकृत करना। किंतु यह सब संभव कैसे हुआ? ऐसी दुनिया में जहाँ इतरलिंगी यौन

व्यवस्था ने इतनी गहरी जड़ जमा रखी हो, सामूहिक स्तर पर प्रकाश में आना और नये जीवन की शुरुआत करना अपने-आप में नये समाज का द्योतक है। किंतु सैनफ्रान्सिस्को में ही यह क्यों घटा था? द्वितीय विश्वयुद्ध के दौरान सैनफ्रान्सिस्को मुख्य प्रशांत महासागरीय बंदरगाह था और करीब डेढ़ करोड़ की संख्या में युवा स्त्री-पुरुष इस शहर में अकेले अपनी जड़ों से उखड़े हुए पीड़ा और मृत्यु को देख रहे थे। इनमें पुरुषों के बीच या स्त्रियों के बीच के आपसी साँझे से उन्होंने समलिंगी यौन व्यवस्था का आविष्कार किया। इनमें बहुतेरे पुरुषों को गे आचरण के लिए जलसेना से निकलना पड़ा। कलंक को लिए घर में वापस लौटने के बदले उन्होंने सैनफ्रान्सिस्को में ही रहना पसंद किया। कालक्रम में इनका आपस का एक साँझा समाज तैयार हो गया। और चालीस के दशक से गे संस्कृति स्वरूप ग्रहण करने लगी है। किंतु एक वैकल्पिक जीवन के विकसित होने में तथा संस्कृति के रूप में अभिव्यक्त होने में कई दशक लगे। साधारण जनमानस इसे एक तरह का रुग्ण आचरण समझता है। १९७१ में पहली बार कैलिफोर्निया के गे आंदोलन ने मानवीय अधिकारों की माँग की। इनके अपने व्यवसायिक घराने बने। प्रतिसंस्कृति के रूप में बार और क्लब निर्मित हुए और इनके अपने आवासीय क्षेत्रों का विकास हुआ। यह एक प्रकार का सशक्त राजनीतिक प्रयास था। विशेषकर हार्वे स्मिथ जैसे ऐतिहासिक गे नेता, जिन्हें समलैंगिकता के इल्जाम में जल सेना की नौकरी छोड़नी पड़ी थी, एक गे उम्मीदवार के रूप में चुनाव में खड़े हुए।

एड्स की महामारी से सैनफ्रान्सिस्को में ही पिछले १५ वर्षों में १५ हजार लोगों की मृत्यु हुई है। अतः पूरे समुदाय को शिक्षित करने की जरूरत पड़ी। सबसे बड़ा संघर्ष किया यहाँ के गे समुदाय ने। एक सांस्कृतिक लड़ाई लड़ी और एड्स के कलंक को मिटाया। दुनिया को समझाया कि एड्स का कारण समलैंगिकता नहीं। संपर्क के नेटवर्क और यौन संपर्क आदि कुछ ऐसे हथियारों के साथ-साथ इस महामारी को रोकने के लिए शिक्षा, संगठन, जिम्मेदारी और सार्वजनिक स्वास्थ्य संस्थाओं की जरूरत है। जरूरत है एड्स के बारे में पूरी समझ को विकसित किया जाए। एड्स का रोग कोई दैविक प्रकोप नहीं है और इसके आधार पर दुराग्रह के कारण किसी को सजा देने की जरूरत नहीं है। समाज को इसे स्वीकारने में समय लगा।

केवल एड्स की महामारी ही नहीं बल्कि नब्बे के दशक में गे समुदाय

ने यौनिकता को प्रेम के सुरक्षित ढाँचे में सुरक्षित करना चाहा और इसके लिए माँग उठी गे परिवारों की। अमेरिकी समाज में आज यह एक शक्तिशाली सांस्कृतिक प्रवृत्ति है। मध्यम आयु वाले गे और लेस्बियनों में एक स्थायी सम्बन्ध और परिवार की चाहत होना स्वाभाविक था अत: स्थानीय राज्य सरकारों से पार्टनरशिप के सार्टिफिकेट की माँग की गई ताकि संपत्ति को सुरक्षित रखा जा सके। कानूनी पहचान से पारिवारिक मूल्यों को बढ़ावा मिला और इससे प्रेम, साहचर्य और बच्चे के भरण-पोषण, गैर-इतरलिंगी तथा गैर-पारंपरिक परिवारों तक विकसित होने में सुविधा मिली जो पितृसत्तात्मक परिवार की जड़ इतरलिंगी व्यवस्था पर प्रहार करता है और पारिवारिक मूल्यों पर पितृसत्ता के एकाधिकार को खत्म करता है। अत: हर क्रिया की प्रतिक्रिया के रूप में एक यौन अल्पसंख्यक संस्कृति का विकास हो रहा है।

पितृसत्ता का संकट

गे समुदाय ने कलंकीकरण से व्यक्ति को बचा कर और एड्स की महामारी को रोक कर यह बताया है कि समाज अंधेरी सुरंगों से निकल पाया है और खुले उजाले में विभिन्नता के तहत मानव अनुभवों पर एक नजर डाल रहा है। अत: इतरलिंगी यौन व्यवस्था को चुनौती देने वाले सामाजिक आंदोलनों का न तो दमन करना संभव है और न उनकी उपेक्षा, बल्कि यह तो पूरी पारिवारिक व्यवस्था को ही चुनौती दे रहा है और इससे सत्ता आतंकित भी हो रही है। इतिहास के इस दौर में जैविक अन्वेषण, शोध और चिकित्सा तकनीक के कारण इतरलिंगी यौनिकता, पितृसत्तावाद और प्रजाति का पुनरुत्पादन सभी एक संक्रमण के दौर से गुजर रहे हैं। पितृसत्तात्मक समाज में ही इतरलिंगी यौन व्यवस्था प्रचलित है और ऐसा समझा जाता है कि संतति का नैरंतर्य इसी व्यवस्था से संभव होगा किंतु इन आंदोलनों ने और तकनीकी विकास ने पितृसत्तात्मक संस्थाओं से स्त्री के सम्बन्ध को तोड़ कर रख दिया है। प्रजाति का नैरंतर्य तकनीक से संभव है। इसके लिए आज पुरुष की भूमिका की जरूरत नहीं। इसी भाँति प्रेम, सौहार्द्र और साथ का मॉडल केवल स्त्री-पुरुष का सम्बन्ध नहीं। दो पुरुष या दो स्त्री भी जोड़े के रूप में अपने परिवार निर्माण कर सकते हैं। यह एक प्रमुख तथा मौलिक सांस्कृतिक विमर्श के रूप में उभरा है। मानव अधिकार की ही माँग नहीं बल्कि यह तो आदिकाल से चली आ रही मानव सभ्यता और इसके नाम पर होने वाले दमन

का पर्दाफाश करती है। सीमांत पर घुमड़ते हुए बादल पितृसत्तात्मक समाज के लिए आने वाले तूफान का संकेत दे रहे हैं।

सूचनापरक पूँजीवाद और नारीवाद तथा यौन पहचान के लिए किये गए सामाजिक आंदोलनों के एक-दूसरे पर पड़े हुए प्रभाव से पितृसत्तावाद का संकट और अधिक गहराता है। कुछ अमेरिकी समाजशास्त्री उदाहरणों को यदि लें तो इसे हम ज्यादा स्पष्ट रूप से समझ पाएँगे। प्रमुख मुद्दा परिवार के खत्म होने का नहीं है। परिवार व्यवस्था कभी खतम होगी भी नहीं, क्योंकि अपने जीने और होने के लिए एक आदमी दूसरे आदमी का साथ खोजेगा ही। यह अलग बात है कि वह कैसी पारिवारिक व्यवस्था बनाना चहता है। हो सकता है अधिनायकवादी परिवार व्यवस्था के बदले सहभागी जनतांत्रिक व्यवस्था पर आधारित परिवार की वकालत करे। अतः परिवार की सत्ता व्यवस्था में भी आमूल परिवर्तन देखने में आ रहा है। आज भी अमेरिका में नब्बे प्रतिशत लोग विवाह करते हैं। कुँवारा कोई बैठता नहीं। और जब तलाक होता है तो उन तलाकशुदा लोगों में से ६० प्रतिशत स्त्रियाँ और ७५ प्रतिशत पुरुष तीन साल के भीतर ही पुनर्विवाह कर लेते हैं।

अमेरिकी समाज में ही लेस्बियन और गे समलिंगी विवाह को जायज ठहराने की माँग कर रहे हैं किंतु तलाक की प्रथा बढ़ती जा रही है और इसके साथ ही गैर-पारंपरिक परिवार देखने में आते हैं। १९६० से १९९५ के भीतर अकेले लोगों की गृहस्थी में बढ़ोतरी हुई है और पारंपरिक परिवार यानी विवाहित जोड़े, बच्चों के साथ ४२.२ प्रतिशत से घटकर १९९५ में २५.५ प्रतिशत ही रह गए हैं। आणविक परिवार संकट में है। केवल ७ प्रतिशत लोग ही पारंपरिक परिवार यानी पति-पत्नी और बच्चे का निर्वाह करते हैं। अमेरिकी बच्चों की एक चौथाई जनसंख्या, माता-पिता के साथ न रहकर केवल माता या केवल पिता के साथ रहती है और इस एक चौथाई में से ५० प्रतिशत बच्चे माता-पिता के साथ ही नहीं रहते। पिछले दो दशकों से गोद लेने की प्रथा बढ़ती जा रही है और २० हजार बच्चे टेस्ट ट्यूब अथवा कृत्रिम गर्भाधान के बच्चे हैं। जैसा कि ऊपर कहा गया २५ प्रतिशत बच्चे या तो पिता के साथ या माँ के साथ रहते हैं। १९७० में अविवाहित माँ ७ प्रतिशत थी, १९९० में उनकी संख्या बढ़कर ३१ प्रतिशत हो गई है। अकेली स्त्री के परिवार में अस्सी के दशक के बाद वृद्धि हुई है। केवल पुरुष द्वारा संचालित परिवार की संख्या बढ़ी है। बिना पत्नी के परिवार की संख्या १९७० में जहाँ

७० प्रतिशत थी, १९८७ में ८७ प्रतिशत हो गई है और स्त्रियों के संदर्भ में १९९४ में १८ प्रतिशत परिवारों का संचालन केवल स्त्री कर रही थी।

जीवन व्यवस्था के ये नये-नये रूप और आकार अमेरिकी समाज में बढ़ते जा रहे हैं। १९८० में ४० लाख पुनः संयोजित परिवार था। १९९० में इसकी संख्या बढ़कर ५० लाख हो गई यानी ये ऐसे परिवार हैं जिसमें पहले विवाह से स्त्री या पुरुष को बच्चे हैं। १९९२ में अमेरिका की कुल एक चौथाई अविवाहित स्त्रियों, जिनकी उम्र १८ से ऊपर है, के बच्चे थे। १९९३ में ३५ लाख अविवाहित जोड़े जिनमें ३५ प्रतिशत अविवाहित पिता बच्चे के साथ थे —की संख्या सन् ८० से ९२ के बीच दोगुनी हो गई। दस लाख बच्चे अपने माता-पिता के साथ न रहकर अपने दादा-दादी या नाना-नानी के साथ रह रहे थे क्योंकि उनके माता-पिता उन्हें त्याग चुके थे। साथ ही श्रम के बाज़ार में बहुसंख्यक स्त्रियों की नियुक्ति के कारण तथा पारिवारिक सम्पोषक भूमिका के कारण बहुत कम बच्चे हैं जिन्हें माँ या पिता का पूरा समय मिल पाता है। ७० प्रतिशत विवाहित जोड़े पूरा समय काम करते हैं। स्वाभाविक है कि वे बच्चों पर ध्यान नहीं दे पाते।

बच्चों की देख-रेख परिवारों में एक बड़ी समस्या है और फिलहाल यह भूमिका करीबी रिश्तेदार और पड़ोसी निभाते हैं। जिसमें यदि स्त्री गरीब है तो अपने बच्चों की देखरेख पर खर्च भी नहीं कर पाती और काम भी नहीं छोड़ पाती। उपेक्षित बच्चे राज्य के अधीन हो जाते हैं। समलिंगी परिवारों की संख्या बढ़ती जा रही है। कम से कम चालीस से साठ लाख बच्चे गे या लेस्बियन अभिभावकों के साथ रहते हैं। सन् २००० तक अकेले व्यक्तियों की गृहस्थी २२.६ प्रतिशत से बढ़कर २६.६ प्रतिशत हो गई। ऐसी बहुत सी गृहस्थियाँ है जिसे गैर-पारिवारिक गृहस्थी कही जाएगी जहाँ लोग अपनी-अपनी व्यवस्था के साथ रहते हों और जरूरी नहीं कि संतान के भरण-पोषण के लिए वह गृहस्थी चलाई जाए। लोगों के लिए आपसी समझौते हैं, पारंपरिक सीमाओं का उल्लंघन है और बहुत से बच्चे इन व्यवस्थाओं में जीते हैं।

अमेरिकी परिवार व्यवस्था का यह सृजनात्मक दौर उत्तर-औद्योगिक समाज की देन है। जिसमें उत्तर-औद्योगिक चुनौतियों, बोझ और सुविधाओं का सामना करने के लिए जातीयता और लैंगिक सम्बन्धों की नयी रूपरेखा प्रस्तुत की जा रही है। परिवार के ये नये तरीके हैं पर इस नयी व्यवस्था के कुछ तत्त्व हैं, विशेषताएँ हैं जिनपर ध्यान दिया जाना चाहिए। प्रथम तो यह

कि परिवार एक-दूसरे के सहारे पर निर्भर करते हैं। स्त्री केंद्रित परिवार है और ऐसे परिवार की पूरी जीवन यात्रा में पार्टनर तथा परिवार के पैटर्न बदलते रहते हैं। सहारे का नेटवर्क परिवार के अन्य सदस्य बनाते हैं। खासकर जब बच्चे की देखरेख का सवाल है, निकटवर्ती स्त्रियाँ यानी माँ, बहन या सहेलियाँ इन अकेली स्त्रियों को बच्चे पालने में मदद करती हैं बल्कि पुरुष केंद्रित परिवार ही संक्रांति से गुजर रहा है। इसका कारण एक तो यौन-जीवन के बदले हुए अनुभव हैं, दूसरे गृहस्थी की प्रक्रिया जटिल हुई है। परिवार की व्यवस्था बदली है जिससे भूमिकाओं के वितरण और जिम्मेदारी को पारंपरिक रूप से निभाना संभव नहीं। परिवार के सदस्यों को आपस में समझौतापरस्ती का रुख अपनाना पड़ता है।

संकट में परिवार : सोडोरो का सिद्धांत

परिवार सच में संकट में है लेकिन परिवार खतम नहीं होगा यानी हममें से बहुतों को नयी पारिवारिक व्यवस्था में रहना होगा और नयी भूमिकाओं और नयी जिम्मेदारी को ओढ़ना होगा। पितृसत्ता को मिलने वाली चुनौती के पीछे परिवार में बदलती हुई भूमिकाएँ है। आज भी पितृसत्ता एक शक्तिशाली मिथक के रूप में मानव समाज में अपनी जड़ जमाये हुए है। अतः ऐसी स्थिति में बच्चे का पालन-पोषण कैसे होता है? समाज में लैंगिक भिन्नता कैसे स्थापित होती है? और पितृसत्ता अपने-आप को कैसे बनाए रखती है? नैन्सी सोडोरो जैसी नारीवादी मनोविश्लेषकों का इसमें बड़ा महत्त्वपूर्ण अवदान है। हालाँकि सोडोरो द्वारा प्रतिपादित सिद्धांत सबको स्वीकृत नहीं किंतु पितृसत्ता के संकट के कारण मानव व्यक्तित्व में आए हुए परिवर्तन की ओर उनका लेखन हमारा ध्यान आकर्षित करता है। सोडोरो के अनुसार लिंग के पुनरुत्पादन के केन्द्र में है मातृत्त्व की भूमिका का पुनरुत्पादन। स्त्री चूँकि माँ बनती है अतः कन्या के भरण-पोषण के साथ ही वह अपनी कन्या में मातृत्त्व की आकांक्षा को भी जन्म देती है। माँ-बेटी के रिश्ते का मौलिक आधार यही है। इसके विपरीत पुत्र के साथ माँ का रिश्ता तो है लेकिन पुत्र में भरण-पोषण की आकांक्षा का व्यवस्थात्मक तरीके से दमन कर दिया जाता है। इससे पुरुष सार्वजनिक जीवन में और परिवार के बाहर निर्वैयक्तिक सम्बन्धों को बनाता है तथा झेलता है। इससे लड़के और लड़की में मानसिक क्षमता में भेद होता है जो क्रमशः पारिवारिक और यौन-जीवन के भेदभाव को

स्थापित करता है। स्त्री को मातृत्त्व से सुख मिलता है अतः वह इस भूमिका को निभाना चाहती है। स्वाभाविक है कि इतरलिंगी वस्तु का चुनाव स्त्री-पुरुष के लिए भिन्न-भिन्न होगा। लड़का शुरू से चूँकि भावनात्मक लगाव का दमन करेगा। यह अलग बात है कि वयस्क जीवन में वह इसी मौलिक सम्बन्ध को यानी माँ जैसी ही किसी को खोज निकालेगा। किंतु यह इतरलिंगी यौन-व्यवस्था लड़के और लड़की के लिए अलग-अलग है। स्त्री के लिए मुख्य कामनात्मक वस्तु पहले पिता है बाद में अन्य पुरुष। लेकिन इसके लिए केवल पुरुष ही उसकी कामना का वस्तु नहीं अतः व्यावहारिक आत्मीयता एक अपवाद है, कोई नियम नहीं।

स्त्री के मन में दूसरी स्त्री के प्रति भावनात्मक लगाव शुरू से विद्यमान है अतः पुरुष पर उसकी निर्भरता है किंतु वह लगाव अन्य स्त्री में खोज पाती है। वह अपनी जरूरत को अन्य महत्त्वपूर्ण रिश्तों के माध्यम से जी लेती है और गहरे भावनात्मक लगाव को अपनी रोजमर्रा की जिंदगी में हासिल करती है। वैसे अधिकतर स्त्रियाँ इतरलिंगी होती हैं। स्त्री के प्रेम जीवन में त्रिकोण हमेशा रहेगा। यह तीसरा बिंदु उसकी संतान हो सकती है या परिवार के कोई अन्य सदस्य या दोस्त। पुरुष के लिए स्थिति भिन्न है। वह केवल अपनी माँ से या माँ जैसी किसी और से लगाव रखता है अतः संतान वहाँ बाधा सृष्टि करती है। पुरुष स्वयं को सम्बन्धों के माध्यम से परिभाषित नहीं करता बल्कि सम्बन्धों की इन जरूरतों का दमन करता है। इससे पुरुष को बाहरी दुनिया में तरक्की करने में मदद जरूर मिलती है। अतः नैन्सी सोडोरो कहती है कि 'भावनात्मक लगाव के लिए पुरुष उपलब्ध नहीं और स्त्री केवल इतरलिंगी सम्बन्धों में ही नहीं जीती। दोनों ही बातें मिलकर मातृत्त्व की जरूरत को बढ़ाता है। स्त्री इस भूमिका को पसंद करती है चूँकि वह सम्बन्धात्मक रूप से बड़ी होती है अतः पहले वह पुत्री है बाद में वह माँ हो जाती है।'

सोडोरो के ऊपर समलिंगी नारीवादियों ने काफी आक्रमण किया। सोडोरो का कहना है कि स्त्री-पुरुष के प्रेम का कोई एकरूपीकरण संभव नहीं। जितने तरह के स्त्री पुरुष हैं उतने तरह के प्रेम के रूप भी हैं और वैविध्य का अर्थ अलगाव नहीं बल्कि भिन्नता के माध्यम से एक-दूसरे के साथ जुड़ना है। स्त्री की समस्या उसकी अपनी पहचान की समस्या नहीं है। बल्कि वह ऐसी पहचान के साथ जुड़ती है जिसका समाज में अवमूल्यन होता है। सोडोरो किसी शाश्वत जैविक प्रक्रिया को आरोपित नहीं करती बल्कि इतरलिंगी यौन

व्यवस्था और पितृसत्तावाद की परिस्थिति में व्यक्ति और उसकी यौनिकता तथा उसकी पहचान के पुनरुत्पादन के मौलिक तरीके पर प्रकाश डालती है। पारंपरिक शास्त्रीय इतरलिंगी यौन व्यवस्था पर आधारित परिवारों के चार उद्देश्य हैं—बच्चे का भरण-पोषण यानी मातृत्त्व की जरूरत, स्त्रियों का संजाल, भावनात्मक सुरक्षा के लिए पुरुषों से लगाव और अंत में परिवार का भरण-पोषण करने वाला पुरुष।

समकालीन समाज में केवल पुरुष ही भरण-पोषण नहीं करता, स्त्री का भी इसमें अवदान है। जहाँ तक भावनात्मक सुरक्षा और सहारे की आवश्यकता है पहले से ही यह दोयम दर्जे पर है और समकालीन युग में जहाँ स्त्रियों के आपसी सहारे का संजाल बढ़ता जा रहा है, वहाँ कामना के वस्तु के रूप में भी पुरुष की भूमिका कमजोर पड़ी है। अतः पितृसत्तावाद की संक्रांति के साथ यदि सोडोरो के उदाहरण के संदर्भ में हम पाते हैं कि परिवार में माँ-बच्चों का ही सम्बन्ध आधारभूत सम्बन्ध है तो इसी पर परिवार बनते जा रहे हैं। इसमें पुरुष की भूमिका एक अतिथि की तरह रह जाती है। माँ जब बूढ़ी होती है, तब माँ का स्थान बेटी ले लेती है और वह उसी व्यवस्था को चालू रखती है —माँ, नानी हो जाती है और अपनी बेटी की गृहस्थी में मदद करती है।

यह कोई अलगाववादी उदाहरण नहीं, बल्कि स्त्री केन्द्रित स्वावलंबी उदाहरण है। स्त्री केन्द्रित व्यवस्था की एक ही कमजोरी है इसके आर्थिक आधार का कमजोर होना। भूमंडलीय समाज में चूँकि स्त्री की बड़े पैमाने पर बाह्य जगत में श्रम के क्षेत्र में पूछ है, आर्थिक रूप से वह आत्मनिर्भर है, अतः परिवार को संभालने में उसे पुरुष की जरूरत कम महसूस हो रही है। पुरुष अब भी अपनी कामना की वस्तु के रूप में स्त्री को खोज रहा है किंतु स्त्री जीवन में पुरुष की भूमिका दिन-प्रतिदिन कम होती जा रही है। परिणामस्वरूप कुछ तथ्य उभर कर आए हैं। उपभोक्ता आत्मग्रस्तता के कारण पुरुष अकेले जी नहीं पाता, अकेले पुरुष की आयु घटती है। आत्महत्या की प्रवृत्ति बढ़ती है। इसके विपरित अकेली स्त्री अपने सम्बन्धों का संजाल बनाकर मजे से अपनी गृहस्थी चला लेती है। तब क्या पुरुष को पुरुष से सहायता मिलती है? विशेषकर गे पुरुषों को? अधिकतर पुरुष अब भी वही पारंपरिक परिवार चाहेंगे किंतु तब उन्हें बच्चे का भरण-पोषण सीखना होगा। जब तक पुरुष माँ की भूमिका नहीं अपनाएगा तब तक परिवार में परिवर्तन भी नहीं होगा।

वैसे सांस्कृतिक संक्रमण के दौरान सबसे अधिक परेशानी का सामना बच्चे को करना पड़ रहा है। उनकी स्थिति सच में दयनीय होती है। यदि अकेली स्त्री का घर है तो वहाँ आर्थिक परेशानियाँ हैं या फिर औरत को पुरुष की तरह ही बाहरी जगत में भी युद्धरत होना पड़ता है, जिसका नतीजा है घर में बच्चे की अवहेलना। पारिवारिक जीवन का तनाव स्त्री झेल नहीं पाती। इसका दोष नारीवादी विचारधारा को नहीं जाता। यौन मुक्ति के कारण ही ऐसा नहीं घटा है। हमारे समाज का मौलिक मुद्दा है, संतान का सही भरण-पोषण कैसे किया जाए ताकि संतान की उपेक्षा न हो। समस्या के निदान के लिए वापस पितृसत्तात्मक परिवार की ओर लौटना भी संभव नहीं होगा क्योंकि यह व्यवस्था भीतर से टूट गई है। समान अधिकार पर स्थापित सम्बन्धों द्वारा पोषित परिवार बच्चों को मनोवैज्ञानिक और भौतिक सुरक्षा तो दे सकते हैं मगर फिलहाल ऐसी व्यवस्था तुरंत होने से रही इतना भर हम जानते हैं कि सूचना के समाज में यौन क्रांति घट रही है।

भूमंडलीकृत स्त्री : यौनानंद की माँग

औद्योगिक समाज में विवाह, परिवार, इतरलिंगी यौनिकता और यौन अभिव्यक्तियाँ आपस में गुँथी हुई थी। ये चारों तथ्य पिछले दो सौ साल से समाज की रूपरेखा को थामे हुए थे। मगर भूमंडलीकरण के दौर में विवाह से यौनिकता विछिन्न हो गई है। स्त्री की यौनिकता और स्त्री-पुरुष की समलैंगिकता के कारण क्रमशः परिवार और कामना में एक दूरी आई है। इससे यौन मुक्ति घटी नहीं है बल्कि अधिकतर लोगों के जीवन में विवाहेतर सम्बन्धों की संख्या दिन पर दिन बढ़ रही है। इसे भोगवादी यौनिकता कहा जाएगा। पारंपरिक समाज में केवल बच्चे पैदा करने के लिए यौन सम्बन्ध किये जाते थे। सुख तथा आनंद के लिए किया जाना वाला सेक्स, मनोरंजन के लिए किया जानेवाला सेक्स, मुक्तिकारी सेक्स की एक नयी अवधारणा उभर कर आई है। गिडेन्स ने इसे ही 'प्लास्टिक सेक्सुअल्टी' कहा है। कुल-मिलाकर सेक्स अब आनंद के लिए किया जाता है। इसका परिवार निर्वाह से कोई सम्बन्ध नहीं रहा।

स्त्री आज उपभोक्ता संस्कृति की शिकार है। अतः सेक्स को भी वह भोगना चाहती है। इस संदर्भ में वह प्रयोगधर्मी है। वह भी समझ रही है कि जीवन में एक बार एड्स जैसी घातक बीमारियों पर नियंत्रण मिल जाए तो

यौनिकता व्यक्ति के निजी अधिकार में रहेगी। किसी भी सामाजिक हस्तक्षेप की सुनवाई नहीं होगी। यौन मुक्ति की माँग एक तरह से पुरुष की भाँति स्त्री को भी इतना भोगवादी बना देती है कि स्त्री-पुरुष दोनों एक-दूसरे का उपयोग करने लगते हैं। एक-दूसरे को मिटा देना ही भोग की यह स्वाभाविक परिणति है। जबकि प्रेम निर्माणकर्ता है, भोग नहीं। स्त्रियों की यह नयी पीढ़ी पितृसत्तात्मक परिवार के पारंपरिक ढाँचे से ही निकली है। इस पीढ़ी को विभिन्न तरह की वयस्क भूमिकाओं का सामना करना पड़ता है। समाजीकरण की नयी प्रक्रिया तथा पारंपरिक आदर्शों को थोड़ा-बहुत नकारने को स्त्री बाध्य है। स्त्री का यह नया उभरता हुआ व्यक्तित्व ज्यादा जटिल, असुरक्षित और सामाजिक संदर्भ में लचीला है। व्यक्तिकरण के बढ़ते हुए दौर में संस्थाओं के बदले स्त्री आज अपनी व्यक्तिगत जरूरतों को ज्यादा महत्त्व दे रही है। अतः यौनिकता स्त्री की एक जरूरत है जिसे परिवार की संस्था के भीतर अलग से वह स्थान देना चाहती है।

पारंपरिक आणविक परिवार में पहले से बाहर रहने वाले लोगों के लिए यौनिकता उनके अपने आत्म की अभिव्यक्ति है। स्वाभाविक है कि स्त्री इस परिस्थिति के खिलाफ क्रांति करेगी। सूचना के संसार में स्त्री का भी प्रवेश हो चुका है। सामाजिक आंदोलनों को वह जन्म दे चुकी है। पितृसत्तात्मक परिवार के नियमों और आदेशों के अंतर्गत दमित होने, घुटने और आहुति देने को स्त्री तैयार नहीं, अतः पारिवारिक जीवन में व्यक्तिकरण की माँग के साथ ही स्त्री यौन दमन से मुक्ति चाहती है। ये माँग एक-दूसरे से गुँथी हुई हैं। पहले आपस में आर्थिक जीवन की निर्भरता थी वे आज बिखरती जा रही हैं। पितृसत्तात्मक परिवार आज किसी स्थायी सम्बन्धों को निभाने में असमर्थ होता जा रहा है। जैविक पुनरुत्थान में आए हुए तकनीकी बदलाव में व्यक्ति के सामाजिक प्रजाति के पुनरुत्थान को अलग कर दिया है। टेस्ट ट्यूब बेबी, शुक्राणु बैंक, कृत्रिम गर्भाधान, सेरोगेट माँ, अनुवांशिक बच्चे ने समाज में नये सामाजिक प्रयोगों का एक विशाल क्षेत्र खोल दिया है जो अब तक नियंत्रित और दमित थे। इसने नैतिक और कानूनी आधार को हिलाकर रख दिया है। आज पिता के नाम जाने बिना भी शुक्राणु बैंक की सहायता से स्त्री बच्चे पैदा कर सकती है। समाज और जीवशास्त्र में आए हुए इस भौतिक दूरी के कारण स्त्री की पुनरुत्पादन की भूमिका को नये रूप से देखने को मजबूर किया है।

जरूरी नहीं कि जिसने बच्चे को जन्म दिया है वही बच्चे का भरण-

पोषण करे। इस ऐतिहासिक स्थिति में परिवार और लोगों की जीवनशैली पुनः परिभाषित हो रही है। चूँकि स्त्री के लिए उसकी यौनिकता और परिवार दोनों महत्त्वपूर्ण निर्धारक तत्त्व हैं। अतः इसमें आया हुआ बदलाव स्त्री के नये रूप की ओर ईशारा करता है। स्त्री की भूमिकाओं की पुनःपरिभाषा भूमंडलीय समाज की सबसे बड़ी जरूरत है। आदमी की चाहत उसकी इच्छा-आकांक्षा को सही स्पेस देने को समाज बाध्य है। इससे संस्थाओं में बदलाव आना स्वाभाविक है क्योंकि कामनाओं का अर्थ है सीमाओं का उल्लंघन, आनंद के लिए किसी भी प्रकार के बंदिश को व्यक्ति मानने से इंकार करेगा और परिवार से बाहर यौनिकता का स्थान देने का अर्थ हुआ सामाजिक दबाव की उपेक्षा करना। अब तक समाज द्वारा वेश्यावृत्ति को देखकर भी अनदेखा किया गया, समलिंगी सम्बन्धों की प्रवृत्तियों को दबे-ढँके परिवार सँभाल लेता था मगर आज तो स्त्री इसी पितृसत्तात्मक परिवार को चुनौती दे रही है, इसके मूल्यों के प्रति कोई जवाबदेही नहीं रख रही। यौन भिन्नता और अभिव्यक्ति स्त्री की निजी जरूरत के रूप में स्थापित होती जा रही है। सवाल उठता है कि परिवार की स्त्री जीवन में कोई की भूमिका बचेगी? भविष्य देखेगा ज्यादा मुक्त होती हुई स्त्री को, ज्यादा सूचना लिए हुए बच्चों को और असुरक्षित पुरुषों को। मगर इतिहास की कोई स्पष्ट रूपरेखा नहीं उभरती और न ही स्त्री कोई बहुत बड़ी उपलब्धि के एहसास से स्वयं को धन्य मान रही है। जिंदगी, जिंदगी से टकरा रही है और भानुमति के पिटारे से रोज नया खिलौना निकल आता है। दैविक नियमों का सहारा भी नहीं, परिवार का सहारा भी नहीं। इससे तो यह समझ में आ रहा है कि पितृसत्ता समाज की संक्रांति कोई छोटी संक्रांति नहीं है। शाश्वत और दैवी लगने वाले मूल्य भूमंडलीकरण के दौर में अपना आखरी पड़ाव भी खो रहे हैं। इससे कोई वैकल्पिक व्यवस्था का जन्म नहीं हो रहा। ऐसा नहीं कि स्त्री समाज कोई नये मूल्य सामने रख पा रहा हो, कमजोर पड़ते हुए राज्य की कल्याणकारी भूमिका ऐसे में किसी को क्या सहारा दे पाएँगी?

५

भोग और भोगा जाना

प्रत्येक संस्कृति, चाहे धार्मिक हो या सामाजिक, स्वाभाविक रूप से भूमंडलीकरण की प्रवृत्तियों से लैस होती है। ईसाइयों ने पूरी दुनिया को ईश्वर का राज्य बना देना चाहा था। हिंदू धर्म और इस्लाम ने अपनी आस्थाओं को कहाँ-कहाँ नहीं पहुँचाया। सभी धर्मों में निहित वैश्विक संदर्भ स्थान और काल की सीमा से परे जाने की चेष्टा करता है। प्रत्येक संस्कृति अपने विश्व दृष्टिकोण को धर्म एवं संस्कृति के नाम पर दूसरे देशों को निर्यात करने की कोशिश करती है। उपनिवेशवाद के फलस्वरूप विजेताओं ने विजित देशों में अपने वैज्ञानिक मूल्यों को स्थापित करने की चेष्टा की। हालाँकि जनतांत्रिक व्यवस्था में नागरिकता और देशभक्ति के लिए राष्ट्रीय प्रतिबद्धताएँ थी, कुल-मिलाकर पूँजीवाद के नाम पर व्यावहारिक रूप से व्यक्तिवाद तथा निजी संपत्ति को ही बढ़ावा मिला। बीसवीं सदी में उदारतावाद, फासीवाद तथा साम्यवाद का विकास हुआ। ये तीनों विचारधाराएँ भी अपने-अपने भूमंडलीय संदर्भों में नवजागरण काल के बौद्धिक मूल्यों को ही प्रस्थापित करती नजर आईं।

सवाल यह है कि २१वीं शताब्दी में ऐसा कोई महाआख्यान नजर आता है? इसका जवाब नहीं में है। भूमंडलीय संस्कृति के नाम पर एक अजीब तरह की उथल-पुथल भरी विच्छिन्नता और प्रपंचीकरण ज्यादा नजर आता है। अलग-अलग टुकड़ों के संदर्भ में जीवन की सांस्कृतिक अर्थवत्ता खोजी जा रही है। अतः भूमंडलीय संस्कृति एकरूपीकरण का प्रयास करते हुए भी अपने

भीतर अतिशय भिन्नतामूलक मूल्यों को लिये है। भूमंडलीय संस्कृति में चूँकि विचार, सूचना, मूल्य और आधुनिक रुचियों का निरंतर प्रवाह जारी रहता है, अतः पहले से चले आ रहे स्थापित सांस्कृतिक वर्ग सापेक्षिक हो जाते हैं। इन्हें या तो भौतिक सिद्धांतों के रूप में या फिर अन्य किसी वैकल्पिक व्यवस्था की चुनौती के रूप में पुनर्स्थापित किया जाता है या फिर इनके भौतिक स्वरूप का विलयन अन्य किसी संस्कृति में हो जाता है। एक परा-राष्ट्रीय संस्कृति विकसित होती है। किंतु यह परा-राष्ट्रीय संस्कृति विभिन्न राष्ट्र-राज्यों और समाजों से नहीं जुड़ी होती है।

भूमंडलीकरण की प्रक्रिया एक ओर अपने में भिन्नताओं को समाविष्ट करती है, तो दूसरी ओर पहचान के आग्रह में ये भिन्नताएँ और अधिक मुखर होती हैं। इससे राष्ट्र और राज्य की जोड़ने वाली कड़ी कमजोर पड़ती है। मिटते-बनते हुए मानचित्र कहीं भी स्थिर नहीं रहते। कल तक जो परिधिकृत था, अपने-आप में आज वह नया केन्द्र बन जाता है। कल जो केन्द्र में था, अचानक स्वयं को परिधि में पाता है। संचार क्रांति के कारण सांस्कृतिक गतिविधियाँ और अधिक बढ़ती हैं। संचार का पहला उद्देश्य है नयी से नयी बातों की खोज करना और उन्हें व्यापक स्तर पर सम्प्रेषित करना। यहाँ दो चीजें स्पष्ट होती हैं। एक तो अनुकृति की प्रवृत्ति, जिससे नकल की संस्कृति को बढ़ावा मिलता है। दूसरे इस नकल से आतंकित होकर प्रामाणिकता की खोज में व्यक्ति का अपनी जड़ों में लौटने का प्रयास, जिससे देशज संस्कृति का महत्त्व बढ़ता है। धर्म और जाति के आधार पर किये जाने वाले रेडिकल आंदोलन इतिहास में अपने मूल स्रोत को पुनः खोज निकालने की चेष्टा ही तो है।

वर्तमान में अतीत के विरोधाभासी रूप से घुलमिल जाने के कारण एक जातीय तथा ऐतिहासिक डिज्नीलैंड निर्मित होता है। यह केवल भिन्नतामूलक प्रवृत्ति ही नहीं, इसके साथ एकरूपीकरण की जटिल बुनावट भी शामिल है जिसे आज भूमंडलीय उपभोक्तावादी संस्कृति का नाम दिया जा रहा है। इसके कारण लगने वाली ठेस की वजह से लोग क्षोभ में अपनी संस्कृति पर अमेरिकी संस्कृति के दुष्प्रभाव की चर्चा करते हैं। पाश्चात्य संस्कृति, नव-साम्राज्यवाद और कोकाकोलाकरण या फिर कोकाकोला का उपनिवेश आदि इस अमेरिकी संस्कृति के ही नाम हैं। मगर उपभोक्ता संस्कृति का अर्थ केवल भोग नहीं है, क्योंकि जनता ने तो हमेशा ही उपभोग किया है। औद्योगिक

व्यवस्था के दौरान समाज में जो चीजें निर्मित हुईं [illegible] खरीदा-बेचा गया और उनका उपभोग किया गया। अत: सवाल उठता है कि आखिर भूमंडलीकृत समाज में ऐसा अनोखा क्या घट गया, ऐसा कौन सा विशिष्ट उपभोग है जो आज उपलब्ध है तथा जो अतीत में नहीं था? भूमंडलीय समाज में आज चीजों का उपभोग प्रतीकात्मक हो गया है। हो सकता है कि उस वस्तु का कोई भौतिक मूल्य न हो पर फिर भी प्रतीकात्मक स्तर पर उपभोक्ता के लिए वह बेशकीमती मायने रख सकता है। अति समर्थ समाजों में, जहाँ पूँजी का आधिक्य है, वहाँ यह सब ज्यादा घट रहा है। उपभोक्ता अपनी जरूरत के अनुसार चीज न खरीद कर अपनी हैसियत, अन्य मानसिक जरूरत, लोभ आदि के अनुसार चीजों को खरीदता है। बल्कि लोग अपने उपभोग द्वारा चीजों का अतिरिक्त मूल्य स्थापित करते हैं। उपभोग एक प्रकार की आत्माभिव्यक्ति और आदमी की पहचान का माध्यम है जिससे भौतिक वस्तु के साथ अभौतिक की मिलावट के संदर्भ में उसका मूल्यांकन होता है। उत्पादन की संस्कृति में अत्यधिक वस्तुकरण की प्रक्रिया के दौरान उपभोक्ता वस्तुओं की छोटी-छोटी भिन्नताओं, उनके रूप-रंग और आकार में जरा सी हेरा-फेरी बाज़ार में उनकी माँग और कीमत को प्रभावित करती है। इसे ही ब्रांड का विकास कहा जाता है। ब्रांड के नाम पर यानी संकेतक के आधार पर उपभोक्ता अपना चुनाव करता है। थोड़ा और विश्लेषण करने पर पाएँगे कि ब्रांड से निर्मित होता हुआ उपभोक्ता स्वयं में एक ब्रांड बन जाता है—एक भोगा जाता हुआ ब्रांड। इसी प्रवृत्ति को फैशन, रुचि, जीवनशैली कहा गया और भूमंडलीकृत समाज में इसी के आधार पर सामाजिक भिन्नताएँ आधारित होती हैं। यह पहले वाले वर्गीय समाज और राजनीतिक पक्षधरता से भिन्न है।

उदाहरणार्थ, आप यदि मर्सिडीज गाड़ी में जा रहे हैं और आपके शरीर पर तमाम कीमती ब्रांड सुशोभित हैं तो आपका वर्ग स्वत: स्थापित हो जाएगा। आप से कोई नहीं पूछेगा कि आपके बैंक में कितना पैसा है, आप क्या काम करते हैं या किस समाज और किस देश के व्यक्ति हैं। इस उपभोक्ता संस्कृति का सृजन विज्ञापन के माध्यम से होता है और विज्ञापन संस्कृति संचार माध्यम का परिणाम है। भूमंडलीय समाज में विज्ञापन संस्कृति एक अति-आभासी संस्कृति है जो किसी भी समूह के नियंत्रण से परे है। वह आधुनिक राज्यों की सामाजिक और राजनीतिक संरचनाओं को बेकार करती है। यह एक तरह से अवर्गीय या अभिन्नतामूलक संस्कृति है। अतीत में संस्कृति, कला एवं

नैतिक मूल्यों के अपने [illegible] अपने विचार थे, जिसकी अपनी अहमियत थी, जबकि उपभोक्ता संस्कृ[illegible] इस अहमियत को किसी भी क्षण स्वीकृत या अस्वीकृत किया जा सकता है। कारण यह है कि अब तक जिसे विशिष्ट सांस्कृतिक उत्पादन माना गया तथा जो कुछ ही लोगों को दृष्टिगोचर और उपलब्ध था आज ज्यादा व्यापक स्तर पर छितरा हुआ है। ज्यादा लोग इसे देख पाते हैं। आज संचार माध्यम द्वारा विशालकाय भूमंडलीय समाज में किसी भी सांस्कृतिक घटना को दिखाया जा सकता है। अत: सांस्कृतिक दृश्य ऐसे विराट परिदृश्यों में तब्दील हो जाते हैं जिसके दर्शक भी सारी दुनिया में फैले हुए होते हैं। आज भूमंडलीय मेला लगाने का रिवाज है। फिल्मों का वर्ल्ड प्रीमियर किया जाता है। स्थानीय से सीधे उठ कर हम भूमंडलीय स्तर को नापने का दावा करते हैं और ऐसा संभव भी होता है। बेनेटन कपड़ों की बहुराष्ट्रीय कंपनी है। इसकी शाखा-प्रशाखाएँ भूमंडलीय स्तर पर फैली हुई हैं। बेनेटन अपने कपड़ों में बहुतेरे रंगों का दावा करती है। यह गलत भी नहीं है, क्योंकि अब बेनेटन के लिए संभव है मुम्बई के तट पर डूबते हुए सूर्यास्त के रंग और अफ्रीका तट के सूर्यास्त के रंग के फर्क को बनाये रखना तथा उन्हें वस्त्रों में रुपायित करना। जर्मनी में जो लाल रंग पसंद आएगा, चीन को वह लाल रंग शायद ही पसंद आए। कहने को वह लाल है मगर लाल रंग की सूक्ष्म से अतिसूक्ष्म भिन्नता बेनेटन कंपनी निर्मित करने का दावा करती है और अपने इन दावों के आधार पर कंपनी अपने ग्राहकों को लुभाती है। यदि अफ्रीकी ग्राहक है तो वह अपनी पसंद का लाल रंग खरीदे। उसकी रुचि पर किसी भारतीय लाल रंग को आरोपित नहीं किया जाना चाहिए। इसी तरह नाईक और रिबॉक या लेवाई जीन्स जैसे मानकीकृत पहनावे के साथ भूमंडलीय संस्कृति को जोड़ा जा रहा है। एक ओर जहाँ अधिक से अधिक भिन्नता को फैशन उद्योग में महत्त्व दिया जाता है, वहीं दूसरी ओर तमाम भिन्नताओं के एकरूपीकरण का प्रयास भी जारी रहता है ताकि माल बनाने और बेचने में आसानी रहे। बेनेटन एक लाख टी-शर्ट के बदले दस लाख टी-शर्ट बेच रहा है, फर्क सिर्फ लाल रंग का है।

एक समय था जब मैली-कुचैली जीन्स पहनना फैशन में था और इससे किसी व्यक्ति के दुस्साहसी होने का, कल्पनाशील होने का पता चलता था। खुद को दूसरे के सम्मुख पेश करते हुए व्यक्ति अपने कुछ गुणों को पेश करता है। वह है आत्मविश्वास, सोफियाना तौर-तरीका और व्यवहारिकता, जिसे

वह अभिव्यक्त करना चाहता है। स्वाभाविक है कि व्यक्ति उस ब्रांड का चुनाव करेगा जिसके माध्यम से वह अपनी विशेष विचारधारा को प्रकट कर सके। यहाँ एक बार फिर सबसे अच्छा उदाहरण होगा बेनेटन का। विज्ञापन के माध्यम से बेनेटन टी-शर्ट को अन्य सभी उत्पादनों एवं निर्मितियों से अलग किया गया। जीवनशैली के रूप में प्रमोट करके उसका पुनः संस्कृतीकरण किया गया। विशिष्ट मुद्दा है भिन्नता और समानता का। बेनेटान की प्रचारक पत्रिका में लिखे हुए शब्दों पर जरा गौर करें — 'मानवता का सबसे बहुमूल्य संसाधन है भीड़ में व्यक्ति का विशिष्ट होना। ब्रांड को पहनने से आप भीड़ से अलग दिखेंगे एवं विशिष्ट लोगों से जुड़ेंगे। ब्रांड के माध्यम से आप विशिष्ट व्यक्ति लगते हैं तथा अन्य विशिष्ट व्यक्तियों के साथ आप एक अलग कुनबा बनाते हैं।'

अभिरुचि और चुनाव पर आधारित भूमंडलीय संस्कृति एक नया समुदाय है जो आपसे कहता है—मेरे पिता जमैकन है, मेरी माँ क्यूबेकियन, मैं कैनेडियन हूँ मगर रहता जापान में हूँ। मैं कॉफी के प्यालों से छलकती हुई उदारता और प्रचुरता का देश यानी अमेरिका में रहना चाहूँगा। बेनेटन की 'कलर' नामक प्रचारक पत्रिका के एक अंक में पुराने मानचित्र के नक्शे पर नये देशों के कट आउट चिपके हुए थे—जहाँ-जहाँ बेनेटन की दुकानें हैं, नक्शे में वही-वही देश दिखलाये गए थे। और कहा जा रहा था, 'यह एक नया विश्व है।' आप जब जैकेट या टी-शर्ट खरीद रहे होते हैं तो आपको लगता है आपके साथ आप जैसे लोगों का कुनबा है, आप इस दुनिया में अकेले नहीं, अभी इसी वक्त दुनिया में फैले बेनेटन की दुकानों में आप जैसा दूसरा कोई और भी ऐसा ही टी-शर्ट खरीद रहा होगा। आपकी तरह वह भी शीशे में अपना चेहरा देखकर मुस्कुरा रहा होगा। उपभोक्ता और ब्रांड के इस स्थापित सहज रिश्ते से भूमंडलीय नागरिकता का बोध होता है। यह साम्यता और आत्मीयता एक बड़ा व्यापक क्षेत्र घेरता है। इसी आधार पर पेप्सी या प्रोजॉक पीढ़ी का नामकरण हुआ। प्रबन्धक गुरु टॉम पीटर कहते हैं—'द ब्रांड, दैट इज यू' यानी आप भी एक ब्रांड हैं।

उपभोक्तावादी सांस्कृतिक भूमंडलीकरण १९वीं शताब्दी में उस समय शुरू हुआ जब बुर्जुआ संस्कृति अपने चरम पर थी। सामंतवाद समाज की अभिरुचियाँ इन नवधनाढ्यों में छन-छनकर पहुँचने लगी थीं। औद्योगिक विकास एवं औपनिवेशीकरण के कारण साधारण आदमी द्वारा लूट में मिले

हुए धन के कारण ऐसा संभव हुआ था। यह वही नवधनाढ्य वर्ग था जो सार्वजनिक म्यूजियम, नाट्यशालाएँ, ओपेरा घर, नाटक कंपनियाँ आदि बना रहा था। ये ऐसी निरपेक्ष संस्थाएँ थीं जो समाज में एक विशिष्ट वर्ग की रुचि का ख्याल रख रही थीं। पूँजीवादी विकास के साथ नये उपनिवेश बने और इन नये समाजों में सत्तावर्ग की रुचियों पर आधारित संस्थाएँ बनीं जिनका अनुकरण प्रत्येक समाज ने किया। एक प्रकार से पूरी आधुनिक सभ्यता को विकसित करने का श्रेय इन श्वेत मध्यमवर्गीय पुरुषों को ही जाता है। १९वीं शताब्दी के अंत तक जो कुछ भी भूमंडलीय था वह एक प्रकार से यूरोपीय सांस्कृतिक परंपरा का ही द्योतक था। सामाजिक प्रगति के साथ भोग भी बढ़ता है। एक उच्चस्तरीय भूमंडलीकृत संस्कृति के विकास की चेष्टा की गई। जिसे जन-संस्कृति कहा गया। वह स्थानीय लोक से सम्बन्धित राष्ट्र-राज्य की सीमा में घटने वाली एक घटना थी किंतु अब २१वीं सदी में यह उच्चस्तरीय भूमंडलीय संस्कृति से सम्बन्धित है। किसी भी अभिव्यक्ति और घटना को आपके ड्राइंगरूम में हाजिर किया जा सकता है या फिर मान लीजिए वॉन गॉग की कोई कलाकृति है। उस कलाकृति की कोई भी अनुकृति आप अपने ड्राइंगरूम में टाँग सकते हैं। मूल कलाकृति की अनुकृति हजारों की संख्या में उपलब्ध है। जन-समाज में वॉन गॉग का वितरण हो रहा है। वॉन गॉग यहाँ संचालित हो रहे हैं, सभी लोग उसे देख रहे हैं। इसे ही संस्कृति का जनतांत्रिकीकरण कहा जाएगा। किसी भी उच्च सांस्कृतिक उत्पादन की विशेषता, उसका प्रभामंडल, उसकी खासियत की पहचान से इंकार नहीं किया जा सकता। मगर उसको साधारण व्यक्ति भी अनुकृति के रूप में पा सकता है जो कि वर्तमान युग में ही संभव हुआ है। भद्रजनों के क्रिकेट खेल को आज रँगारंग टीवी का एक खेल बना दिया गया है। इसके पहले खिलाड़ी सफेद कपड़े पहना करते थे, चूँकि रंगीन टीवी के लिए यह माफिक नहीं होता था इसलिए क्रिकेट खिलाड़ियों को भी अब रंगीन कपड़ा पहना दिया गया। समय की सुविधा के लिए इसे दिन-रात का खेल कर दिया गया है।

रिटर्जस जैसे चिंतक इसे मैक्डोनाल्डीकरण की प्रक्रिया कहते हैं। मैक्डोनाल्ड फटाफट खाने का प्रतीक है। मैक्डोनाल्ड की एक पूरी संस्कृति विकसित हो गई है। मैक्डोनाल्ड के अपने सिद्धांत हैं जिनका विवरण यों है—उपभोक्ता संस्कृति का जीवन पर जो प्रभाव पड़ा उससे कार्यक्षमता बढ़ी है। मैक्डोनाल्ड के १९९१ के अंत तक १२ हजार रेस्टोरेंट थे और इसी की

नकल पर बर्गर किंग, पीजा हट आदि खुलते चले गए। मैक्डोनाल्डीकरण से उपभोग के उत्पादन और संतुष्टि दोनों का पता चलता है मगर फिर भी ये रेस्टोरेंट पैसा लेकर कुछ सामान ही तो बेचते हैं। किसी भी चीज को बनाने और भोगने में समय की दूरी में कमी आई।

यदि आप सौ प्रतिशत ब्रांडेड दिखना चाहते हैं तो ये ब्रांड हैं, मसलन 'गैप', 'नॉईक' , 'अर्मानी', 'क्लीनिक', 'कोलगेट', 'कोकाकोला', 'पेप्सी', 'कैडबरी' जो आपको ब्रांडेंड व्यक्ति बनाने में समर्थ हैं। भारतीय कंपनी हिंदुस्तान लीवर, रूपा गंजी, डाबर का उदाहरण एक सटीक उदाहरण है जो अपने अस्सी प्रतिशत उत्पाद को अन्य निर्माता कंपनी से बनवाती है और उस उत्पाद का स्वयं सिर्फ ब्रांड निर्मित करती है। टॉम पीटर पचास तरीके बताते हैं जिसके द्वारा आप स्वयं को एक साधारण कर्मचारी से बदलकर एक ब्रांड में बदल सकते हैं। ब्रांड के माध्यम से आप अपना होना, अपना आवेग, अपनी विशिष्टता का निनाद कर सकते हैं। आज की अर्थव्यवस्था में सफलता का पहला रहस्य है कि आप अपनी पहचान निर्मित कीजिये और पहचान का अर्थ है वह व्यक्ति जो निरंतर सूचना लेता है, सीख रहा है और बन रहा है जो खुद को दुनिया के बाज़ार में सही रूप से बेच सकता है।

अतीत में किसी चीज की बाज़ार में स्वीकृति की प्रक्रिया में उपभोक्ता का हस्तक्षेप संभव था। यानी किसी ब्रांड को जब उपभोक्ता महत्त्व देता था तभी वह कंपनी अपना ट्रेड मार्क स्थापित कर पाती थी। आज तो बाज़ार पर हावी होने के लिए बड़ी कंपनियों की आर्थिक ताकत की जरूरत के साथ ब्रांड की आवश्यकता ज्यादा है। उत्पादक उपभोक्ता के सम्बन्ध का यह एक नया पक्ष है। अर्थ की व्यवस्था और ताकत उत्पादक एवं उपभोक्ता इन दोनों को प्रभावित कर रही है। यदि बड़ी कंपनी है तो पैसे खर्च करने से ब्रांड निर्मित हो ही जाएगा और एक बार इसका पेटेंट स्थापित हो गया तो उपभोक्ता वर्ग इसमें हस्तक्षेप नहीं कर सकता, बल्कि कंपनी अपने पेटेंट द्वारा उपभोक्ता को संचालित करेगी। भूमंडलीय अर्थव्यवस्था का यह एक नया पक्ष है। इस आधार पर ब्रांड के मालिकों के अधिकार में न केवल इजाफा हुआ बल्कि उन्होंने सार्विकता का दावा करना भी शुरू कर दिया। बड़े ब्रांड भूमंडलीय स्तर पर प्रस्तावित होने लगे—सांस्कृतिक उद्योग में ब्रांड ने एक महत्त्वपूर्ण पूँजी के रूप में प्रवेश किया। पहले मानवीय अनुसंधान और खोज से प्राप्त वस्तु का पेटेंट तो संभव था मगर प्राकृतिक वस्तुओं का पेटेंट संभव नहीं था,

पानी का ब्रांड विकसित करना संभव नहीं था—मगर आज पानी का ब्रांड विकसित किया जा रहा है। जिस जंगल, झरने या पहाड़ की तलहटी से पानी लिया जा रहा है उसे अधिकृत कर उसके पानी को आज बोतल में भरकर, संपत्ति के रूप में उसका उपयोग किया जा रहा है। प्रकृति का यही बाज़ारीकरण है। महज एक तकनीकी प्रक्रिया द्वारा प्राकृतिक संसाधन का पेटेंट किया जा रहा है। एक बार जब पेटेंट द्वारा ब्रांड स्थापित किया जा चुका तब यह अलग बात है कि इस ब्रांड को कहाँ विनियोजित किया जाएगा, इस तकनीक से क्या हासिल किया जाएगा। भूमंडलीय अर्थव्यवस्था में माल की जाति और किस्म से उपभोक्ता का ध्यान हटकर माल के ब्रांड में केन्द्रित हो गया है। संबद्धता संपत्ति में परिणत हो गई है, जिसे भूमंडलीय बाज़ार में खरीदना-बेचना संभव है। अब तक तो जमीन, वस्तु और धन का बँटवारा होता था, उसके बदले आज ब्रांड के आधार पर मानव समाज श्रेणीकृत हो रहा है, वर्गों में विभाजित है। आज उपभोक्ता और उत्पादनकर्ता के पुराने सम्बन्ध के बदले एक नया सम्बन्ध उभर कर आया है। अतः पहले जहाँ ब्रांड नहीं पहुंचता था वहाँ भी ब्रांड की चर्चा होने लगी है। समाज पर इसके निषेधक प्रभाव सामने आए हैं।

आज आदमी के कानों में चारों तरफ से आवाज आ रही है, खरीदो और ज्यादा से ज्यादा खरीदो। हर आदमी के भीतर, वह चाहे स्त्री हो या पुरुष, बालक हो या वृद्ध, एक खरीददार बैठा है और बाज़ार उसे सोते-जागते कुछ खरीदने और भोगने के लिए हर क्षण उकसाता रहता है। उसके मन में शांति नहीं क्योंकि वह एक ऐसे माहौल में जी रहा है, ऐसी संस्कृति में जहाँ बाज़ार निरंतर हाँक लगा रहा है—हर माल मिलेगा छह आना। चीजों का दाम चाहे छह आना हो या फिर ६ करोड़, खरीदने वाला चाहे गरीब हो या अमीर संपूर्ण रूप से उपभोक्ता बनना आज के व्यक्ति की नियति है। पिछले ५० सालों में अब हम खरीददार नहीं कहलाते बल्कि उपभोक्ता कहलाते हैं। हमारी आधारभूत जरूरतों को उपभोक्ता वस्तुओं से जोड़ दिया गया है और हमारी तमाम उर्जा को बाज़ार की ओर मोड़ दिया गया है। सहारा इंडिया विज्ञापन देता है—आप एम्बी-वैली में अपना घर बनाइये, एक सुरक्षित खुशनुमा और प्रदूषण मुक्त वातावरण में रहिए जहाँ पड़ोसी से आपका संवाद हो। जहाँ आप खुली सड़क पर पैदल चलने में समर्थ हों। और यदि आपको दूर जाना हो तो प्रदूषण मुक्त वाहन का प्रयोग कर सकते हैं। सहारा इंडिया हमें आश्वस्त करता

है कि इस प्रदूषित वातावरण एवं शोर-शराबे से दूर, एम्बी-वैली की आवासीय योजना में आपको सबकुछ हासिल होगा क्योंकि एम्बी-वैली में ऐसा ही एक वातावरण २१वीं शताब्दी के लिए तैयार किया जा रहा है। एम्बी-वैली स्वर्ग को धरा पर उतारने का आश्ववासन दे रहा है। कम से कम भारतीय परिवेश में तो ऐसा ही लगता है। मगर यह घर मुफ्त में तो उपलब्ध होगा नहीं इस घर की एक कीमत है, उस कीमत के लिए बहुत मेहनत करनी होगी, रूपया कमाना होगा, ऐसे भविष्य की योजना बनानी होगी कि आपकी जेब में पैसे बचे। लेकिन आप तो अर्थ को अपने जीवन का अंतिम नियंता नहीं मानना चाहते। लेकिन आप ऐसे मनोरम वातावरण से जुड़ना चाहते हैं जो आपको फिलहाल उपलब्ध नहीं है। छोटा-सा खुशनुमा घर, पिछवाड़े में जरूरत भर की सब्जियाँ उगा लेना, आपने यही तो चाहा था। यदि कुछ ज्यादा उगता है तो उसमें पड़ोसी का साँझा हो या बदले में आप पड़ोसी से कुछ और माँग सके। आपको न केवल अपने पड़ोसी बल्कि पूरे समुदाय की चिंता है और स्थानीय जमीनी स्तर की संस्थाओं से आप जुड़ना चाहते हैं जहाँ आप केवल प्रतिनिधित्व के माध्यम से निर्णय नहीं, बल्कि निर्णय लेने में आपका सक्रिय साँझा हो, और आपके बच्चे अच्छे स्कूलों में, अच्छे मानवीय मूल्यों के साथ बड़े हो। यदि कभी आपको मुंबई, दिल्ली जैसे बड़े शहरों में जाना पड़े तो आपको प्रदूषण मुक्त शटल बस उपलब्ध रहेगी। जी हाँ, पुरानी गाड़ियों को, धुंआ उगलने वाली बसों को सरकार जला देगी और अब आपमें होंडा सिटी या स्कूडा या फिर टाटा सफारी जैसी कीमती गाड़ियों के लिए कोई मोह नहीं बचेगा। आप भली-भाँति समझ गए हैं कि कीमती गाड़ियों को खरीदने का अर्थ हुआ वातावरण की शांति को भंग करना। गाड़ियाँ भीड़ बढ़ाती हैं, शोर करती है और आपकी जेब खाली करती है। आपकी रुचि तो केवल उन चीजों में है जिसे आप अपने हाथों से कर सकें और जिन्हें भोग सकें। आप अपनी जिंदगी की सारी संभावनाओं को समझ लेना चाहते हैं क्योंकि आपके पास वक्त है और इन संभावनाओं से किसी एक का चुनाव करना चाहते हैं बल्कि आप जानते हैं कि संभावित भविष्य को आप हासिल करके रहेंगे। अधबीच में कुछ नहीं छूटेगा। क्या हमारे देश में एम्बी-वैली की योजना सफल हो सकती है? दूसरा सवाल, क्या अमेरिका के अमीर लोग इसी तरह रहना चाहते हैं? फिलहाल तो नहीं क्योंकि कुछ ऐसी ताकतें हैं जो हमारे सपने को दरकिनार करती हुई नजर आती हैं। पैसा कमाने से ही सब कुछ हासिल नहीं

हो जाता क्योंकि आप पैसों से पड़ोस में होने वाला शोर-शराबा और प्रदूषण को खतम नहीं कर पाएँगे। आप चाहे किसी छोटे शहर में रहें या गाँव में अन्ततः आप यह समझ जाएँगे कि कुछ ऐसी ताकतें हैं जो आपको सुरक्षित रहने नहीं देती तब एम्बी-वैली का यह सपना केवल सपना नहीं हकीकत है। बात यह है कि इस सपने का संदर्भ पैसा कमाने से है और पैसे कमाने के लिए आपको उन तमाम शर्तों को मानना पड़ेगा, उन शक्तियों के प्रति समर्पित होना होगा जो उपभोक्तावाद के वर्चस्व को स्थापित करना चाहती है। यहाँ के मनोरम प्रदूषण मुक्त वातावरण की नींव में है भूमंडलीय संस्कृति, होड़ और प्रतियोगिता। आपको आसानी से एम्बी-वैली का सपना हासिल नहीं हो सकता। माना कि अतीत में आदमी इसी तरह रहता था पर उस अतीत में लौटने के लिए हम एक बड़ी निर्मम प्रक्रिया गुजरने को बाध्य होते हैं। और अधिकतर लोग इस प्रक्रिया के दबाव में पहले ही टूट जाते हैं। उनके जीवन का सपना सपना ही रह जाता है। आखिर कितने प्रतिशत लोग हैं जिनके लिए आज के दौर में एम्बी-वैली में रहना संभव होगा? आज तो स्थिति यह है कि गाँव में रहते हुए आदमी नमक और तेल के लिए तो तरस जाए किंतु उसका बच्चा 'अंकल चिप्स' की माँग करे। गाँव, गाँव की तरह है और शहर अपनी तरह। हो सकता है यह विरोधाभास अतीत में भी रहे हों पर आज का विरोधाभास कुछ ज्यादा है। क्या हम इन उपभोक्तावादी ताकतों से, जो केवल लाभ और अधिक भोग के लिए ही उकसाती रहती है, लड़ नहीं सकते?

उपभोक्तावाद जितना फैलता है उतना ही सस्ती और कम टिकाऊ चीजों का उत्पादन बढ़ता है। इसका अपना तर्क है। टिकाऊ और महँगे सामान बनाने की कीमत अधिक लगती है जिसे सब लोग खरीद नहीं पाते। दूसरे यदि सामान टिकाऊ होगा, मजबूत होगा तो उसके बदले उपभोक्ता नया कुछ खरीदना नहीं चाहेगा। अतः सस्ता सामान ऐसे देशों से आयात किया जाता है जहाँ श्रम की कीमत कम है, जहाँ पर्यावरण के नियम कड़ाई से लागू नहीं किये जाते मगर आयात को निर्यात से संतुलित करना पड़ता है। निर्यात की होड़ में गरीब देशों में पर्यावरण का अकथनीय नुकसान किया जाता है।

सच्चाई तो यह है कि भूमंडलीकरण और स्वतंत्र बाज़ार की आड़ में हर देश नुकसान में रह रहा है। यहाँ तक कि अमेरिका के भी पारंपरिक निर्माता उद्योग अंतर्राष्ट्रीय होड़ और प्रतियोगिता से चरमरा रहे हैं। हजारों-लाखों लोग बेकार हो रहे हैं। फिलहाल जो नयी संस्कृति को अपनाने में असमर्थ हैं वे

दिशाहीन हैं। आज अमेरिका का व्यापार घाटा ४०० अरब डॉलर का है। अमेरिका को अकेले चीन का बकाया देना है लगभग ८० अरब डॉलर। लाखों लोग हैं जो कम कीमत पर ज्यादा श्रम करने को बाध्य हो रहे हैं। शायद इसी दबाव में बुश को ऐलान करना पड़ा आउटसोर्सिंग पर कानून बना रहे हैं। हर कंपनी यदि अपना वित्तीय घाटा पूरा करने के चक्कर में सस्ता तथा और सस्ता आयात करने के चक्कर में पड़े तो इससे केवल आयातकर्ता देश पर ही नहीं बल्कि निर्यातकर्ता देश पर भी प्रभाव पड़ता है। वहाँ भी श्रम का शोषण हो रहा है। लेकिन यदि इस तरह नौकरियाँ जाती रही तो बाज़ार में खरीदारी के पैसे कहाँ से आएँगे? सेवा उद्योग भी घपले में है।

बढ़ते हुए उपभोक्तावाद का यह नतीजा है कि अतीत में जहाँ इस तरह की जीवन-शैली केवल यूरोप, उत्तरी अमेरिका और जापान की विशेषता मानी जाती थी आज अकेले चीन में ही २४ करोड़ लोग उपभोक्ता वर्ग में शामिल हो गए और संभव है भविष्य में चीन अमेरिका से आगे निकल जाए। माना कि उपभोग से बुनियादी जरूरत पूरी होती है, लेकिन इसकी अप्रत्याशित भूख इस बात का संकेत करती है कि अत्यधिक उपभोग से लोगों की परेशानियाँ बढ़ रही हैं। निजी उपभोग खर्च यानी घरेलू वस्तुओं और सेवाओं पर किया गया खर्च १९६० के मुकाबले वर्ष २००० तक चार गुना बढ़ कर २० खरब डॉलर हो गया है। इसमें से साठ फीसदी उपभोक्ता अकेले उत्तरी अमेरिका और पश्चिमी यूरोप में रहने वाले दुनिया के बारह फीसदी लोग हैं जबकि दुनिया के एक तिहाई लोगों के हिस्से इसका मात्र ३.२ प्रतिशत पाता है। विकासशील देशों में भी उपभोक्ताओं की संख्या तेजी से बढ़ रही है, भारत इसका अपवाद नहीं। हालाँकि औसत चीनी या भारतीय उपभोक्ता एक पश्चिमी उपभोक्ता की तुलना में कम उपभोग करता है, लेकिन इसी भारत में हर रोज दो डॉलर से कम में जीवन बिताने वाले तीस प्रतिशत लोग हैं। खुशनुमा मौसम, अर्थव्यवस्था में तेजी, रोज होने वाले नये-नये विदेशी निवेश उपभोक्ता संस्कृति की बुराईयों को कम करने में असमर्थ हैं। बड़े आदमी जो प्रदूषण फैलाते है गरीब को झेलना पड़ता है। उसके हिस्से के धूप, हवा, पानी का उपभोग बड़े आदमी करते हैं। अमेरिका के नये घर १९७५ में मुकाबले २००८ में ३८ प्रतिशत ज्यादा बड़े हुए हैं जबकि उनमें रहने वाले लोगों की तादाद कम हो गई है। यही वजह है कि अमेरिका में दुनिया के कुल ४.५ फीसदी लोग रहते हैं लेकिन अमेरिका दुनिया भर में कार्बन डाई ऑक्साइड

का पच्चीस फीसदी निकालता है। इसी का नतीजा है कि घर, खेत, बाज़ार बनने से जंगल, दलदल, भूमि और दूसरे प्राकृतिक स्थल तेजी से सिकुड़ते जा रहे हैं।

उपभोक्तावादी चीजें बाज़ार में कोई मुफ्त में तो दे नहीं रहा। इनकी एक कीमत है और उस कीमत को चुकाने के लिए पति-पत्नी दोनों के आय की जरूरत होती है। सस्ते से सस्ता सामान बाज़ार में मिले इसके लिए अमेरिका को आयात पर निर्भर करना पड़ता है। जो चीज चीन दस रुपये में बनाता है वह अमेरिकी निर्माता पाँच सौ रुपये में बनाता है। चीन से आयात बढ़ा तो इधर अमेरिकी निर्माता कंपनियाँ क्रमशः बंद होने लगी। भारत में भी आज यही घट रहा है। अब सेवा उद्योग में भी तेजी के लिए पेशेवर लोगों पर संकट गहरा हुआ है। सवाल उठता है यह कहाँ जाकर रुकेगा? क्या अमेरिका भी एक दिन बड़ा उलझा हुआ परेशान और फीका देश नहीं हो जाएगा। यानी प्रदूषण का एक ऐसा बंजर जहाँ की जनसंख्या साफ पानी और शुद्ध भोजन के लिए हाहाकार करती हुई नजर आएगी। ऐसा नहीं कि इस पर समाजशास्त्री सोच नहीं रहे हैं, कुछ गंभीर परिवर्तन जरूर होंगे और कुछ का नियंत्रण संभव भी है। किंतु सभी जानते हैं कि उपभोक्तावाद को बढ़ावा देने वाले लोग काफी पैसा कमा रहे हैं और उनकी ताकत में भी दिन-प्रतिदिन इजाफा हो रहा है जबकि इसकी कीमत गरीब जनता अपनी सेहत से, अपने बच्चों के भविष्य से चुका रही है। जो कुछ भी घट रहा है वह बंदूक की गोलियों से भी ज्यादा खतरनाक है। राजनेताओं पर निर्भर नहीं किया जा सकता, क्योंकि वे उपभोक्ता संस्कृति के खरीदे हुए गुलाम है। और यदि खरीदे न भी गए हों तो उपभोक्तावादी ताकतों को रोकने में असमर्थ हैं। एक अमेरिकी आंदोलन ने बड़ा अच्छा नारा दिया था—'रिड्यूस रियज़ एंड रिसाइकिल'। इसके उद्देश्य संभावनापूर्ण हैं। उपभोक्तावादी आर्थिक अभिव्यक्ति है वस्तु और सेवा की निरंतर खरीदारी के रूप में। आदमी अपनी वास्तविक जरूरत पर ध्यान नहीं देता। किन-किन चीजों को बनाने में वातावरण कहाँ प्रदूषित होता है इसे जानना नहीं चाहता।

उपभोक्तावाद का सबसे सशक्त माध्यम है—विज्ञापन। विज्ञापन के जरिये उपभोक्तावादी वस्तुओं का प्रचलन और उनका कैसे संग्रह किया जाए उपभोक्ताओं को यह समझाया जाता है। उपभोक्तावाद की अंतिम परिणति है—जिंसीकरण यानी वस्तुवाद। जीवन की वास्तविक जरूरतों को पूरा तो करना

होगा और उसका आपूर्ति करना ही सभ्य समाज का पहला उद्देश्य है। आखिर कौन नहीं चाहता, एक संतुलित जीवन, स्थिर परिवार और अच्छे मानवीय रिश्ते। शायद कोई भी अंतहीन रूप से पैसे और भोग के पीछे दौड़ना नहीं चाहता। लेकिन उपभोक्तावाद से बहुराष्ट्रीय कंपनियों को बेइंतहा लाभ होता है। स्वाभाविक है वे जनता को विज्ञापन के माध्यम से पुरानी चीजों को छोड़ नयी को खरीदने की प्रेरणा दें। आज समृद्ध घरों में ऐसी बहुतेरी चीजों के अंबार लगे रहते हैं जो किसी काम की नहीं, जिन्हें काम लायक बनाना भी मुश्किल है। चीजें खराब होने से पहले व्यक्ति मानसिक रूप से उसे बेकार साबित कर देता है। बल्कि आज एक ऐसी पीढ़ी पैदा हो रही है जो बहुतेरी प्रमाणिक चीजों के स्वाद से वंचित है। दोस्ती, पारिवारिक सम्बन्ध और व्यक्तिगत स्वायत्तता को उसी हद तक रखा जाता है जिस हद तक इस भोगवाद को बढ़ावा मिले। हर सम्बन्ध का माध्यम है पैसा। खर्च और पैसों की माँग के संदर्भ में यह भी कहा जाता है कि बिना उपभोग के चीजें कैसे बिकेगी और चीजों की यदि बिक्री न हो तो निर्माता को नुकसान होगा जो अन्ततः आर्थिक मंदी में परिणत हो जाएगा। अतः आदमी यदि ज्यादा गाड़ियाँ खरीदे, ज्यादा सामान खरीदे तो अर्थव्यवस्था में तेजी आएगी। किंतु इन्हीं सब आर्थिक संसाधनों को सामाजिक पूँजी यानी शिक्षा, पोषण और आवास पर खर्च किया जाता है जो सामाजिक मूल्यों से रहित है।

उपभोक्ता संस्कृति संपूर्ण रूप से क्षणभंगुरता, खंडित, बिखराव, विभाजन, अपूर्णता, असंगतता और विच्छिन्नता इत्यादि को स्वीकारती है। यह न तो इनसे परे जाने की कोशिश करती है न इनकी प्रतिक्रिया में शाश्वत का विकल्प प्रस्तुत करने की चेष्टा करती है बल्कि भूमंडलीय सिद्धांत तो इन्हीं टुकड़ों के संग तैरता है, घूंट-घूंट इस विच्छिन्नता को पीता हुआ।

अमूर्त आदर्श के विपरित रोजमर्रा की जिंदगी में उपभोक्तावाद काफी जड़ जमा चुका है। विशेषकर जबसे विभिन्न संस्कृतियों का वस्तुकरण शुरू हुआ। उपभोक्तावाद का सबसे महत्त्वपूर्ण साईट है शॉपिंग माल। वास्तव में इसकी सारी प्रेरणा और गति के पीछे उपभोक्तावादी मानसिकता जिम्मेदार है। जेमसन का प्रसिद्ध वाक्य—'वृद्ध पूँजीवाद का सांस्कृतिक तर्क है उदारीकरण, भूमंडलीकरण और उपभोक्तावाद।' यह किसी एकत्वीकृत सामंजस्यपूर्ण विचारधारा को प्रस्तुत नहीं करता, न ही यह किसी महाआख्यान पर अपना ध्यान केंद्रित करता है। किसी सर्वीकरण को मानव हित में नियोजित करने

की योजना भी नहीं बनाता हुआ नजर आता है। यह बाज़ार का विरोध नहीं करता, न ही औरत को किसी आदर्श स्त्री के रूप में गढ़ने की चेष्टा करता है। किसी पुनर्निर्माण की योजना के बदले इसके पास विखंडनवादी परियोजना ज्यादा हैं। इसी कारण उत्तर-आधुनिकतावाद की सहम्यता से भूमंडलीकरण को समझने में मदद मिलती है। आज २००४ के साल में भूमंडलीकरण अधिकतर स्त्रियों के हित में बोलता हुआ नजर आता है। और स्त्री की आर्थिक अधिकारों के लिए सक्रियता पर जोर डालता है। जैसा कि हमने पहले भी कहा, भूमंडलीकरण की बुनावट में बहुतेरे तत्त्व अन्तर्निहित है। मगर ये तत्त्व एक विछिन्नतापूर्ण परिवर्तन की धारा को उत्पन्न करते हैं और इसका सामना करने के लिए हमें ऐसी ही खंडित असतत और विच्छिन्नतावादी प्रतिक्रियाओं की आवश्यकता है। अतः भूमंडलीय दृष्टिकोण के अनुसार सवाल यह नहीं कि अंतर्राष्ट्रीय स्त्री श्रमिक संगठन का सही ढाँचा कैसे नियोजित किया जाए, बल्कि हमें तो विशिष्ट स्त्री की जरूरत के संदर्भ में विशिष्ट उपाय को ही खोजने का प्रयास करना होगा। समकालीन श्रमिक व्यवस्था कितनी लचीली है इसका हम पहले भी जिक्र कर चुके हैं और ऐसी तेज गति से चलने वाली व्यवस्था के भीतर स्त्री कैसे अपने आर्थिक व्यवस्था के लिए संघर्षरत हो इसपर भी प्रकाश डाला जा चुका हैं। अंतर्राष्ट्रीय एजेंसियाँ मसलन ओक्सफेम और यूनीफेम आदि आज स्त्रियों को क्रमशः स्वावलंबी होना सीखा रहे हैं ताकि वे अपने कमजोर संसाधनों का भी सृजनात्मक उपयोग कर सकें। द्वितीय महायुद्ध के पश्चात मानव अधिकार के सम्बन्ध में जितने भी अंतर्राष्ट्रीय कानून बने वे क्रमशः खारिज होने लगे। थियोडोर ओदर्नो ने द्वितीय विश्वयुद्ध के दौरान नाजी उत्पीड़न कैंपों में किये गए अग्निदाह 'होलोकॉस्ट' के संदर्भ में जागरण काल की योजनाओं पर सवाल उठाया।

क्योंकि द्वितीय विश्वयुद्ध के दौरान योजनाबद्ध तरीके से और वैज्ञानिक रूप से राजकीय सत्ता और उसकी नौकरशाही ने अपनी रुग्ण युक्तिपरक मानसिकता के कारण व्यापक नरसंहार का एक व्यवस्थित रूप दुनिया को दिखाया। जागरण काल का यह अँधेरा पक्ष था। नीत्से का सत्ता का संकल्प तार्किक जड़ता को अपना लेता है। और सार्विक समाज की ओर बढ़ती हुई मनुष्य की यात्रा समकालीन स्टालीनवाद और फासीवाद में परिणत हो जाती है। इन समग्रकारी संस्थाओं से जोखिम उत्पन्न हुआ था। जागरण काल का

जो अँधेरा पक्ष सामने आया था, उसका वर्णन करते हुए रिचर्ड फाल्क लिखते हैं—'आखिर इस दौर में किसने नहीं अपराध किया? क्या खुद अमेरिका भी इससे पीछे हटा? आणविक युद्ध तो उसने ही छेड़ा था और क्या आज अमेरिका देख नहीं रहा—अपनी समृद्धि और दूसरे शहरों में बढ़ते हुए घरविहीन भूखे चेहरे। विश्व केंद्र में आदमी को स्थापित किया गया पर कौन था यह आदमी? श्वेत पश्चिमी मध्यमवर्गीय आदमी। और जागरण काल में जिस यूटोपिया को स्थापित करने का दावा किया गया वह बाज़ार का यूटोपिया था।' स्वतंत्र बाज़ार की अवधारणा एक तथ्य को जरूर छिपा लेती है, वह है वृद्ध पूँजीवाद की सत्ता, जिसकी नियत है मानव कल्याण की तुलना में लाभ को अधिक मूल्यवान समझना। अतः उन कानूनों का भी विशद विश्लेषण किया जाना चाहिए जो बाज़ार जनतंत्र को उपयुक्त करने में नियोजित साबित होते हैं। वैसे यह भूमंडलीकरण ही है जिसकी सहायता से हम राजनीतिक और सांस्कृतिक रूप से पश्चिमी मूल्यबोध को चुनौती दे सकते हैं। यदि कोई महाआख्यान नहीं तो पश्चिम के इस महाआख्यान को टालना भी हमारे लिए आसान हो जाना चाहिए।

सवाल यह नहीं कि बाज़ार जनतंत्र के संदर्भ में स्त्री कैसे अपने मानवीय अधिकारों को हासिल करेगी बल्कि सवाल तो यह है कि क्या वर्तमान दौर में पुरुष की भांति स्त्री भी उपयुक्त रूप से बाज़ार का संचालन करने में समर्थ होगी? क्या बाज़ार को अपने हित में स्त्री नियोजित कर पायेगी? समानता की परिभाषा से हमारा स्त्री पर ध्यान हटता चला जाता है। हम उस व्यक्ति को नहीं खोज रहे जो इसे परिभाषित कर रहा है। या जिसकी यह रणनीति है। हम तो बस यह जानना चाहते हैं कि इन आर्थिक अधिकारों को स्त्री कैसे अपने पक्ष में नियोजित करे। आर्थिक अधिकारों के संदर्भ में महाआख्यान के प्रति स्त्री की भी अनास्था है। बाज़ार की संस्कृति में विछिन्नता है, विभिन्नता है, उतार-चढ़ाव है। अतः स्त्री भी बाज़ार में सामंजस्य नहीं खोज पा रही है, वह भी किंकर्तव्यविमूढ़ है। दूसरे, ७० और ८० के दशक में जिन विराट योजनाओं को कार्यान्वित करने की चेष्टा की जा रही थी वे प्रायः असफल हुए हैं। स्त्री स्थानीय योजनाओं में रुचि लेना चाहती है। उन कहानियों में उसकी सहानुभूति है। रोर्टी ने इसे ही मानव अधिकार की संस्कृति के रूप में वर्णन किया था।

ब्रांड : स्त्री का चारण-भाट

आज जब एक स्त्री बाज़ार में प्रवेश करती है तो हो सकता है उसकी रुचि के अनुसार उसके उपभोग में आने वाली वस्तुओं के बाज़ार में १५-२० ब्रांड हों। मगर इससे अलग ऐसे हजारों ब्रांड हैं जिनका उसे पता ही नहीं। वह सूर्या मार्का आटा खरीदती है पर अकेले आटे के ही पचीसों ब्रांड बाज़ार में उपलब्ध हैं। दुनिया में प्रत्येक उत्पादित वस्तु पर ब्रांड लागू हो रहा है। पूरी दुनिया में उत्पादन के जगत का विस्तार होता जा रहा है यानी उत्पादन अधिक है और खरीदने वाला कम। पश्चिमी बाज़ार में तो यह और भी अधिक घट रहा है। परिवार छोटे हो रहे हैं। मगर नये देशों में नये बाज़ार खुल रहे हैं। किंतु यह भी सच है कि उत्पादन और सेवा दोनों ही एक-दूसरे का स्थान ले लेते हैं यानी सेवा भी उद्योग हो गया। यानी कोई किसी सामान को क्यों खरीदता है? एक स्त्री बर्तन साफ करने का साबुन 'विम बार' क्यों खरीदेगी और इसके बदले दूसरा ब्रांड क्यों नहीं? साबुन तो दोनों ही हैं। इसका कारण साबुन के अलग-अलग ब्रांड हैं और वह स्त्री 'विम बार' को ही पसंद करती है। कोई 'एक्वाफिना' बोतलबंद पानी खरीदती है तो दूसरी ग्राहक 'बिसलरी' का बोतलबंद पानी खरीद रही है और इस चुनाव के पीछे दोनों उपभोक्ताओं के अपने-अपने कारण मौजूद हैं। केवल दाम की भिन्नताओं से ही ग्राहक स्त्री एक चीज को नहीं खरीदेती। बहुधा उसी वस्तु को वह ऊँचे दाम देकर खरीदती है, आखिर क्यों?

स्त्री उपभोक्ता किसी विशेष ब्रांड को इसलिए खरीदती है क्योंकि उसको इसका फायदा नजर आता है। उसकी गुणवत्ता पर उपभोक्ता के रूप में उसे ज्यादा विश्वास है। अब उत्पादक के ऊपर निर्भर करता है कि वह उपभोक्ता को अपनी चीज की गुणवत्ता का पूरा आश्वासन दे। बहुधा इस ब्रांड के चुनाव से आंतरिक उलझन कम होती है। ब्रांड स्त्री को आश्वस्त करता है। उसके भीतर कर्तव्य, जिम्मेदारी और कृतज्ञता की भावना पैदा करता है। उसके अहम को सहलाता है। हम किसी वस्तु को किस रूप में देखते हैं यह हमारी अपनी मानसिकता पर निर्भर करता है। उदाहरण के लिए, विक्स की गोलियाँ लीजिए, एक उपभोक्ता इसे खाँसी तथा गले में खराश की दवा के रूप में अपने डब्बे में 'सुरक्षित रखती है तो दूसरी उपभोक्ता इसे लेमनचूस की तरह खाती है। इन्हें खरीदने से उपभोक्ता की पहचान बनती है। यह केवल पहनावे पर निर्भर नहीं करता बल्कि हर चीज पर लागू होता है।

लैंगिक सम्बन्धों पर उपभोक्ता संस्कृति का विशेष प्रभाव पड़ा। स्त्री की अपनी माँग तथा दूसरे लोग उसे किस रूप में देखते हैं यह सब निर्भर करता है उस स्त्री के पहनावे पर, उसके जूते, बैग, गहने, मकान और उसकी जीवनशैली पर। वह किस गाड़ी में बैठी है इससे उसकी पहचान बनती है। और यों किसी स्त्री की पहचान बदलने और विकसित करने में ब्रांड सहायक होता है। स्त्री द्वारा किया गया चुनाव चाहे बड़ा बहादुरी वाला हो या सोफियाना, बाल-सुलभ या प्रौढ़ हो, ब्रांड के माध्यम से स्त्री स्वयं का पुन: आविष्कार करती है। पहचान का अर्थ—'हम कौन हैं?' से नहीं है बल्कि पहचान का अर्थ हुआ सामाजिक संदर्भ में हम कहाँ स्थित हैं। दूसरे शब्दों में, दुनिया या पड़ोसी या दोस्त के प्रसंग में हमारी स्थिति और हमारी हैसियत क्या है? परिवार, सामाजिक वर्ग एवं धर्म से पहचान बनती है और इसका स्त्री ने चुनाव नहीं किया, यह तो दिया गया ढाँचा है जिसे स्त्री को बस स्वीकारना है। फिर भी आज व्यक्तिगत चुनाव की सुविधा के कारण उत्तर आधुनिक युग में स्त्री चुनाव करती हुई नजर आ रही है। उसकी पहचान में लचीलापन उपभोक्तावादी संस्कृति के कारण आया है। अत: ब्रांड से स्त्री के चरित्र, व्यक्तित्व और उसकी पहचान का पता चलता है। यह न केवल भौतिक वस्तुओं के संदर्भ में बल्कि अ-भौतिक वस्तुओं के संदर्भ में भी लागू होता है। इससे स्त्री का मूल्यबोध, उसकी आस्था का पता चलता है। कोई भी स्त्री जब किसी विशेष ब्रांड का चुनाव करती है तो उसकी अपेक्षा होती है कि इसमें दूसरे को उसके बारे में पता चले। यदि उसने साधारण दर्जी का सिला हुआ सलवार सूट न पहनकर रितू कुमार या सव्यसाची का सूट पहना हुआ है, यदि 'गुच्ची' का पर्स डाला हुआ है और 'सोरोस्की' की चूड़ियाँ पहनी हुई है तो क्षणों में उसकी पहचान विशिष्ट बन जाएगी। लिंग, चरित्र, दृष्टिकोण, विचारधारा, सामाजिक हैसियत, जीवन जीने का तरीका सब कुछ ब्रांड पर आधारित है। बाज़ार की यह एक स्वाभाविक गति है जिसे मोड़ने में व्यक्ति असमर्थ हैं। उपभोक्ता की हैसियत में वह जानती है कि वह जो कुछ भी खरीद रही है उससे दूसरों को उसके बारे में पता चलेगा। यहाँ ब्रांड पहचान को स्थपित करने वाला सक्रिय एजेन्ट के रूप में अपना परिचय देता है जो कि उत्पाद की गुणवत्ता से और कार्यक्षमता से बिल्कुल अलग एक भिन्न अस्तित्व है। ब्रांड की यही सक्रियता हमें चुनाव करने को प्रेरित करती है। अपनी पहचान को स्थापित करना एक प्रकार की आंतरिक प्रक्रिया है। दूसरी ओर

जब यह चुनाव अभिव्यक्त होता है तो इससे व्यक्ति का परिचय मिलता है। आधुनिक जीवनशैली की तेज गति के कारण स्त्री ऐसी वस्तु का चुनाव करना चाहेगी जिससे उसकी हैसियत का परिचय मिले।

कुल-मिलाकर ब्रांड मानो स्त्री का चारण-भाट है, जो सामाजिक दरबार में उसका परिचय दे रहा है। बहुतेरे ब्रांड अपनी उपभोक्ता की छवि को निर्मित करते हैं। आज ऐसे हजारों ब्रांड हैं जो किसी भी स्त्री को स्थापित करने का वादा करते हैं। यदि वह आधुनिका है, बड़े घर की है तो वह इसका प्रचार और प्रदर्शन करना चाहेगी।

स्त्रियाँ ब्रांड की बीमारी से बेहद ग्रसित हैं। दुनिया भर की क्लिपें, लिपिस्टिक, नेल पालिश, जूते-चप्पल, पर्स, चूड़ियाँ, गहने। बल्कि कुछ औरतों की ड्रेसिंग टेबल पर सजे इन सामानों के संग्रह देखने पर कल्पनातीत लगता है। घरों में इन चीजों को संभालकर रखने की जगह नहीं है। बिना वजह अधिक दाम देने से एक प्रकार से उपभोक्ता की जेब कटाई होती है। आपने गाड़ी खरीदी तो इसके साथ गाड़ी के सजावट के सामान, स्टीरियो प्लेयर, रजिस्ट्रेशन, इंश्योरेंस, रख-रखाव, मरम्मत आदि का अलग खर्चा वहन करना होगा।

कुछ लोग इतना सामान खरीदते हैं कि उन्हें रखने की जगह नहीं रहती। प्रायः लोग पुराने घर, पुराने फ्लैट या गाँव के मकान में इन सामानों को रख देते हैं। अमेरिका में आज सेल्फ स्टोरेज का चलन है, इसके लिए विशालकाय गोदाम बनाए जाते हैं। लोग जरूरत के मुताबिक इनका कुछ हिस्सा भाड़े पर ले लेते हैं या खरीद लेते हें। आज हजारों एकड़ जमीन इस काम आ रही है, जब तक पुरानी चीजों को खाली नहीं किया जाएगा, नयी चीजें उसमें समाएगी कैसे? कैसी अजीब सी दुनिया है, पैसा कमाने के लिए हम वह काम करते हैं या कोई ऐसी नौकरी जिसमें हमारा मन नहीं लगता। हम ऐसी चीजों को खरीदते हैं जिसकी या तो हमें जरूरत नहीं या फिर जिन्हें रखने की हमारे पास जगह नहीं। उपभोक्तावाद हर आदमी को अपने ही खिलाफ खड़ा कर रहा है। वजन घटाना, डायट के केंद्र, कमर पतली होनी चाहिए, कास्मेटिक सर्जरी, आँख का स्थायी मेकअप, लाइपोस्क्शन, कोलोजन के इंजेक्शन ताकि झुर्रियाँ न पड़े। ये कुछ ऐसे उदाहरण हैं, जहाँ आदमी खुद एक उपभोक्ता वस्तु बन जाता है।

वॉल स्ट्रीट जरनल के अनुसार हर साल करीब पंद्रह लाख अमेरिकी

स्त्रियाँ अपने नाक को कम या ज्यादा करने, या थुल-थुल तोंद को कम करने या स्तनों का उभार ज्यादा करने के लिए सर्जरी की सहायता लेती हैं। ये काफी महँगे लाज हैं। स्त्रियाँ ऋण लेकर भी अपना यह शौक पूरा करना चाहती हैं। अमेरिका में एक कंपनी कॉस्मेटिक सर्जरी के लिए ऋण देती है और दिए गए ऋण पर २२.५ प्रतिशत ब्याज वसूलती है। इस कंपनी के प्रमुख कार्यकारी अधिकारी माइकेल स्मार्ट का कहना है—अमेरिकी मिथ्याभिमान का यहाँ पूँजीकरण किया जा रहा है। स्त्री अपने-आप को जीत नहीं सकती, अपनी इच्छाओं को नियंत्रित नहीं कर सकती। कम से कम ऐसे माहौल में जहाँ बाज़ार की राजनीति उसकी इच्छाओं और कामनाओं को उद्वेलित कर रही हो, रात-दिन कोई उसकी पीठ पर सड़ाक-सड़ाक चाबुक मार रहा हो और उसे समझा रहा हो कि तुम्हें और दुबला होना है और अधिक सुंदर दिखना है। सदा जवान दिखना है, अतः चेहरे पर एक झुर्रियों के निशान से वह असहाय हो जाती है। भोगवादी दुनिया उसे आश्वासन देती है कि वह चिर सुंदरी बनी रहेगी।

क्या इसे हम किसी मनोग्रंथि या मनोविज्ञान का नाम दें? उपभोक्ता स्त्री का तर्क है—'मैं कल्पना करती हूँ इसलिए मुझे इसकी जरूरत है। मुझे इसकी जरूरत है अतः मुझे यह उपलब्ध होना चाहिए और चूँकि मुझे यह उपलब्ध है अतः मैं इसके योग्य हूँ और इस योग्यता को प्रमाणित करने के लिए मैं कुछ भी कर सकती हूँ।' रात-दिन अपने खिलाफ युद्धरत रह सकती हूँ। लेकिन यह एक कृत्रिम आंतरिक प्रवृत्ति है जिसको विज्ञापनदाता अपने लाभ के लिए जोड़ते-घटाते रहते हैं। आखिर औरतें इतनी कल्पना क्यों करती हैं? क्योंकि रात-दिन संचार माध्यम के द्वारा उसकी चेतना पर उपभोक्ता वस्तुओं की छाप पड़ती रहती है। और यह छाप तब तक पड़ती है जब तक ये विज्ञापित वस्तुएँ उसकी जरूरत न बन जाएँ। पहले कहा जाता था आवश्यकता आविष्कार की जननी है, लेकिन अब आविष्कार आवश्यकता की जननी हो गई है। और यही वह बिन्दु है जहाँ से उपभोक्तावाद के प्रति आत्मसमर्पण शुरू हो जाता है। अपनी आंतरिक स्वतंत्रता और खुशफहमी के बदले आदमी अपनी इच्छा का दास हो जाता है। उसका उद्देश्य है कि बाज़ार जिस मापदंड को स्थापित कर रहा है, समृद्धि के जो नये-नये लक्षण बता रहा है उन्हें हासिल किया जा सके। कम से कम सामर्थ्य के अनुसार तो उस सीमा तक सभी जाना चाहेंगे।

घर की सीमाओं से ले कर प्रसाधनों की जकड़ तक

उपभोक्तावाद हर गृहणी के ऊपर एक दबाव की सृष्टि करता है। वह एक सामान खरीद कर लाती है तो दूसरे सामान की लिस्ट बनाने बैठ जाती है। दस साड़ियाँ उसकी आलमारी में टँग जाती है तो फलाँ दुकान में टँगी ग्याहरवीं साड़ी की उसको आवश्यकता महसूस होने लगती है। घर में टीवी है तो वीडियो नहीं, वीडियो है तो म्यूजिक सिस्टम कहाँ गया? और कुछ नहीं तो सुंदर सजे हुए कमरे को वह फिर से उलट-पलट करने लग जाती है। कुछ स्त्रियों में यह आदत इतनी गहरी है कि बाज़ार गए बिना उन्हें चैन नहीं पड़ता। कुछ पति-पत्नी तो निरंतर नयी से नयी खरीददारी की योजना बनाते रहते हैं, यदि वे ऐसा न करें तो उनमें आपसी संवाद का और कोई मुद्दा ही नहीं बचता। खरीददारी एक प्रकार का भ्रम पैदा करती है कि पति-पत्नी साथ-साथ हैं। उनके जीवन में कुछ नया करने को है।

कभी-कभी तो घर इतना अधिक सजा लिया जाता है कि वे इसका व्यवहार करने से घबराते हैं। कहीं बिस्तर की चादर फैली न रह जाए, पाँव रखने से कारपेट गंदा न हो, रोज व्यवहार करने से प्लेट और कप टूट न जाएँ। वे टी-सेट को आलमारी में बंद कर देते हैं। कारपेट को चादर से ढँक देते हैं और पलंग पर साधारण चादर बिछाकर सोते हैं। मैंने बहुतों को ऐसा करते हुए पाया है। पूछने पर उनका कहना रहता है कि चीजें खराब हो जाएँगी। लेकिन आपने खरीदा क्यों? उनका कहना है, अरे इन चीजों का उपयोग तो दीपावली-होली पर ही किया जाना चाहिए। महँगी चादर है, रोज के व्यवहार से खराब हो जाएगी। लेकिन अगली दीपावली को वे फिर एक नयी चादर खरीद कर ले आते हैं और अब एक के बदले उनके पास दो अच्छी चादरें हैं और वे दोनों का ही उपयोग नहीं करना चाहते। चीजों की संग्रही वृत्ति इतनी अधिक बढ़ जाती है कि वे जीवन में रस ले ही नहीं पाते। जब बजट बहुत बढ़ने लगता है तो पति-पत्नी और मेहनत करते हैं, मगर किसलिए? ताकि खरीदारी आसान हो। यह एक दुष्चक्र है। यह ऐसी जीवनशैली है जिससे परेशानी बढ़ती है। चीजों का वे तो संग्रह कर रहे हैं भोग नहीं रहे। और इसमें स्त्री सबसे पहले बलि का बकरा बनती है। वह पैसा इसलिए कमाती है कि इन चीजों की कीमत दे ऐसी उपभोक्तावादी विचारधारा अपनाती है जो उसके कामों का औचित्य सिद्ध करे।

स्त्री विमर्श के संदर्भ में इस तर्क का अपना महत्त्व है। पुरुष प्रधान

गृहस्थी में ऐतिहासिक रूप से स्त्री दमित है। घर-गृहस्थी के कामों के अलावा इस विकसित जीवनशैली में स्त्री के काम के घंटे और बढ़ जाते हैं। स्त्री-पुरुष की भूमिका में परिवर्तन आवश्यक है, स्त्री को स्वतंत्र भी होना है मगर उपभोक्ता वस्तुओं की खरीदारी के लिए नहीं। उसे तो सृजनात्मक रूप से अपने-आप को अभिव्यक्त करना है, वस्तु निर्भरता से मुक्त होना है और बाज़ार की भीड़ से अलग अपनी पहचान बनानी है। जबकि ठीक इसका उलटा हो रहा है। बाज़ार की भीड़ में स्त्री का भी वस्तुकरण हो रहा है। इसके साथ एक और नयी समस्या उत्पन्न होती है। स्त्री चूँकि घर से बाहर जा रही है तब सवाल उठता है कि घर का काम कौन करेगा? कौन गृहस्थी का रख-रखाव करेगा, बच्चों का भरण-पोषण, बिल का भुगतान यानी जो काम स्त्री अब तक करती आई थी उसको करने के समय का अभाव पैदा होने लगता है। आंदोलन के प्रवक्ताओं का कहना है कि स्त्री को अपने स्वतंत्रत चिंतन, निष्पक्ष आत्म को अभिव्यक्त करना होगा। अपनी सृजनात्मक शक्ति का उपयोग करना है ताकि पितृसत्तात्मक व्यवस्था की आर्थिक बाध्यता से दूर रहा जा सके। सारी बातें अमूर्त स्तर पर बहुत अच्छी लग सकती हैं, सृजनात्मकता की अभिव्यक्ति केवल स्त्री ही नहीं पुरुष की भी माँग है लेकिन इसे हासिल कैसे किया जाए।

अपने काम में ऐसे कितने पुरुष हैं जिन्हें संतुष्टि मिलती है? शोध पर शोध हो रहे हैं। पर अधिकतर पुरुषों के जीवन में संतुष्टि नदारद है। क्योंकि उपभोक्तावादी समाज ही ऐसा है कि इसमें सारी रोजगार योजनाएँ अर्थहीन, उबाऊ, शोषणकारी कामों का नैरंतर्य बनाए रखना चाहती है। ऐसा नहीं कि गृहस्थी के जगत की तुलना में बाहरी कार्य जगत ज्यादा खूबसूरत हों। आफिस में दिन भर एक मेज पर बैठे आप कलम रगड़ते रहें या कम्प्यूटर में अंतहीन आँकड़े भरते रहें तो, इससे कौन सी सृजनात्मक उपलब्धि होगी? यह जरा गौर करने का विषय है। जो संतुष्टि रिश्तों में मिलती है वह रिश्ता चाहे स्त्री-पुरुष के बीच हो या स्त्री-स्त्री के बीच, वह आपस के और बाज़ार के होड़ तथा प्रतियोगिता के वातावरण में मिलने से रहा। वह संतुष्टि गहनों-कपड़ों के ढेर में मिलने से रही। समस्या तो यह है कि अधिकतर लोग इस पर सोचना ही नहीं चाहते। सवाल उठता है कि क्या नारीवाद इस ओर ध्यान दे रहा है क्योंकि स्त्री-पुरुष के सम्बन्ध की जाँच-परख समाज के संदर्भ में होना चाहिए और हमारा समाज हमारे तमाम सपनों को आज बाज़ार में बेच रहा है। हम एक

बड़े उच्च तकनीकी समाज में रहते हैं जो यह दावा करता है कि जीवन की सारी आनिवार्यता को हासिल करना होगा और आदमी को अर्थहीन उबाऊ कामों से मुक्ति मिल जाएगी। जो यह वादा करता है कि तकनीक के माध्यम से आदमी के पास इतना समय होगा कि वह दूसरे आदमी से सम्बन्ध स्थापित करे और सच्ची सृजनात्मकता का फायदा उठाए। उलझन तो यह है कि अधिकतर लोग समस्याओं का समाधान अमूर्त तथ्यों में खोजते हैं। बड़ी-बड़ी बातें करने से समस्या सुलझेगी नहीं। फैशन और छुट्टियाँ यदि अमेरिकी समाज को संवेदनाशून्य बना रहे हैं तो उसका यही हश्र यहाँ भी होने वाला है। हम छुट्टियों में जाते हैं और थक कर लौटते हैं। शायद इसीलिए अधिकतर औरतें पति और बच्चे के साथ बाहर जाने का नाम नहीं लेती क्योंकि लौटकर उसको अतिरिक्त काम सलटाने होते हैं।

अमेरिका की नेशनल आर्गनाइजेशन ऑफ वूमेन का कहना है कि नारीवाद ने मुक्ति तो चाही थी मगर ऐसी मुक्ति नहीं जहाँ स्त्री उपभोक्तावादी समाज की गुलामी की ओर अग्रसर हो जाए। आज कॉरपोरेट दुनिया के लिए आधुनिकता का मूल्य जरूरी है। अपने-आप में स्त्री संपूर्ण है। उपभोक्ता के रूप में उसकी सबसे सुंदर छवि है क्योंकि ऐसी स्त्री की तस्वीर को कोई चुनौती नहीं देता। महिलाओं की प्रत्येक पत्रिकाओं में छपा रहता है—आप अथवा घर कैसे सजाएँ। एक प्रकार से यह कॉरपोरेट विज्ञापन का अपरोक्ष तरीका है जो कि एक जवान, साधारण स्त्री से कह रहा है कि उपभोक्ता संस्कृति में वह अपनी पहचान कैसे स्थापित करे और बाज़ार में अपनी आत्मछवि को कैसे सुधारे। परिणाम ठीक उसका उल्टा हो रहा है। बार-बार यदि वह आत्मनिरक्षण करती रहे—क्या मेरी चमड़ी, मेरा रंग, देखने में ठीक लग रहा है? मेरे बाल अच्छे हैं? पसीने में कोई दुर्गन्ध तो नहीं, दाँत में कोई दाग तो नहीं? ये सारे सवाल उसे चिंतातुर करते हैं। वह कभी डॉक्टर के पास जाती है तो कभी बाज़ार दौड़ती है तो कभी अपनी सहेली से पूछती है, क्या मैं ठीक लग रही हूँ? हर मर्ज की दवा बाज़ार के पास है। रोज निकलने वाली क्रीम-पाउडर के नये-नये ब्रांड है। इसके साथ ही एक और भय सताता है, बुढ़ापे का, जवानी के खतम होने का भय। पति-पत्नी के रिश्ते के बीच यदि यह भय रहे तो क्या कभी प्रेम का रिश्ता सहज होगा? प्रेम तो सबकुछ स्वीकारने की माँग करता है। नाउमी की ब्यूटी मिथ इस संदर्भ में काफी सशक्त किताब है। माँ और बेटी दोनों ही जीम में कसरत करती हैं और माँ

बेटी के कपड़े पहनकर खुश होती है कि उसके कमर की चौड़ाई बढ़ी नहीं है। इसमें गलत कुछ नहीं। गलत तो यह है कि उसकी देखा-देखी ऐसी सैकड़ों स्त्रियाँ हैं जो दिन-रात कमर पतली करने के लिए घंटों जीम में कसरत-मालिश, तैराकी करती रहती हैं और तब भी कमर पतली नहीं होती यानी जितना वह चाहती है उतनी पतली नहीं होती। ऊपर से किया गया प्रयास और मन के भीतर क्रमशः हारते जाने की भावना का संघर्ष उसे रुग्ण बना कर छोड़ देता है।

बूढ़ा आदमी या बुढ़ी स्त्री आज के समाज में आत्मविश्वास खो देते हैं क्योंकि वे वर्तमान युवा छवि के अनुकूल नहीं। क्रमशः बढ़ती हुई आयु को भी लोग एक रोग के रूप में लेते हैं। यदि उनका वश चले तो चेहरे पर पड़ी सलवटों पर इस्त्री कर दें। यह निर्विवाद है आप जितने जवान दिखेंगे उतने ही सुंदर दिखेंगे। लेकिन किसी भी व्यक्ति का आत्ममूल्यांकन उसके बाहरी छवि के आधार पर किया जाना क्या उचित है? आदमी क्या सहज होना नहीं चहेगा? कौन स्त्री मेकअप करना चाहती है, वह तो जैसी है वैसी ही रहना चाहती है। लेकिन बाज़ार ने उसे सिखा दिया है कि बाल नहीं है तो विग लगाओ, चेहरे को चमका कर रखो, ऐसे तंग-चुस्त कपड़े पहनो ताकि माँसपेशियों की कसावट दिखे। मुझसे कभी अपने पति के बारे में एक विवाहित स्त्री ने कहा था—'ये जैसे-जैसे गंजे होते-होते जा रहे हैं, वैसे-वैसे इनके प्रति मेरा लगाव कम होता जा रहा है। मुझे गंजापन बिल्कुल पसंद नहीं। इनके साथ चलने में मुझे शर्म आती है। में इनकी बेटी जैसी लगती हूँ।' उक्त महिला ब्यूटी क्लीनिक और हेल्थ क्लब में रोज तीन घंटा समय बिताती है। रात-दिन हम दुबलेपन के पक्ष में विज्ञापन देखते हैं। लोग कहते हैं, 'मेरा आत्मविश्वास लौट आया है, क्योंकि मैंने २५ किग्रा वजन घटा लिया है।' आत्मविश्वास का सम्बन्ध यदि दुबलेपन से होता तो हर दुबले-पतले व्यक्ति में आत्मविश्वास रहना चाहिए। कभी-कभी मैं सोचती हूँ कि क्या तसलीमा नसरीन का आत्मविश्वास २५ किग्रा वजन घटने से घटा है, या बढ़ा है। क्या स्त्री तसलीमा और लेखिका तसलीमा एक ही व्यक्ति है? लेखिका तसलीमा तो हर दबाव का विरोध करती है, परंपरा को ताक पर रखती है, जारी किये गए फतवों की परवाह नहीं करती। फिर उसने मोटापे को इतना महत्त्व क्यों दिया? मेरी समझ में मोटापा घटाना केवल रोग घटाने जैसी एक घटना नहीं है बल्कि इसमें छुपा हुआ एक संदेश है कि मोटापा कम होने से आप और

जवान दिखेंगे।

एक गृहणी की जिंदगी बच्चे को स्कूल लाने और ले जाने में, बच्चे को डॉक्टर के पास ले जाने, ट्यूशन के लिए ले जाने और ले आने में या फिर बर्थ डे पार्टी में आने-जाने में बीत जाती है। वह कभी नहीं रुकने वाली चक्के पर चढ़ी रहती है। यदि ऐसा न करके वह घर में रहती हैं तो अपने बच्चों के साथ ज्यादा समय बिता सकती, ज्यादा किताबें पढ़ती। क्या यह संभव है कि हम इतिहास को पीछे लौटा दें? घड़ी के कांटे को घुमा दे और एक नई जीवनशैली का विकास करें जिससे हम अपनी जीवनशैली को पुनर्निर्मित कर पाते और एक बार रुक कर सोचते कि क्या ऐसे उपभोक्ता समाज की हमें सच में जरूरत है और हमारे सुख-दुख को हमारी मानवीय आशा-आकांक्षा को क्या इसके संदर्भ में ही परिभाषित किया जाना चाहिए? पश्चिम ने तो भौतिक प्रगति को ही सुख का अंतिम माध्यम माना है। इसका विकल्प क्या है? अभाव और दरिद्रता इसका विकल्प नहीं, भौतिक सुख भी जरूरी है। मगर खुशहाली के पीछे अपने-आप को बेच देना भी क्या उचित है?

क्या स्त्री ने सच में वह स्वतंत्रता पा ली है जिसकी आकांक्षा वह करती रही थी। भूमंडलीय संस्कृति का दावा है कि स्त्री को सदियों के दमन से छुटकारा मिल चुका है। आज की स्त्री स्वतंत्र और शिक्षित है। वह क्या नहीं कर सकती है लेकिन स्त्री का मानस कितने छोटे-छोटे मुद्दों से जकड़ा हुआ है इसका हमें अंदाजा नहीं। प्रत्यक्ष में हम शायद यह न स्वीकारना चाहें किंतु ये सारे नगण्य मुद्दे हैं और इनपर अत्यधिक ध्यान देने का अर्थ हुआ अपने ही आत्मविश्वास को बौना करना। एक स्त्री देखने में कैसे लग रही है, उसका शरीर, चेहरा, उसके बाल, उसके कपड़े इनमें जरा-सा हेरफेर उसे परेशान करने के लिए काफी है। इन बातों के कारण उसके भीतर पलता हुआ अपराधबोध, शर्म और अजनबीपन सभी मौजूद है। दिन पर दिन अधिकतर स्त्रियाँ यही सोचती हैं कि कैसे इस कुंठा से या न्यूरोसिस से मुक्ति मिले। स्त्री ने जितने कानूनी और सांस्कृतिक बाधाओं को पार किया है उतना ही अधिक वह उपभोक्ता संस्कृति की गुलाम भी हुई है। बहुत सी स्त्रियों को लगता है कि उनकी सामूहिक प्रगति अवरुद्ध हुई है। बल्कि पुराने जमाने में स्त्री अपनी देह से इतनी ग्रस्त नहीं थी। उलझन, सनक, विरोधाभास और परेशानी का मिला-जुला वातावरण और मौसम स्त्री को भीतर ही भीतर घुन की तरह खा जाता है। स्त्री का सारा संघर्ष बेमानी हो जाता है यदि हम देखें कि हाई कोर्ट

की जज ब्यूटी क्लिनिक में बाल बनवाने और नाखून रँगने में दो घंटे का वक्त जाया करे। कोई साधारण गृहणी इतना वक्त दे तो बात समझ में आती है, बल्कि घटा तो यह है कि वर्षों के संघर्ष के बाद जिस पहचान के साथ स्त्री स्थापित होती है, उस स्त्री का भीतरी चेहरा उदास है, वह थकी हुई है। स्वाभाविक है कि दूसरों की नजर में उसकी यह उपलब्धि मजाक का कारण बने। नारीवादी स्त्रियाँ आज लिपिस्टिक और सौन्दर्य प्रसाधन की चर्चा में मशगूल हैं। औरत के पास जितना पैसा, जितनी ताकत है, अपनी देह के लिए वह जितनी चौकन्नी आज हो रही है उतनी अतीत में नहीं थी। हमसे अच्छी तो हमारी नानी-दादी थीं जिन्हें कभी अपनी फिगर की चिंता नहीं थी। शोध प्रबंधकों का कहना है कि सफल, सुंदर स्त्री के भीतर एक उपभोक्ता संस्कृति जड़ जमा चुकी है। उसका जहरीला प्रभाव उसकी तमाम उपलब्धियों को खारिज करती है। वह अपने-आप से नफरत करती है। अपनी देह से ग्रस्त है। बुढ़ापे से डरती है। नारीवाद को भी इस प्रतिक्रिया का सामना करना पड़ रहा है। नॉओमी वुल्फ का कहना है कि, स्त्री को जैसे ही गृहस्थी से मुक्ति मिली तो सौन्दर्य प्रसाधन ने जकड़ लिया।

परिवार, घर और समुदाय की जगह लेता बाज़ार

विज्ञापनदाता आपकी सहमति के लिए चाहे जितना दबाव डाले, मगर बाज़ार में आप सुख नहीं खरीद सकते। कभी परिवार, घर और समुदाय से हमें जो आश्वासन मिलता था बाज़ार ने अब उसकी जगह ले ली है। प्रायोजित तरीके से हमसे कहा जा रहा है हम और अधिक धन कमाएँ ताकि चीजों को बटोरने में आसानी हो। हमारे पास क्या है इस आधार पर हमारी सारी कीमत आँकी जाती है। काम करने के हमारे सामर्थ्य को नहीं तौला जाता बल्कि उपभोग करने की क्षमता का परिक्षण रात-दिन बाज़ार में चलता रहता है। एक दुलहन ने क्या पहना, कैसी पोशाक पहनी, क्या गहना पहना इन सब पर चर्चा ज्यादा होती है इसकी कोई चर्चा नहीं होती कि दुलहन बन कर उसे कैसा लग रहा है। विवाह की वेदी पर बैठी दुलहन की पवित्र से पवित्र भावना को भी चीजों की तुलना में नजरअंदाज कर दिया जाता है। मनोरंजन का भी आज व्यावसायीकरण हो चुका है। खेल के कपड़े, जूते, औजार-जंतर के अलावा खेल की बड़ी-बड़ी प्रतियोगिताएँ होती हैं, जिनका प्रायोजन बड़ी कंपनियाँ करती हैं। खेल उपभोक्तावादी व्यवस्था का चरम उदाहरण है। यह लोगों से

समय छीन लेता है। आप घंटों टीवी के सामने बैठे गेंद बल्ले का ठुक-ठुक, आना-जाना देखते रहते हैं। इनसे कौन सी मानसिक क्षमता का विकास हो रहा है यह बात आजतक मेरी समझ में नहीं आया पर लोग इसके कारण घर आए मेहमान की उपेक्षा करते हैं। घर में कोई बीमार हो तो उसकी अवहेलना होती है। काम-धंधे की हानि होती है क्योंकि क्रिकेट का मैच चल रहा है। सत्ता के प्रति समर्पित होने की अविवेकी मानसिकता को खेल के द्वारा निर्मित किया जाता है। लोग घंटों क्रिकेट के खेल पर बात करते रह सकते हैं जबकि सच्चाई तो यह है कि उसके जरिये अविवेकी जिंगोईज्म का प्रशिक्षण दिया जा रहा है और अपनी पूरी ताकत हम इसी ओर लगा देते हैं। विज्ञापनदाता इस पर करोड़ों खर्च करने के लिए तैयार हैं। नॉम चोम्स्की के अनुसार, 'जितना पैसा इन खेलों पर बर्बाद किया जाता है उतने में तो पार्क, स्कूल और सार्वजनिक सेवा कार्य करना संभव होता।' पेशेवर खेल यथार्थ जगत की एक संश्लीष्टिकृत निर्मिति है जो पहले से अघाए हुए लोगों को गुदगुदाने की क्षमता रखता है। जितनी शारीरिक उर्जा का व्यय होता है, उतनी उर्जा अन्य किसी काम में लगाई जाती तो बहुतेरी समस्याओं का हल खोजा जा सकता था। इस पैसे से हर स्कूल में हम कम्प्यूटर देने में समर्थ होते। स्थानीय टीमों को और अच्छा प्रशिक्षण देना संभव होता, क्योंकि यह हर छात्र के लिए स्वास्थ्यकर साबित होता।

उपभोग के लिए हाथ में समय का होना आवश्यक है। हो यह रहा है कि अत्यधिक व्यस्तता के कारण हम जो खरीदते हैं उसे भोगने का समय नहीं रहता। काम के बाद जो समय बचता है वह टीवी या फोन पर बतियाने में या कुछ ऐसी ही सामाजिकता के साधारण कार्यक्रम में बीत जाता है। यह माँग की ऐसी आग है जो कभी बुझती नहीं। होता यह है कि आदमी अपनी जिंदगी से ही परेशान हो जाता है। जीवन में जब मूल्य नहीं बचते तब अ-सामाजिकता की ओर झुकाव होना स्वाभाविक है। विज्ञापन हमारी चेतना को ढँक देता है। स्वाभाविक है कि जिस मर्ज के हम खुद शिकार हैं उसका असर बच्चों पर पड़ेगा। नाइकी के जूते, गुच्ची की घड़ी या रितू कुमार के सलवार सूट यानी डिजाइनर कपड़े आत्मसम्मान के पर्याय हो जाते हैं और जिन्हें ये मिलते नहीं उनके मन में असंतोष और शिकायत का भाव बढ़ता है। मध्यमवर्गीय परिवारों की यह तो आम कहानी है कि जिस पैसे को बुनियादी जरूरतों पर खर्च करना था उसका अपव्यय होने लगता है। आदमी जब अपनी इयत्ता को ऐसे आधार

में बदल दे कि उसकी देह पर केवल विज्ञापन के कटआउट नजर आएँ, यानी वह खुद ही विज्ञापन बना हुआ नजर आए।

कभी-कभी मैं सोचती हूँ यदि आज गाँधीजी जिंदा होते और वे इस उपभोक्ता संस्कृति को देखते तो क्या कहते? अखबारों में छपी अर्द्धनग्न तस्वीरें, टीवी चैनल में रोज दिखाये जाने वाले सीरियल एक ऐसी जीवनशैली का प्रचार करते हुए नजर आते हैं जो आज भारतीय मानस को धीरे-धीरे भोगवाद की ओर धकेल रही है। हमारे आध्यात्म में ऐसी हजारों कहानियाँ, सूक्तियाँ और नैतिक विवरण भरे पड़े हैं जो बार-बार व्यक्ति से भोगवादी जहरीले फल को न अपनाने की सलाह देते हैं। मगर सुनता कौन है। रात-दिन यदि भौतिक सफलता की ही चर्चा हो तो किसे फुर्सत है कि कुछ क्षण बैठकर इन विषयों पर सोचें?

हालाँकि अतीत में यदि सफलता को दिखाया भी जाता था तो उसके मूल में व्यक्ति की उद्यमशीलता थी मगर आज की शताब्दी में कॉरपोरेटीकरण ने बड़े धीरे-धीरे व्यक्तिगत सफलता के पैमाने को बदल दिया है। विज्ञापन का यही उद्देश्य है कि व्यक्ति की उद्यमशीलता को खतम कर दिया जाए जो उसे निरंतर एक निष्क्रिय भोक्ता में परिणत कर देता है। उपभोक्ता को समझाया जाता है कि उसे और कुछ करना नहीं है, उसका हर काम तकनीक कर देगा। लेकिन इसका एक दूसरा पक्ष भी है, उपभोक्ता की निष्क्रियता उत्पादनकर्ताओं को हर क्षण बौखलाए रखती है। उन्हें कुछ न कुछ चुनौतियों को परोसना रहता है। यदि नया कुछ न दे पाएँ तो उन्हें खरीदेगा कौन? माध्यम के रूप में रोज नयी-नयी पत्रिकाएँ निकलती हैं जिसमें निरंतर पाठक की संवेदना पर प्रहार किया जाता है। उसे समझाया जाता है कि तुम पैसा कमाओ और अधिक पैसा, ताकि इन चीजों को खरीद सको। सफलता केवल कुछ लोगों में सीमित नहीं बल्कि आज समझाया जा रहा है कि सफलता वह भी एक उपभोक्ता की हैसियत से सबको उपलब्ध है क्योंकि भोग का अवसर भी सबको दिया जा रहा है। उपभोक्ता को एक ऐसी पोटली पकड़ा दी जाती है जिसमें उसके सपने हैं, उसकी चाहत है, उसका अपराधबोध है और विवेकहीन कुंठाएँ हैं, ताकि वृहद स्तर पर उसे प्रेरित किया जा सके और वह एक अच्छे उपभोक्ता में परिणत हो सके। बहुराष्ट्रीय कॉरपोरेशन जिस विशालकाय स्तर पर बाज़ार में चीजों को फेंक रहे हैं उपभोक्ता की मानसिक तैयारी ऐसी होनी चाहिए कि वह उन चीजों को स्वीकारे। हैंस बैरी का नाटक 'अरेंजिंग इन द सन' याद

आता है जिसमें उसका बेटा उत्तेजित होकर चीखता है, 'मुझे बहुत सी चीजें चाहिए मैं इन चीजों के पीछे पागल हूँ ... पैसा ही जिंदगी है।' और बेटे की इस सनक, इस अविवेक को संतुष्ट करने का दावा बाज़ार करता है। यह एक ऐसा समाज है जहाँ दुनिया भर की जोड़-तोड़ करने वाली ताकतें भरी पड़ी हैं और इन षड़यंत्रकारी ताकतों की क्षमता है कि ये करोड़ों लोगों से संपर्क बनाने में सक्षम हैं। संपर्क का माध्यम विज्ञापन संस्कृति यानी मास मीडिया है। सवाल उठता है कि आदमी की कमजोरी, उसकी चंचलता विशेषकर चिंता एवं आक्रमक भावनाएँ एवं बचपने के संस्कार और भिन्न के रूप में पीछे छूट जाने का भय क्या इन सबको उत्तेजित करना उचित है?

क्या ऐसे लेखन को प्रश्रय दिया जाना चाहिए जो व्यक्ति की निषेधक प्रवृत्ति को और अधिक उभार दे? फिर बच्चों का क्या होगा? उनका तो सुकुमार, कोमल मानस है। क्या ऐसे बच्चे बड़े होकर अपराधी नहीं हो जाएँगे? समाज का नैतिक पक्ष यदि शुरू से कुंठित कर दिया जाए तो इसका अंतिम परिणाम बड़ा भयानक होगा। हुआ यह है कि आज अधिकतर लोग हाथी दाँत की पालकी में सवार होकर बाज़ार घूमने निकले हैं। बाज़ार उन्हें ललचाता है, मानों वहाँ लूट का माल मिलता है। डेविड राइसमैन की पुस्तक 'द लोनली क्राउड' में उपभोक्ता संस्कृति के बारे में विशद चर्चा है। उनके अनुसार, उपभोक्ता हमेशा अन्य-केंद्रित रहता है, वह दूसरों के संदर्भ में उपभोग की वस्तुओं का चुनाव करता है। इन दूसरे की नजर में वह कैसा लगेगा इस पर वह विचार करता है। अन्य-केंद्रित उपभोग ही वास्तव में उपभोग के पागलपन के स्तर तक ले जाता है। एरिक फ्रॉम ने अपनी पुस्तक 'सेन सोसाइटी' में इसकी व्याख्या करते हुए लिखा है—'मानव सम्बन्ध आनिवार्यत: एक प्रकार का अलगावित अणु है। प्रत्येक को झुंड में रहकर सुरक्षा का बोध होता है। वह विचार, भावना और कर्म के स्तर पर दूसरे से भिन्न नहीं होना चाहता, लेकिन त्रासदी तो यह है कि झुंड में रहते हुए भी अकेला, असुरक्षित, चिंतातुर और अपराधबोध से ग्रसित है। चूँकि वह अपने अलगाव से मुक्त नहीं हो पा रहा, सही मायने में दूसरे से जुड़ नहीं पा रहा।' अत: ये निषेधक भावनाएँ उस पर हावी होती जाती हैं।

१९वीं शताब्दी के अंत तक अमेरिकी लेखक और समाजशास्त्री यह समझ चुके थे कि अमेरिका क्रमश: एक भोगवादी संस्कृति की ओर अग्रसर होता जा रहा है और अमेरिका के नव-धनाढ्य या तो धन का भोंडा प्रदर्शन

करते हैं या फिर स्पष्ट रूप से उपभोक्ता संस्कृति की गुलामी करते हैं। अखबार, फिल्म, रेडियो से लेकर आज के युग का पूरा संचार माध्यम और संचार क्रांति का एक ही उद्देश्य है कि कैसे जनमानस का नियंत्रण किया जाए। व्यक्तिगत स्तर पर उन्हें संवदेना शून्य किया जाए ताकि कॉरपोरेट उनकी जरूरतों का अपने लाभ के अनुसार नियमन और प्रबंधन करने में सक्षम हों सके। हर्बट मार्क्यूज ने इसे ही मीडिया प्रभावी संस्कृति और नागरिकों के लिए एक खुशहाल संस्कृति शब्द का प्रयोग किया और नागरिकों को एक सुखद चेतना सम्पन्न नागरिक कहा। सुख की अनुभूति, खुशहाली की चेतना आदमी को अपने ही आचरण के बारे में प्रगतिशील होने का भ्रम देता है। वह सोचता है कि अपने सपने को वह साकार कर रहा है, जबकि सच्चाई तो यह है कि उसके सपनों को पहले कोई और बनाता है, और उसके मन में सपने घर कर जाते हैं तो उस ओर ढकेलने का काम भी मीडिया ही करती है। निरंतर इन बाहरी सुझावों की बौछार उस पर पड़ती रहती है। इससे भिन्न वह कुछ सोच ही नहीं पाता और अंत में उसका अनुकूलित मानस अपने ही गले पड़े ढोल को बजाने को मजबूर है। वह इतना भूखा हो जाता है, उसकी लालसा इतनी दुर्दमनीय हो जाती है कि वह जो मिले उसे ही भकोस लेना चाहता है। सातों समन्दर का पानी वह पी लेना चाहता है। हर पहाड़ को वह लाँघना चाहता है, हवाओं में तैर कर आकाश की ऊँचाईयों को छूना चाहता है। और इस झूठे पराक्रम एवं झूठी आशावादिता के लिए एक अलग तरह की जीवनशैली अपनाने को बाध्य होता है। उपभोक्ता के रूप में संप्रभुता का भ्रम पालता है और कहने लगता है कि पैसा ही सब कुछ है। निर्माता उसकी हर इच्छा को पूरी करने का आश्वासन देता है जबकि घटता बिल्कुल इसका उलटा। जिन चीजों को निर्माता बाज़ार में फेंकता है उसे ही उपभोक्ता खरीदने को बाध्य है अपनी इच्छा से उपभोक्ता कुछ खरीद नहीं रहा क्योंकि केवल उपभोग नहीं बल्कि उपभोग का मानस भी तैयार किया जा रहा है। जब तक खरीदने की मानसिकता नहीं तैयार होगी तब तक निर्माता का उद्देश्य पूरा नहीं होगा। उपभोक्ता जब तक हर नये यंत्रों को और नई संस्कृति–फैशन को अपना न ले उन्हें अपनी साँसों में समा न ले तब तक चीजों की वह मुंहमाँगी कीमत देने तैयार नहीं होगा। अंत में बाज़ार ठीक इसका उल्टा प्रचार करता है, बाज़ार का कहना है कि यह उपभोक्ता है जो नित नयी चीजों की माँग कर रहा है। यह उपभोक्ता है जो हर मायने में अंतिम सत्ता है। एक कहानी याद आती है।

उपभोक्ता अपनी गुलामी, अपने अनुकूलित मानस को स्वीकारने से रहा। उपभोक्ता की संप्रभुता पर जॉन कैनेथ गॉलब्रेथ ने भी नया सिद्धांत पेश किया। गाल्ब्रेथ का कहना है कि कॉरपोरेशन उपभोक्ता की माँग का प्रबंधन करती है और इसका विकास औद्योगिक विकास के साथ जुड़ा हुआ है। यह निर्भर करता है संवाद के संजाल पर, बाज़ार के विशेषज्ञों पर विज्ञापन एंजेसियों और शोधकर्ताओं पर। वे व्यक्ति जो नये यथार्थ का सामना करने से हिचकिचाते हैं यही कहेंगे कि हम तो स्वतंत्र हैं। हम कहाँ अपनी इच्छाओं के गुलाम हैं। औद्योगिक विकास के साथ चीजों को बेचने की जो फार्मूला दी गई है, जो तकनीक अपनाई गई है वह बड़ी निर्मम तकनीक है। व्यापक समाज पर इसका क्या असर पड़ेगा इसकी चिंता नहीं की जा रही। नतीजा यह हुआ कि व्यक्ति और अकेला होता जा रहा है। सुख और संतुष्टि की वह नकल कर रहा है। वास्तव में उसके जीवन में संतुष्टि है ही नहीं, यदि वह स्पष्ट शब्दों में बोल पाता कि मैं असंतुष्ट हूँ, अकेला हूँ, हीनभाव से पीड़ित हूँ तो इन ग्रंथियों के निदान के लिए शायद कुछ किया जाता लेकिन उसे तो बोलने का मौका ही नहीं दिया जा रहा है। उसके दिमाग को तो बाज़ार के दलाल नियंत्रित कर रहे हैं। आधुनिक उपभोक्ता नागरिक दिन-प्रतिदिन और अधिक अलगावित होता जा रहा है। एरिक फ्रॉम के अनुसार यह एक तरह का संपूर्ण अलगाव है जो आदमी से आदमी के रिश्ते में भी पैठ गया है। यानी आदमी अपने तात्कालिक वातावरण और अपने कार्य—अपने हर करीबी रिश्ते से अलगावित है। इसका कारण उपभोक्ता संस्कृति से, भोगवाद से उसकी चेतना का पूरी तरह आच्छादित होना है।

उपभोक्तावाद का स्त्री आंदोलन पर प्रभाव

उपभोक्तावाद का स्त्री आंदोलन पर भी प्रभाव पड़ा है। इसका एक नया संस्करण निकला है, जो आज तीसरे दौर का नारीवाद होने का दावा करता है। इसके अनुसार उपभोग में कोई बुराई नहीं है। हालाँकि नारीवाद के इस नये लेबल का बाज़ार भाव गिरा हुआ है, इससे स्त्री-पुरुष दोनों की ही जीत की संभावना कम होती है। स्त्री को पूँजीवाद ने बाज़ार का दास बना दिया है और बड़े सूक्ष्म तरीके से ऐसा करना संभव हुआ। पूँजीवाद की इस नयी चाल को समझना इतना आसान नहीं। किसी भी सामाजिक आंदोलन की चुनौती से निपटने की दो तरह की रणनीति होती है, एक तो आप दुश्मन से पंगा मोल

लें, उससे उलझें और दूसरा है बेकार की बहसबाजी में न पड़कर आप उसकी ओर दोस्ती का हाथ बढ़ायें, समझौता करें। उसका महिमा-मंडन करें मगर साथ-साथ अपने मूल्यों को दुश्मन के जेहन में भरते जाएँ। यानी जो काम दुश्मनी से हासिल न हो उसे दोस्त बनकर हासिल करो और आपकी इस छद्म दोस्ती को अगला व्यक्ति समझ ही नहीं पाये।

नारीवाद के इतिहास में यह घटना यों घटी—द्वितीय विश्वयुद्ध के पहले तक बाहरी दुनिया में पुरुष कमाने जाता था, औरत घर में रहती थी। मगर कुछ औरतों को यह मंजूर नहीं था, पुरुषों की तुलना मे वे किसी भी मुकाम पर कमतर नहीं रहना चाहती थीं। उनमें से 'कुछ औरतें' घर की चौखट लाँघ गई, बाहर जाकर उन्होंने एक नयी दुनिया देखी, बहुत कुछ देखा समझा। समानता और स्वतंत्रता के मुद्दों पर उन्होंने सवाल उठाया, बहस छेड़ी। और इसके बाद प्रति-उत्तर में पितृसत्ता के निषेधक रवैये पर बस उन्होंने गोलियाँ दागनी शुरू कर दीं। पहली गोली दागी, गृहस्थी की भूमिका पर। औरत क्यों घर की चारदीवारी में कैद रहे, अकेली वही क्यों बच्चों की, वृद्धों की जिम्मेदारी सम्हालें। किसलिए वह भोजन बनाकर प्रतीक्षा करती रहे। क्या वह केवल अंकशायिनी बनकर रह जाए? और यहीं से नारीवाद की यात्रा शुरू होती है जो आज भी जारी है। लेकिन पहली गोली जो घरेलू औरतों की भूमिका पर दागी गई थी, उसकी अनुगूँज आज भी पितृसत्तात्मक संस्कृति के गलियारे में गूँज रही है। सत्तर के दशक में अमेरिकी नारीवादी बेट्टी फ्रिडन ने ऐलान किया—'गृहणी यानी घरेलू औरत इस समाज में एक पराजीवी है, वह अर्धमानवों की कतार में खड़ी है, उसमें वैचारिक प्रतिबद्धता का अभाव है, वह जानती ही नहीं कि वैचारिक प्रतिबद्धता किसे कहते हैं।' जबकि जरूरत है कि स्त्री घर से बाहर निकले, दुनिया देखे और अपनी परिस्थिति पर विचार करे। १९६९ में केट मिलेट ने रूढ़िवादी स्त्रियों को सम्बोधित करते हुए कहा—'अधिकतर स्त्रियों के संदर्भ में, उनकी समस्या पर पुरुष सोचना-विचारना ही नहीं चाहता। स्त्री को अपनी खामोशी तोड़नी होगी, जिन अत्याचारों को स्त्री ने आदिकाल से सहा है उसके बारे में दुनिया को बताना होगा। आखिर पुरुषों को क्या पड़ी है, जो वे इन ओढ़ी गई भूमिकाओं को समझने की चेष्टा करें?' इस दौरान दूसरी दौर की नारीवादी चिंतकों ने स्त्री की हर भूमिका को चुनौती दे डाली और इसके कारण सबसे दुश्मनी मोल ले ली। इसके अच्छे परिणाम भी हुए, पितृसत्ता को अपनी नीतियों में फेर-बदल

करना पड़ा, दुनिया को समझ में आया बल्कि वह अबला नहीं कि अपनी बात कहने का, सत्ता से सीधी बातचीत का माद्दा रखती है।

आज, भूमंडलीकरण के दौर में स्त्री पुनः कुछ नये सवाल उठा रही है। इस बार केवल सत्ता से नहीं बल्कि दूसरे दौर की नारीवादी चिंतकों से नवनारीवाद कह रहा है—हमने अपने भीतर की औरत को खोज निकाला है। हमारी पूर्वजों ने अपने औरतपने को नकारा। उन्होंने जो हासिल किया वह तो ठीक है मगर वे अपने प्रति उदासीन रहीं.. जिसका परिणाम था, अकेलापन, उदासी, चिड़चिड़ापन। अपनी जिंदगी को उन्होंने जिया नहीं, भोगा नहीं। जेन स्माइले जैसी नारीवादी उपन्यासकार का कहना है—'मैंने हमेशा स्वयं को औरतों वाले नाज-नखरों से दूर रखा। कभी मेकअप नहीं किया, हमेशा सफेद कपड़े पहनती रही, मेरे बालों की स्टाइल पुरुष जैसे थे—आईने में अपने धूसर बालों को देख मैं यही सोचा करती यदि एक बार मैंने इन बालों को रँगना शुरू कर दिया तो फिर मैं अपना चेहरा रँगना चाहूँगी, फिर नाखूनों में पालिश करूंगी, तो अपने जिस्म पर गोदना गुदवाना चाहूँगी। मैं वह सब कुछ करना चाहूँगी, जिसका अर्थ होगा पितृसत्ता के मूल्यों एवं निर्देशनों के प्रति पूर्ण समर्पण। मगर एक दिन मुझे लगा कि उपभोक्तावाद के प्रति मेरा यह सोच गलत है। मेरी पूर्वजों ने हमेशा द्वित्व में सोचा, वे विभाजन में जीती रहीं। उन्हें सुंदरता और बुद्धि, देह और मन, भीतरी तत्त्व और ऊपरी तत्त्व, पूँजीवाद और समाजवाद, घर-बाहर इसी में से किसी एक का चुनाव करना था। मगर मैं तो दोनों ही चाहती हूँ यानी मैं सुंदर भी दिखना चाहती हूँ और बुद्धिमान भी। मुझे दोनों की जरूरत है और दोनों को ही मैं हासिल करके रहूँगी। भला पूँजीवाद में बुराई क्या है? क्या पूँजीपति समाज की चिंता नहीं करता? समाज में खुशहाली नहीं लाना चाहता?' चालीसवें साल में स्माइले को लगा कि बनाव-श्रंगार के प्रति उनकी यह उदासीनता आसपास के लोगों को एक गलत संकेत देती है—'पुरुष मुझमें रुचि नहीं लेता, मुझे औरत के रूप में देखता ही नहीं, मुझे वह एक साहसी महिला के रूप में स्वीकारता तो है मगर आकर्षणहीन मानता है।' यही सोच और चिंतन स्माइले की जिंदगी का नया पड़ाव था। इसी भांति अन्य अनेकों नारीवादी स्त्रियों के जीवन में यही घटा, उन्होंने अपने बाल रँगने शुरू कर दिए, मेकअप करने लगीं, नारीवादी गोष्ठियों में अपने पुरुष मित्रों को लेकर जाने लगी। यह नयी स्त्री नये उपभोक्तावादी विचारों की पक्षधर थी, पूँजीवाद की पक्षधर थी, दुनिया से कह रही थी—'न केवल पुरुष

बदल रहे हैं बल्कि औरत भी बदल रही है।'

नव-नारीवाद के आयाम

सत्तर के दशक में नारीवाद एक जीवंत धड़कता हुआ आंदोलन था जबकि आज यह केवल अकादमियों एवं शोध केन्द्रों में सीमित होकर रह गया है। इसी कारण कार्यक्षेत्र में सक्रिय स्त्रियाँ नारीवादी चर्चा में भाग नहीं ले पातीं। नारीवाद की लिंगवादी अवधारणा भी समस्या के एक ही पहलू में सीमित है। लिंग को वे सेक्स का पर्याय नहीं मानती। कारण यौनता जैविक है, जबकि लैंगिकीकरण एक सामाजिक प्रक्रिया है मगर अधिकतर लोग जेंडर को स्त्री का पर्याय मान बैठते हैं। अत: यह कहना कि यदि इस पश्चिमी सभ्यता को महज कुछ श्वेत पुरुष जाति का अवदान माने तो जितनी भी पूर्वी एवं गैर-पश्चिमी सभ्यताएँ हैं उन्हें गैर अश्वेत पुरुषों का अवदान माना जाना चाहिए। कानून को व्यक्ति-व्यक्ति में फर्क नहीं करना चाहिए। समाजीकरण, लैंगिकीकरण एक संपूर्णतावादी योजना है। परिणामस्वरूप आर्थिक ताकत, पूँजीवाद, बाज़ार, स्वतंत्र विनिमय, निजी संपत्ति इन सभी मुद्दों पर नारीवादी खेमें में दो मत हो गए।

सत्तर के दशक में नारीवादी चिंतन को न केवल पितृसत्ता विरोधी बल्कि परिवार विरोधी, विवाह विरोधी, संतान विरोधी यहाँ तक कि धर्म विरोधी और पुरुष विरोधी कह कर संबोधित किया जाने लगा। माना कि सत्तर के दशक में नारीवाद ने परिवार एवं विवाह की संस्था पर प्रश्न चिह्न लगाया था, और उसे स्त्री की दासता का वाहक माना था, जबकि नव-नारीवादी स्त्रियों ने तो परिवार, विवाह, महत्त्वकांक्षा, सार्वजनिक जगत में व्यक्तित्व की मोहकता के साथ बुद्धिमानी, सभी कुछ हासिल कर दिखाया। नव-नारीवाद के अनुसार परिवार कोई जेलखाना नहीं और न ही पुरुषों की कामकाजी दुनिया भी इतनी मोहक है। नव-नारीवाद का कहना है कि अधिकतर व्यक्तियों के लिए परिवार उनके जीवन को अर्थमय बनाता है। आदमी कोई मौजमस्ती के लिए काम पर नहीं जाता और न ही रोजमर्रा के उबाऊ कामों को करने से कोई संतुष्टि हासिल होती है, बल्कि बहुतेरे काम तो बिना मन से किये जाते हैं—पैसा कमाने के लिए किये जाते हें। नारीवाद का यह कहना कि घर-गृहस्थी में औरत ने अपनी जिंदगी खतम कर दी तो नव-नारीवाद का कहना है कि पुरुष भी तो पैसा कमाने के पीछे अपनी पूरी जिंदगी को दाँव पर लगा देता है।

उसके कमाए हुए धन को उसके बीवी-बच्चे भोगते हैं। आजीविका के लिए पुरुष नौकरी करता है। जीवनयापन के लिए किया जानेवाला काम और कार्यजगत में संतुष्टि एक-दूसरे के पर्याय नहीं। पुरुष इसलिए काम करता है ताकि वह घर बना सके, अपनी संतान को बड़ा होते देख सके।

अतः बिना वजह नारीवाद ने सत्तर के दशक में पारिवारिक मूल्यों एवं उपभोक्ता वस्तुओं का विरोध किया। वस्तुओं के प्रति की गई नारीवादी प्रतिक्रियाओं के सम्बन्ध में अधिकतर पुरुष किंकर्तव्यविमूढ़ थे—कइयों को तो नारीवादी चर्चा ही हास्यास्पद लग रही थी और कइयों ने सोचा, ठीक है यदि ये औरतें दुनिया में दौड़ लगाना चाहती हैं तो दौड़ें, फिर झेले सब-कुछ, भला पुरुष वर्ग इन्हें क्यों मना करें। पुरुषों पर होनेवाली इन प्रतिक्रियाओं से स्त्री रुकी नहीं। पितृसत्तात्मक संस्थाओं के प्रति सत्तर के दशक के नारीवाद का विरोध जारी रहा।

१९९२ में ग्लोरिया स्टाइनेम नव-नारीवादी विचारों की चिंता न कर फिर कहती हैं—'नारीवाद के जो दुश्मन होंगे वे ही कहना चाहेंगे कि औरत को कैरियर और घर दोनों मिल सकते हैं,क्योंकि स्त्री के कैरियर में सबसे बड़ी बाधा तो परिवार ही है।' जबकि नव-नारीवाद फिर से पारिवारिक मूल्यों को और परिवार को संस्थापित करना चाहता है। उनके पूर्वजों को परिवार से इसलिए चिढ़ थी क्योंकि सत्तर के दशक में परिवार का स्थान राज्य ले चुका था और राज्य ही संतान को सुरक्षा दे रहा था। परिवार के मुद्दे पर सवाल उठाने का अर्थ ही था—राज्य के खिलाफ बगावत करना।

बाज़ार के सामने मजबूर स्त्री

वर्तमान दौर में बाज़ार की चकाचौंध ने स्त्री को इतना लुभाया है, इतना अधिक कि, उपभोक्ता की स्थिति में स्वयं को स्त्री स्वतंत्र समझ रही है जबकि वास्तविकता बिल्कुल इसके विपरीत है। स्त्री उपभोक्ता बाज़ार को निर्देश नहीं दे रही बल्कि यह तो बाज़ार है जो स्त्री को मनचाहा सामान परोस रहा है और जिसे भोगने को स्त्री बाध्य है। मजे की बात तो यह है कि अपनी इस बाध्यकारी प्रवृत्ति को भी स्त्री समझ नहीं पा रही, बल्कि बहुतेरी स्त्रियों का कहना है—हम तो सबल हैं, आर्थिक रूप से समर्थ हैं, मनचाहा खाती-पीती और पहनती हैं। छोड़ो उस पुराने जमाने को जब सासू-अम्मा के सामने डेढ़ हाथ का घूँघट निकाले हम पीढ़े पर बैठी रहती थी। आज तो बाज़ार से हमारी

सीधी बातचीत है। इस सीधी बातचीत से बाज़ार भी खुश है, क्योंकि शिकार यदि खुद जाल में फँसने को तैयार है तो शिकारी को फिर और क्या चाहिए।

भारत की सबलीकृत महिलाओं की 'इंडिया टुडे' में तस्वीर छपी थी। इससे पहले अमेरिका से प्रकाशित 'फार्चून' नामक पत्रिका में अमेरिका की दस उच्चतम आयवाली महिलाओं में दो भारतीय स्त्रियों का नाम था। ६ जुलाई २००३ को 'द ऑब्जर्वर' में एक रिपोर्ट प्रकाशित हुई, ३८ साल की कैट स्वान नामक महिला उन सौभाग्यशाली महिलाओं में एक है जिन्होंने फार्चून १०० कंपनियों में से एक कंपनी, जिसका नाम डब्ल्यू. एच. स्मिथ है, की प्रमुख कार्यकारी अधिकारी निर्वाचित की गई, उनकी सालाना तनख्वाह थी ४७५,००० पौंड (लगभग ३ करोड़ ३२ लाख)। उनके पति माइकेल जो अब तक सैन्सबरी नामक कंपनी के फल-सब्जी विभाग के मैनेजर थे, सहर्ष ही उन्होंने दो बच्चों वाली गृहस्थी सम्हालने का जिम्मा ले लिया। यहाँ पति-पत्नी ने अपनी-अपनी परंपरागत भूमिकाएँ बदल डाली। पति ने घर पर रहना मंजूर किया और पत्नी बाहर। है न अच्छी बात! यही तो नारीवाद चाहता था कि औरत-मर्द में बराबरी हो, स्त्री को घर के कैदखाने से मुक्ति मिले। और भूमंडलीकरण के दौर में यही घट रहा है।

ब्रिटेन में १ लाख गृहस्थियाँ ऐसी हैं जिनका घरेलू संचालन पति करते हैं। और जिनकी संख्या बढ़ती जा रही है। हालाँकि भारत में शोध का यह नया विषय होगा मगर निजीकरण के दौर में बढ़ती हुई बेकारी के साथ यह भी घटा है कि पुरुष की नौकरी चली गई है या फिर वह अवकाश प्राप्त कर चुका है। या उसकी तुलना में पत्नी ज्यादा कमा रही है। क्या कामकाजी महिलाएँ इस भूमिका परिवर्तन से खुश होगी। आखिर इसमें हर्ज ही क्या है? यदि गृहस्थी का काम पुरुष करे, थकी-हारी औरत शाम को घर लौटे तो मुस्कुराता हुआ पति दरवाजा खोले, उसे चाय बनाकर पिलाये। बच्चों से कहे कि शोर मत मचाओ, मम्मी अभी थकी हुई आई है। और पत्नी अपने पति से कहें—चाय के साथ रोज तुम वही दो बिस्कुट पकड़ा देते हो, दिन भर घर बैठे क्या करते हो? कुछ नया नहीं पका सकते? नारीवाद को यह भूमिका परिवर्तन स्वीकृत होना चाहिए। अब तक नारीवाद यही तो कहता रहा कि स्त्री को तीन शिफ्ट काम करना पड़ता है जबकि पुरुष एक शिफ्ट काम करता है। अब स्त्री एक शिफ्ट काम करे और बाकी सुबह-शाम का काम पुरुष करे तो हर्ज क्या है? यह नयी लैंगिक अधिसत्ता है, स्त्री द्वारा पुरुष को मिला हुआ

नया अध्यादेश है। स्त्री स्वतंत्रता की जीत का नमूना है। लेकिन क्या सच में इसे जीत की संज्ञा दी जाए? क्या आदमी की तरह औरत भी एक सड़ी-गली अर्थव्यवस्था का शिकार हो जाए? व्यवस्था परिवर्तित करने के बदले औरत भी काम की मारी हो जाए? औद्योगिक क्रांति को हुए साढ़े तीन सौ साल गुजर गए हैं। आज तो हम उत्तर आधुनिक युग में आ गए हैं—लेकिन व्यवस्था तो वही की वही है। काम के लंबे-लंबे उबाऊ घंटे! कम्प्यूटर पर बैठी औरत और एक रोबो में क्या फर्क रह जाता है? यह कौन से नये सृजन का हिस्सा है? यह कौन-सी भागीदारी उसे हासिल हो रही है—स्त्री को जरा ठहर कर सोचना होगा। पुरुष जिन साँकलों को छोड़ रहा है उसे पहनकर आखिर स्त्री क्यों अपने-आपको गर्वित महसूस कर रही है? क्या इन बंधनों को, व्यवस्था के साँकलों को सहर्ष अपनाने का कारण स्त्री की मासूमियत नहीं? पुरुष ने तो इस गुलामी को तीन सौ साल झेला है, इसकी निरर्थकता तो बहुत से पुरुष समझ रहे हैं पर औरतों के मन में इसके प्रति बेहद आकर्षण है। औरत सहर्ष व्यवस्था की गुलामी करने को तैयार है।

नारीवाद का यह नया संस्करण है, जिसे मीडिया के माध्यम से पूँजीवाद बड़ी सफलता से भुना रहा है। स्त्री आंदोलन की उर्जा को भूमंडलीकरण के इस दौर में पूँजीवाद / नवउदारतावाद ने सोख लिया है और स्त्री का मोहक रूप बनाया जा रहा है, उसे ईनाम दिया जा रहा है—सफलता की इस चकाचौंध से खुद स्त्री अपना संतुलन खो रही है, आज वह घर की तमाम जरूरतों को बाज़ार में फेंक रही है, वह सबकुछ तैयारशुदा, बाज़ार से खरीदना चाह रही है, कहीं से कबाब, कहीं से रोटी, कहीं से मिठाई, बस हो गई पार्टी। बुटिक में जाइए, बढ़िया कपड़े खरीद लीजिए—वह अपना घर नहीं सजाती पर औरों का घर सजाने के लिए बाज़ार में नये-नये शीर्षकों के साथ स्त्री की सेवा उपलब्ध है, और अपनी इन सेवाओं की वह ऊँची से ऊँची कीमत लेती है। बाज़ार में उसकी बनाई हुई केक पेस्ट्रियों की कीमत है, बाज़ार में बैठकर यदि वह मेहंदी लगाती है तो इसकी कीमत है—ठीक ही तो कहता है बाज़ार—हम स्त्री श्रम का मूल्य जानते हैं और श्रम के सही मूल्यांकन से ही स्त्री की मानवीय गरिमा बचेगी। मुफ्त में खटने के बदले क्यों नहीं स्त्री वहाँ खटे जहाँ उसे दो पैसे मिलें।

पूँजीवाद के पास संप्रेषण का, उपभोक्ताओं से बातचीत का सबसे सशक्त माध्यम विज्ञापन है। प्रत्येक विज्ञापन में स्त्री उपस्थित है और उपभोक्ता

संस्कृति की संदेश वाहिका है, दूसरी स्त्रियों से वह कहती है तुम भी मेरी तरह बनो। मगर वास्तविक स्त्री एवं उसका यथार्थ गुम होता जा रहा है। क्योंकि उसके सपने कोई और बुनता है—विज्ञापन के द्वारा उससे कहा जा रहा है तुम ऐसी दिखो, ऐसा जीवन जीओ, व्यवस्था चलाने में इस तरह का सहयोग दो। न केवल अखबार और टीवी चैनल में बल्कि स्त्री पत्रिकाएँ भी इन्हीं सुझावों से भरपूर है। वे जो स्त्री की जरूरतों को समझने और अपनाने का दावा करते हैं वे भी बलात्कार या घरेलू हिंसा का मुद्दा तो उठाते हैं मगर उन मुद्दों का राजनीतिक संदर्भ काटकर। यदि स्त्री के प्रति आज भी हिंसा जारी है तो राजनीतिक पार्टियों, शासन व्यवस्था एवं पुलिस को इससे कुछ लेना-देना नहीं। पत्रिकाओं में आत्मस्वीकृति प्रकाशित होती हैं। मेरी निजी समस्याएँ क्या हैं और इनसे मैं कैसे बच पाई। इस प्रकार ये अखबार एवं पत्रिकाएँ उदारता का मुखौटा लगाने में सफल होती हैं—मगर रेडिकल संदेश देने से आज सभी बचना चाहते हैं। स्त्री को व्यवस्था से इतना डर कभी नहीं था। फिर आज यह डर क्यों? क्योंकि आज स्त्री समस्याओं का भी आधुनिकीकरण किया जा चुका है।

कभी स्त्री ने, पितृसत्ता द्वारा आरोपित भूमिकाओं के खिलाफ संघर्ष किया था, उनसे मुक्ति चाही थी। यह भी चाहा था कि स्त्री हो या पुरुष, अपनी आरोपित भूमिकाओं से मुक्त हो। उसने पुरुष की 'मर्दाना' छवि से मुक्ति चाही थी तो अपनी डरी-सहमी दासत्व की छवि से भी निजात पाना चाहा था। पुरुष घर में रहकर पालने झुलाये और औरत बाहर जाकर अर्थ कमाए, क्या यह नारीवाद का ही सुझाव नहीं था। और आज जब वही घट रहा है तब फिर आपत्ति कैसी? मौलिक उद्देश्य तो यही था कि समान सुविधा, समान वेतन, पुरुष हिंसा से मुक्ति, बच्चों के भरण-पोषण में शिशुसदन की पूरी सुविधा, गृहस्थी की उबाऊ कामों से मुक्ति—हाँ, उन्नत देशों में स्त्री को ये सभी सुविधाएँ हासिल हैं। भारत में एक ऐसा नव धनाढ्य, सशक्त वर्ग उभर रहा है जो इन सुविधाओं से लैस होता जा रहा है—मगर जरा गौर करें तो पाएँगे कि पूँजीवाद ने दमन के नये-नये तरीकों का ईजाद कर लिया है—पारंपरिक भूमिकाओं में थोड़ा-बहुत बदलाव तो आया है मगर इन नयी भूमिकाओं ने स्त्री की कमर तोड़ दी है, आज स्त्री को भी नयी लड़ाईयों में शामिल होना होगा—भूमंडलीकरण के दौर में वैतनिक कार्यों को भी अवैतनिक करार दिया जा रहा है—लचीली श्रम व्यवस्था के नाम पर काम के घंटे बढ़ा दिए गए हैं,

पति-पत्नी अधिक और अधिक काम इसलिए करते हैं ताकि ज्यादा पैसे मिलें और उन पैसों से ज्यादा उपभोग किया जा सके। ज्यादा मेहनत करने से स्वास्थ्य हानि, मानसिक तनाव तथा सम्बन्धों में दरार पड़ती है।

चालीस साल पहले नारीवाद पुरुष को दुश्मन समझ रहा था—आज नारीवाद की नजर में उपभोक्ता संस्कृति पर फलती-फूलती यह व्यवस्था है जो स्त्री एवं पुरुष दोनों को गुलाम बना रही है, स्त्री को इसी के खिलाफ संघर्षरत होना है, क्या हमारे जीवन का इतना भर उद्देश्य है कि हम अधिक से अधिक कमायें और अधिक से अधिक खर्च करें? माना कि भूमंडलीकरण के दौर में नारीवादी आंदोलन आज अन्य और आंदोलनों की भांति धीमा पड़ गया है। इसकी मांसपेशियाँ भी जकड़ी हुई है, मगर विडम्बना तो यह है कि नारीवाद को उपभोक्तावाद से कैसे संघर्ष करना चाहिए इसका सुझाव पुरुष दे रहा है। कुछ पश्चिमी देशों के विज्ञापनों में जब यह दिखाया गया कि मौम (माँ) तो सुपरवूमेन है—सब-कुछ करने में समर्थ मगर बेचारे डैड को न तो नैपी बदलना आता है और न चौके की सफाई। यानी मीडिया में स्त्री की तुलना में पुरुष की सहायक भूमिका की क्षमता को कमतर दिखाया गया। मीडिया के इस छुपे हुए व्यंग्यात्मक संदेश का वहाँ के कुछ पुरुषों ने तगड़ा विरोध किया, उनका कहना था कि आप स्त्री-पुरुष दोनों को समान स्तर पर रखिये—एक को ऊँचा, दूसरे को नीचा मत दिखाइये। अच्छी बात तो यह है कि पुरुष समाज को इसका पता चला कि इस तरह की स्टीरियो टाइप यानी एक की तुलना में दूसरे को कमतर दिखाना कितना आहत करता है।

कुछ स्त्रियाँ यह भी सोचने पर मजबूर हुई कि आखिर पुरुष सच में क्या चाहता है? जब औरत घर में कैद थी तब भी वह खुश नहीं था। जब वह बाहर की दुनिया में सफल हो रही है तब भी वह स्वयं को बौना महसूस करता है। आखिर इस पुरुष मानसिकता का कैसे विश्लेषण किया जाए—वैसे मेरा व्यापारिक अनुभव बताता है कि युवा स्त्री-पुरुषों को उनका बॉस स्त्री या पुरुष है इससे कोई फर्क नहीं पड़ता, बल्कि अधिकतर युवक महिला बॉस के अधीन काम करना पसंद करते हैं। आज अधिकतर नवयुवकों के अनुसार, पत्नी यदि ज्यादा कमाती है तो जरूर कमायें। इससे उनका बोझ कम होता है। उन्हें यह चिंता नहीं सताती कि कल को यदि मैं न रहूँ तो बच्चों का क्या होगा, इस पत्नी का क्या होगा। प्रेमिका यदि महँगे-महँगे उपहार देती है तो लेने में भला किसे आपत्ति होगी और इसके लिए यदि भावुकता भरी आँखों

से उसे ज्यादा कमाने के लिए उकसाना पड़े तो ऐसा भी कर लेंगे।

साधारणत: एक स्त्री की तुलना में पुरुष पाँच वर्ष कम जीता है, ज्यादा बीमार पड़ता है, ज्यादा हिंसक है, और ज्यादा सही ढंग से आत्महत्या भी करता है। और आज निजीकरण के दौर में हमारे देश में १० में ६ पुरुष बेरोजगार हैं। आनेवाले भविष्य में बेरोजगार पुरुषों की संख्या बढ़ेगी, घटेगी नहीं। आज का प्रबंधन पुरुष की तुलना में स्त्री को नियुक्त करना ज्यादा पसंद करता है, क्योंकि श्रमिक संगठन के आंदोलनों में स्त्री कभी ज्यादा सक्रिय नहीं होती है। लचीली श्रम व्यवस्था को वह सहर्ष स्वीकारती है। इसी कारण ठेकों और उप-ठेकों पर चलनेवाला निर्माता उद्योग क्रमश: घरेलू उद्योग में सिमटता जा रहा है जहाँ सस्ते श्रम के संसाधन के रूप में पहले से स्त्री मौजूद है और उपभोक्तावादी संस्कृति के निर्देशनों का पालन स्त्री ज्यादा तत्परता से कर रही है। बाज़ार जानता है कि स्त्री को बहलाना-फुसलाना ज्यादा आसान है।

वयस्क पुरुषों के अनुसार यह नया जमाना पुरुषों को चूड़ियाँ पहना देगा, उनके पुरुषत्व को कुचलकर रख देगा क्योंकि पुरुष भी अब ब्यूटी पार्लर में फेशियल करवाने जाते हैं, सार्वजनिक स्थलों पर औरतों की भाँति जार-जार रो सकते हैं। राजनीति के क्षेत्र में पश्चाताप में विरोधी पक्ष को सॉरी बोल सकते हैं। आखिर इराक के संदर्भ में बीबीसी से भी तो इंग्लैंड के सांसद कैम्पबेल ने क्या माँगा था? यही ना कि इस गलत खबर के लिए बीबीसी एक बार सॉरी बोल दे। पुरुषों ने तो हमेशा औरतों एवं बच्चों से सॉरी कहा है और उनके सात खून माफ हो जाते थे। अब आज पुरुष की तरह औरतों का भी स्वभाव हो गया है—वह भी समझती है कि सॉरी बोलने से अपराध कम हो जाता है। पुरुष भी आज औरतों की तरह उपभोक्ता सामानों पर बेहिसाब खर्च करते हैं। उन्हें भी खेलने के लिए नित नये इलेक्ट्रोनिक खिलौने चाहिए, महँगे से महँगे लेबल का सामान चाहिए—अपने ऊपर अब उसका भी खर्च बढ़ता जा रहा है। वह भी अपने लिए जीना चाहता है—स्त्री से उसका कहना है तुमको खर्च करना है तो तुम कमाओ, मुझे खर्च करना है इसलिए मैं कमाता हूँ। आखिर हमें यह ले कहाँ जाएगा? इसका अंत क्या होगा?

नयी-नयी स्वतंत्रता प्राप्त इन औरतों के बारे में कौन नहीं जानता, कम से कम टीवी में इनकी झाँकी तो जरूर देखी होगी। और यह भी समझा होगा कि इन खुशहाल स्त्रियों की बातचीत में आम स्त्री के लिए कोई स्पेस नहीं,

इन्हें उनके सुख-दुख से कोई लेना-देना भी नहीं, इनका कहना है हमने अपना रास्ता खुद चुना, सफलता की सीढ़ियों पर हम खुद चढ़ीं, हमने किसके कंधों का सहारा लिया? अरे आगे बढ़ना है तो पुरुषों का इस्तेमाल करना सीखो, तुम्हारी अपनी देह है उसको जैसे चाहो वैसे रखो, आखिर कब तक अपनी जरूरतों पर एवं मौज-शौक पर मध्यवर्गीय वर्जनाओं का ताला लगाये बैठी रहोगी। बात ठीक भी है। सत्ता और सुंदरता नारीवाद और उपभोक्ता समाज की मौज मस्ती, इन दोनों में सुलह हो ही गई है। नारीवादी खेमे में भी आज युद्धविराम का ऐलान हो चुका है। मगर यह सारी आपसी सौदेबाजी बाज़ार में हुई है। स्त्री जब बाज़ार में उतरी है तभी यह सौदेबाजी संभव हुई है। बाज़ार इतना सर्वव्यापी है कि फिलहाल स्त्री बाज़ार की भाषा में ही अपनी माँग, अपनी स्वतंत्रता अपनी पहचान का सवाल उठाती नजर आती है। उपभोक्तावादी संस्कृति स्त्री को सिखाती है कि तुम ज्यादा से ज्यादा उपभोग करो।

इस उपभोक्तावादी नारीवाद को कौन स्त्री नहीं स्वीकारना चाहेगी? इसे निगलना तो बड़ा आसान है, यह नारीवाद ही तो है जो आपसे अपने-आप को प्यार करना सिखाता है, अपनी आत्मछवि को सुधारने का आदेश देता है। स्त्री सोचती है यदि मैंने पैसा कमाया है तो मैं क्यों नहीं अपने-आप पर खर्च करूँ? मैं क्यों नहीं ऐश्वर्य राय की तरह 'डोला रे डोला' गाऊँ?

ऑड्री हैपबर्न की मैंने एक फिल्म देखी थी, 'हाउ टू स्टील ए मिलियन'। फिल्म में नायिका से कहा जाता है—तुम दुनिया में जाओ और लाखों डॉलर चुराकर दिखाओ। भूमंडलीकरण ने निस्संदेह औरत को और अधिक निश्चयी एवं आक्रमक बनाया है, आक्रमक तेवर के नमूने न केवल हमारी राजनेता महिलाएँ हैं, बल्कि साधारण स्त्रियाँ भी आक्रमक होती जा रही हैं। मायावती, ममता बनर्जी से लेकर उमा भारती, जयललिता तक सभी आक्रमक हैं। वैसे अब भी ये नेता, इंदिरा गाँधी के तेवर हासिल नहीं कर पाई हैं। नव-नारीवाद को इसमें कोई बुराई नजर नहीं आती। उनके अनुसार यह ठीक है, आखिर स्त्री क्यों न अहम पालें, थोड़ा अहम तो आत्मविश्वास को बढ़ाता ही है। यह तो सत्तर के दशक की नारीवादी चिंतक थी, जिन्होंने भोग की संस्कृति को गलत बताया, लड़कियाँ यदि सजती-सँवरती थी तो उनमें अपराधबोध उत्पन्न होता था। अपनी नजर में गिर जाती थी लेकिन समकालीन वक्त में पाँच सौ पाउंड की सालाना आय से वर्जिनिया उल्फ का खर्च भले ही चल जाए हमारा

नहीं चलने का। नारीवादी अमेरिकी लेखिका स्माइले का कहना है, 'हमें तो बहनजी की बिरादरी से अलग हटना है- बहनजी लोग रहें सादगी से, पहनें सादा लिबास, हमें तो जिंदगी चाहिए, हमें जीना आता है।' और नव-नारीवाद यही तो सिखाना चाहता है कि अपने-आपको प्यार करो, शान से जीओ। उपभोक्ता संस्कृति सुखदायी है, स्त्री का सम्मान करना जानती है, स्त्री की जरूरत का बाज़ार में ध्यान रखा जाता है। 'मुझे कपड़ों का शौक है, बदन पर नये से नये फैशन का कपड़ा मुझे राहत देता है। भला कोई मुझे रौंदकर आगे बढ़कर तो दिखाये।' ये उद्‌गार हैं नारीवादी जॉनेट ब्राउन के। मैंने उन्हें टीवी पर सुना था—शायद बीबीसी के किसी साक्षात्कार में। उनका कहना था, 'औरत होना और औरतपने को ओढ़ना-बिछाना गलत नहीं। मैं ऐसे काम करती हूँ जो बिल्कुल औरतों जैसे हैं, बखूबी उन भूमिकाओं को निभाती हूँ और वह काम भी करती हूँ जो औरतों जैसे नहीं हैं। मगर इससे मेरा व्यक्तित्व खंडित नहीं होता, उसमें दरार नहीं पड़ती, मै एक साथ दोनों भूमिकाओं से लैस हूँ। मैं फैशन पर भी लिखती हूँ तथा कठिन से कठिन, अमूर्त विषयों का विश्लेषण करने में भी समर्थ हूँ क्योंकि मैं एक भूमंडलीय नागरिक हूँ। हर स्त्री को यही करना चाहिए, अलग-अलग खेमों में न बँटकर नारीवाद एवं उपभोक्तावाद के बीच सामजंस्य बैठाने की चेष्टा करें। आखिर आप अमेरिकी संस्कृति और जीवन मूल्यों को पूरी तरह नकार तो नहीं सकते। अमेरिका का पर्याय है पूँजीवाद, जिसे नकारना संभव नहीं, वह हमारी जीवनधारा में घुल गया है। नकारने के बदले कॉरपोरेट पूँजीवाद को स्वीकारें, यह जानने की चेष्टा करें कि अपनी निजी हैसियत में आप कहाँ खड़ी हैं। नारीवादी होने का यह अर्थ तो नहीं कि हम उपभोक्तावाद का विरोध करें।' 'मैक्सी' पत्रिका की संपादक रोजमेरी का कहना है—'थोड़े अहम की गुंजाइश है, इससे लंबी लड़ाई लड़ने में सहायता मिलती है, आखिर क्यों नहीं हम इस बाज़ार संस्कृति की कुछ बातों को अपनाएँ, फैशन का जोखिम लें और अपने को सँवारे। इससे आत्ममुग्ध होने की जरूरत नहीं—मगर अपनी आत्मछवि को सुंदरता एवं सलीके से परोसना क्या बहुत गलत होगा?'

मध्यवर्गीय स्त्री चाहे जितनी भी गंभीर एवं महत्त्वकांक्षी हो इन विचारों से सहमत होगी, कौन नहीं चाहेगी घर के मुर्खीखाने से बाहर निकलकर खुली हवा में दौड़ लगाना। भारत की यह प्राचीन संस्कृति स्त्री की बैरन रही है, उसकी प्रत्येक उपलब्धि पर पानी फेरने में माहिर, जरा सी उपलब्धि से हम

औरतें सहम जाती हैं। परंपरा ने तो हमेशा हमें ढँककर रखा। अब नारीवाद भी वही शुद्धतावादी आग्रह रखे तो चल चुका काम, कौन अपनाएगा ऐसे नारीवाद को? हम तो ऐसे अपराधबोध से मुक्ति चाहती हैं। सत्तर की दशक की हमारी पुर्वजाओं ने हमसे कहा था, 'यह बनाव-श्रंगार है जो तुम्हें बेहोश किये रहता है, गहने-कपड़े की बेड़ियों में जकड़ी हुई तुम कैसे स्वतंत्र होओगी? कैसे तुम अन्य मुकामों पर संघर्षरत होओगी?' 'द बस्ट गाइड टू न्यू गर्ली आर्डर' में डेव्वी स्टोलर लिखती हैं—

> आप का परिचय ब्यूटी मिथ से हो चुका है। स्त्री की छवि निर्मित करने के लिए फैशन उद्योग कैसे महीन जाला बुनता है और स्त्री कैसे इस मकड़जाल में ब्यूटी के मिथक में फंसी रहती है यह तो आप जान चुकी हैं, मगर इस मिथक को तोड़ना होगा। एक और भिन्न लिंग धारण करना, एक नयी प्रजाति को निर्मित करना होगा। आखिर रहना तो हमें इसी भोगवादी संस्कृति में है। विचरना तो इसी बाज़ार में है। हमें अपने-आप से प्यार करना सीखना होगा। अपनी लिपस्टिक, अपने कपड़े, अपने जूते—फैशनपरस्ती जैसी और कोई मस्ती है ही नहीं। विशेषरूप से यही तो स्त्रियोचित है—हर मायने में यह स्त्री का क्षेत्र है।

लिपस्टिक-नारीवाद की इस चर्चा में कौन उलझे, भला किसकी हिम्मत है कि खद्दरधारी बहनजी लोगों का उदाहरण इनके सामने रखे या किसी संन्यासिनी का उदाहरण दे। फैशन से परहेज करने की सलाह नारीवाद नहीं दे सकता। यह तो एक सांस्कृतिक लड़ाई है और इसका विरोध करने का अर्थ हुआ शुद्धतावादी वर्जनाओं की वकालत करना। तब क्या हम यह मान लें कि नव-नारीवाद ने हमेशा के लिए उपभोक्तावाद से सुलह कर ली है? सवाल उठता है, संतुष्टि की खोज में आखिर स्त्री किस हद तक जाना चाहेगी? इसका मानकीकरण कौन करेगा, जरा इस पर भी गौर किया जाना चाहिए। धारा के विपरीत तैरने के बदले बहाव में खुद को ढीला छोड़ना ज्यादा आसान होता है। दिन पर दिन स्त्री के लिए निर्णय लेना, संतुष्टि के इन लुभावने सपनों को छोड़ना और कठिन होता जा रहा है। बाज़ार में उपभोक्ता की हैसियत से जाना, खरीदारी करना, चीजों का संग्रह करना किसे नहीं अच्छा लगा—इससे जिंदगी जीने लायक लगती है।

यह नव-नारीवादी विचारधारा वास्तव में नारीवाद के तीसरे दौर की नारीवाद की प्रतिक्रिया है। दूसरे दौर में प्रमुख अमेरिकी नारीवादी बेट्टी फ्रीडमेन की पुस्तक, 'द फैमिनिस्ट मिस्टिक' वास्तव में अमेरिकी समाज की उपभोक्तावादी संस्कृति के दमघोटूँ वातावरण की प्रतिक्रिया में प्रस्तुत किया गया विमर्श था। उन दिनों शापिंग के अलावा पश्चिमी स्त्री के पास और कुछ

काम था भी नहीं। फ्रीडमेन का कहना था, स्त्री अपनी पहचान और उपलब्धि के लिए कुछ भी करे। तोड़-जोड़ करनेवाले बिचौलिए उसकी कामना की संतुष्टि के लिए जो परोस दे, औरत उसे ही हासिल करने में लग जाती है जो कि गलत है। कामना संतुष्टि भले ही हो जाए मगर वैचारिक स्तर पर वह कमजोर रहती है। जबकि स्त्री पहचान की भूखी है और पहचान स्थापित करने के लिए वह इन उपभोक्ता वस्तुओं की शिकार होती है क्योंकि ये चीजें उसकी पहचान को स्थापित करने का वायदा करती हैं। चीजों की खरीद से एक हैसियत बनाना ज्यादा आसान है। बनिस्पत इसके कि वह दुनिया में जाए और मेहनत से कुछ हासिल करे। उसके लिए ये सारी काम्य वस्तुएँ यौन संतुष्टि का माध्यम हैं, वह इन्हें पाना चाहती है। उपभोक्तावाद ने औरत के लिए एक खूबसूरत जेल का आविष्कार किया है, जिससे सत्तर के दशक की नारीवादी स्त्रियाँ मुक्ति चाहती थीं। बेट्टी फ्रिडन को सत्तर के दशक में अभूतपूर्व सफलता मिलती है, स्त्रियों ने धरने दिए, नारा लगाया और विश्व सुंदरी प्रतियोगिता में भाग लेने से इंकार कर दिया।

अपनी प्रमुख पुस्तक 'बैकलैश' में १९९२ में सूसन फालुदी कहतीं हैं कि, बाज़ार संस्कृति को अपनाने का अर्थ हुआ आधुनिक स्त्री आंदोलन को कफन ओढ़ाना। सत्तर के दशक में नारीवादी स्त्रियों ने हालाँकि मेकअप, फैशन, रोमांस का विरोध नहीं किया था, मगर ये सौन्दर्य प्रसाधन और भोगवादी संस्कृति स्त्री को कैसे जींस में परिवर्तित करते हैं इस पर जरूर प्रकाश डाला था। मगर नब्बे के दशक तक आते-आते बहुतों के विचार बदल जाते हैं। स्त्री की भूमिका में नये-नये आयाम जुड़ने लगे, भोगवाद, सेक्सवाद सभी का प्रचलन बढ़ा। १९९३ में नाओमी उल्फ की पुस्तक 'फॉयर विथ फॉयर' प्रकाशित हुई जिसमें उन्होंने स्त्रियों से अपील की कि अपने उत्पीड़न की चर्चा के बदले अच्छा होगा यदि स्त्री-पुरुष, सेक्स एवं सौन्दर्य को अपनाकर चलें। अंगारों से अंगारे टकराए, भय कैसा, बंधन कैसा, लज्जा कैसी? खुलकर खेलो और जीओ। पुरुष की कामना तो वह सूरज है जिससे स्त्री खिलती है। लेकिन इसमें बाधक हुआ एड्स का भय। जो यौन आखेट में सबसे बड़ी बाधा के रूप में अमेरिकी स्त्रियों के जीवन में छा गया। यह ऐसा पर्दा है जिसके संदर्भ में जीवन में आनंद ही नहीं बचता।

वर्तमान नारीवादी दौर में स्वतंत्र होना, बंधन मुक्त होना ही युगधर्म है। लड़कियाँ भी दोस्त हो सकती हैं, पुरुष तो महज एक पात्र है, वह महानायक

होने से रहा। 'कूल' और 'फन' ये दो शब्द बेहद महत्त्वपूर्ण हो गए। दिखने में तुम 'कूल' लगो, यानी फैशनेबल लगो, मोहक लगो। कपड़े खरीदना आनंददायी है, मन ताजा हो जाता है। जिंदगी को तेज रफ्तार से जीओ। निषेध की मायूसी नहीं, वर्जनाओं की खाई नहीं। सबकुछ संभव है, हर तरह के आनंद के प्रति बस अपना निषेधक रवैया बदलो। सत्तर की नारीवादी स्त्रियों ने जिस पारंपरिक औरतपने को नकार दिया था, नव-नारीवाद उसे ही अपनाता जा रहा है, सशक्त, स्वतंत्र, उपभोक्तावादी उपलब्धियों से भरपूर स्त्री को स्त्री संस्कृति का प्रतिनिधित्व करनेवाली कहा जाता है। इनका कहना है हमारी पुर्वजाओं ने जिस पहचान को स्थापित करने की चेष्टा की थी हमने आज उस पहचान को हासिल कर लिया है। आज की स्त्री अपनी स्वतंत्र पहचान के साथ खड़ी है, वह स्थापित है, सत्ता के साथ सीधी बातचीत करने में समर्थ हैं। नारीवाद से उत्तर आधुनिक स्त्री का कहना है हमसे हमारी मस्ती मत छीनो, ये चूड़ियाँ, ये बालियाँ, ये झालर हमारे खिलौने हैं, इन्हें हमारे पास रहने दो, यदि हम गुड़िया सी सजती हैं तो हमें अपराधी मत बनाओ, ऊँची एड़ी के सैंडल खटखटाना हमें अच्छा लगता है तो तुम इससे क्यों जलती हो, क्यों हमारा सुख छीनती हो, तुमने रखी होगी सादगी, हमें नहीं चाहिए वह सादगी। बहुत दब लिये। कैरोलिना गिल्लीगैन ने १९९३ में अपनी पुस्तक, 'इन एँ डिफरेन्ट वॉयस' ने लिखा है, 'बचपन में सशक्त दिखने वाली लड़कियाँ, औरत होने पर इतना कमजोर क्यों हो जाती हैं? उनका आत्मविश्वास इतना ढह क्यों जाता है? क्योंकि तरुणाई में उनपर समाज का दबाव बढ़ जाता है। निर्भीक, साहसी लड़की बड़ी होकर एक पत्थर की मूर्ति में तब्दील हो जाती है—यह हमारी अपनी गलती है, हम खुद अपने डैने छाँट देती है।'

वैसे भूमंडलीय दौर में उपभोक्तावादी संस्कृति का बहिष्कार संभव भी नहीं। इसे रोकने में सभी असमर्थ हैं। और स्त्री संन्यासिनी होना नहीं चाहेंगी, तब क्या हम इसे नारीवाद का वैचारिक संकट कहें? पूरे नब्बे के दशक में स्त्री की जो छवि उभरती है उसे संबोधित करते हुए 'बॅस्ट' पत्रिका की संपादिका लकी का कहना है कि, 'आज की स्त्री एक सबलीकृत इंसान की छवि पेश करना चाहती है—आज की नायिका रोती-बिसूरती नहीं, वह शक्ति सम्पन्न है, सत्ता के साथ मोल-भाव करने में सक्षम, वह सदाबहार दिखना चाहती है। इसके लिए वह डॉयट, कसरत, मालिश, नये से नये फैशनबल कपड़े-गहने सभी कुछ चाहती है—वह अपनी बेटी जैसी दिखना चाहती है।'

सत्तर के दशक में सीमोन ने लिखा था—'चेहरे पर एक हल्की सी झुर्री, लिपस्टिक का होठों पर जरा-सा छितरा जाना, उसका सारा दिन खराब करने को काफी है, स्त्री को यदि मुक्ति चाहिए तो पहले गहने-कपड़ों से, प्रसाधन से मुक्ति ले। ये तो बेड़ियाँ हैं जिन्हें अबतक अज्ञानतावश वह पहनती रही और वस्तुरूप में स्वयं को पेश करती रही।'

मगर नव-नारीवादी स्त्री का कहना है हम अपने लिए जीती हैं, आखिर इसमें बुराई क्या है? यदि हम तीस डॉलर की लिपस्टिक और तीन सौ डॉलर के जूते खरीदें, यदि हम आत्म-सजग हैं, अपने को एक कलाकृति के रूप में पेश करती हैं, यदि हम धृष्ट हैं, तेज-तूफानी हैं, मुस्कुराती नहीं, बल्कि खिलाखिलाकर हंसती हैं और जिंदगी जीना जानती हैं तो इसमें बुराई क्या है? आपको हम आत्मग्रस्त लग सकती हैं, पर अपनी आत्मग्रस्तता से हम परेशान नहीं—बाज़ार में सबसे अच्छी खरीददार भी हमीं है। मगर सत्तर के दशक की नारीवादी स्त्रियाँ सोचेंगी कि आखिर आज की यह औरत इतनी खर्चीली क्यों है, वह कैसे ब्यूटी पार्लर में फेशियल का हजार रुपये और देह पर मालिश का ढाई हजार दे सकती है, हम तो ऐसे खर्च करना कभी सोच भी नहीं सकते। क्या उपभोक्तावाद एक और बड़ी गुलामी नहीं जिसे आज की स्त्री स्वेच्छा से अपनाती जा रही है।

प्रॉडा की नयी लिपस्टिक यदि पंद्रह सौ रुपये की है, जीन यदि ढाई हजार का है, रितु कुमार के बुटिक के सलवार सूट की औसतन कीमत दस हजार है—तो उन्हें खरीदने में हर्ज क्या है? आखिर क्यों नहीं हम पैसा उड़ाएं? एक सफल जिंदगी जीकर दिखाएँ। अपने बचाव में नारीवाद इन्हें शामिल करना भी चाहेगा और कहना चाहेगा कि, नारीवाद का यह उद्देश्य कभी नहीं रहा कि स्त्री में उपभोग के प्रति अपराधी भाव पैदा हो। नारीवाद स्त्री में अपराध बोध नहीं पैदा करता बल्कि यह मीडिया की मुख्यधारा है जिसने नारीवाद को बदनाम किया है। नारीवाद ने औरतों से कभी नहीं कहा था कि मेकअप मत करो या आकर्षक मत दिखो या फिर पुरुष से दोस्ती मत करो मगर इन कामों को औरतों वाला काम कहना गलत है। ऐसे वर्गीकरण का फायदा पुरुष उठाता है जो कि औरत के हक में नहीं। यदि नव-नारीवादी स्त्री अन्य प्रत्येक स्त्री की स्वतंत्रता की पक्षधर है तो वह यदि मेकअप करती है तो कोई गलत नहीं करती, बड़े शौक से वह मेकअप करे। स्त्री की क्रयशक्ति बढ़ी है और वह जो चाहे सो खरीद सकती है—लेकिन इस धन से यदि वह

केवल झुनझुने बटोरना चाहे तो यह उसकी मर्जी, बाज़ार के इशारे पर कठपुतली की तरह नाचना चाहे तो यह भी उसकी मर्जी। मगर स्वतंत्रता के बदले और बड़ी गुलामी को अपनाना क्या स्त्री के हित में जाएगा? प्रतिक्रिया में वह चाहे जो कर सकती है, लेकिन उसके पोर-पोर से फूटती हुई निराशा है। अपनी पूर्वजों के प्रति उसका जो आक्रोश है, वह वास्तव में एक गहरे विरोधाभास का परिचायक है, जिसे वह अपनी पूर्वजों पर प्रक्षेपित कर रही है। वास्तव में नव-नारीवादी स्त्रियाँ यह कहना चाहती है आखिर मेरी माँ ने मुझे ऐसी दुनिया दी क्यों जहाँ दिखावा, ऊपरी साज-सज्जा और सजावट ही सबकुछ है, जहाँ बिना दिखावे के आप कुछ हासिल ही नहीं कर सकते, आपका दैहिक आकर्षण, आपका ग्लैमर ही बाज़ार का ध्यानाकर्षित करता है। सूसन फालुदी का कहना है गहराई से सोचें तो पाएँगे कि औरत के अनुसार, इस उपभोक्ता संस्कृति में खरीदारी ही सबसे महत्त्वपूर्ण काम बना दिया गया है।

औरत हर समय कुछ न कुछ खरीदती रहती है। लेकिन सारी खरीद-फरोख्त के बाद उसे गहरी निराशा घेरती है। सबकुछ बड़ा बेमानी और निरर्थक लगता है, चीजें उसके खालीपन को भरती नहीं—और जब वह अवसादपूर्ण हो, खुद को दुनिया में खोया-खोया महसूस करती हों तब स्वाभाविक है कि वह स्वयं को बहाव में ढीला छोड़ देना चाहेगी। विरासत में यदि कुछ मूल्य न मिले तो क्रोध आना स्वाभाविक है। लेकिन ये कपड़े-गहने महज कुछ क्षण गुदगुदाने की संभावना रखते हों, मगर कब तक? खरीददारी की सारी उत्तेजना की हवा निकल जाती है, आप वहीं के वहीं रहते हो, एक कदम आगे नहीं बढ़ते। यदि कोई सोचती है कि प्रॉडा की लिपस्टिक और रीतु कुमार या रोहित बल के कपड़ों से उसकी जिंदगी की गुणवत्ता बदल जाएगी तो वह भ्रम पालती है—विज्ञापनदाता कंपनियाँ जरूर स्त्री को लुभाने और फुसलाने की चेष्टा करेगी और उनके बहकावे में आकर स्त्री उन चीजों को खरीद भी लेगी मगर हर दिन, हर क्षण स्त्री का इन चीजों से मोहभंग होगा, जिस खुशी का बाज़ार ने उससे वादा किया गया था वह खुशी तो उसे मिलने से रही- बल्कि समूचे सरो-अंजाम, उसकी महत्त्वकांक्षा, आशा, प्रयास पर पाला पड़ जाएगा। उपभोक्ता संस्कृति को अपनाना नारीवादी राजनीति की दृष्टिकोण से परेशानी पैदा करनेवाला है, 'मुझे मेरा मिल गया, तुम्हारा तुम जानो'। यह पूरा कथन आत्मग्रस्तता की बू मारता है। इससे भी अधिक कुछ

और है जीवन में—जिसे अपनाना होगा। उपभोक्ता संस्कृति से यदि निराशा मिलती है तो स्त्री इस संस्कृति में अपने आपको पुनः खोजने का प्रयास कर सकती है। 'डिपार्टमेंटल स्टोर की तेज रोशनी में चमकती हुई चीजों को देख उसका जी घबरा गया, उसे उबकाई आने लगी, वह सोचने लगी आखिर किस उन्माद के वश वह यहाँ खिंची चली आई?' (*सीमोन द बोउवार : ए वैरी इज़ी डेथ*)

एक सीमा तक औरतपने का उत्सव मनाना गलत नहीं, किंतु क्रमशः कल तक जो सुहानी धृष्टता लगती थी आज एक रुग्णता में बदल जाती है। और ये खर्चीली आदतें बोझ बनने लगती हैं। आपको केवल मस्ती भरी चितवन ही नहीं बल्कि एक जिम्मेदार नागरिक भी नजर आना है। मैं यह नहीं कहती कि सजना-सँवरना छोड़ दीजिए, मगर बाज़ार के केंद्र में एक सशक्त उपभोक्ता के रूप में यदि आप हैं, तो बाज़ार की नजर आप पर नहीं आपके पर्स पर है। रुपये निकालिए मगर सोच-समझकर खर्च कीजिए। साथ ही नारीवाद का एक छोटा-सा संदेश याद रखिये, भूमंडलीकरण के दौर में आप कमाने निकली हैं, आपकी क्रयशक्ति बढ़ी है, पहले की अपेक्षा आपका पर्स भारी है लेकिन मेहनत से कमाए हुए धन के प्रति आपकी भी कोई जिम्मेदारी है, इसे आप किसी अच्छे काम में खर्च कर सकती हैं। औरत, औरत की दुश्मन नहीं दोस्त है। माँ-बहन और बेटी हैं, किसी अन्य औरत को इस धन की बेहद जरूरत हो सकती है। इस धन से किसी वृद्धाश्रम का एक कमरा बनवा कर, किसी अंधे का इलाज करवा के, किसी बच्चे की स्कूल फीस चुका कर आप बता सकती हैं कि स्त्री सब कुछ करने में समर्थ है। क्योंकि जिंदगी केवल उपभोग नहीं, केवल बनाव-श्रृंगार ही नहीं, कुछ और भी है। जिंदगी में उसे खोजना चाहिए

इसमें कोई शक नहीं कि नव-नारीवाद एक प्रतिक्रिया से गुजर रहा है। लेकिन मैं कहना चाहूँगी कि यह प्रतिक्रियाएँ सही हैं। रिनी डैनफिल्ड का कहना कि पुरानी पीढ़ी का नारीवाद शुद्धतावादी आग्रह रखता है और नव-विक्टोरियाई जमात का हिस्सा है, सही नहीं माना जा सकता। नव-नारीवादी रिनी डैनफिल्ड एक साहसी लेखिका हैं और उनका लेखन कुछ ऐसे सवाल उठाता है जो उनकी पूर्वजाओं को परेशान करेगा।

वास्तव में सत्तर के दशक में किये गए स्त्री संघर्ष का ही परिणाम है कि स्त्री आज सबलीकृत होने का दावा कर सकी है। आज यौनवाद, जाति और

वर्गवाद की समस्याओं पर स्त्री ज्यादा सशक्त रूप से बोल पा रही है। मानव अधिकार के लिए किये गए अन्य संघर्षकर्ताओं के साथ स्त्री कंधे से कंधा मिलाकर बहुतेरे मुकामों पर लड़ रही है। सन् १८५१ में अश्वेत नारीवादी सोजोन ट्रुथ की प्रसिद्ध लाइनें थी जो आज भी स्त्रियों द्वारा किये गए प्रत्येक आंदोलन की पहली गूँज है। १८५१ में जब मतदान के अधिकार के लिए स्त्रियाँ संघर्ष कर रही थीं तब श्वेत स्त्रियों के सम्मेलन में इस अश्वेत महिला ने दहाड़ते हुए बस इतन ही पूछा था—'क्या मैं औरत नहीं हूँ? मेरे भी हाथ-पाँव, नाक-कान तुम्हारे ही जैसे हैं, मैंने भी अपने बच्चों को जन्म दिया है, उसे दूध पिलाया है। मुझसे कहो किस मायने में मैं तुम्हारी जैसी औरत नहीं हूँ?' आज भूमंडलीकरण के परिवेश में यह बात और सटीक उतरती है।

स्वतंत्रता का अधिकार हर वर्ग और जाति को है और समाज में स्त्री संपूर्ण रूप से राजनीतिक, सामाजिक और आर्थिक समानता के लिए सामूहिक स्तर पर संघर्षरत है मगर नारीवाद को देश-काल और स्त्रियों की समस्याओं के अनुरूप आकार ग्रहण करना पड़ता है। अधिक से अधिक संख्या में स्त्रियाँ नारीवाद के बाहरी और भीतरी परिभाषाओं को नया आकार देती है। कुल-मिलाकर यह सवाल उठता है कि आखिर हम स्त्री होना किसे कहेंगे? केवल जैविक आधार पर तो कोई स्त्री नहीं कहला सकता, समाज का उस पर प्रभाव पड़ता है और इन प्रभावों को आत्मसात कर वह एक भिन्न रूप में उभरती है। वर्तमान भूमंडलीय दौर में क्या इसी स्त्री को वास्तविक स्त्री कहा जाए? यदि नहीं तो स्त्री संस्कृति के अनुसार स्त्री होने की शर्त क्या है? क्योंकि आज स्त्री का एक नया रूप मूर्तिमान होता जा रहा है। यह स्त्रियाँ स्वयं को सत्तर के दशक की नारीवाद की कार्यकर्ताओं से बिल्कुल अलग रूप में पेश कर रही हैं और अपने साथ में पुरुषों को भी साथ लेकर चलने का दावा करती हैं। इनका कहना है जब तक हमारे सम्मेलनों में पुरुष मौजूद नहीं होंगे वे हमारी समस्याएँ नहीं समझेंगे, तब तक हमारे प्रति कैसे सहानुभूति जताएँगे। हालाँकि दूसरे दौर के नारीवाद के लिए जो व्यक्तिगत है वही राजनीति भी यानी स्त्री का राजनीतिक दृष्टिकोण उसके व्यक्तिगत दमन और शोषण से ही निर्धारित होता है। आज की स्त्री कुछ छोड़ना नहीं चाहती है। उसे अपनी देह से प्यार है, अपनी यौन जरूरतों को वह खुलकर समाज के सामने रखना चाहती है। (*आउटलुक,* २४ नवम्बर २००३) और यह भारतीय परिवेश में भी घट रहा है। पोला कैमन की पुस्तक 'हर वे' स्त्री की यौन एंजेसी और

यौन संतुष्टि पर प्रकाश डालती है। युवा स्त्रियाँ अपनी दैहिक छवि पर विस्तार से लिख रही हैं। उनका कहना है कि स्त्री की देह विद्रोह भी करने में समर्थ हैं और स्त्री को संतुष्टी देने में भी समर्थ है। फिलिप चैल्सर ने अपनी पुस्तक, 'वुमेन एंड मेडनैस' में स्त्री मनोविश्लेषण पर विषद चर्चा करते हुए यह दिखाया कि स्त्री मानसिकता, पितृसत्तात्मक संस्कृति से निर्धारित होती है। मानसिक रोग एक प्रकार से पितृसत्तात्मक संस्कृति के प्रति स्त्री के प्रतिरोध की ही अभिव्यक्ति है। अवसाद और आत्महंता की भावनाएँ वास्तव में स्त्री के आंतरिक जगत पर प्रकाश डालते हैं। रासायनिक असंतुलन और वंशागत प्री-डिस्पोजिशन वास्तव में मानसिक रोग का कारण है। इनके अनुसार यदि स्त्री को बार-बार पागल कहा जाए तो वह पागल के जैसा व्यवहार करने लगती है।

नारीवाद एक आधुनिक आंदोलन रहा है। ६० से अस्सी के दशक का नारीवाद सामाजिक आधुनिकता के उन चुनौतियों का प्रतिनिधित्व करता है जो चुनौतियाँ पूँजीवादी आधिपत्य को दी गई थी। नारीवादी चुनौतियाँ इसलिए सफल होती है क्योंकि अस्सी के दशक तक आधुनिकता, उत्तर-आधुनिकता में बदल चुकी थी और उसके साथ परा-राष्ट्र पूँजीवाद, बाज़ार व्यवस्था, भूमंडलीकरण तथा सूचनाकरण आ चुका था। औपनिवेशिकता का अंत हो गया था और डायस्पोरिक समाज ज्यादा व्यापक हो गया था। सूचना के संजाल से यह आशा की गई कि नारीवाद में परिवर्तन आएगा। अब किस हद तक परिवर्तन होगा इसका अंदाजा लगाना कठिन था मगर उत्तर-आधुनिकता का लिंग, जाति और वर्ग पर प्रभाव पड़ना स्वाभाविक था। इसे ही हम उदारतावादी राजनीतिक परंपरा के रूप में जानते हैं। कुल-मिलाकर नारीवाद आधुनिकता के सामाजिक, राजनीतिक मुद्दों से हटकर राजनीतिक सक्रियता की संक्रांति के मुद्दे पर स्थिर हो गया है। यानी आज सिद्धांत से अधिक वास्तविक दुनिया में आप कितने सक्रिय हैं और यदि नहीं हैं तो इसका क्या कारण है, नारीवाद के सामने यही सवाल था।

पूर्वज जैसे शब्द आखिर किस विचारधारा को प्रस्तुत कर रहे हैं? क्या इस शब्द से केवल उम्र का बोध होता है? क्या इसके कारण हम पहली और दूसरी पीढ़ी की नारीवादी कार्यकर्ता किसी एक स्थायी चौखटे में बंद नहीं, जबकि सच्चाई तो यह है कि पहली और दूसरी पीढ़ी की नारीवादी स्त्रियाँ अब भी अपने विचारों को विकसित कर रही हैं। अनुभवजन्य विचारों को

काम में ले रही है और मौजूदा भूमंडलीय परिवर्तन को ध्यान से देख रही हैं। माना कि नयी पीढ़ी कुछ नये मुद्दों को उठा रही है मगर इससे पीढ़ियों का अंतराल तो समझ में नहीं आता। वास्तव में यह आक्रमण समाजवादी नारीवाद पर है। एक ओर नारीवाद उस विचारधारा का समर्थक है जो परिवर्तन के दौरान व्यक्तिगत उपलब्धि को ज्यादा तरजीह देता है, तो दूसरी ओर वे स्त्रियाँ हैं जो स्त्री दमन को पूँजीवादी आर्थिक निर्धारण और विचार व्यवस्था से जोड़ना चाहती हैं। मुक्ति का मुद्दा सबलीकरण से जुड़ा हुआ है। इसी की तस्वीर हमने *आब्जर्वर* और *इंडिया टुडे* में देखी थी बल्कि *इंडिया टुडे* यहाँ तक दावा करता है कि चुनाव में महिलाओं की जीत का कारण बड़ी मात्रा में महिलाओं का महिला उम्मीदवारों को वोट देना था। यदि आप स्त्री को एक स्वतंत्र व्यक्ति के रूप में देखना चाहते हैं तो आप भी किसी संस्था का दबाव नहीं स्वीकारना चाहेंगे। और व्यवस्था के विरोध में विमर्श प्रस्तुत करना चाहेंगे। व्यवस्था में स्त्री की क्या संभावना थी इस मुद्दे को सीमित नहीं करेंगे। अत: व्यवस्था में रहकर आप वहाँ क्या परिवर्तन ला सकती थीं, इसकी संभावना प्रस्तुत करना होगा। यह कहना कि स्त्री अपनी निष्क्रियता और दयनीयता से ऊपर उठे, तो मेरी समझ में उत्पीड़न की चर्चा ही उसे मजबूत बनाती है। बिना अपनी स्थिति के आकलन में परिवर्तन नहीं होता और स्थिति के आकलन के दौरान यानी आकलन करने वाला जब दयनीयता की चर्चा करता है तो वह दयनीय नहीं रहता। वह सबलीकृत होता चला जाता है। नव-नारीवादी रॉल्फ हॅफसोमर्स एवं रीनी डैनफिल्ड को इसका ज्ञान नहीं कि दृष्टिकोण कैसे बनता है। दृष्टिकोण तो इतिहास के किसी क्षण में किसी विशेष बौद्धिक एवं सांस्कृतिक क्षण में बनाया जाता है। बिना इतिहास बोध आप आंदोलन को दिशा-निर्देशन कैसे देंगे, यह एक अहम सवाल है। यह भी सही है कि संस्थाओं के भीतर पितृसत्ता के दमन के कारण हम अपने दृष्टिकोण का सक्रिय पक्ष कैसे विकसित करें, इसे भी जानना होगा है।

नारीवादी आंदोलन का भविष्य

क्या नारीवाद अपनी सफलता से खुद ही कुंठित हो गया है? भूमंडलीकरण के कारण व्यापक स्तर पर आर्थिक स्वतंत्रता के साथ स्त्रियाँ अब नारीवादी कलेवर उतार फेंकना चाह रही हैं या फिर नारीवाद ने मातृत्व का गौरव गान नहीं किया? विशेषकर पारिवारिक घर-तोड़क दृष्टिकोण के कारण नारीवाद

का अवमूल्यन हुआ है, या फिर यह यह लगभग प्रभावशून्य हो गया है।

सबसे बड़ी समस्या तो स्त्री आंदोलनकारियों में बढ़ता हुआ वर्ग भेद है। शक्तिशाली और समृद्ध स्त्रियाँ उन कारणों पर ध्यान नहीं देना चाहती या सक्रिय होना नहीं चाहती जो गरीब स्त्रियों के हक में है। राज्य की कल्याणकारी योजना यदि क्षीण हो रही है तो बहुतों का यह सोचना है कि हमें क्या। राज्य यदि दमन का सहारा लेता है, खासकर धार्मिक मतांधता के साथ सक्रिय होता है तो स्त्रियाँ भी इस दमन में साथ देती हुई नजर आ रही हैं। उन्हें फर्क नहीं पड़ता यदि किसी विधर्मी गर्भवती स्त्री का बलात्कार होता है। उनके अनुसार हम ठीक हैं और जब तक हम ठीक रहेंगे हमें दूसरे की चिंता से मतलब? इसी प्रकार पहली दुनिया की स्त्रियाँ तीसरी दुनिया की स्त्रियों की चिंता करने से कतराती हुई दिखाई पड़ रही हैं। वे 'कास्मेटिक सर्जरी', 'ईटिंग डिस्आर्डर' आदि के मुद्दों के अलावा अन्य सामाजिक मुद्दों पर खामोश नजर आती हैं, बल्कि सुख-सुविधा संपन्न स्त्रियाँ चाहे अमेरिका हो या भारत कमजोर गरीब स्त्री के श्रम का शोषण करने से भी नहीं चूकती। ऐसी बहुतेरी स्त्रियाँ हैं जो अपनी घरेलू नौकरानी तथा नर्स आदि का शोषण करती हैं। और शोषण के इन मुद्दों पर दूसरे दौर की नारीवाद का ध्यान ही नहीं गया था। नव-नारीवादी स्त्रियाँ भी इस पर ध्यान नहीं दे रहीं। वे स्त्री स्वतंत्रता की चर्चा तो करती हैं, मगर इसके दौरान अपने कैरियर की चिंता ज्यादा करती हैं। वे अपने पेशे में डॉक्टर, वकील, इंजीनियर की हैसियत से आगे नहीं बढ़तीं। बहुत हुआ तो कुछ सार्वजनिक मंचों पर भाषण दे दिया या थोड़ा-बहुत दान कर दिया पर सक्रिय रूप से ये व्यवस्था के खिलाफ नहीं जातीं। नारीवाद को अब आंदोलन को आगे बढ़ाना है। स्त्री को संविधान और कानून में समानता मिल भी जाए तब भी पुरुषों की भांति ये भी अपने व्यक्तिगत कैरियर में उलझी रहती हैं। तब क्या नारीवाद व्यापक सामाजिक फलक की संस्थाओं में सुधार और श्रम तथा स्वास्थ्य के सुविधा आदि पर ध्यान देगा? आखिर स्त्री को सत्ता क्यों नहीं मिल रही यह अपने-आप में एक अहम सवाल है। भारत जैसे देश में अब भी मुख्यधारा में स्त्रियों की संख्या प्रायः नगण्य है। क्या कारण है कि राजनीति में वे आ नहीं पा रही और यदि आ भी जाती हैं तो ऐसे बहुतेरे मंत्रालय हैं, विशेषकर रक्षा मंत्रालय, विदेश, गृह मंत्रालय जिसमें स्वतंत्रता के ५५ साल बाद कोई स्त्री मंत्री नहीं बनी है। सोपानीकरण की परंपरा में यदि वह प्रधानमंत्री बनी है तब भी पुरुषों की भांति

आचरण करने को बाध्य हुई, जैसा कि इमरजेंसी के दौरान इंदिरा गाँधी ने किया था। जनतंत्र की हत्या का प्रयास कोई भी स्त्री नहीं कर सकती।

वास्तव में नारीवाद का दुश्मन न तो पुरुष है और न तो पितृसत्तात्मक सामाजिक व्यवस्था। पितृसत्ता का सामना करना नारीवाद को आ गया है। बल्कि नारीवाद का असल दुश्मन है कॉरपोरेट पूँजी जिसको अब तक नारीवादी स्त्रियाँ सही परिप्रेक्ष्य में समझ नहीं पाई हैं। समाज और संप्रदाय तथा परिवार पर दबाव कॉरपोरेट पूँजी से पड़ता है। यही वह पूँजी है जो कैरियर की सफलता और पैसा कमाने को ही सर्वोपरि मानता है और धीरे-धीरे न केवल पुरुषों को बल्कि स्त्रियों को भी एक 'वर्क होलिक' आत्म में परिणत कर देता है। ये नये कॉरपोरेट शहर हैं, यानी कॉरपोरेट कैम्पस जहाँ कर्मचारियों को घर जैसी सुविधा दी जाती है। कार्य क्षेत्र ही घर जैसा हो जाए तो वापस घर जाने की जरूरत ही नहीं। इन आफिसों में समाज सेवा की भी सुविधा है। यहाँ डॉक्टर हैं, शिशुसदन हैं। इन्हें कॉरपोरेट सिटी कहते हैं। जो लोग इनका हिस्सा हैं उन्हें हर तरह से सुरक्षित रखा जाता है। उन्हें उनका पूरा दाय भाग दिया जाता है और जो इनका हिस्सा नहीं है उन्हें वे राज्य व्यवस्था द्वारा दी जाने वाली अपर्याप्त सुविधाओं में ही संतोष पाना होगा। सूजन फालुदी भी इस कॉरपोरेट पूँजी के विध्वंसकारी परिणामों की चर्चा करती हैं। 'स्टिफटेड' पुस्तक में लिखती हैं कि मीडिया के द्वारा धन, नाम और सेलिब्रिटी को ही प्रधान मूल्य की ही भांति प्रोत्साहित किया जा रहा है। कुल-मिलाकर नागरिक समाज का यह निजीकरण है। एक प्रकार की अ-राजनीतिकृत सजावटी संस्कृति, जबकि स्त्री एक ऐसे समाज में रहती आई है जहाँ सार्वजनिक जीवन के कुछ जरूरी कामों को पुरुष करते हैं और गृहस्थी के काम स्त्रियाँ करती हैं। आज हम ऐसी संस्कृति में रह रहे हैं जो लोगों से किसी प्रकार की सक्रियता की माँग नहीं करता बल्कि एक सजावटी उपभोक्ता के रूप में उन्हें बनाए रखने का प्रयत्न करता है। नारीवादी आंदोलन अन्य सभी आंदोलनों के समकक्ष है, पुरुष भी आज इन्हीं उपभोक्तावादी भूमंडलीय ताकतों के खिलाफ लड़ रहा है। वह भी सबल नहीं रहा। श्रम का स्त्रीकरण होता जा रहा है। अत: सूजन फालुदी के अनुसार पुरुष की सहायता के बिना स्त्री ने सत्तर के दशक में जो कुछ भी सोचा था उसे आज वह अकेले हासिल नहीं कर पायेगी। उसे भी मानवाधिकार के लिए किये गए अन्य नये-नये आंदोलनों से जुड़ना होगा। ऐसे बहुत सारे मुद्दे हैं जो पहले नारीवाद द्वारा उठाए

गए थे किंतु दूसरे आंदोलनों ने उन्हें हड़प लिया। उदाहरण के लिए, पर्यावरण तथा श्रम और स्वास्थ्य सुधार की माँग। किंतु इसके बावजूद भी नारीवाद द्वारा उठाए गए मुद्दे सांस्कृतिक बहस के केंद्र में स्त्री है। हालाँकि स्त्री वहाँ समय-समय पर अदृश्य नजर आ सकती है किंतु ये उठाये गए मुद्दे राष्ट्रीय मुद्दे बनते जा रहे हैं। हालाँकि मीडिया की मुख्यधारा में नारीवादी मुद्दों को इस रूप में चिन्हित नहीं किया जाएगा किंतु स्त्री आंदोलन किसी संस्थागत समर्थन की अपेक्षा नहीं रखता। बिना मीडिया कवरेज के और बिना सेलिब्रेटी हुए भी स्त्री अपने आंदोलन को जीवित रखने का हौसला रखती है। आज भी स्त्री छुपे हुए अन्याय, रूढ़ियों और अनाम समस्याओं से जूझ रही है। और इन पर केवल स्त्री ही प्रकाश डालने में समर्थ है, क्योंकि वह भुक्तभोगी है बल्कि नव-नारीवाद को तो अब नये मुद्दे उठाने होंगे उन्हें परिभाषित करना होगा और नेतृत्व की बागडोर संभालना होगा।

भूमंडलीकरण के इस दौर में नारीवाद का भविष्य कैसा है? क्या स्त्रियाँ कॉरपोरेट पूँजी के खिलाफ व्यापक सामाजिक सुधार के लिए सक्रिय होंगी या फिर वे पैसा कमाने वाली सेलिब्रेटी हो जाएगी और मौजूदा सांस्कृतिक ताकतों के सामने घुटने टेक देंगी। आखिर स्त्री कैसा भविष्य चाहती है? प्रश्नों की इन कँटीली झाड़ियों के बीच समकालीन नारीवाद की बहस का केंद्रीय मुद्दा है—परिवार और कार्यक्षेत्र। दशकों से समान काम और समान वेतन की माँग करने वाली स्त्रियाँ, मातृत्व और पत्नीत्व की आरोपित भूमिकाओं से मुक्ति चाहने वाली स्त्रियाँ आज बिल्कुल भिन्न मुद्दे का सामना कर रही हैं। उन पर सांस्कृतिक दबाव है कि वे अमीर बनें और उत्पादक बनें। भूमंडलीकरण ने दो व्यक्तियों के आय पर आधारित परिवार को आदर्श के रूप में रख दिया है और स्त्री के मन में उपलब्धि का यह नया अहसास कि उसके पास परिवार और कार्य दोनों है, एक ऐसी परिस्थिति बनती है जो गृहस्थी और सामुदायिक जीवन दोनों का अवमूल्यन करती हुई नजर आ रही है। जबकि आर्थिक सफलता के बदले जीवन में गुणवत्ता का होना ज्यादा जरूरी है। कॉरपोरेट जीवन के बदले नागरिक समाज को बचाना ज्यादा आवश्यक है। आज समकालीन दौर में क्या संस्कृति ने मौजूदा हालत से समझौता कर लिया? जैसे अन्य और सब आंदोलन बुझ गए वैसे ही बाज़ार में आकर नारीवाद भी खामोश होता लग रहा है। यदि हमारा समाज पूँजी पर आधारित है तो सबकुछ को नकारना बड़ा कठिन है। क्यों नहीं स्त्री वर्ग भी

इसे समझने की चेष्टा करे और इसमें अपना व्यक्तिगत स्थान निर्धारित करे। सामाजिक पक्षधरता इतनी अनिवार्य क्यों? अपने चेहरे को आईने में देखना किसे नहीं अच्छा लगता? पर इसका मतलब यह नहीं कि हम आत्मछवि के शिकार हों जाएँ। हाँ, थोड़ा-बहुत गुरूर आवश्यक है। यह हमें जिंदगी जीने में मदद करता है। ऐसी उपभोक्ता संस्कृति से स्त्री का लगाव महसूस करना गलत नहीं। मगर जो संस्कृति बार-बार यह संदेश दे रही हो कि अपने को प्यार करो, अपने पर खर्च करो और अब खर्च करते हुए स्वयं को अपराधी मत महसूस करो, इस संदेश को आत्मसात करना गलत होगा। अन्तत: उपभोक्तावाद स्त्री को जींस में बदल देगा। और यदि नारीवाद आनंद का पक्षधर हो और स्त्री कामना को महत्त्व दे तो संभव है इस घेरे में अधिकतर स्त्रियों को बंदी बनाना बड़ा आसान होगा क्योंकि हर ओर से यही आवाज है कि अधिक से अधिक सामान खरीदो, अधिक सेक्सी अप्रोच अपनाना चाहिए, इससे तुम्हें अच्छा लगेगा। पूँजी जानता है कि जब तक स्त्री को उपभोक्तावादी जाल में नहीं फंसाया जाएगा तब तक वह पूँजी का समर्थन नहीं करेगी। अब यह तो स्त्री पर निर्भर करता है कि भविष्य में वह कैसा जीवन चाहती है? निष्क्रिय उपभोक्ता के रूप में या फिर सक्रिय सृजनशील व्यक्ति के रूप में?

६

बुहलतावादी रणनीति चाहिए!

उत्तर-औपनिवेशिक काल में भारतीय रुझान नेहरूवादी समाजवाद की ओर था, मगर नब्बे के दशक से शुरू हुए उदारीकरण के कारण मौजूदा सरकार की भूमंडलीय नीति में व्यापक आर्थिक, सामाजिक, सांस्कृतिक और राजनीतिक परिवर्तन हुए हैं। सवाल उठता है, क्या ये परिवर्तन भारतीय समाज के हित में हैं? कभी-कभी लगता है कि महज मुट्ठी भर लोगों ने पिछले ५० साल में यथास्थिति को बरकरार रखा हुआ है। जो भी परिवर्तन हुए हैं, उसे हमारे राजनीतिक अभिजन अपने हित में मोड़ने में सफल हो जाते हैं। किसी भी प्रकार की असहमति को स्वीकार नहीं किया जाता। महज मुट्ठी भर लोग एक अरब लोगों के प्रतिनिधित्व का दावा करते हैं। इनमें कम से कम ४६ करोड़ स्त्रियाँ होंगी। इनका प्रतिनिधित्व भी ये लोग ही कर रहे हैं।

भूमंडलीकरण के कारण हुए परिवर्तन को समझने के लिए मैंने स्त्री की स्थिति, श्रम का बाज़ार, उपभोक्तावादी संस्कृति और नागरिक समाज को समझने की कोशिश की। साथ ही यह दिखाने की चेष्टा भी की कि कैसे नब्बे के दशक से सब-कुछ बदलता गया। एंटोनियो ग्राम्शी के अनुसार मौलिक सामाजिक सम्बन्धों का परिवर्तन ही अंतर्राष्ट्रीय सम्बन्धों को प्रभावित करता है। यानी सामाजिक संरचना में किसी भी प्रकार का आंगिक अन्वेषण अंतर्राष्ट्रीय क्षेत्रों के सापेक्षिक सम्बन्धों और आंगिक संपूर्णता को परिवर्तित करता है। हमें इस ग्रॉम्शीवादी दृष्टिकोण से थोड़ा और आगे जाना होगा। अंतर्राष्ट्रीय सम्बन्ध और स्थानीय सामाजिक सम्बन्धों के बीच एक द्वंद्वात्मक

रिश्ता है। भूमंडलीय प्रक्रिया स्थानीय सामाजिक सम्बन्धों को परिवर्तित करती है। इसी भांति स्थानीय सामाजिक सम्बन्ध भी भूमंडलीय प्रक्रियाओं को प्रभावित करते हैं।

इसके साथ यह भी सोचना होगा कि लैंगिक दृष्टिकोण एक ऐसा नजरिया प्रदान करता है जिससे सामाजिक सम्बन्धों में आए हुए आधारभूत परिवर्तनों को समझने में आसानी होती है। उत्तर-औपनिवेशिक भारत में जो भी परिवर्तन हुए उसे मैंने पितृसत्तात्मक दृष्टिकोण से समझने की कोशिश नहीं की। और न ही केवल पूँजीवाद या फिर मार्क्सवादी अवधारणा को काम में लिया। ऐसी किसी एकल तर्क व्यवस्था को अपनाना उचित भी नहीं था, इसके बदले मेरा सुझाव है कि भारतीय समाज में घटित इस परिवर्तन के संदर्भ में स्त्री के अनुभवों का मूल्यांकन किया जाना चाहिए था। इससे भूमंडलीकृत दुनिया में वर्ग और लैंगिक अंतर्सम्बन्धों को नयी समझ मिलती है। लैंगिक संबंध निष्पक्ष नहीं होते। भूमंडलीकरण की प्रक्रिया स्त्री-पुरुष की लैंगिक पहचान और भिन्नता को गहराई से प्रभावित करती है। सवाल उठता है कि क्या भूमंडलीकरण के संदर्भ में ये लैंगिकीय प्रभाव स्वयं गतिशील हैं? इस प्रभाव को प्रत्येक देश की स्थानीय ताकत के संदर्भ में समझा जाना चाहिए। मुख्यधारा के शोधकर्ता एवं समाजशास्त्री, चाहे नव-उदारतावादी हों या फिर नव-मार्क्सवादी, दोनों ने ही भूमंडलीकृत प्रक्रिया के द्वंद्वात्मक पक्ष की अवहेलना की। नागरिक समाज और राज्य को आकार देने में लैंगिकीकृत भूमंडलीकरण और उसके परिणाम को समझने के लिए विशेष सैद्धांतिक समझ की आवश्यकता पड़ती है। लैंगिक दृष्टिकोण को मुख्यधारा में विशेषकर अंतर्राष्ट्रीय राजनीतिक अर्थव्यवस्था और शोध की परंपरा में शामिल किया जाना चाहिए। ऐतिहासिक रूप से लैंगिक परिप्रेक्ष्य की अवहेलना हुई है। भारत के उत्तर-औपनिवेशिक रुपांतरण में भी इस दृष्टिकोण को कम शामिल किया गया है। परिणामस्वरूप सामाजिक परिवर्तन के एक महत्त्वपूर्ण पक्ष पर हम ध्यान नहीं दे पाए।

भूमंडलीय और स्थानीयता के आपसी प्रभाव जटिल, गतिशील और उभयभावी हैं। इसका आकलन किसी एक सिद्धांत पर निर्भर रह कर करना संभव नहीं। इस प्रेक्रिया में कई वैचारिक तत्त्व एक साथ सक्रिय होते हैं। कुछ प्रक्रियाओं के आयाम समझने के लिए नव-उदारतावादी दृष्टिकोण की आवश्यकता पड़ती है, तो कुछ के लिए नव-मार्क्सवादी दृष्टिकोण अपनाना

पड़ता है, तो कहीं हम सारी घटना को नारीवाद के संदर्भ में तौलना चाहते हैं। किसी एक विचारधारा के अनुसार भूमंडलीकरण को सही रूप से समझना संभव नहीं है। कारण यह है कि भूमंडलीकरण अपने-आप में एक द्वंद्वात्मक प्रक्रिया है। इस प्रक्रिया के कल्प, विकल्प एवं संकल्प के विभिन्न चरण हैं। शोधकर्ता को इसे समझने और प्रस्तुत करने के लिए एक व्यापक समझ की आवश्यकता पड़ती है। नव-उदारवादियों ने बाज़ार के निरंतर भूमंडलीय विकास की घोषणा की। उनके अनुसार ऐसा विकास भूमंडलीय संस्कृति को एकरूपीकृत करता है तथा यह जनतंत्र व्यक्ति के मूल्यों का समर्थन करता हुआ नजर आता है। महज विकास को एकायामी रूप देने का अर्थ हुआ सांस्कृतिक और स्थानीय संदर्भों की अवहेलना। विडम्बना यह है कि मार्क्सवादियों की तरह नव-उदारपंथी और पूँजीवादी भी बाज़ार को सभी संस्थाओं के विलयन का माध्यम मानते हैं। कम से कम उन संस्थाओं का विलयन हो ही जाना चाहिए जो पूँजीवादी उद्देश्यों की सफलता में बाधक हों। समकालीन मार्क्सवादियों का तर्क है कि भूमंडलीय प्रक्रिया अंतर्राष्ट्रीय पूँजी के विशाल निवेशीकरण से सक्रिय होती है और इसी जरिये उसे ताकत मिलती है। नव-ग्रॉम्शीवादियों के अनुसार भूमंडलीकरण से न केवल शोषण और असमानता बढ़ती है, बल्कि एक वर्ग विशेष के हित में ही सारी पूँजी नियोजित होती रहती है। इससे परा-राष्ट्रीय पूँजीवादी वर्ग, जिसे हम भूमंडलीय अभिजन समाज और उस समाज की सभ्यता को व्यापारिक सभ्यता कहते हैं, सक्रिय होता है। यह भूमंडलीय विचारधारा और सांस्कृतिक सत्ता पर निर्भरशील है। किंतु संस्थाओं में आस्था रखने वालों के अनुसार आर्थिक भूमंडलीकरण वास्तव में राष्ट्रीय सत्ता को कमजोर करता है तथा इसके तहत अमेरिका अपना वर्चस्व एवं वैश्विक दृष्टिकोण अन्य सभी राष्ट्रों पर आरोपित करता है। अमेरिका स्थानीय भिन्नता को खारिज करता है। साथ ही इससे वैकल्पिक राष्ट्रीय अर्थव्यवस्था का भी दमन होता है। इनके अनुसार पूँजी का अंतिम नियंता राष्ट्र-राज्य को होना चाहिए क्योंकि सामाजिक और आर्थिक विकास के ये प्रमुख एजेंट हैं।

अंत में नारीवाद के अनुसार भूमंडलीकरण की व्याख्या करते हुए स्त्री, पर्यावरण एवं अन्य वंचितों के ऊपर इसके निषेधक प्रभाव की चर्चा की जानी चाहिए। क्रमशः फैलता हुआ बाज़ार और उदारतावादी जनतंत्र की प्रक्रिया वास्तव में यथास्थिति को बनाए रखना चाहती है। यदि परंपरा से स्त्री पर पुरुष

हावी है तो अंत में भूमंडलीकृत समाज में श्रम का चाहे जितना स्त्रीकरण हो, सार्वजनिक स्थानों में चाहे जितनी अधिक स्त्रियाँ दिखाई पड़ें या गैर सरकारी संस्थाओं में स्त्रियों की चाहे जितनी भागीदारी हो, अन्ततः सोपानीकृत समाज व्यवस्था में वे पुरुष से कमतर ही रहेगी। किसी एकल सैद्धांतिक दृष्टिकोण को वह चाहे नव-उदारतावादी हो या नव-मार्क्सवादी या नारीवादी, भूमंडलीकरण के संदर्भ में पूरी तरह स्वीकारना गलत होगा। लैंगिकीकृत दृष्टिकोण यदि संस्थावादी है, तो उसे नव-ग्रॉम्शीवादी दृष्टिकोण का भी ख्याल रखना होगा। लैंगिक विश्लेषण के दौरान समाज की सोपानीकृत व्यवस्था के तहत हम किसी भी संस्था में निचली गहराइयों से ऊपर की ओर अग्रसर होते हैं तथा व्यवस्था परिवर्तन और सांस्कृतिक टुकड़ों पर ध्यान देते हैं जो समकालीन पूँजीवादी विश्व व्यवस्था को रचते हैं। उत्तर-औपनिवेशिक संक्रमण के दौरान पूँजीवाद का सांस्कृतिक और प्रतीकात्मक पक्ष लिंग की पहचान और भिन्नता के माध्यम से अभिव्यक्त होता है। ये माध्यम चाहे विज्ञापन, बाज़ार, उपभोक्ता वस्तुएँ, स्टेटस सिंबल और नयी पहचान ही क्यों न हो, मगर स्थानीयता को भूमंडलीय बाज़ार के हक में मोड़ने में इनसे मदद मिलती है। एक ओर बाज़ार की चमक-दमक और उपभोक्तावादी संस्कृति की आर्थिक उछाल की चर्चा है, तो दूसरी ओर क्रमशः बढ़ती हुई बेकारी, गरीबी, शोषण और अपराध पर पर्दा डाला जा रहा है।

आज के अखबार को उठाकर देखें तो पाएँगे कि देश आर्थिक रूप से भूमंडलीय बसंत के गीत गा रहा है। मगर इस निर्देशन में तेलगी के घोटाले या अन्य किसी घोटाले का कहीं कोई जिक्र नहीं। एक-एक कर सार्वजनिक संस्थाएँ निजीकरण के जबड़े में कैसे समाती जा रही हैं, इस ओर कोई ध्यान ही नहीं दे रहा। सवाल उठता है कि जो बदल रहा है वह क्या सबके लिए सुखद है? यह नाच-गाना, वसंतोत्सव मनाने का हकदार सिर्फ अभिजन समाज है या ऐसे लोग और भी हैं। इस आमूल परिवर्तन के दौर में माना कि पीछे छूटे हुए लोगों में से जरूर कुछ ऐसे हैं जो सीढ़ियाँ चढ़ते हुए ऊपर पहुँच गए हैं—लेकिन केवल उनकी चर्चा ही क्यों? जहाँ हम आज पहुँचे हैं उसमें बहुतों का अवदान रहा है और जिस समृद्धि का हम दावा कर रहे हैं वह भी उधार ली गई समृद्धि है। विश्व बैंक को ऋण लौटाना पड़ेगा, ऋण लौटा कर कितना बचेगा? क्या इस पर गौर किया जा रहा है?

कुल मिला कर भूमंडलीय वाणिज्य व्यवस्था की सत्ता की व्याख्या करते

हुए संश्लेषणात्मक द्वंद्वात्मक दृष्टिकोण विकसित होता है। ये भूमंडलीय प्रक्रियाएँ उत्तर-औपनिवेशिक भारत के बदलाव में काफी सक्रिय हैं। मगर यह एक मर्दवादी भूमंडलीकरण है, यह भूमंडलीकरण अनिवार्यत: आपसी साँझे का जगत नहीं है। इस उदाहरण में निवेश का मौसम सबके लिए अनुकूल नहीं है। कम से कम स्त्री के पक्ष में तो यह नहीं है। स्त्री की देह को तो मछली के चारे में रूप में दुनिया के बाज़ार में फेंका जा रहा है। उस पर बाज़ार का हिंसक घड़ियाल झपट्टा मारता है। इससे स्त्री को क्या हासिल होगा? कुछ गाड़ियाँ, कुछ अवैध हथियार या दवाइयाँ या तेलगी जैसे कुछ और लोग जो धन के इस काले कीचड़ में हाथ गंदे करेंगे।

एक और बात, भारतीय अभिजन पुरुषों के साथ कुछ अभिजन स्त्रियाँ भी शामिल हैं जो भूमंडलीय पूँजी का निवेश चाहती हैं और यह साबित करना चाहती हैं कि केवल पश्चिमी पुरुष ही नहीं, भारतीय पुरुष भी आर्थिक / राजनीतिक जगत में किसी से कम नहीं। वे इतने बड़े देश को समृद्धि के पथ पर ले जा रहे हैं। समृद्धि चाहे वास्तविक न हो किंतु आँकड़ों में तो सामने आ रही है।

आर्थिक और सामाजिक परिवर्तनों के बावजूद भूमंडलीय स्तर की राजनीति अपने-आप में उलझन भरी है। यह राजनीतिक यौनवाद से ग्रस्त है और इससे यह पता चलता है कि स्त्री अब भी पराधीन है। मैंने स्त्री-राजनीति की संभावना को 'फेमिना' या 'सोसाइटी' जैसी पत्रिकाओं में खोजने की कोशिश नहीं की। वहाँ कुछ मिलता भी नहीं है। किंतु इस द्वंद्वात्मक शोध के कार्य से मुझे जो ज्ञान मिला वह राजनीति के एक विशेष संदर्भ को समझने में मेरी मदद करता है। विशद रूप से मैंने स्त्री जीवन के कुछ पक्षों का विश्लेषण किया है। भूमंडलीकरण से हम क्या समझते हैं? स्त्री के पारिवारिक श्रम की व्यवस्था से उपभोक्ता की संस्कृति और अन्य राजकीय संस्थाओं पर इसका क्या प्रभाव पड़ा है—इसे जानने की कोशिश की है। स्त्री श्रम के क्षेत्र में काफी नियुक्ति की गई है। कम से कम आधी से अधिक जनसंख्या स्त्री की है, किंतु बाज़ार की शक्ति को स्थापित करने से स्त्री श्रम का जिंसीकरण हुआ है क्योंकि बाज़ार स्त्री श्रमिकों के जीवन में व्यवस्थात्मक रूप से हस्तक्षेप करता है। कार्यक्षेत्र में यदि अधिक से अधिक स्त्रियाँ भाग ले रही हैं तो वहाँ यौन उत्पीड़न भी बढ़ा है, घटा नहीं है। दूसरे सबसे दुख की बात है, स्त्री का यों बिकाऊ होना। पुरुष की तुलना में उसके श्रम का कमतर मूल्यांकन होना और

स्थानीय राजनीतिक व्यक्तियों का स्त्री समस्या की ओर से आँखें फेरना। दोनों बातों में स्त्री का हित शामिल नहीं। बाज़ार की हिमायती राजनीति ने दोनों काम किये। एक तो वे बड़े जोर-शोर से पारिवारिक मूल्यों की स्थापना करना चाहते हैं, दूसरी ओर महिलाओं के बाज़ारीकरण को भी स्वीकारते हैं। इस विरोधाभास के साथ हमारे राजनेताओं ने जीना सीख लिया है।

भूमंडलीकृत पूँजीवाद जब नयी चीजों और सेवा की माँग को उकसाता हैं तभी उपभोक्ता बाज़ार का विकास होता है। विज्ञापन के जरिए यौन पहचान और स्त्री-पुरुष की समानता के बदले उनकी भिन्नता को और अधिक स्थापित करना उपभोक्तावाद को बढ़ावा देता है। मगर यह उपभोक्तावाद घरेलू उद्योग के आधार पर नहीं पनपता। यह उपभोक्तावाद तो आयातित वस्तुओं के ऊपर फलता-फूलता है। इससे राष्ट्रीय संपत्ति और उत्पादन को विशेष हानि होती है। समाजवाद के संक्रमण का परिणाम है कि भूमंडलीय मीडिया ने न केवल बाज़ार को प्रभावित करने की कोशिश की, बल्कि स्थानीय लोगों के विचारों पर भी हावी होने की कोशिश की है।

अंतिम सवाल है, क्या स्त्री की राजनीतिक भागीदारी बढ़ रही है? माना कि तीन-तीन प्रांतों की मुख्यमंत्री स्त्रियाँ हैं और वे अच्छे बहुमत से जीत कर आई हैं। मगर ये खास स्त्रियाँ हैं। आम स्त्री की पहुँच लोक सभा में नहीं। पंचायत स्तर पर भी नहीं और राजनेता भी स्त्री के हक में नहीं बोल रही हैं। इस जनतांत्रिक संक्रमण के दौरान स्त्री विरोधी नीतियों को शह मिल रही है। राजनीतिक पार्टियाँ पूर्ण रूप से पुरुषों के वर्चस्व में चलती हैं। जबकि पार्टी की ताकत को जमीनी स्तर की शक्ति देने के लिए स्त्रियाँ सक्रिय होती हैं। राजनीति का यह पौरुषीकरण वास्तव में स्त्री और अन्य वंचितों को परिधि पर ढकेलता है। आर्थिक और सामाजिक जगत में होने वाले परिवर्तन का प्रभाव भी इस परिधिकरण को और बढ़ावा देता है। मजे की बात तो यह है कि स्त्री को यदि सांस्कृतिक रूप से सक्रिय करते हैं तो वह आर्थिक रूप से पीछे हटाती है। सत्ता उसे दोनों मुकामों पर जीतने नहीं देती।

आज तो स्त्री-पुरुष की समानता की चर्चा ही नहीं हो रही है। यथार्थ तो यह है कि स्त्री-पुरुष पहले भी असमान थे और आज भी हैं। दूसरे, बहुत त्वरित गति से घटने वाले संरचनात्मक परिवर्तनों पर लोग सोच नहीं पाते। इससे सत्ता के क्षेत्र में होने वाली प्रतियोगिता पर गहरा असर पड़ता है। यानी सत्ता के दावेदार कम लोग रह जाते हैं। यह जनतंत्र के लिए हानिकारक है।

भूमंडलीकरण एक द्वंद्वात्मक समझौतावादी प्रक्रिया है, जिसमें स्थानीय और भूमंडलीय दोनों प्रकार के एजेंट शामिल होते हैं। समकालीन लैंगिक सम्बन्ध वास्तव में भूमंडलीकरण का परिणाम नहीं हैं। बल्कि उनका विशेष ऐतिहासिक संदर्भ है। स्त्री ने समय-समय पर राष्ट्रीय और स्थानीय आंदोलन में सहयोग दिया, उसने अपने लिए भी आंदोलन किया और व्यापक स्तर पर समाज के हित में आंदोलन में भाग लिया। स्थानीय मीडिया और राजनीति में स्त्री विरोधी मानसिकता का उसने सक्रिय विरोध किया। पश्चिम अपनी नारीवादी विचारधारा को भारतीय स्त्री समाज पर आरोपित करना चाहेगा, मगर उसे अपनाना और अपने हित में मोड़ना स्त्री पर निर्भर करता है। नब्बे के दशक से ये सांस्कृतिक आक्रमण जारी है। मगर इसके बाद भी मुख्यधारा में स्त्री अनुपस्थित क्यों? आरक्षण का मुद्दा अब भी स्थगित क्यों? एक तो समाज के राजनीतिक और सांस्कृतिक पक्ष को, अर्थव्यवस्था को काट कर देखना, जरूरत से अधिक अर्थव्यवस्था पर ही ध्यान केंद्रित करना, स्त्री के हित में नहीं। सवाल यह भी है कि राजनीतिक और आर्थिक क्षेत्र में होने वाले द्वंद्वात्मक परिवर्तन का आकलन कैसे किया जाए।

नव-उदारपंथियों की भांति समकालीन मार्क्सवादी सिद्धांत भी समाज के परिवर्तन का एक अपूर्ण लेखा-जोखा ही प्रस्तुत करने में समर्थ है। लैंगिक दृष्टिकोण से देखें तो मानव समाज के पारिवारिक जीवन और यौन आचरण का अंतरंग पक्ष उजागर होता है। यह जमीनी स्तर की राजनीति की ओर ध्यान खींचता है। खासकर निजी जीवन की ओर। नारीवादी नजरिये को काम में लाना कुछ नये सवालों को उठाता है, जो अन्य आंदोलनकारियों के लिए हितकर है। हम भूमंडलीय और स्थानीय पूँजीवाद को सत्ता और शोषण के आर्थिक पहलुओं का पूरा लेखा-जोखा पाते हैं। तुरंत होने वाले उदारीकृत व्यापार में स्त्री अन्ततः परिधिकृत ही रहेगी, जब तक ढाँचागत परिवर्तन में स्त्री और पुरुष का समान हस्तक्षेप न हो।

इसका यह अर्थ भी नहीं लगाना चाहिए कि समकालीन भारतीय राजनीति में स्त्री की कोई भूमिका नहीं है। स्त्री की राजनीति में भागीदारी है। किंतु वह प्रभावी हस्तक्षेप करने में असमर्थ है। यह हस्तक्षेप तभी संभव होता है जब वह जमीनी स्तर की स्त्री आंदोलन से जुड़े। सामाजिक परिवर्तन के साथ नारीवादी दृष्टिकोण का तालमेल बिठाया जाना चाहिए। विशेषकर एक बार जब हम राजनीतिक अर्थव्यवस्था और सांस्कृतिक तथा सामाजिक ढाँचे

में आपसी सम्बन्ध खोज लेते हैं, तब अंतर्राष्ट्रीय अर्थव्यवस्था को समझने के लिए नये दृष्टिकोण की आवश्यकता पड़ती है। नारीवादी दृष्टिकोण के लिए हमें यह समझना होगा कि स्त्री का महत्त्व क्यों और कहाँ पर है। यानी सिद्धांत को भूमंडलीय प्रक्रिया के अनुभवगत अध्ययन से जोड़ना और इन्हें अन्य सामाजिक सम्बन्धों के साथ जोड़ना। नारीवादी अवदान केवल सैद्धांतिक विचार-विमर्श तक ही सीमित नहीं रखा जाना चाहिए बल्कि संभावनाओं के नये द्वार भी खोलने चाहिए। नब्बे के दशक के बाद होने वाले परिवर्तन को पूरी तरह समझने के लिए हमें यह भी समझना होगा कि कैसे परिवर्तन के प्रत्येक पक्ष पर स्त्रियों का भी असर रहा। गरीबी हटाने के साथ-साथ स्त्री के प्रति होने वाली हिंसा को भी कम होना चाहिए तथा बच्चे को पूरी सुविधा मिलनी चाहिए। विशेषकर शिक्षा और स्वास्थ्य की।

विश्व बैंक के अनुसार गरीबी को हटाने की रणनीति में महत्त्वपूर्ण मुद्दा है राजनीतिक जीवन और बाज़ार में स्त्री-पुरुष का समान हस्तक्षेप होना। एक प्रकार से यह अच्छा समाजवादी तर्क है जो स्त्री-शक्ति के साथ आर्थिक प्रगति को जोड़ता है। नव-उदारतावाद की नीति में यह अनुपस्थित है। अच्छी बात तो यह है मुख्यधारा की अंतर्राष्ट्रीय संस्थाएँ संक्रमण की अपेक्षा लैगिंक पक्ष पर ध्यान देने पर बाध्य है। मगर यह केवल शुरुआत है। लैंगिक विश्लेषण का इसमें अवदान जरूरी है। भूमंडलीकरण और लैंगिक प्रक्रिया आपस में जुड़ी हुई हैं। अतः कोई भी विश्लेषण यदि भूमंडलीकरण के केवल समष्टिगत स्तर को छूता है तो स्वीकृत नहीं। नव-उदारपंथी और नव-मार्क्सवादियों ने समष्टिगत स्तर की ही चर्चा ज्यादा की और ऐसा करते हुए लैंगिक गतिशीलता की पूरी तस्वीर उकेरने से वे चूक गए। वे प्रायः आणविक स्तर के तत्त्वों की, जो स्थानीय स्तर पर भिन्नता उत्पन्न करते हैं, उपेक्षा करते हैं। लिंग और संस्कृति पर यदि ध्यान दिया जाए तो अगर भूमंडलीकरण ऊपर से नीचे आता है, तो नीचे से ऊपर भी जाता है। यह स्थानीय और भूमंडलीय स्तर पर सक्रिय कार्यकर्ताओं के बीच तालमेल बैठाता है।

सत्ता और परिवर्तन की साईट केवल आर्थिक और राजनीतिक अभिजन समाज का ही क्षेत्र नहीं है। हम इनका प्रतिरोध कैसे करें, यह सवाल भी उठेगा। आज के दौर में प्रतिरोध का कोई स्थापित तरीका नहीं और न ही यह पारंपरिक रूप से किया जा सकता है। धागे के ये दो छोर हैं या गड़े हुए खूँटे हैं। दोनों तरफ में स्पष्ट प्रवाह होना चाहिए। स्थानीय स्तर पर हमें देखना होगा

कि व्यापक स्तर की कितनी पहुँच बाकी है। वे इतिहास, संस्कृति और पहचान से कैसे संवाद स्थापित करते हैं। अंत में स्थानीयकरण की यह प्रक्रिया ही सामाजिक परिवर्तन की नयी प्रक्रिया खोलेगी।

जाहिर है कि भूमंडलीकरण की चर्चा करते हुए स्थानीयता की उपेक्षा संभव नहीं है। कारण स्थानीय लोग ही बदलते हुए परिवेश में पूँजीवादी बाज़ार में मोल-भाव करते हैं। इस दौरान कुछ वे पाते हैं और कुछ वे खोते हैं। भूमंडलीय ताकत से यदि स्त्री सबलीकृत होती है तो यही ताकतें उसका शोषण भी करती हैं। सबलीकरण को शोषण से अलगावित करने के लिए सैद्धांतिक समझ की आवश्यकता है और कमोबेश यह समाजशास्त्रीय अध्ययन का विषय माना जाएगा। अध्येतागण जितनी बारीकी से स्थानीय व्यवहार जगत का अध्ययन करेंगे उतना ही वे भूमंडलीय प्रभाव को समझ पाएँगे।

मेरी दृष्टि में तो भारत में स्त्री-पुरुष की पहचान भूमंडलीकरण से ज्यादा स्पष्ट हुई है। दूसरी ओर स्थानीय आदर्शों एवं व्यवहार ने इस पहचान को स्थापित करने में मध्यस्थता की भूमिका निभाई है। हालाँकि ये स्थानीय आदर्श भी अपने-आप में अतीत की राजनीतिक और सामाजिक परम्परा का प्रमाण है। परिणामस्वरूप स्त्री-पुरुष के आपसी सम्बन्ध भूमंडलीकरण की ताकतों की रूपरेखा निर्मित करते हैं। इनका प्रभाव राज्यों पर पड़ता है। साथ ही भूमंडलीय ताकतों से ये सम्बन्ध भी प्रभावित होते हैं। पूरी पुस्तक में मैंने यही जाँचने की कोशिश की है कि कैसे भूमंडलीय ताकतें स्त्री-पुरुष के सम्बन्धों को प्रभावित करती हैं और पुन: ये बदलते हुए सम्बन्ध कैसे भूमंडलीय ताकतों को छूट देते हैं। साथ ही यह सवाल भी बार-बार उठाया है कि क्या आर्थिक एवं सांस्कृतिक भूमंडलीकरण स्त्री-राजनीति और स्त्री के सशक्तीकरण के लिए नया स्पेस निर्मित करती है? मैंने भारतीय समाज के संक्रमण में इन सवालों का उत्तर खोजने की चेष्टा की है।

भारत में उत्तर-औपनिवेशिक रूपांतरण और भूमंडलीय प्रक्रिया के बीच ऐसी कोई सीधी राह नहीं दिखती, बल्कि शोध के लिए विषय वस्तु को जुटाने में काफी घुमावदार रास्तों से गुजरना पड़ा। भूमंडलीय दौड़ में शामिल होने के लिए जिस विशिष्ट पहचान की आवश्यकता होती है उससे स्त्री को जहाँ नये अवसर मिले और इससे स्त्री को जो ताकत हासिल हुई उससे स्त्री को लाभ के साथ हानि भी हुई। एक ओर मीडिया में वह जितनी मजबूत और दबंग दिखाई देती है तो दूसरी ओर वह नयी तरह की असमानता एवं असुरक्षा झेलने

को बाध्य हुई।

पिछले दशक से ही स्त्री अध्येताओं ने अंतर्राष्ट्रीय सम्बन्धों के पारंपरिक अध्ययन को चुनौती दी है। कारण अंतर्राष्ट्रीय राजनीति पर नारीवादी दृष्टिकोण का प्रभाव पड़ा है। स्वाभाविक है कि कुछ नये सोच और चिंतन शैली को अभिव्यक्ति मिली। मगर प्राय: यह चिंतन मुख्यधारा से हटकर परिधि पर ही सीमित होकर रह गया, जबकि इस अंतर्दृष्टि से सबको लाभ हो सकता था।

हाल ही में दूसरे और तीसरे दौर की नारीवादी लेखिकाओं ने भूमंडलीय राजनीति में स्त्री के प्रति नये सवाल उठाए, कुछ अनुभवगम्य विचारों की चिंता की। लैंगिक गतिशीलता स्थानीय, राष्ट्रीय एवं अंतर्राष्ट्रीय स्तर पर सक्रिय है और इनका महत्त्वपूर्ण परिणाम भी निकला है।

भारतीय संदर्भ में भूमंडलीय ताकतें और स्थानीय व्यवहार के बीच गतिशील अंतर्क्रिया की समझ के लिए बहुलतावादी दृष्टिकोण आवश्यक है। नव-उदारतावाद एवं मार्क्सवाद दोनों ही स्थानीय प्रतिक्रिया की अवहेलना करते हैं। जबकि परिवर्तन एवं नैरंतर्य के संदर्भ में वृहद एवं आणविक दोनों प्रक्रियाओं का ध्यान रखना पड़ता है। नागरिक समाज, संस्कृति, राजनीतिक अर्थव्यवस्था में वृहद एवं आणविक दोनों स्तर की प्रक्रिया आपस में गूँथी होती हैं। भारत के भूमंडलीय संस्करण को लैंगिक परिप्रेक्ष्य से तौला जाना आवश्यक है। इससे सत्ता की एक नई साइट का परिचय मिलता है। भूमंडलीय संरचना और स्थानीयता का अंतराल परिवर्तन के नये संसाधन के रूप में उपस्थित होता है। ऐसा करते हुए भूमंडलीय परिवर्तन में निहित स्थानीय प्रक्रियाओं के सैद्धांतिक परिप्रेक्ष्य में संस्थावाद, नव-मार्क्सवाद और नव-उदारतावाद की खामियाँ भी दृष्टिगोचर होती हैं। नव-ग्रॉम्शीवादी सिद्धांत नागरिक समाज में घटने वाले परिवर्तन का आकलन करते हुए नीचे से ऊपर की ओर दृष्टिपात करता है, यानी हम समाज की अंत:संरचना से अधिसंरचना की ओर अवलोकन करते हैं।

क्या राष्ट्र सच में खतम हो गया या हो जाएगा? यह ऐलान अपने-आप में विरोधाभासी है। भूमंडलीकरण के युग में राष्ट्र न तो कमजोर पड़ा है और न खत्म हुआ है बल्कि मजबूत हुआ है। हाँ, यह जरूर है कि राष्ट्र ने अपने नागरिकों के प्रति जिम्मेदारियों से हाथ जरूर धो लिया है। उसका दमनकारी पक्ष राष्ट्रीय सुरक्षा के नाम पर पहले से ज्यादा मजबूत हुआ है। वह चाहे

अमेरिका या भारत हो या फिर कोई छोटा अफ्रीकी राष्ट्र। विदेशी द्वेष और भाषाई राष्ट्रवाद पहले की अपेक्षा ज्यादा फल-फूल रहा है। फलस्वरूप अल्पसंख्यकों के प्रति राष्ट्र अनुदार है। वे पहले की अपेक्षा ज्यादा परिधिकृत हुए हैं। राष्ट्र की सहिष्णुता घटी है, असहमति को राष्ट्रीय सुरक्षा के नाम पर पुरजोर शब्दों में नकारा जाता है। पहले राष्ट्र अपनी जिम्मेदारियों को थोड़ा-बहुत निभाने की चेष्टा तो करता था। मगर आज शिक्षा, स्वास्थ्य आदि महत्त्वपूर्ण क्षेत्रों की तरफ से निजीकरण के नाम पर राष्ट्र ने अपनी भूमिका से आँखें बंद कर ली है।

राष्ट्र इसलिए पीछे हटा है ताकि भूमंडलीय ताकतें आगे बढ़ें और हमारे राष्ट्रीय जीवन पर छा जाएँ। राष्ट्र आर्थिक / सांस्कृतिक / तकनीकी भूमंडलीकरण से टकराना नहीं चाहता। राष्ट्र को इसलिए पीछे हटना है ताकि वैश्विक पूँजी का पर्याप्त निवेशीकरणी संभव हो सके। जेमेसन ने भूमंडलीकरण के पाँच स्तर गिनाये हैं—आर्थिक, सांस्कृतिक, तकनीकी, राजनीतिक, सामाजिक। मेरी समझ में तकनीक अपने साथ पूँजी के निवेशीकरण की माँग करेगी और यदि राष्ट्र के पास पूँजी नहीं तो वह भूमंडलीय संस्थाओं से पूँजी की माँग भी करेगा और पूँजी कभी शुद्ध रूप से नहीं आती। पूँजी अपने साथ उपभोग की संस्कृति को लाती है। स्वाभाविक है कि उपभोक्ता संस्कृति स्थानीय संस्कृति से टकरायेगी। इस टकराहट से समाज व्यवस्था भी प्रभावित होगी। जो नयी समाज व्यवस्था स्थापित होगी उसे भूमंडलीकृत समाज व्यवस्था ही कहा जाएगा। कुल-मिलाकर यह एक कॉरपोरेट भूमंडलीकरण है जो अपने साथ पूँजी, तकनीक, उपभोक्ता संस्कृति और वर्चस्वी मूल्यबोध लेकर चलता है। कारपोरेट स्वार्थ से स्थानीय टकराहट भी होगी क्योंकि जो दबाव पड़ता है उससे बचाव के लिए लोग अपनी जड़ों में, अपनी अस्मिता के बचाव में, अपनी संस्कृति में पनाह लेना चाहेंगे। और समाज में रूढ़िवादी ताकतें सक्रिय होंगी, वह चाहे हिंदुत्ववादी ताकतें हो या फिर इस्लाम या ईसाइयत। दोनों धाराएँ एक साथ सक्रिय होती हैं। और बहाव के दौरान एक-दूसरे को काटती हुई आगे बढ़ती हैं।

अंत में कौन सी धारा अपनी पहचान रख पायेगी यह तो वक्त बतायेगा मगर फिलहाल कॉरपोरेट स्वार्थ पर आँच आते ही सरकार को झुकना पड़ता है। सरकार इनके साथ है। रूढ़िवादी आंदोलन सतह पर प्रत्यक्ष रूप से ज्यादा आक्रमक मालूम देंगे मगर भीतर से वे कमजोर हैं। राज्य सत्ता उनके साथ

नहीं है। राज्य-सत्ता यदि थोड़ा बहुत आश्वासन दे भी तो भूमंडलीय विचारधारा के सामने राज्य सत्ता को कारपोरेट का पक्षधर होना पड़ता है। वह मजबूर है। पाकिस्तान में रूढ़िवादी आंदोलन के खिलाफ मुशर्रफ को सक्रिय होना पड़ा और अमेरिका का साथ देना पड़ा। कारपोरेशन शांति और सुरक्षित वातावरण में ही सक्रिय हो सकते हैं। इसी कारण भीतर से हिंदू दक्षिणपंथियों की पक्षधर होते हुए भी वर्तमान सरकार किसी भी स्पष्ट पक्षधरता से पीछे हटती हुई दिखाई देती है। एक प्रकार की छद्म धर्मनिरपेक्षता की खाल ओढ़ने को न केवल सरकार बल्कि अन्य सामाजिक संस्थाएँ बाध्य हैं। नारीवादी आंदोलन भी इससे अछूता नहीं है।

दो तरह की प्रतिक्रियाएँ देखने में आती हैं। एक आंदोलन राष्ट्रीय हित को सर्वोपरि रखने की माँग करता है तो दूसरा भूमंडलीय स्तर के सोच का दावा करता हुआ नजर आता है। हम दोनों में किसी एक का चुनाव करने में असमर्थ हैं। कारपोरेट भूमंडलीकरण अपनी माँग में राष्ट्र को लाँघ जाने में हिचकिचाता नहीं। इन्हीं से अनुमोदित बहुतेरे गैर-सरकारी संगठन हैं जो आज भूमंडलीय समाज की चर्चा कर रहे हैं, भूमंडलीय मूल्यों की पेशबंदी कर रहे हैं मगर वे कारपोरेट संस्कृति को नहीं स्वीकारना चाहते। इनका रुझान हमें समझ में आता है मगर ये मार्क्सवादी समाजवाद से अलग रहना चाहेंगे। भूमंडलीय नागरिक समाज की चर्चा आवश्यक है। कम से कम नारीवाद के लिए तो यह आनिवार्य है। केवल वही आंदोलन अपने-आप में परा-राष्ट्रीय होने की क्षमता रखता है, जो निचली गहराइयों से जुड़ा हुआ है। नारी मुक्ति आंदोलन एक ऐसा ही आंदोलन है। इसका आधार ज्यादा व्यापक और मजबूत है। स्त्री को न्याय मिले, उसे समान अधिकार मिले तथा स्त्री-स्त्री में जातिगत वर्गीय भेद न हो—क्या यह संभव है? क्या भूमंडलीय अभिजन समाज फिर से वंचित और दलित स्त्रियों को रौंदते हुए आगे नहीं बढ़ जाएगा? इस सवाल के जवाब के लिए एक साथ एवं बहुलतावादी रणनीति की आवश्यकता है ताकि न केवल व्यक्तिगत कानून बल्कि सार्वजनिक जीवन में भी परिवर्तन संभव हो सके।

ग्रंथावली

१. जोसेफ स्टिग्लिट्ज, *ग्लोबलाइजेशन एंड इट्स डिस्कंटेंट्स*, पेंगुइन बुक्स इंडिया, २००३

२. विनोद अग्रवाल, *इंस्टीट्यूशनल डिजाइन फॉर ए कॉम्प्लेक्स वर्ल्ड*, आइठाका, न्यूयार्क, कॉर्नेल यूनिवर्सिटी प्रेस, १९९८

३. जगदीश भगवती, *ए स्ट्रीम ऑव विंडोज़ : अनसेटलिंग रिफ्लेक्शंस ऑव ट्रेड*, इम्मीग्रेशन एंड डेमौक्रेसी, केम्ब्रिज, मास : एमआईटी प्रेस, १९९८

४. मेनुअल कैसेल्स, *दि राइज ऑव दि नेटवर्क सोसाइटी*, खंड–१, मास मैल्डेन : ब्लैकवेल, १९९६

५. मेनुअल कैसेल्स, *दि पावर ऑव आइडेंटिटी*, खंड–२, मास मैल्डेन : ब्लैकवेल, १९९७

६. मेनुअल कैसेल्स, *एंड ऑव दि मिलीनियम*, खंड–३, मास मैल्डेन : ब्लैकवेल, १९९८

७. पीटर ड्रकर, *पोस्ट–कोलोनियल सोसाइटी*, न्यूयार्क, मेंटर, १९८३

८. थॉमस फ्रीडमेन, *दि लैक्सस एंड दि ओलाइव ट्री*, न्यूयार्क : स्टॉस फैरार एंड गिरोक्स, १९९९

९. जान कैनेथ गालब्रेथ, *दि गुड सोसाइटी : दि ह्यूमन एजेंडा*, बोस्टर : मिफलिन हॉटन, १९९६

१०. फ्रांसिस फुकुयामा, *दि एंड ऑव दि हिस्ट्री*, न्यूयार्क : फ्री प्रेस, १९९२

११. जान ग्रे, *अगेंस्ट दि न्यू लिबरलिज्म*, लंदन : रौटलेज, १९९५

१२. एरिक हॉब्सबॉम, *दि एज ऑव एक्स्ट्रीम्स : ए हिस्ट्री ऑल दि वर्ल्ड*, न्यूयार्क, विंटेज, १९९४

१३. सेमुअल हटिंग्टन, *दि क्लैश ऑव दि सिविलाइजेशंस एंड रिमेकिंग ऑव दि वर्ल्ड ऑर्डर*, न्यूयार्क : साइमन एंड सुश्टर, १९९६

१४. क्रुगमेन पाल, *पॉप इंटरनेशनलिज्म*, केम्ब्रिज, मास : एमआईटी प्रेस, १९९६

१५. टॉम पीटर्स, *दि ब्रांड यू ५० : ५० वेज़ टु ट्रांसफोर्म यौरसैल्फ फ्रॉम एन 'एम्प्लाई' इनटु ए ब्रांड दैट शाउट्स डिस्टिंक्शन, कमिटमेंट, एंड दि पेशन,*

न्यूयार्क : अल्फ्रेड ए. नॉफ, १९९९
१६. एडम स्मिथ, *दि वेल्थ ऑफ नेशंस : एन इनक्वारी इन दि नेचर एंड दि कॉजेज़,* न्यूयार्क : मॉडर्न लाइब्रेरी, १९९४
१७. अर्जुन अप्पादुरै, *मॉडर्निटी एट लार्ज : कल्चरल डाइमेंशंस ऑव ग्लोबलाइजेशन,* पब्लिक वर्ल्ड्स, खंड-१, यूनिवर्सिटी ऑव मिनेसोटा प्रेस, लंदन
१८. एम. फेदरस्टोन, *कंज्यूमर कल्चर एंड पोस्टमॉडर्निज्म,* लंदन : सेज, १९९१
१९. जे. फ्रीडमेन, 'बीइंग इन दि वर्ल्ड : ग्लोबलाइलेजन एंड लोकलाइजेशन', संकलित : एम. फेदरस्टोन (सं.), *ग्लोबल कल्चर,* लंदन : सेज
२०. एंथनी गिडेंस, *दि कांसीक्वेंसिज ऑव मॉडर्निटी,* केम्ब्रिज : पोलिटी प्रेस, १९९०
२१. एफ. लेचनर, 'अगेंस्ट मॉडर्निटी : एंटीमॉडर्निज्म इन ग्लोबन पर्सपेक्टिव', संकलित : पी. कोलोमी (सं.), *दि डायनामिक्स ऑव सोशल सिस्टम्स,* लंदन : सेज
२२. एंथनी गिडेंस, *दि रनअवे वर्ल्ड : हाऊ ग्लोबलाइजेशन इज रिशेपिंग अवर लाइव्ज़,* प्रोफाइल बुक्स लिमिटेड, लंदन, २००२
२३. लीना रिक्किला और कैटरीना सेहम पैटोमाकी (सं.), *फ्रॉम ए ग्लोबल मार्केट प्लेस टु पॉलिटिकल स्पेसिज*
२४. चंद्रा तलपाडे मोहंती, एन रुसो और लुर्डस टोरस (सं.), *थर्ड वर्ल्ड वोमेन एंड पॉलिटिक्स ऑव फेमिनिज्म,* इंडियाना यूनिवर्सिटी प्रेस, १९९१
२५. *दि पॉलिटी रीडर इन सोशल थियरी : एसेज़,* पॉलिटी प्रेस
२६. आइरेने टिंकर, *पर्सिस्टेंट इनइक्विलिटीज : वोमेन एंड वर्ल्ड डिवैलपमेंट,* ऑक्सफोर्ड यूनिवर्सिटी प्रेस, १९९०
२७. एस. ओर्टर, 'इज फीमेल टु मेल एज़ नेचर टु कल्चर?', संकलित : एम. रोजाल्डो और एल. लैम्फियर (सं.), *वोमेन, कल्चर एंड सोसाइटी,* स्टेनफर्ड यूनिवर्सिटी प्रेस, स्टेनफर्ड, कैलिफ, १९७४
२८. जे. मोर्गन, *दि बिटर फाइट,* यूनिवर्सिटी ऑव क्वींसलेंड प्रेस, सेंट लूसिया, १९७१
२९. जे. फ्लैक्स, *साइकोएनालैसिस, फेमिनिज्म एंड पोस्टमाडर्निज्म इन कंटेम्पोरेरी वेस्ट,* यूनिवर्सिटी ऑव कैलिफोर्निया प्रेस, बर्कले, कैलिफ, १९९०
३०. निर्मला बनर्जी, 'वोमेंस वर्कर्स इन चेंजिंग लेबर मार्केट : ट्रेंड्स इन इम्प्लायमेंट', नयी दिल्ली की जामिया हमदर्द यूनिवर्सिटी में २२ से २५ सितंबर १९९५ को हुए सेमिनार 'पोलिसीज़ एंड स्ट्रेटिडीज़ फॉर वर्किंग वोमेन इन दि कांटेक्स्ट ऑव इंडस्ट्रियल रिस्ट्रक्टरिंग' में पेश किया गया प्रपत्र
३१. अमृता छाछी, सुजाता घोटोस्कर, नंदिता शाह और नंदिता गाँधी, 'मीडियेटिंग

दि मैक्रो एंड दि माइक्रो : इंडस्ट्रियल रिस्ट्रक्चरिंग एंड वोमेन वर्कर्स लाइव्ज़', नयी दिल्ली की जामिया हमदर्द यूनिवर्सिटी में २२ से २५ सितंबर १९९५ को हुए सेमिनार 'पॉलिसीज एंड स्ट्रेटिडीज फॉर वर्किंग वोमेन इन दि कांटेक्स्ट ऑव इंडस्ट्रियल रिस्ट्रक्चरिंग' में पेश किया गया प्रपत्र

३२. विमल बालासुब्रह्मण्यम, *पेइंग दि प्राइस : न्यू इकॉनामिक पॉलिसी एंड वोमेन*

३३. *वोमेन एंड ग्लोबलाइजेशन*, दिल्ली के इंडियन सोशल इंस्टीट्यूट में ३१ जुलाई १९९७ को हुए वर्कशॉप में पेश किये गये प्रपत्र

३४. डियाने एल्सन, *दि इम्पेक्ट ऑव स्ट्रक्चरल एडजस्टमेंट ऑन वोमेन : कंसेप्ट्स एंड इशूज़*

३५. पूर्णिमा राव और एस.टी. सावंत (सं.), *आल्टर्नेटिव इकॉनामिक सर्वे : प्राब्लम्स एंड आल्टर्नेटिव*, पब्लिक इंटरेस्ट रिसर्च ग्रुप, नयी दिल्ली

३६. सी.टी. कूरियन, *ग्लोबल कैपिटलिज़्म एंड इंडियन इकॉनामिक पॉलिसी*, ओरिएंट लांगमेन, १९९४

३७. *इम्पेक्ट ऑव स्ट्रक्चरल एडजस्टमेंट प्रोग्राम ऑन दि हाउसहोल्ड इकॉनामी ऑव दि पुअर्स इन गुजरात*, उन्नाती, अमदाबाद, १९९४

३८. *मेनिफेस्टो एंड अदर कंटेंट : दूरबार महिला समिति* (गैरसरकारी संगठन और कोलकाता की यौनकर्मियों का मोर्चा संगठन)

३९. लुइस ब्राउन, *सेक्स स्लेव्ज़*, विरगो बुक्स, २००१